the 99 BOYFRIENDS of MICAH SUMMERS

ADAM SASS

EIN MÄRCHEN IN CHICAGO

The 99 Boyfriends of Micah Summers

ADAM SASS

EIN MÄRCHEN IN CHICAGO

Aus dem Englischen von Anja Hansen-Schmidt

CARLSEN

Wir produzieren nachhaltig

- Klimaneutrales Produkt
- Papiere aus nachhaltigen und kontrollierten Quellen
- Hergestellt in Europa

FSC
www.fsc.org
MIX
Papier | Fördert gute Waldnutzung
FSC® C083411

Originalverlag: VIKING an Imprint of Penguin Random House LLC, New York
Created by Dovetail Fiction, a division of Working Partners Limited,
9 Kingsway, 4th Floor, London WC2B 6XF, England
Originaltitel: The 99 Boyfriends of Micah Summers
Aus dem Englischen von Anja Hansen-Schmidt
Lektorat: Helen Oppen, Rebecca Jaacks
Umschlaggestaltung und -typografie: formlabor unter Verwendung einer
Illustration von Anne Pomel
Innenillustrationen: Anne Pomel
Herstellung: Karen Kollmetz
Satz: Pinkuin Satz und Datentechnik, Berlin
ISBN: 978-3-551-55779-7

Für David, der in diesem Buch so sehr um den richtigen Boyfriend gekämpft hat.

Kapitel 1
CRUSH 100

Woher ich weiß, dass es Liebe ist? Weil ich mich schon zweimal übergeben musste. Und dabei habe ich ihn noch nicht mal nach einem Date gefragt. Auch wenn meine Freund*innen gern auf diese Info verzichtet hätten, sind alle der Meinung, dass meine angstbedinge Übelkeit die perfekte Ausrede bietet, um die Schule zu schwänzen und zum ersten Mal in meinem Leben einen Jungen nach einem Date zu fragen.

Und wer könnte sich an einem solchen Tag schon auf imaginäre Zahlen oder die Korruptionsskandale der 1920er-Jahre konzentrieren? Die Zeichen, dass ich endlich den ersten Schritt wagen sollte, sind überall: Die typische graue Suppe über Chicagos Skyline hat sich verzogen und der wolkenverhangene Himmel ist einem hoffnungsvoll strahlenden Blau gewichen. Es ist der erste warme Tag seit einem halben Jahr, perfekt für meine Mission, weil ich mein schwarzes Lieblingstanktop anziehen kann – darin sehen meine Arme richtig muskulös aus (Spoiler: Sie sind es nicht!). Ich fühle mich nicht mal schlecht, weil ich schwänze. Die Klausuren sind alle geschrieben, damit ist mein vorletztes Schuljahr so gut wie vorbei, und der halbe Abschlussjahrgang wird heute sowieso fehlen.

Darunter auch Andy McDermott.

Den ganzen Mai über habe ich, mit der Entschlossenheit eines

Hais, der einen ertrinkenden Seemann belauert, meine Kreise um Andy gezogen. Fast ein Jahr lang war er mit diesem Mädchen aus meinem Kunstkurs zusammen gewesen, aber dann ist sie in den Frühlingsferien fremdgegangen und sie haben sich getrennt. Danach tauchte Andy plötzlich bei den Treffen des LGBTQ+-Clubs unserer Schule auf.

Da ich der Schriftführer des Clubs bin, lautete der einzige Protokolleintrag an diesem Tag: OHMEINGOTT ANDY IST HIER.

Hannah, meine beste Freundin (und beste Spionin), hat herausgefunden, dass Andy heute den Unterricht schwänzt und in den Grant Park geht, um TikToks für seine Band aufzunehmen. Deshalb bin ich jetzt auch dorthin unterwegs, und zwar so schnell, wie mich mein Pennyboard durch die Straßen befördert.

Das winzige knallpinke Skateboard kippelt unter der Last meines übervollen Schulrucksacks, aber ich finde ohne Probleme das Gleichgewicht wieder. Schließlich bin ich nur ein dünner Lauch, der mit siebzehn noch so aussieht, als wäre er zwölf. Der Frühlingswind weht mir ins Gesicht, während ich über die rostbraune Brücke rolle, die von meinem Zuhause an der sogenannten Goldküste (wo die Reichen wohnen) zum Loop führt, dem Innenstadtviertel von Chicago.

Am See angekommen, stelle ich fest, dass die gesamte Stadt heute blaumacht: Auf dem Wasser sind jede Menge Segeljachten unterwegs, und der Park ist voller Menschen, die Rad fahren, joggen und picknicken. Alle wollen unbedingt die ersten warmen Sonnenstrahlen seit Oktober genießen.

Aber nicht mal der kühlende Wind kann meinen brodelnden Magen besänftigen.

Heute ist der Tag, an dem Micah Summers zum ersten Mal einen Jungen nach einem Date fragt. Sieg oder Niederlage.

Und es sollte besser nicht mit einer Niederlage enden!

Als ich mein Board endlich vor den Steinpollern am Parkeingang abbremse, lande ich sofort einen Glückstreffer: Andy McDermott ist schon da. Und er ist allein unterwegs. Dabei kommt es fast nie vor, dass man Andy ohne seine einschüchternde Freundes-Clique antrifft.

Doch jetzt steht er ohne die anderen in der Warteschlange vor einem Hotdog-Wagen.

Andy sieht aus wie aus einem Märchen – aber von der düsteren Sorte, wie in dem Disneyfilm *Descendants – die Nachkommen*. Er hat dunkle, lockige Haare, die an den Spitzen blau gefärbt sind, supersüße Sommersprossen auf den leicht gebräunten Wangen, einen Ohrstecker, Ringe an jedem Finger, und um seine Taille ist ein Flanellhemd geknotet. Der perfekte Retro-Musikvideo-Vibe.

Nach einem langen, tiefen Atemzug fahre ich mir mit der Zunge über die ausgetrockneten Lippen, schnalle mein Board hinten an meinen Rucksack und stelle mich zu Andy in die Schlange.

Er hat mich noch nicht gesehen. Mein hämmerndes Herz will sich gar nicht mehr beruhigen.

Die Hotdog-Verkäuferin – eine ältere weiße Frau, die von Kopf bis Fuß in Chicago-Bulls-Merch gekleidet ist – winkt Andy heran, um seine Bestellung entgegenzunehmen.

Wie soll ich bloß ein Gespräch mit ihm anfangen? Und selbst wenn ich das schaffen sollte: Wie frage ich ihn beiläufig nach einem Date, um ihn nicht abzuschrecken, aber auch eindeutig genug, um nicht in der Friendzone zu landen?

Im echten Leben sind Jungs nun mal keine Märchenprinzen; sie sind Furcht einflößende, unverständliche Wesen, aus den dunklen Wäldern im Land der Rätselhaftigkeit.

Keine Zeit, um zu atmen. Für seelischen Beistand fische ich mein Handy aus der Tasche und schreibe Hannah: **Notfall! McDermott steht vor mir in der Schlange bei den Hotdogs. Was soll ich tun?**

Ihre Antwort kommt sofort: **Frag ihn nach einem Date!**

Fast hätte ich mein Handy zerquetscht. Seit der siebten Klasse ist Hannah mit einem gut aussehenden, beliebten Jungen nach dem anderen zusammen – und immer war sie diejenige, die zuerst nach einem Date gefragt wurde. Keine Ahnung, warum ich denke, sie könnte ausgerechnet mir einen brauchbaren Ratschlag geben – einem schwulen Jungen, der noch nicht mal das Dating-Level eines Mittelstuflers erreicht hat. **Danke, Hannah, aber wie?**, antworte ich.

Frag ihn, ob er mit dir einen Hotdog essen will. Aber betone »Hotdog« so, dass eindeutig was ANDERES damit gemeint ist …

Das ist ein echter Notfall und du machst dich über mich lustig!

Lad ihn auf den Hotdog ein!

Endlich ein konkreter, umsetzbarer erster Schritt! Hannah ist echt die Beste.

»– und bitte mit allem«, sagt Andy mit seiner rauen Stimme zu der Hotdog-Verkäuferin.

»Das macht dann vier fünfzig«, sagt die Frau.

Ich stürze einen Schritt nach vorn und halte ihr die Kreditkarte hin, bevor Andy seinen Geldbeutel rausholen kann. »Ichzahldas«, platzt es in einer einzigen zusammengepressten Silbe aus mir heraus.

Andy weicht zurück, einen erschrockenen Ausdruck auf seinem hübschen, leicht unrasierten Gesicht.

Oh nein. Das war zu schnell.

»Sorry!« Aus einem mir unbekannten Grund hebe ich ergeben die Arme. »Ich, äh, zahle das?«

Andys lange Wimpern flattern und auf seinem erstaunten Gesicht breitet sich ein verschmitztes Lächeln aus. Gott sei Dank. Endlich dringt wieder Sauerstoff in meine Lungen. »Oh, hi«, sagt er. »Du bist doch Micah, oder? Von diesem Club in der Schule?«

Er erkennt mich!

»Äh, ja …«, sage ich und gebe der Verkäuferin meine Karte. Mein Blick huscht wild durch die Gegend und landet überall, nur nicht auf Andy. Der Plan geht wirklich verdammt schnell in die Hose. Was soll Andy bloß von mir denken, wenn ich einfach so aus dem Nichts auftauche und nicht einmal erkläre, warum.

»Willst du auch einen Hotdog, Kleiner, oder bezahlst du nur seinen?«, fragt die Frau.

Alles dreht sich. Ich könnte keinen Bissen runterkriegen. »Nur seinen«, murmele ich.

»Oh, dann vielen Dank«, sagt Andy. Nicht mal sein freundlicher Ton kann mich beruhigen.

Mit unmenschlicher Anstrengung begegne ich seinem Blick, seine Augen sind dunkelbraun mit goldenen Sprenkeln. Er lächelt.

Viel zu viel Aufmerksamkeit. Sofort zieht sich mein Magen zusammen.

Lächeln, Micah. Ich gehorche. *Zu viele Zähne!* Ich kneife die Lippen zusammen. *Jetzt siehst du aus, als wäre dir schlecht.* Mir ist schlecht! Andys Lächeln verblasst schon wieder. *Du verlierst ihn!*

»Ich weiß nicht, was du heute Abend vorhast«, platzt es aus mir heraus.

Andy zieht eine gepiercte Augenbraue in die Höhe. »Du … weißt nicht, was ich heute Abend vorhabe?«

Der Satz sollte eigentlich so klingen: Ich weiß nicht, was du heute Abend vorhast, aber falls du Zeit haben solltest, hättest du dann Lust, mit mir ins Kino oder essen zu gehen, oder sonst was in der Art? Aber natürlich habe ich vor dem entscheidenden Teil den Schwanz eingezogen und klinge deshalb wie ein Irrer!

»Hier ist deine Karte, Kleiner«, sagt die Verkäuferin, dann reicht sie Andy den in Alufolie gewickelten Hotdog und eine Tüte Chips. Die Frau hinter mir schiebt ihre Kinder vor, um eine Bestellung aufzugeben, und Andy und ich treten gemeinsam aus der Warteschlange.

Was mache ich hier eigentlich? Will ich ihm den ganzen Tag wie ein Schoßhündchen hinterherlaufen?

»Ich meine, wenn du heute Abend nichts vorhast ... äh ...«, stottere ich.

Zum Glück begreift Andy, worauf ich hinauswill. Er windet sich ein bisschen und beugt sich zu mir. »Hey, Micah ... ich fühle mich echt geschmeichelt, aber –«

»Kein Ding!«, ächze ich. »Guten Appetit und schöne Ferien, tschüs!«

Mit der Energie einer Gazelle, die sich jeden Moment in das Mittagessen eines Jaguars zu verwandeln droht, sprinte ich in die entgegengesetzte Richtung davon. Und erst, als sich die giftige Säurebrühe in mir allmählich beruhigt, werde ich langsamer.

Mein Herz schrumpft in meiner Brust zusammen. Ich habe es wieder nicht geschafft.

Sobald ein sicherer Abstand von mehreren Häuserblocks zwischen Andy und mir liegt, lasse ich mein Pennyboard fallen und skate zum Millennium Park – da sind zwar immer viele Tourist*innen, aber wenigstens kann ich in der Menge verschwinden. Und das brauche ich jetzt dringend. Nachdem ich von meinem Board gehüpft bin, setze ich mich im Schneidersitz vor das Cloud Gate – eine riesige spiegelnde Kunstinstallation, die verblüffende Ähnlichkeit mit einer Bohne hat.

Ich öffne meinen Rucksack und ziehe einen Kohlestift und mein Skizzenbuch heraus. Sobald das raue Papier meine Fingerspitzen berührt, spüre ich die Demütigung wieder in jeder Faser meines Körpers.

Ich habe mich getraut – *also, zumindest fast* – und eine Abfuhr bekommen – *also, auch fast.*

Was für ein Flop. Zeit, meiner Schwärmerei ein Ende zu setzen und mir Andy aus dem Kopf zu zeichnen.

Mit breiten, groben Strichen skizziere ich Andy McDermott,

aber nicht so, wie er wirklich aussieht, sondern so, wie sich meine Verknalltheit angefühlt hat. Ich übertreibe bei seinem Aussehen: Aus den Haaren mit den blau gefärbten Spitzen wird eine schulterlange Mähne; seine Augen werden leuchtende goldene Monde, sein Flanellhemd verwandelt sich in einen zerrissenen, wogenden mittelalterlichen Schottenumhang.

Er ist ein Pirat, so wie Westley in *Die Brautprinzessin*. Oder ein Wolf-Gestaltwandler wie in den Liebesromanen, die ich früher immer vom Nachttisch meiner Mutter geklaut habe.

Ein Wolfspirat.

Ich füge noch ein paar Details hinzu, wie die Tätowierung eines mondbeschienenen Waldes an seinem linken Arm, eine große Kreole statt seines Ohrsteckers, und zwei kleine Fangzähne linsen unter einem buschigen Schnurrbart hervor.

Meine Zeichnung hat keinerlei Ähnlichkeit mehr mit dem echten Andy McDermott. In meiner Fantasie entführt mich der Wolfspirat Andy weit weg in seine Hütte mitten in einem unheimlichen Wald. Dort brauche ich nicht stotternd nach einem Date zu fragen. Ich bin einfach nur der willige Gefangene eines wilden Kämpfers – und kein siebzehnjähriger Schüler, der noch nie ein Date hatte ...

Anders als meine Freund*innen bin ich nie zu alt für Märchen geworden. Ich finde sie nicht kindisch oder fake. Für einsame kleine, schwule Jungs können sie so echt sein wie das Leben – in meiner Fantasie umso mehr, weil *ich* hier das Sagen habe. In der Realität bin ich ein Versager. Ich bringe kein Wort heraus und kann meinem Schwarm nicht einmal in die Augen schauen. Ich habe rein gar nichts unter Kontrolle. Aber in einem Märchen ist die Liebe so romantisch und perfekt, wie ich es will. Ich kann alles sein.

Wenn ich zeichne, bin ich ganz ich selbst.

Ich öffne Instagram und mein Herz wird ganz weit vor neuer Energie. Obwohl mein Account – @InstaLovesInChicago – die ganze Woche wegen meiner Abschlussprüfungen geruht hat, ist meine

Followerzahl um weitere tausend gestiegen. Ich bin jetzt fast bei 50k! Ich versuche, die Kommentare nicht zu lesen, deshalb weiß ich nicht, ob sie positiv oder negativ sind – aber allein der Gedanke daran, dass so viele Menschen meine Zeichnungen sehen, tröstet mich nach dem heutigen Korb.

»Ich fühl mich echt supergeschmeichelt, aber …« Ich konnte Andy nicht mal aussprechen lassen, als wäre die Abfuhr weniger schlimm, wenn ich ihn unterbreche. Egal, ob das Ende des Satzes nun gelautet hätte: *aber ich bin nicht interessiert* oder *aber ich bin noch nicht bereit nach meiner Trennung* – er scheint meine Gefühle ohnehin nicht zu teilen. Wie ein Schnürsenkel, der sich aus der Schleife löst, entwirrt sich dieses Gefühl, das ich für Liebe gehalten habe – und offenbart das, was es wirklich ist: eine einseitige Schwärmerei. Liebe dagegen beruht auf Gegenseitigkeit.

Tja. Ein weiterer Fehlschuss für Micah Summers.

Wie bei den neunundneunzig anderen Fehlschüssen (oder Beinahe-Treffern, wie ich sie optimistisch nenne) lebt der Geist meiner Schwärmerei in meiner romantischen Zeichnung weiter.

Als ich das Skizzenbuch vor zwei Jahren zum Geburtstag geschenkt bekam, hatte es 208 leere Seiten. Heute sind neunundneunzig davon gefüllt mit den Zeichnungen von meinen Instaloves-Boyfriends. Mit Sprühkleber versiegelt. Auf Insta gepostet. Alles perfekt.

Neunundneunzig Boyfriends.

Gut, dass niemand weiß, wer hinter diesem Account steckt. Vor ein paar Jahren wurde über meine Familie eine Reality-Show gedreht (und wirklich jeder Mensch in dieser Stadt kennt meinen Dad), deshalb darf auf keinen Fall das gesamte Internet mitbekommen, wie viele erfolglose Schwärmereien Micah Summers schon hinter sich hat. Weil Instaloves anonym ist, geht es nur um die Zeichnungen darin, nicht um irgendwelche Klatschgeschichten. Dadurch kann ich einfach herumprobieren und meinen eigenen künstlerischen Stil finden.

Kurz überfliege ich die DMs – eine endlose Reihe ungelesener Nachrichten von Fans. In dem winzigen Vorschaufenster stellen alle die gleiche Frage in verschiedenen Variationen:

> Wo ist Crush 100?
> Wann wirst du Crush 100 posten?
> Crush 100, WANN?

Wann wird mein Prinz kommen?

Meine Brust zieht sich zusammen. Neunundneunzig Schwärmereien, und ich habe null Komma null von ihnen, nicht *einen*, nach einem Date gefragt.

Die ganze Woche über dachte ich, Andy wäre Crush 100 – der Schwarm, aus dem endlich mehr wird. Aber das Schicksal hat entschieden, dass Crush 100 immer noch da draußen herumschwirrt und auf mich wartet – so wie ich auf ihn.

Kapitel 2

DER PRINZ

Der Wolfspirat wittert deine Angst und erträgt dein Unbehagen nicht. »Du musst nichts sagen«, flüstert er. »Ich kenne einen Ort, wo wir allein sind.« Du schaust in seine goldenen, animalischen Augen und fühlst dich sofort sicher. Dieser gut aussehende Fremde weiß genau, was du

brauchst. Er sorgt sich um deine Gefühle und ist doch unerschrocken genug, um dich aus der Reserve zu locken.
Ihr besteigt sein Schiff und segelt übers Meer zu einem Schloss, dem Ahnensitz seiner Familie. Dort angekommen, schlagt ihr euer Lager in den Bergen auf. Er serviert dir heißen Cider in einem Krug, den er selbst getöpfert hat. Neben dir kauert sein treu ergebener Wolfshund.

Ich schließe Insta wieder, ohne die Zeichnung zu posten.

Andys Hände sehen viel zu groß aus. Sie stimmen einfach nicht.

Nichts stimmt!

Sonst fühlen sich meine Instaloves-Bilder immer richtig und echt an, weil ich mich selbst raushalte. Diejenigen, die meine Zeichnungen sehen, können selbst in die Fantasiegeschichten eintauchen und sie in ihren Träumen miterleben.

Die Bilder beruhen zwar alle auf einem real existierenden Schwarm von mir, aber es ist meine Aufgabe, diese Gefühle so auszudrücken, dass andere Menschen das Gleiche fühlen können wie ich. Doch diesmal stemmt sich ein unsichtbarer schwerer Stiefel in meinen Bauch, als Andy mir mit seinen missglückten Händen aus dem Skizzenbuch entgegensieht. Irgendwie fehlt sein Zauber.

Warum habe ich es diesmal nicht richtig hinbekommen?

Ich seufze. Dieser gescheiterte Date-Versuch tut echt weh. Dabei dachte ich, ich hätte was in seinen Augen gesehen, eine Spur von Interesse. Vielleicht leide ich schon unter Wahnvorstellungen. Vielleicht ist er ja wirklich interessiert, aber noch zu verletzt von der Trennung. Oder vielleicht hätte er doch Lust gehabt, sich mit mir zu treffen – wenn ich es nicht so spektakulär vermasselt hätte.

Mein Handy summt, die Nachricht ist von Hannah: **UUUUUnd?** Als ich ihr einen Daumen runter zurückschicke, erwidert sie: **In 20 Min. im Audrey's? Elliot macht dir einen Chai.**

Elliot.

Dauernd will sie, dass ich mich mit diesem Typen anfreunde. Aber Schwule müssen nicht unbedingt mit anderen Schwulen befreundet sein, nur weil beide schwul sind! Am liebsten hätte ich mit einem zickigen *No thx* geantwortet, aber sie ist einfach zu nett zu mir. Während ich mit meinem Pennyboard durch die Stadt cruise, versengt mir der erste heiße Sommertag in Chicago den Nacken. Gott, wie habe ich das vermisst! Bestimmt werde ich mich im Juli wieder nach Oktober sehnen – aber im Moment kommt die Wärme genau richtig, um meine Laune zu heben.

Das und einen Chai im *Audrey's*.

Audrey's Café ist meine neueste Obsession. Hannah hat mich genau zum richtigen Zeitpunkt mit diesem Laden bekannt gemacht. In meinem früheren Lieblingscafé, dem *Intelligentsia*, kann ich mich leider nicht mehr blicken lassen.

Dort arbeitet nämlich ein anderer ehemaliger Instaloves-Boyfriend von mir – Nr. 59.

Und tatsächlich, als ich an dem Café vorbeifahre, werkelt Nr. 59 im Schaufenster herum und tauscht die Menütafeln für die Sommer-Karte aus. Fast meine ich, eine Fünf und eine Neun über seinem Kopf aufpoppen zu sehen. Er entdeckt mich über die Straße hinweg, obwohl ihm sein langer, dunkler Pony in die Augen hängt. Er lächelt, aber ich bin von meiner letzten Niederlage noch zu erschüttert, um das Lächeln zu erwidern. Dann zeigt er mir ein Peace-Zeichen, und wie durch ein Wunder schaffe ich es, im Weiterfahren ebenfalls die Hand zu heben.

Bevor ich das *Audrey's* betrete – ein gemütliches Café im französischen Stil –, ziehe ich mein Skizzenbuch heraus und schaue mir den Wolfspiraten Andy noch mal an.

Die Härchen in meinem Nacken kräuseln sich. Aber ich spüre nichts. Dieser Typ, von dem ich so sicher war, er würde die Liebe meines Lebens werden, schaut mich aus meinem Skizzenbuch an und sieht genauso bescheuert aus, wie ich mich fühle.

Ich möchte mehr als nur einen flirtenden Blick. Ich möchte eine echte Verbindung.

Crush 100 muss etwas Besonderes sein. Ein richtiges Date, nicht bloß eine weitere Enttäuschung. Andy war anscheinend einfach nicht der Richtige. Crush 100 sollte niemand sein, bei dem ich mir nur einbilde, er würde mich mögen, weil er mich mal kurz angelächelt hat. Es sollte schon ein stärkeres Zeichen von ihm ausgehen – und die Gefühle müssen auf Gegenseitigkeit beruhen.

Umringt von Leuten, die mit fröhlichen Gesichtern ihre Latte macchiatos schlürfen, schneide ich die Seite mit der Zeichnung aus meinem Skizzenbuch heraus. Mit einem entschlossenen *Raatsch* landet der Wolfspirat Andy im Mülleimer.

»Möge er in Frieden ruhen«, sagt Hannah. Als wäre sie aus einer Rauchwolke aufgetaucht, steht plötzlich meine beste Freundin – klein, schick, Schwarz, mit schimmernder Haut – neben mir. Zusammen starren wir in den Mülleimer auf die Zeichnung.

»Wer war das?«, fragt sie.

Hannah erkennt Andy nicht von der Zeichnung, aber ich rieche auf einmal wieder den Duft nach Senf, frisch gebratenen Zwiebeln und Andys moschusartigem Parfüm und seufze. »Der Junge meiner Träume.«

Hannah kichert und hängt ihren Arm in meinen. »Schon wieder.«

»Na ja. Eines Tages werde ich das sagen und dann wird es auch wahr sein.«

♡ ♡ ♡

Sobald ich in das hektische Gedränge im Café eintauche, verfliegt das unangenehme Gefühl in mir. Die Leute hier wissen nicht, wie schrecklich ich mich eben erst vor Andy McDermott blamiert habe, und es wäre ihnen auch egal.

Weiter hinten, inmitten einer Schar anderer verlorener Seelen, die auf ihre Milchkaffees warten, steht meine Schwester Maggie an eine raue Backsteinwand gelehnt und winkt uns zu. Offenbar hat sie schon für uns bestellt. Obwohl unsere Familie genügend Geld hat, um uns mit einer abwechslungsreichen Garderobe auszustatten, tragen Maggie und ich die meiste Zeit die gleichen Sachen – wie Zeichentrickfiguren. Maggie hat fransige braune Haare und steckt wie immer von Kopf bis Fuß in Sportklamotten. Ich trage meine weiße schwule Uniform: schicke Jogginghosen und ein billiges schwarzes Tanktop voller Farbflecken. Hannah dagegen ist weitaus stilbewusster und hat sich mal wieder in ein Instagram-taugliches Ensemble geworfen: eine mit Glitzersteinen besetzte Hornbrille, dazu einen Bleistiftrock in Petrol mit einer passenden kurzärmeligen Bluse.

Hannah und ich schieben uns durch die dicht gepackte Menge zu Maggie, um gemeinsam mit ihr zu warten. »Warum habt ihr zwei da draußen in den Mülleimer gestarrt?«, will meine Schwester wissen.

»Ein weiterer aussortierter Crush 100«, erklärt Hannah mit einem mitleidigen Blick.

Enttäuschung zieht über Maggies Gesicht. »Und was hat dir an dem schon wieder nicht gepasst? Such dir einfach einen Crush aus und poste ihn. Die Menschen, die dir folgen, langweilen sich, wenn sie noch ewig warten müssen.«

Ich erstarre. Maggie startet demnächst mit dem zweiten Jahr ihres Sportmedizin-Studiums – sie ist also alles andere als eine Künstlerin oder Influencerin.

»Wieso schaust du mich so an?« Ihr Mund wird schmal. »Oh, verstehe, ich soll mich lieber um meinen eigenen Kram kümmern.«

Schulterzuckend winke ich ab und versuche, ihr das möglichst feinfühlig zu erklären: »Mir geht es darum, den Richtigen zu finden. Ich kann mir nicht einfach irgendeinen beliebigen Schwarm aussuchen.«

Maggie hält die Hände hoch in einer »Gut, dann mach es eben auf deine Art«-Geste, und Hannah schleicht sich die Theke entlang zu ihrem Freund Elliot, ein kleiner weißer Barista mit strähnigen, strohfarbenen Haaren, die nur ein paar Töne dunkler sind als seine Haut. Er ruft das nächste Getränk aus – »Cold Brew mit Zimt!« –, während die Leute sich über die lange Wartezeit beschweren. Mehrere von ihnen meckern lautstark, dass der Cold Brew lange nach ihren Getränken bestellt wurde, die viel einfacher zuzubereiten wären. Offenbar alles Kaffee-Expert*innen.

Während Elliot eine leise Entschuldigung murmelt und zu seinem Milchaufschäumer zurückkehrt, entdecke ich den Becher mit meinem Namen in einer langen Reihe von Bechern, die sich den ganzen Tresen entlang bis zur Kasse zieht.

Der Arme. Diese Schlange ist endlos. Hoffnungslos.

Maggie dreht sich mit hochgezogener Augenbraue zu mir um. »Lass mich raten«, sagt sie, »du hast die Zeichnung weggeschmissen, ohne sie Hannah oder sonst wem zu zeigen?«

Ich werfe ihr einen Kussmund zu und bete insgeheim, dass sie nicht die ganze Geschichte aus mir rausquetscht. Zum Glück war ich nicht lange genug in Andy verknallt, dass es außer Hannah jemand mitbekommen hätte.

»Ich kapier echt nicht, warum du niemandem deine Skizzen zeigst«, meckert Maggie.

»Da bin ich eben eigen«, verteidige ich mich. »Was denkst du, warum ich im letzten Jahr privaten Zeichenunterricht hatte?«

Maggie zuckt nur mit den Schultern. »Ich weiß, seitdem ist noch nicht wirklich viel Zeit vergangen. Aber jetzt, wo Instaloves so durch die Decke geht, dachte ich, du hättest deine Scheu davor überwunden, anderen Leuten deine Bilder zu zeigen.«

»Deine Instaloves-Fans wissen aber nicht, dass die Bilder von *mir* sind.«

Maggie und ich führen diese Diskussion mindestens einmal im

Monat. Entweder leidet sie unter selektiver Amnesie, oder sie möchte mich einfach langsam weichklopfen.

Hannah winkt mich zu sich, und ich lasse Maggie stehen, die sich ohnehin lieber damit beschäftigt, ihre Laufzeiten in ihrer Insta-Story zu posten. »Nervt dich Maggie mal wieder?«, fragt Hannah mit einem leisen Lächeln.

»Und wiiieeee!«, stöhne ich. »Sie hackt immer darauf herum, dass ich niemandem meine Zeichnungen zeigen will.«

»Sie will nur, dass du dir ein dickeres Fell zulegst – damit du endlich einen von diesen Jungs ansprichst.«

Mein Magen zieht sich wieder zusammen, und ich spüre, wie mein Gesicht bleich wird. Hannah hat einen Röntgenblick dafür, wenn mich mal wieder *dieses Gefühl* überkommt, denn sie nimmt meine Hand.

»So schlimm?«, fragt sie.

Ich seufze. »Ich hab's einfach nicht geschafft. Fast wäre ich so weit gewesen, aber ... Ich weiß echt nicht, wie ich es hinkriegen soll, mich ganz normal mit einem Jungen zu unterhalten. Es ist fast so, als würde mein Körper einfach streiken.«

Hannah stellt sich auf Zehenspitzen und küsst mich auf die Stirn. Ein angenehmer Schauer zieht über meinen Rücken. »Tut mir leid, dass ich da keinen Rat für dich habe«, sagt sie. »Du weißt – ich bin keine Jägerin. Ich werde gejagt. Komm doch auf meine Seite!«

»Das *versuch* ich ja!«

Wir lachen und seufzen dann. Wenigstens haben wir uns.

Während wir warten, taucht irgendwann Elliots Chefin hinter ihm aus der Küche auf. Sie ist eine energische, sonnenverbrannte weiße Frau in einem adretten, ordentlich zugeknöpften Hemd. Ihr Pferdeschwanz ist so extrem straff gezogen, dass man fast Angst hat, ihr könnten demnächst die Haare alle ausfallen. »Wann hast du Pause, Elliot?«, fragt sie.

»In zehn Minuten«, erwidert er, ohne in seinem geschäftigen

Tun innezuhalten. Die Chefin sagt nichts. Sie mustert die übrigen Angestellten, aber alle sind zu gestresst, um für Elliot einspringen zu können.

»Also, ich kann meine Pause auch ausfallen lassen und einfach weitermachen«, sagt Elliot ergeben.

»Danke, dass du so ein guter Teamplayer bist«, sagt die Chefin und klopft Elliot auf so eine aufgesetzt freundliche Art auf die Schulter, als wäre sie seine beste Freundin. Als sie wieder in der Küche verschwindet – ohne ihre Hilfe anzubieten –, wirft Hannah ihr einen Todesblick hinterher.

Angesichts der endlosen Schlange an Bechern und Tassen, die immer noch darauf warten, gefüllt zu werden, erschaudere ich. Allein der Anblick erschöpft mich um Elliots willen. Schon so viele Gäste, und dabei sind die Besucherzahlen noch lange nicht so hoch wie während des The-Taste-of-Chicago-Festivals.

In etwas über einem Monat beginnt das legendäre alljährliche Food-Festival am Seeufer, das alle Leute von ihren Klimaanlagen weglocken wird, damit sie Kostproben von den angesagtesten Köchen des Landes genießen können. Das Festival ist großartig, wenn man wegen des Essens kommt. Aber für alle, die in der Gastronomie arbeiten, ist es der reinste Albtraum, weil sich die Bevölkerung einer glühend heißen, wütenden Stadt über Nacht wie durch Zauberhand verdreifacht.

Diese Wochen werden den armen Elliot in den Wahnsinn treiben.

Obwohl er sich im Moment von dem Chaos kein bisschen aus der Ruhe bringen lässt. Oder vielleicht ist er immer so ausgeglichen. Keine Ahnung. Er wohnt noch nicht lange hier, und wir gehen auf verschiedene Schulen, deshalb kennen wir uns hauptsächlich als Hannahs *anderer* schwuler bester Freund. Ehrlich gesagt werde ich immer etwas eifersüchtig, wenn sein Name erwähnt wird.

Dabei hat er eigentlich nichts getan, um meine Abneigung zu

verdienen. Hannah und er haben sich letzten Sommer bei einem Praktikum in einer Tierklinik kennengelernt. Ihr haben die vielen kranken und heimatlosen Tiere emotional ziemlich zugesetzt, aber weil es Elliots Traumjob ist, hat er sie unterstützt, wenn es zu schwierig wurde. Nach nur einem Monat waren sie genauso unzertrennlich, wie sie und ich es schon von Geburt an sind.

Von Hannahs beiden besten Freunden ist er definitiv der nettere. Er würde sich niemals so anstellen und sich weigern, ihr seine Zeichnungen zu zeigen.

Und genau deshalb hat Elliot einen Freund und du nicht.

Meine Fingerspitzen werden ganz kribbelig und taub. Um mich von der heutigen Blamage abzulenken, öffne ich Instaloves und scrolle durch meine alten Skizzen. Da ist der Kopfhörer-Junge, der allein an einer S-Bahn-Station vor sich hin tanzt, und meine schöne Geschichte über ihn: das Boheme-Apartment in Boystown, wo wir zwei zusammenwohnen und uns jeden Tag neue Musik und Kunst ausdenken. Dann war da noch der Junge aus meinem Bio-Leistungskurs mit den raspelkurzen Haaren, dem ich zufällig nach seinem abendlichen Basketballtraining begegnet bin. In meinem Post ist sein Sport Skifahren, und ich habe mich von ihm in ein Chalet in den Alpen entführen lassen – wo er mit traumwandlerischer Sicherheit mit mir die Hänge runterrast.

Ursprünglich habe ich Instaloves nur für mich selbst angefangen, aber überraschenderweise haben ziemlich bald andere Leute die Posts entdeckt und Gefallen an den skurrilen Zeichnungen gefunden. Die Leute *sehnen* sich offenbar nach solchen Fantasiegeschichten – vor allem in einer Welt wie der unseren, in der die Liebe oft zu kurz kommt. Queere Menschen müssen häufig ihre eigenen Märchen erfinden, und ich will gerne meinen Beitrag dazu leisten, ihnen beim Träumen zu helfen.

Denn eine kalte Welt braucht Träume.

»Vielleicht hat Maggie ja recht«, meint Hannah. »Hol doch die alte Zeichnung wieder aus dem Müll und überarbeite sie noch mal. Ich fände es schön, wenn dein Erfolg eine Weile anhält. Die Leute freuen sich schon so auf Crush 100!« Sie ist so laut und selbstbewusst, dass man die Worte sogar durch das Zischen von Elliots Milchaufschäumer hört. Ein paar Leute drehen sich neugierig zu uns um.

»Nicht so laut«, flüsterte ich und ziehe den Hals wie eine Schildkröte zwischen die Schultern. »Elliot soll nicht hören, dass ich das bin.«

»Oh nein …«, verlegen schaut Hannah zu Elliot, der gerade einen Cappuccino macht. »Ich hab's ihm schon gesagt.«

»*Hannah.*«

»Ich wusste ja nicht, dass das keiner wissen soll.«

»Was ist jetzt wieder los, mein Baby Buh-Buh?«, fragt Maggie und stellt sich zu uns. Ich erstarre, als ich ihren Lieblingsspitznamen für mich höre – *Micah, die Heulsuse, macht mal wieder buh-buh.* Ich beachte sie nicht.

Elliots Hände huschen geschmeidig tänzelnd zwischen den Bechern hin und her. Ohne innezuhalten, schaut er kurz zu mir und flüstert: »Das bleibt unser Geheimnis! Deine Instaloves-Zeichnungen sind super – Glückwunsch.«

Mir wird ganz warm. Widerstrebend lächele ich. »Danke, Elliot.«

»Brandon ist der Kunstkritiker von uns beiden, aber ich finde sie toll.«

Mein Lächeln erstirbt. Übersetzt heißt das: *Ich habe sie auch meinem Freund gezeigt und er findet sie scheiße.*

Ich versuche, ruhig zu bleiben. Es wird schon nicht so schlimm sein, wenn der nette, perfekte, fehlerlose Elliot davon weiß.

Er kippt Eiswürfel in vier große Eiskaffees, doch als er die Bestellung aufruft, kippelt das Tablett. Er richtet es wieder waagrecht aus und pustet sich seufzend eine Strähne aus den Augen. Während er die Getränke erneut ausruft, schiebt sich ein großer Mann mit

Schnurrbart grob durch die Menge und hält ihm einen Kaffeebecher unter die Nase. »Der ist kalt!«, schnauzt der Typ und Elliot erschrickt. Wieder kippelt das Tablett, aber Elliot fängt es noch rechtzeitig ab.

»Tut mir leid, Sir«, sagt er geduldig. »Ich kann Ihnen einen neuen machen.«

»Damit ich noch mal eine halbe Stunde warten muss?« Mit einem verächtlichen Schnauben sieht sich der Mann in der Menge um, als würde er erwarten, dass wir mit ihm zusammen Elliot zur Schnecke machen. »Wie wär's, wenn du ihn gleich beim ersten Mal richtig heiß servierst?«

»Ich schenke Ihnen gleich einen neuen ein. Nur eine Sek–«

»Gib mir einfach mein Geld wieder.« Wieder streckt der Mann Elliot seinen Kaffeebecher hin.

Elliot weicht zurück.

Seine Hände flattern.

Das Kaffeetablett fällt zu Boden.

Hilflos müssen wir mit ansehen, wie die vier Eiskaffees auf die Fliesen knallen und ein Becher nach dem anderen wie eine Wasserbombe zerplatzt. Alle springen zurück, auch Elliot, der beim Anblick des Chaos um sich herum die Hände vor den Mund schlägt. Der Boden um den Tresen ist ein Schlachtfeld aus milchigem Kaffee, Eiswürfeln und enthaupteten Bechern.

»Ich bin klatschnass!«, bellt der schnurrbärtige Mann, obwohl gerade mal ein paar hellbraune Spritzer auf seiner Hose zu sehen sind. Was für eine Drama-Queen.

An der Kaffeemaschine war Elliot total souverän und wirbelte nur so herum. Jetzt steht er völlig perplex da und alle starren ihn verärgert an. Und das nur, weil dieser unhöfliche Mistkerl ihn erschreckt hat.

Wieder taucht die Chefin aus der Küche auf. Mit geblähten Nasenflügeln geht sie auf Elliot los. »Mach das sauber – ich übernehme die Theke.« Während sie eine milchfleckige Schürze anzieht, rennt Elliot davon und holt den Wischmopp.

»Der Junge muss mir die Reinigung bezahlen!«, ruft der Mann.

Die Managerin nickt, während sie Milch aufschäumt. »Wir kümmern uns darum, Sir.« Mit schmalen Augen fährt sie zu Elliot herum, der einen Eimer von hinten nach vorne schiebt. »Elliot, das ist jetzt schon zum x-ten Mal passiert. Wenn das so weitergeht, ziehe ich dir die zusätzlichen Kosten vom Lohn ab.«

Elliot schweigt. Seine Unterlippe zittert.

Mir zerspringt fast das Herz. Noch vor einer Stunde habe ich genauso ausgesehen wie er und stumm das Universum angefleht, mich bitte, bitte schnell im Boden versinken zu lassen.

Wut steigt wie ein Ballon in mir auf.

Wegen dieses Idioten hat Elliot die Kaffees fallen gelassen und jetzt soll er noch dafür bezahlen?

Ich trete vor in das Meer aus verschüttetem Kaffee und Eiswürfeln und halte Mr Schnurrbart zwei Zwanzig-Dollar-Scheine hin. »Hey, das war ein Unfall. Die Reinigung geht auf mich. Und beim nächsten Mal gehen Sie mit Ihrer schlechten Laune woandershin. Mal sehen, ob Sie da mit so was durchkommen. Oh, und übrigens war Ihr Kaffee kalt, weil Sie Milch reingekippt haben. Dazu ist Milch nämlich da.«

Ich schwöre, der Schnurrbart des Mannes wird weiß, als ein paar Kund*innen hinter ihm bei meinen Worten Befall klatschen. Er rupft mir die Scheine aus der Hand, stolziert davon und murmelt: »Blöde Millennials ...«

»Wir sind die Generation Z!«, rufe ich ihm hinterher.

Hannah und Maggie sehen mich verblüfft an und ich staune selbst ein bisschen über mich.

Ich habe einem Fremden die Meinung gesagt! Das ist noch nie vorgekommen.

Elliot schuftet echt zu schwer, um sich so was anhören zu müssen, aber selbst wenn es nicht so wäre, hätte er das nicht verdient. Niemand verdient so was. Elliot lächelt mir zu, dann geht er mit dem Eimer und einem *Achtung, Rutschgefahr*-Schild um die Theke herum. »Danke«, flüsterte er beim Wischen.

»Schwule Solidarität«, flüsterte ich zurück. »Keine Ursache.«

»Dann bist du also doch ein Märchenprinz, was?«

Ein Prinz?

Als Elliots Kompliment bei mir ankommt, fangen meine Finger an zu kribbeln. Aber ich trete nicht verlegen von einem Fuß auf den anderen oder wippe vor und zurück. Stattdessen stehen meine Schuhe ungewohnt fest auf dem Boden.

Unwillkürlich muss ich lächeln.

In diesem Moment, in diesem Raum voller Menschen, habe ich in mir etwas gefunden, das mir Kraft gegeben hat.

Ist es Selbstvertrauen?

Und auf einmal ergibt alles einen Sinn. Ich kann nicht der Gejagte sein wie Hannah. Wenn ich darauf warte, dass ein anderer den ersten Schritt macht, werde ich ewig warten müssen. Ich muss selbst ein Märchenprinz sein – nicht der nervöse Micah Summers, wenn ich Crush 100 nach einem Date frage. Ich darf mir keine Sorgen machen, was die Leute von mir denken. Zumindest kann ich so tun, als ob.

Auf Instaloves spiele ich auch eine anonyme Rolle, warum also kann ich dann nicht in meinem Kopf zu einem anderen werden, wenn mir das hilft, bei meinem nächsten Date-Versuch weniger nervös zu sein. Wobei es nicht darum geht, mich als jemand auszugeben, der ich nicht bin. Ich will nur einen kleinen Schalter in meinem Kopf umlegen, zur Stärkung meines Selbstbewusstseins.

Wer du auch bist, Crush 100, und wo du auch bist – mach dich bereit, dem Prinzen zu begegnen!

Kapitel 3

DER KÜRBIS

Zwei Wochen nach meiner Katastrophe im Grant Park ist mein vorletztes Schuljahr zu Ende (wer war noch mal Andy??). Seit Ferienbeginn hat meine neue Persona – der Märchenprinz – total selbstbewusst einen Typen nach dem anderen nach einem Date gefragt. Nur dass mit »Typ« mein eigenes Spiegelbild gemeint ist.

Bisher bin ich kein bisschen weiter, diesen Crush 100 zu finden, der mich tatsächlich dazu bewegen könnte, nicht mehr nur mit meinem Spiegelbild zu flirten. Crush 100 muss etwas Besonderes sein, und vor allem sollte es jemand sein, bei dem ich eine Chance hätte. Ich kann nicht wieder zurück und weiter nur in meinen Zeichnungen leben. Andy McDermott anzusprechen war eine Katastrophe, aber eigentlich nur, weil ich die falsche Antwort bekommen habe. Ich stehe *so* kurz vor einem Ja!

Unglücklicherweise haben diese Anforderungen an Crush 100 dazu geführt, dass ich schon seit über drei Wochen nichts mehr auf Instaloves gepostet habe. Maggie und Hannah beharren darauf, dass ich zu wählerisch bin und so meinen Insta-Fame gefährde.

Aber obwohl ich meinen Prinzen noch nicht gefunden habe … kann ich nicht aufhören, an ihn zu denken.

Wer er ist. Wie er aussieht.

Die Gefühle habe ich schon in meinem Herzen. Jetzt muss ich nur noch den passenden Jungen dazu finden.

Um mich von der Suche abzulenken, mache ich einen Abendspaziergang nach Old Town, um neue Stifte zu kaufen. Old Town Chicago, mit den knorrigen Bäumen und den kantigen alten Backsteinhäusern – kaum ein Wolkenkratzer zu sehen –, fühlt sich an wie ein Land, in dem der Herbst nie zu Ende geht. Als ich *Rhapsody in You* betrete, meinen Lieblingsladen für Künstlerbedarf, und die Acrylfarben rieche, verfliegen alle Gedanken an Jungs sofort.

Ich suche mir eine neue Packung Kohlestifte und ein kleines Notizbuch aus. Sobald ich den Laden verlassen habe, schreibe ich *Das kleine Buch der ersten Male* vorne auf den Einband. Auf die erste Seite schreibe ich *Mein erstes Date* und lasse daneben eine Seite frei für ein Datum in der Zukunft, an dem das passieren wird.

Das kleine Büchlein liegt in meinen Fingern und pulsiert förmlich vor mystischer Macht. Irgendwann wird es vollgeschrieben sein – das erste Date, der erste Kuss, die erste gemeinsame Nacht und so viel mehr. Wie ich gehofft hatte, ermutigt mich das kleine Büchlein, und meine deprimierenden Zweifel weichen neuer Hoffnung. *Natürlich* kann ich es schaffen, einen Jungen anzusprechen und nach einem Date zu fragen.

Selbst wenn dabei mein Herz explodiert und ich in dem Moment, wenn ich ihn frage, tot umkippe.

Anschließend setze ich mich in die L – das ist die berühmte Chicagoer Hochbahn, deren Strecke auf erhöhten Gleisen in einem Ring um den Loop herumführt. Ich möchte ein bisschen durch die Stadt fahren, um mich inspirieren zu lassen – und der Sonnenuntergang ist die beste Tageszeit dafür. Während der Zug Richtung Downtown und zum Fluss rattert, erhasche ich ein Blick auf mein Gesicht, das mich von einer Anzeigentafel anstrahlt.

In Wirklichkeit ist es gar nicht *mein* Gesicht, sondern das meines Vaters.

Jeremy Summers, der König von Chicago! Radio WNWC – und Tor!

Diese Werbetafeln zu sehen ist ein bisschen, als würde ich in den Spiegel schauen: Mit den braunen Augen, der geraden Nase und den leicht rosa angehauchten Gesichtszügen bin ich meinem Vater wie aus dem Gesicht geschnitten. Niemand kann Jeremy Summers entkommen. Sein Gesicht ist in Straßenbahnen zu sehen, auf Bussen, Parkbänken, Gebäudewänden. Und natürlich auf den signierten Autogrammkarten, die in sämtlichen Imbissen, Pizzaläden und Autowaschanlangen hängen, die er je besucht hat.

Wahrscheinlich ist es mein Schicksal, ein Märchenprinz zu sein. Schließlich ist mein Vater ein König.

Auf diesem Werbeplakat hat jemand seinen Vorderzahn geschwärzt und ihm ein blaues Auge gemalt. Vermutlich in liebevoller Erinnerung an seine Eishockey-Glanzzeiten, die ihm erst eine olympische Silbermedaille in Vancouver einbrachten, dann ein Porträt auf Cornflakes-Packungen und schließlich noch eine Bronzemedaille in Sotschi. Und das alles wiederum führte zu *Pass den Puck,* einer einjährigen Reality-Show, in der das Leben von Jeremy Summers und seiner entzückenden Familie mit Kameras begleitet wurde.

Tragischerweise war *Pass den Puck* auch die Geburtsstunde von Baby Buh-Buh. Der Spitzname meiner Schwester für mich blieb hängen und diente irgendwann sogar als Inspiration für ein Trinkspiel.

Ein Schnaps, wenn Micah grundlos rumheult!

Daher auch mein Widerstreben, irgendjemanden wissen zu lassen, dass ich hinter Instaloves stecke. Solche Fantasien können schnell ziemlich erbärmlich wirken, wenn die Leute rausfinden, wer sie zeichnet.

Die Skyline vor dem Fenster vertreibt alle schlechten Erinnerungen. Man kann in Chicago keine Sterne sehen, aber wenigstens haben wir wunderschöne Sonnenuntergänge. Zu dieser Tageszeit sieht die Stadt besonders magisch aus. Noch so hell, dass sich die Fenster der Bahn nicht in Spiegel verwandeln, aber dämmrig genug, dass man in die Sonne schauen kann. Einfach ein Zug, der sich durch das Labyrinth der Wolkenkratzer schlängelt, während die untergehende Sonne durch die Lücken zwischen den Gebäuden scheint. Meine Schultern sacken ein, und die Anspannung, die ich vorher noch gar nicht gespürt habe, löst sich.

Alle hier im Zug sehen schön aus. Das orangegelbe Licht macht alles hübscher, was es berührt. Sein Schein lässt die Gesichter leuchten und zaubert ein goldenes Funkeln in die Augen.

Der perfekte Augenblick für eine zufällig Begegnung mit ...

Nein, Micah, bitte vergiss Crush 100, wenigstens einen Abend lang!

Unser Zug nähert sich der Haltestelle an der Harold Washington Library. Mit der roten Backsteinfassade und dem verzierten kupfergrünen Dach sieht Chicagos Bibliothek aus wie ein knackiger Herbstapfel.

Ein Palast. Die perfekte Kulisse für ...

NEIN, Micah. Hör auf, nach ihm zu suchen. Crush 100 taucht dann auf, wenn er auftaucht.

Der Zug bremst quietschend ab und bringt mehrere stehende Fahrgäste aus dem Gleichgewicht. Ich packe den Griff an meinem Sitz und ziehe meinen bronzefarbenen Kaschmirschal zurecht. Trotz der Hitze trage ich einen Schal über dem T-Shirt für den Boho-Künstlerlook. Außerdem ist er federleicht und schmiegt sich weich an meine Haut. Und er betont meine hellbraunen Augen, sodass sie wie Sahnebonbons aussehen.

Mein Outfit heute ist schon sehr süß. UND WENN ICH NUN ZUFÄLLIG –

Letzte Warnung, Micah!

Da geht die Tür auf.

Und *er* kommt herein.

Er ist so groß, dass er den Kopf einziehen muss, um durch die

Türöffnung zu passen, hat wuschelige schwarze Locken und volle olivbraune Wangen mit Grübchen. Er hat den Körper eines Mannes, aber ein jugendliches Gesicht.

Das einzige Wort, das mir in den Sinn kommt, ist *Schicksal*. Es ist, als hätte ich plötzlich übersinnliche Fähigkeiten entwickelt. *Das kleine Buch der ersten Male* scheint seinen Zauber schon wirken zu lassen! Ich kann die Energie in der Luft buchstäblich spüren.

Während sich noch mehr Leute in den Waggon schieben, schleppt er zwei Tragetaschen durch den überfüllten Gang. Die Taschen sind so voll mit Büchereibüchern, dass er sich echt abmühen muss – obwohl sich muskulöse Oberarme unter den Ärmeln seiner schwarzen Lederjacke abzeichnen. Eine Lederjacke im Sommer? Tja, offenbar sind wir beide bereit, für einen guten Look zu leiden.

Er plagt sich so mit seinen Büchern ab, dass ich lächeln muss.

»War 'n langer Tag. Ich schwöre, normalerweise tue ich mich nicht so schwer«, sagt der Junge plötzlich mit einer erstaunlich tiefen Bassstimme.

Hat er mit mir geredet? Er schaut mich jedenfalls an. Bestimmt hat er gemerkt, dass ich lächele.

Tu was, Micah! Meine Füße sind plötzlich tausend Tonnen schwer.

Der Junge stemmt demonstrativ die beiden Büchereitaschen in die Höhe. Seine schimmernden Augen treffen meine. Ich zwinge mich, nicht wegzusehen, aber durch den Blickkontakt fühle ich mich so verwundbar, dass ich Gänsehaut bekomme.

Er grinst, und seine Augen verschwinden hinter seinen süßen, vollen Wangen.

Kein Zweifel, er schaut mich an.

Sag was! Meine Lippen sind plötzlich ganz spröde und trocken.

Ein vertrautes Brodeln regt sich in meinem Magen.

Denk dran, du bist nicht der trottelige Micah Summers, der sich fast auf den letzten Jungen übergeben musste, den er nach einem Date gefragt hat. Du bist der Märchenprinz und du kannst ALLES schaffen!

Wenn ich diesen Moment verstreichen lasse, ohne mich zu öffnen, ohne eine mögliche Abfuhr zu riskieren, werde ich mich nie trauen. Es gibt kein größeres Zeichen als das hier, jetzt, in diesem Augenblick: Ich sitze in einer überfüllten Bahn neben einem Jungen, der aussieht wie eine coole Ausgabe von Prinz Eric aus *Arielle, die Meerjungfrau* und mich schon mehrmals angelächelt hat. Ich muss handeln, sofort.

»Nimm doch meinen Platz!«, höre ich mich viel zu laut sagen – während ich unbeholfen aufspringe. »Oh, nein, das passt schon. Ist ja nicht so, als wäre ich schwanger oder so.« *Mein* Prinz Eric ist über einen Kopf größer als ich, die Büchereitaschen hängen schwer an seinem Arm. Ob er mich auch noch tragen könnte? Viel mehr als eine Tasche voller Bücher dürfte ich nicht wiegen. Ich wette, er könnte das schaffen.

Oh Gott, jetzt wünsche ich mir, dass er das tut.

»Also, wo ich jetzt sowieso schon aufgestanden bin, kannst du dich auch einfach hinsetz– uups.«

Eine ältere Frau in einem neonblauen Jogginganzug schlüpft hinter mir vorbei und schnappt sich den freien Sitzplatz, bevor Prinz Eric und ich unseren höflichen Streit fortsetzen können. Unbeeindruckt zieht die Frau ein Taschenbuch heraus und fängt an zu lesen.

Prinz Eric zuckt die Schultern. »Sieh nur, was du angerichtet hast! Jetzt müssen wir uns weiterunterhalten.«

»Unterhalten? Wie ätzend! *Puhh!*« Die Rostlaube von Bahn erwacht ganz plötzlich wieder zu Leben und ich werde vorwärtskatapultiert. Mein Gesicht landet direkt an dem gebräunten, muskulösen Hals des Jungen und ich könnte auf der Stelle sterben vor Verlegenheit. Seine rechte Hand, an der immer noch eine Büchertasche hängt, packt meine Schulter, und endlich finde ich das Gleichgewicht wieder. Kribbelnde elektrische Stoßwellen gehen von der Stelle aus, an der er mich berührt hat. Sein Griff war fest, aber sicher.

Niemals hätte er zugelassen, dass ich falle.

»Entschuldige.« Ich lache. Ein frischer Duft geht von ihm aus und weht mir von meinem Ausflug an seine Brust hinterher. Es tut fast weh, mich von seinem Körper zu lösen und ihm wieder in die Augen zu sehen, nachdem mein Gesicht eben schon an seinem muskulösen Hals lag. Als hätten wir was ausgelassen und wären direkt zu Date Nr. 3 übergegangen.

Er lacht. Tief. Seine Bassstimme vibriert in meinen Ohren. »Ah, der alte ›Uups, jetzt bin ich ganz aus Versehen mit dir zusammengestoßen‹-Trick, was?«

ER FLIRTET MIT MIR.

Ich hole leise Luft und suche seine Augen. »Na ja, die Klassiker funktionieren eben immer.«

Ich wage es nicht zu blinzeln. Er muss spüren, dass ich zurückflirte. Prinz Eric erwidert meinen Blick – auch er blinzelt nicht. Okay, das hier ist ganz offiziell kein Hetero. Seine mondgroßen Augen schauen mich direkt an, seine Lippen sind leicht geöffnet.

Er gibt mir ein Zeichen.

Gleich kriege ich einen Herzinfarkt.

Durch seine lockere, herzliche Art und diese warme Energie zwischen uns fällt es mir so leicht, ihn anzusehen und mit ihm zu reden. Das ist mir noch nie passiert. So fühlt es sich also an, begehrt zu werden.

Aus der Nähe ist die Lederjacke des Jungen gar nicht schwarz. Blutrote und orangefarbene Fäden ziehen sich in einem zarten, verschlungenen Muster über die Ärmel. »Sind das … Ranken?«, frage ich.

»Ja, schau mal.« Prinz Eric dreht sich um und zeigt mir seinen breiten Rücken. Hier ist das Muster besser zu erkennen: ein Kürbis. Unzählige Ranken schlängeln sich von dem Kürbis weg und ziehen sich über die Jackenärmel nach vorne. Es sieht aus, als hätte er den Herbst genommen und ihn punkig gemacht.

»Cool! Dann fängt die Kürbissaison für dich schon im Juni an?«

»Scheint so.« Lachend dreht er sich wieder zu mir. Wieder erscheinen Grübchen auf diesen zuckersüßen Wangen. Als unser Zug in einer Kurve um den Loop fährt, dringt ein heller Sonnenstrahl durch die Gebäude draußen und hüllt uns beide in ein goldenes Licht.

Okay, Sonne, ich hab's kapiert.

Das ist Crush 100.

»Diesen ganzen Kürbis-Kram finde ich sonst meistens ziemlich kitschig«, sage ich. »Wobei ich nichts gegen Kitsch habe – ich liebe Kitsch! Aber die Lederjacke sieht echt cool aus.«

»Danke! Das ist übrigens veganes Leder. Nicht dass du was Falsches von mir denkst.«

»Was anderes hätte ich auch nicht erwartet.«

»Keinem muhenden Lebewesen wird durch meine Liebe zur Mode Schaden zugefügt. Abgesehen von diesem Finger, der mit drei Stichen genäht werden musste.« Seufzend stemmt er seinen linken Arm, inklusive Tasche, in die Höhe und zeigt mir seine offene Hand: In der Kuppe seines Mittelfingers prangt eine fiese Kerbe.

Staunend deute ich auf die Jacke: »Du hast die gemacht?«

Er grinst.

Er ist kreativ – so wie ich! Und wahnsinnig talentiert noch dazu.

Einen langen Moment schauen wir uns an, und die Luft zwischen uns ist so gespannt wie ein Gummiband, das jeden Moment zu reißen droht. Seine Lippen bewegen sich leicht, ohne dass ein Ton herauskommt – ganz so als würde er etwas sagen wollen.

Sag es.

Sag es, damit ich es nicht sagen muss.

Frag mich nach meiner Handynummer.

Sag mir deinen Namen.

Der Moment verstreicht. Wir haben zu lange gewartet. Der Zug hält an und Dutzende Menschen hasten um uns herum aus dem Waggon. Wenn er jetzt auch aussteigt, gehe ich mit ihm. Ich würde einfach so tun, als müsste ich hier ebenfalls raus. Mir egal.

Aber mein Crush geht nicht.

Stattdessen lässt er mit einem erleichterten Seufzen die Büchertaschen auf den Boden plumpsen. »Hey, freie Plätze«, sagt er und zeigt auf eine frei gewordene Reihe. Mit einem Schnaufen schiebt er mit dem Fuß die Taschen zu der Bank, dann winkt er mich zu sich. Eine kurze Handbewegung nur, aber das ist das Signal – er will, dass ich mich zu ihm setze! Ebenso gut hätte er mich am Fuß einer breiten Schlosstreppe in Empfang nehmen und mir die Hand küssen können.

Das lasse ich mir nicht zweimal sagen. Über drei Plätze hinweg breiten wir uns nebeneinander aus. Jetzt, wo wir den Loop verlassen und Richtung Norden fahren, gibt es mehr als genug freie Sitze. Mir bleibt aber nicht viel Zeit, seine wuscheligen, seidigen Locken zu bewundern, denn sein Handy vibriert, und sein Gesicht verdunkelt sich. Er wirkt besorgt. Schlechte Nachrichten.

»Alles okay?«, frage ich mit einem Kloß im Hals.

»Sorry, aber … da muss ich ran. Das ist das Studierendenwohnheim und ich warte schon eine Woche auf den Anruf –«

»Klar, geh ran –«

»Tut mir leid, das ist so unhöflich –«

»Achtung, du verpasst noch deinen Anruf –«

»Du steigst doch noch nicht so bald aus, od–? Hallo?« Crush 100 nimmt den Anruf an, bevor er den Satz beenden und diese extrem wichtige Frage stellen kann. Er dreht mir den Rücken zu, sodass ich das gestickte Kürbismuster in voller Pracht bestaunen kann, und redet leise in sein Handy.

Der Kloß in meinem Hals verdreifacht sich.

Soll ich einfach nur hier sitzen und warten? Wirkt das nicht uncool? Ich will auf keinen Fall irgendwie verzweifelt rüberkommen.

Aber ich will auch nicht, dass er sich gedrängt fühlt, den Anruf schnell zu beenden und sich wieder mir zu widmen.

Obwohl es schon echt cool wäre, wenn er das täte.

Wenn ich jetzt mein Handy raushole, wirke ich gelangweilt. Oh Mann. Warum hüpft mein Knie so auf und ab? Das wirkt doch so, als wäre ich total nervös! Mir ist, als hätte ich hundert Cold Brews getrunken. Ich muss mich mit irgendwas ablenken, das mich auf lässige Weise interessant wirken lässt …

Meine Hand schwebt zu meinem Rucksack. Sobald meine Finger die kühle Metallschnalle berühren, beruhigt sich meine Knie wieder. Ich zeichne ihn einfach! Dann sieht er, dass ich auch kreativ bin, und sobald er sein Telefonat beendet hat, haben wir ein neues Gesprächsthema: meine Skizze von ihm. Noch nie habe ich einem Crush eine meiner Zeichnungen gezeigt. Die Bilder habe ich ja immer erst auf Instaloves gepostet, sobald sich meine Schwärmerei längst wieder erledigt hatte. Aber diese Angst muss ich überwinden, um den Bann zu brechen und meine Pechsträhne ein für alle Mal zu beenden.

»Tut mir leid«, flüstert mir Crush 100 fast lautlos zu, während eine gedämpfte Stimme am anderen Ende der Leitung auf ihn einredet.

Sein genervtes Gesicht, die Enttäuschung darin, boostet mein Selbstbewusstsein. Denn das ist der Beweis: Er will lieber mit *mir* reden, er will meine Nummer, er will mit mir ausgehen, er will mich küssen.

Nein, du Idiot, er wird nur wieder sagen: »Ich bin echt geschmeichelt, ABER …«

Wenn er das sagt, dann ist es eben so, aber ich muss es wenigstens versuchen.

Ich lache leise und flüstere nur: »Alles gut.« Dann ziehe ich Skizzenblock und Stift heraus. Die Augen von Crush 100 fliegen direkt zu meinem Block. Überrascht schaut er mich an und grinst. Ich habe ihn beeindruckt. Nach einem weiteren neugierigen Blick wendet er sich wieder seinem Anruf zu: »Ich bin den Sommer über für den Kurs im Wohnheim untergebracht, und ... genau ... ich wollte fragen, ob es noch möglich wäre, die Zimmer zu tauschen, weil ich eine Freundin habe, die ...«

Während er leise seine Angelegenheiten regelt (er ist so rührend bemüht, die anderen Passagiere nicht zu stören!), windet sich Crush 100 aus der Lederjacke und legt sie sorgsam gefaltet auf seine grüne Armeetasche. Bei dem Anblick seiner breiten, muskulösen Oberarme rutscht mir fast der Stift aus den Fingern.

Ich. Bin. Sprachlos.

Ich fange an zu zeichnen. Zuerst bewegt sich meine Hand etwas fahrig über das Papier, aber nach ein paar Augenblicken habe ich meinen vertrauten Rhythmus gefunden. *Wusch, wusch, wusch.* Wie bei einem Windrädchen fliegt es aus mir heraus. Noch ein gutes Omen. In der Zeichnung steht mein Crush triumphierend vor einer Schneiderpuppe, die einen Anzug aus veganem Leder trägt, den er selbst bestickt hat. Kürbisse, riesige Rollen mit Garn und dicke Nähnadeln liegen in einem altmodischen Cottage verstreut. Entscheidende Einzelheiten von Crush 100 habe ich übernommen, wie seine starken Arme und die lockigen Haare, aber ich habe alles ein bisschen übertrieben gezeichnet und seine Gesichtszüge bewusst undeutlich gelassen. Im Bild wickelt er etwas unbeholfen und jungenhaft ein langes Schneidermaßband um sich herum.

»Der Prinz von Chicago!«, ruft jemand neben mir erfreut, und mir fällt fast der Stift aus der Hand.

Ein lächelnder älterer, weißer Mann klammert sich an den Handlauf über mir. Er sieht aus wie Danny DeVito, mit wehendem, schütterem Haar und einer dicken Brille. Sobald er mir in die Augen schaut, wird sein breites Grinsen noch größer, und er zeigt mit kleinem Finger und Zeigefinger auf mich, als wären sie zwei Ziegenhörner. »Der Prinz von Chicago!«, wiederholt er.

Die eingefleischten Fans von meinem Dad erkennen meine

Schwester und mich immer sofort. Ich erwidere das Lächeln des Mannes und schaue kurz zu Crush 100, der immer noch in sein Telefonat vertieft ist. »Sind Sie ein Fan von meinem Dad?«, frage ich.

»Machst du Witze?« DeVito schnaubt und zeigt mir sein Handy: Auf dem Display ist das Gesicht meines Vaters zu sehen. Es ist das Titelbild für seine Sendung, die im Radio ausgestrahlt wird und anschließend in seinem Podcast nachzuhören ist. »Ohne den König von Chicago wären wir den Fluch des Billy Goat niemals losgeworden! Du bist vermutlich zu jung, um dich zu erinnern –«

»Oh, ich habe die Geschichte schon von Geburt an ständig zu hören bekommen.«

Der Legende nach hatten die Chicago Cubs – das Baseball-Team der Stadt – schon seit Jahrzehnten keinen Meistertitel mehr gewonnen, weil sie von einem Typen verflucht worden waren, der seine Ziege mit zu einem Spiel brachte und rausgeworfen wurde. Der Fluch entpuppte sich als jahrelange Geißel für den Verein. Und nachdem die Cubs dann doch endlich mal wieder Meister wurden, behaupteten alle, dieser Sieg sei nur zustande gekommen, weil mein Vater heimlich einen Friedensvertrag zwischen dem Besitzer der Cubs und den Nachfahren des Ziegenbesitzers ausgehandelt hätte.

Meine Mutter und ich könnten gut leben, ohne je wieder auch nur ein Wort über den Fluch zu hören – aber er sorgt dafür, dass unser Kühlschrank immer gut gefüllt ist und ich mir meine Zeichenmaterialien leisten kann.

Wegen DeVito und seinem »Prinz von Chicago«-Gerede fällt mir wieder ein, dass Elliot mich als Märchenprinz bezeichnet hat – und auf einmal kommt es mir so vor, als wäre alles ... möglich. In mir drin springt ein unsichtbarer Motor an, ich rutsche auf meinem Sitz herum und meine Füße trippeln auf und ab. Crush 100 sitzt direkt vor mir! Ich muss ihn nur nach einem Date fragen. Vielleicht falle ich dabei auf die Schnauze, aber das Universum hätte bestimmt nicht alles so perfekt getimt, nur um mich lächerlich zu machen.

Okay, vielleicht schon – aber ich bin fest davon überzeugt, dass es diesmal nicht so kommt!

»Vielen Dank, dass Sie sich die Zeit genommen haben«, sagt Crush 100 jetzt in sein Handy.

Gleich legt er auf!

»Danke, dass Sie sich die Sendung von meinem Vater anhören«, sage ich hastig zu DeVito.

Der Fan strahlt noch mehr. »Ich hör sie jeden Tag! Aber jetzt lasse ich dich in Ruhe!« Erfreut schiebt er sich weiter den Gang entlang, und ich danke dem Universum, dass es ihn rechtzeitig vertrieben hat und ich mit meiner Charmeoffensive fortfahren kann.

Der Junge dreht sich mit einem verlegenen Grinsen zu mir. »Tut mir echt leid.«

Es ist ganz einfach: Frag ihn nach seinem Namen. Zeig ihm die Zeichnung. Hol dir seine Nummer.

Ich kann das. Mein Brustkorb wird vielleicht zerspringen, weil mein Herz so heftig schlägt, aber ich kann das. Er will, dass ich ihn frage. Ich kann ihm diesen romantischen Moment schenken, den ich mir so sehr von meinen neunundneunzig anderen Crushes gewünscht – aber nie bekommen habe. Und es wird ihn umhauen! Das Universum hat diese ganzen anderen Versuche scheitern lassen, weil es mich auf den hier vorbereiten wollte!

»Hast du alles geklärt –?«, frage ich.

QUIIIIIETSCH.

Mein unterer Rücken verkrampft, als ich auf meinem Sitz nach vorne rutsche und versehentlich gegen zwei stehende Fahrgäste stoße. Manchmal kommt die L ganz langsam zum Stehen, aber diesmal nicht. Während ich mich bei den verwirrten Fahrgästen entschuldige, zieht mich Crush 100 mit einem starken, aber zugleich sanften Griff von ihnen weg – und zu sich hin. Wir lächeln uns an.

»Dieser blöde Zug«, meinte er. »Alles okay?«

»Nichts passiert. Ich war nur nicht darauf gefasst –«

»Dein Skizzenbuch –« Crush 100 bückt sich schon, bevor ich es bemerkt habe: Das Skizzenbuch ist mir aus den Händen gerutscht und auf dem Boden gelandet, sodass die Zeichnung von ihm oben liegt.

Angst schießt in mir hoch.

Gleich wird er sie sehen. Ob sie ihm gefällt?

Crush 100 hält die Zeichnung in den Händen und betrachtet sie fasziniert, bevor er mir das Buch zurückgibt. Er hat sich erkannt, das sehe ich ihm an. Trotz der verfremdeten Details weiß er, dass er das ist.

Ich fühle mich komplett nackt. Als wären meine Kleider völlig durchnässt. Wirre, schmerzhafte Gedanken durchzucken mich: Ich habe den Drang, mich zu entschuldigen und wegzurennen, das Skizzenbuch zurückzulassen und es nie wieder zu berühren.

Unsere Blicke begegnen sich. Wir schweigen.

Ich nehme ihm das Skizzenbuch aus der Hand.

Eine elektronische Stimme über uns verkündet den nächsten Halt des Zugs, Washington / Wabash. Überrascht schaut Crush 100 auf und sagt: »Mist, da muss ich raus.«

»Ich auch!«, lüge ich.

»Echt?« Er lächelt erleichtert. »Dann los! Lass uns die Seiten wechseln.« Er zeigt auf seine Büchertaschen.

Ich kichere.

Während Crush 100 schon aus dem Waggon hastet, fällt mein Blick auf seine selbst genähte Kürbisjacke, die verlassen auf dem schmutzigen Boden der L liegt. Offenbar hat er sie vergessen, ausgerechnet dieses Kunstwerk! Ich hebe die Jacke auf und folge ihm, aber mit seinen großen Schritten ist er mir schon weit voraus. Ein Schwarm neuer Passagiere strömt herein – ich stemme mich gegen die Menge, und mein Herz klopft so heftig, dass es wehtut.

Crush 100 springt bereits auf den Bahnsteig. Es sind einfach zu viele Leute, aber ich habe es fast geschafft ...

Plötzlich rutscht mein Fuß weg, und ich sinke fast in einen Spagat, bevor ich mich an einer Haltestange abfangen kann. Puh. Das war knapp, aber nichts kann zwischen mich und Crush 100 kommen.

»Hey, Prinz von Chicago, alles klar?« Mr DeVitos Hand packt meinen Arm und ich schaue dem besorgten Fan meines Vaters ins Gesicht. »Das wär fast ein fieser Sturz geworden.«

»Nein, ich ...«, stottere ich.

»TÜREN SCHLIESSEN«, sagt die elektronische Stimme über uns – und ich muss hilflos mit ansehen, wie sich die automatischen Türen zwischen mich und meinen Crush 100 schieben.

Das Herz wird mir aus der Brust gerissen. Anders lässt sich dieser brennende Schmerz nicht erklären.

Eine Sekunde habe ich gezögert und das war schon zu lange.

»Halt!«, rufe ich. »Hallo, macht die Türen auf!«

Auf der anderen Seite des Fensters bewegen sich die Lippen des Jungen – er will mir etwas sagen, aber ich kann nichts hören. Ich schüttele den Kopf und deute hektisch auf mein Ohr.

Was für ein Albtraum. Meine Brust schnürt sich zusammen.

Wir sind noch nicht losgefahren. Es ist immer noch Zeit. Wo ist bloß dieser Knopf, der dem Fahrer signalisiert, dass er die Türen noch mal öffnen soll? Ich könnte die Tür aufstemmen – als wäre sie das Maul eines Drachens, vor dem ich meinen Prinzen retten müsste.

Aber dieses Maul ist so fest geschlossen, dass meine Finger keinen Halt finden.

Draußen auf dem Gleis hüpft Crush 100 mit besorgtem Gesicht hin und her. Er weiß, was ich auch weiß: Es ist zu spät, um uns das Wichtigste auf der Welt zu sagen – unsere Namen.

Seine Lippen hauchen ein paar letzte Worte, die ich – traurigerweise – tatsächlich verstehen kann: »TUT MIR LEID.« Und dann erschüttert ein neuerlicher Stoß den Zugboden unter mir. Wir fahren aus der Station, und mein Traummann wird immer schneller immer kleiner, bis ich ihn gar nicht mehr sehen kann.

Dann ist er weg.

»Alles okay mit dir?«, fragt mich der Fan meines Vaters schuldbewusst.

Mit tonnenschwerem Herzen drehe ich mich zu ihm. »Das war meine Haltestelle.«

Kapitel 4
DER ERLASS

Ich habe ihn verloren.

Ich hatte Crush 100 gefunden und dann habe ich ihn wieder verloren.

Beim nächsten Halt packe ich die Kürbisjacke dieses absolut einmaligen Traumprinzen und stürme auf den Bahnsteig. Ohne innezuhalten, renne ich zurück zu der Station, wo er und ich durch das Schicksal und die sich schließenden Türen getrennt wurden.

Dort ist niemand mehr, nur ein junger Geiger. Crush 100 hat nicht auf mich gewartet.

Eine süße, traurige Geigenmelodie hallt durch die leere, höhlenartige Station aus Stahlträgern und Backsteinen. Sie erklingt nur für mich.

Eine Stunde lang laufe ich zwischen den beiden Stationen hin und her und kämme die Seitenstraßen ab, in der Hoffnung auf ein Zeichen von ihm. Nur irgendeinen Hinweis, wohin er verschwunden sein könnte – aber da ist nichts. Ein violettes Zwielicht legt sich über die Straßen. Die Cafés schalten ihre Außenbeleuchtung an.

Wie konnte das Universum das zulassen? Wie konnte es diesen Traumprinzen in meinen Schoß fallen lassen – die Sterne so ausrichten, dass sie uns perfekt zusammenbringen –, nur um alles wieder zu ruinieren?

Wie heißt er nur? Warum habe ich ihn nicht nach seinem Namen gefragt?

Nachdem alle meine Schwärmereien zu nichts führten, fühlte sich dieser Junge endlich so an, als könnte er mein Märchenprinz sein.

Märchen ...

Ein neues Gefühl regt sich in mir und vertreibt die Schwere, die mich niederdrückt, seitdem uns die Türen der Bahn getrennt haben. Ich bin nicht machtlos. Das hier ist mein Märchen, so wie meine Geschichten auf Instaloves. Hier bin ich der Prinz, und damit steht mir auch ein ganzes Königreich zur Verfügung.

Instaloves.

Ich breite die Jacke von Crush 100 auf einer leeren Bank aus, dass das kunstvolle Kürbismuster am Rücken zu sehen ist, und zeichne es ab.

Jede Ranke, jedes gestickte Detail bekommt im Licht der Bistrolampen einen mystischen Feenstaub-Glanz. Dann fange ich an, Crush 100 in der Jacke zu zeichnen, und mein Herz wird plötzlich bleischwer. Ich zeichne ihn so, wie ich ihn in Erinnerung habe ... seine Locken, seine Wangen. Ich versuche ihn so einzufangen, dass man ihn auf dem Bild erkennen kann. Sobald ich fertig bin, mache ich ein Foto davon und lade es auf Instagram hoch. Bisher habe ich auf Instaloves immer nur ordentlich eingescannte Zeichnungen gepostet, aber hier muss ich eine Ausnahme machen. Das hier ist schließlich ein Notfall – immerhin geht es um Crush 100.

Ich drücke auf Teilen und hole tief Luft.

Unsere Verbindung war echt. Die Art, wie er mich angeschaut hat – wie er gewartet hat, dass ich ihn nach einem Date frage. Dieses Lächeln, die niedlichen Grübchen auf seinen Wangen ... Wieder spüre ich ein schmerzhaftes Ziehen in meiner Brust.

Ich brauche Verstärkung.

♡ ◯ ▽

CRUSH 100, WO BIST DU? Ihr Lieben, bisher bin ich anonym geblieben (und das wird sich heute auch nicht ändern!), aber gerade eben bin ich Crush 100 in einem Zug der Brown Line an der Harold Washington Library begegnet. Wir haben geflirtet, und ich wollte ihn gerade nach einem Date fragen – als ich durch eine tragische Fügung des Schicksals meine Chance verpasst habe. Eigentlich wollten wir beide an der Haltestelle Washington / Wabash aussteigen, aber während er den Waggon bereits verließ, wollte ich noch schnell nach seiner liegen gelassenen Jacke greifen. Die Tür hat sich zwischen uns geschlossen und der Zug fuhr weiter. Und nun kann ich ihn nicht finden. Ich kenne zwar nicht einmal seinen Namen, aber eines weiß ich ganz genau: Er ist Crush 100. Wenn ihr – wie ich – zu den Träumer*innen gehört, die an Schicksal, Märchen und an ein glückliches Happy End glaubt, dann teilt bitte diesen Post und helft mir, ihn zu finden!

Im *Audrey's* ist es nach dem Feierabend-Ansturm wieder ruhiger geworden, sonst hätten wir niemals die Ledersessel am Fenster ergattert: Die gemütliche Sitzecke mit dem Kamin und dem hohen alten Bücherregal ist der begehrteste Platz des Cafés. Im Winter, wenn ein Feuer im Kamin knistert, gibt es in der ganzen Stadt keinen wärmeren Ort. Umhüllt von entspanntem Kaffeehaus-Jazz, breite ich die Kürbisjacke von Crush 100 auf dem runden Tisch vor uns aus. Hannah und Maggie drücken ihre Nasen in das vegane Leder und atmen den Duft ein. Sie denken anscheinend gar nicht daran, dass sie sich damit Zugbakterien ins Gesicht schmieren. Hinter den beiden entdecke ich Elliot, der draußen auf der Terrasse einen Menü-Aufsteller abwischt.

»Die Jacke lag auf dem Boden der Brown Line«, sage ich schließlich.

Angewidert weichen Hannah und Maggie zurück und lassen die Jacke entsetzt auf den Tisch fallen. Mit einem bösen Blick tupft Maggie sich Desinfektionsmittel auf die Nase. »Wie schade, dass dein Crush weggerannt ist, bevor er herausfinden konnte, was für ein kleiner Idiot du bist.«

»Vielleicht hat er dir schon geschrieben?«, meint Hannah und reibt sich ebenfalls Desinfektionsmittel unter die Nase.

»Nein, ich hab schon nachgeschaut«, seufze ich und schaue vorsichtshalber noch mal in meine DMs.

Das bin ich! Ich wollte dich nach einem Date fragen, aber dann hatte ich Schiss.

Jo, war echt nice, mit dir zu reden, aber ich empfinde nicht das Gleiche für dich. Kann ich meine Jacke wiederhaben?

Wie cool, dass ich Crush 100 bin! Ich habe auch sofort gespürt, dass es zwischen uns gefunkt hat! Ich bin zu schüchtern, um mich IRL mit dir zu treffen – aber wenn du mir deine getragenen Socken schickst, sende ich dir 30 Euro per Paypal. Welche Schuhgröße hast du?

Witzbolde. Betrüger. Innerhalb der zwei Stunden, seitdem ich den Post geteilt habe, bin ich zum Blitzableiter für sämtliche pathologischen Lügner in Chicagos Schwulenszene geworden. Eine Nachricht kam sogar von jemandem aus Ungarn! Hallo? Ich habe geschrieben, wir hätten uns vorhin in der L kennengelernt, und du bist in Ungarn?

»Hast du wirklich Crush 100 getroffen?«, fragt Elliot, der gerade die Kreidetafel hereinschleppt.

»Ja, das war echt Schicksal.« Ich packe die wunderschöne, handbestickte Jacke von Crush 100 an den Ärmeln. Fast kann ich seine starken Arme darin spüren. Ich war so nah dran ...

»Dann wird das Schicksal auch dafür sorgen, dass du ihn wiedersiehst.« Elliot lächelt, seine Haare kringeln sich schlaff um sein rundes Gesicht. Ich lächele zurück. Seine gute Laune ist ansteckend.

»Und? Was denkt ihr?« Ich halte die Jacke wie ein Beweisstück in die Höhe. »Sollen wir die Taschen nach Hinweisen absuchen? Oder verletzen wir damit seine Privatsphäre?«

»Die hast du schon verletzt, indem du ihn einfach in der L gezeichnet hast«, meint Maggie.

Warnend zeige ich mit dem Finger auf sie. »Tut mir wirklich leid, dass du meinetwegen heute Abend nicht mit Manda auf dem Sofa sitzen und rumstreiten kannst, wie sonst immer – aber wenn du hier nur rummeckern willst –«

Maggie verdreht die Augen. Hannah schiebt die Hände in die Vordertaschen der Jacke und sagt: »Ups, das hier ist aus seiner Tasche gefallen!« Mir stockt der Atem, als sie ein kleines weißes Ding hervorzieht. Ich reiße es ihr aus der Hand, als wäre es eine goldene Eintrittskarte für Willy Wonkas Schokoladenfabrik.

»Ein Bibliotheksausweis.« Mit zitternden Händen drehe ich

die dünne Plastikkarte hin und her. Diese überquellenden Büchertaschen, die er mit sich herumgeschleppt hat ... Wieder fühle ich mich, als würde mein Herz von einer Gorillafaust zerquetscht, und ich denke an die letzten Worte, die er zu mir gesagt hat. *Lass uns die Seiten wechseln!* So ein schöner, alberner Moment, der brutal unterbrochen wurde.

»Er liest gerne?«, fragt Hannah erfreut.

»Die Laminierung löst sich schon auf«, sage ich und wedele mit der dünnen Karte. Auf der Vorderseite sind nur noch die verblichenen Überreste eines verschmierten Namens zu erkennen. Die Unterschrift auf der Rückseite ist ein unleserliches Gekrakel. Vorsichtig streiche ich über die verwischten Buchstaben – als könnte ich sie aus der Vergangenheit freilegen wie Dinosaurierknochen. Ich meine ein R zu erkennen. Oder ist das ein H?

»Ein Leser.« Hannah tanzt auf ihrem Sessel herum. »Jetzt wird's *intere-ssa-hant*. Steht ein Name auf der Karte?«

»Die Karte ist zu alt. Man kann den Namen nicht mehr erkennen!« Frustriert trete ich gegen einen leeren Sessel. Das Quietschen lenkt sämtliche Blicke auf mich. Unter dem Tisch drückt Hannah sanft mein Knie. Sie muss mich nicht anschauen, um ihre Botschaft zu übermitteln. *Cool bleiben. Ich weiß, wie hart es ist.*

Wir widmen uns wieder dem Bibliotheksausweis und dem kompletten Mangel an Informationen darauf. Ich seufze.

»Also, Mr Aufdringlich«, sagt Maggie. »Zu jedem Bibliothekskonto gehört auch ein Name. Warum gehst du nicht in die Bibliothek und findest ihn heraus?«

Ich schnappe nach Luft. »Eine Spur!«

»Wie schön, dass jemand mit einer langweiligen Beziehung dir helfen konnte.« Maggie kippt sich die Kuchenkrümel aus der Tüte direkt in den offenen Mund.

Vor wenigen Sekunden noch war die Straße zu Crush 100 in einen dicken, undurchdringlichen Nebel gehüllt, aber jetzt ... habe ich eine Spur. Hoffnung explodiert wie eine Feuerwerksrakete in mir. Ich kann ihn finden. Wir gehen in die Bibliothek, bekommen mithilfe der Karte den Namen von meinem Crush heraus, und dann kann ich ihn endlich nach einem Date fragen.

In wenigen Stunden werde ich eine neue Chance bekommen!

Vorsichtig schiebe ich meine dünnen Arme in die große Jacke, und obwohl es ein bisschen so ist, als würde ich darin ertrinken, fühlt es sich richtig an. Die Haare an meinen Armen stellen sich auf.

»Also, um Mr Schicksal finden zu können, muss ich dir die Frage stellen, die du am meisten verabscheust«, sagt Hannah und schaut mir fest in die Augen. »Kannst du uns bitte die Zeichnung zeigen?«

Sofort balle ich unter dem Tisch die Fäuste.

Drei hoffnungsvolle, wartende Gesichter starren mich an.

Mein ganzer Körper wehrt sich dagegen, aber ... die Lage ist ernst. Es geht um Crush 100. An einem solchen Tag muss man die Regeln brechen – vor allem, wenn sich dadurch die Chancen erhöhen, ihn zu finden.

Wegen Elliots lieber Bemerkung über das Schicksal reiche ich ihm die Zeichnung zuerst. Maggie, Hannah und er drängeln sich neugierig um mein Bild; keiner von ihnen ist so viel Offenheit von mir gewohnt.

»Ein Modedesigner?«, fragt Hannah und tippt dann auf die Haare in der Zeichnung. »Du und Locken.«

»Was für Arme«, murmelt Maggie, die von dem hottesten Merkmal meines Crushes ebenso fasziniert zu sein scheint wie ich.

»Wie lange hast du für die Zeichnung gebraucht?«, fragt Elliot.

»Ungefähr zehn Minuten«, sage ich.

Ein beeindrucktes Lächeln zieht über sein Gesicht. »Du verarschst mich.«

»Das hab ich nur schnell hingekritzelt. Ich muss die Skizze erst noch richtig ausarbeiten.« Blut strömt in mein Gesicht. Genug gezeigt. Abbruch! Ich reiße Maggie das Skizzenbuch aus der Hand und sie verdreht sofort die Augen.

»Ich habe mich schon die ganze Zeit gefragt, wie du es hinkriegst, die Typen während einer so kurzen Fahrt zu zeichnen«, meint Elliot und lehnt sich an seine Tafel. »Ich schaffe es in der Zeit nicht mal, eine Buchseite zu lesen.«

»Alles nur Übung«, tue ich schulterzuckend ab. »Und ich zeichne nicht nur in der Bahn. Auch in Parks. Im Unterricht. Wann immer mich der Blitz trifft –«

Ohne Vorwarnung schlingen sich zwei Arme von hinten um Elliot. Die Gäste hier kennen echt keine Grenzen! Ich springe von meinem Sessel auf und will ihm helfen, aber dann erkenne ich den Angreifer: Es ist Brandon Xue – der beste Schwimmer unserer Schule. Seine Familie stammt aus China, er ist eins achtzig groß, und seine perlmuttfarbenen Arme sind so definiert wie bei einer griechischen Statue. Er hebt seinen Freund hoch, als wolle er den Heimlich-Griff an ihm ausprobieren. Elliot japst erschrocken, dann erkennt er, wer ihn umklammert, und quietscht niedlich.

»Brandon, niiihicht«, japst er. »Ich bin bei der Arbeit!«

Irgendwie fühle ich mich Crush 100 nun ein bisschen näher als noch vor einer Sekunde. Vielleicht überrascht er mich ja auch irgendwann, während ich an dem Wandbild in meinem Zimmer arbeite, das so überdimensional ist, dass es wohl besser in einem mittelalterlichen Schloss aufgehoben wäre. Zwei Prinzen, die endlich zusammengefunden haben.

Ich bin froh, dass Elliot so ein Glück mit Brandon hat. Maggie und Manda habe ich noch nie so unbeschwert zusammen lachen sehen; zwischen ihnen gibt es dauernd Spannungen und Missverständnisse.

Während Elliot immer noch kichernd darum bettelt, wieder runtergelassen zu werden, meckert seine Chefin bereits hinter der Theke: »Ähem!« Mit finsterer Miene kippt sie frische Kaffeebohnen in den Trichter der Kaffeemühle.

Elliots gute Laune verfliegt. »Okay, lass mich wieder los«, befiehlt er seinem Freund, und Brandon gehorcht widerstrebend. Der Anblick bricht mir fast das Herz.

»Oh, äh …« Elliot zeigt auf das Skizzenbuch, das ich schützend an meine Brust drücke. »Wir helfen Micah, seinen Crush 100 zu finden.«

»Ja, ich habe deinen Post gesehen.« Brandon dreht sich mit einem haifischartigen Grinsen zu mir. »Fährst du öfter den ganzen Tag mit der Bahn rum und suchst dir einen Typen aus, nur um ihn zu stalken wie ein Serienmörder?«

»Natürlich nicht«, erwidere ich empört.

»So hat es Jack the Ripper übrigens auch gemacht. Es heißt, er wäre auch ein gelangweilter reicher Typ gewesen –«

»Brandon –«, ruft Elliot entsetzt.

»Babe, das war doch nur Spaß«, stöhnt Brandon genervt, weil wir ihn nicht witzig finden.

»Micah stalkt doch niemanden«, sagt Hannah.

»Und wenn, dann höchstes ganz *dezent*«, fügt Maggie hinzu.

Mit brennenden Ohren packe ich meinen Rucksack, um zu gehen, aber Hannah protestiert sofort: »Hey, warte.« Sie schnappt sich die Jacke von Crush 100, bevor ich sie nehmen kann. »Wir werden deinen Traummann finden – und er wird überglücklich sein, dich wiederzusehen.«

Ich grinse. »Dann fahren wir morgen zur Bibliothek?«

»Die Suche kann losgehen!«

Als wir kurz darauf das *Audrey's* verlassen, steht Elliot hinter der Theke und ruft: »Ein Iced Dirty Chai für den Märchenprinzen!« Mit einem Lächeln reicht er mir mein Lieblingsgetränk – Chai auf Eis mit einem Espresso-Shot – auf Kosten des Hauses. Ich bin kurz sprachlos, dann bedanke ich mich erfreut bei ihm.

Augenzwinkernd flüstert er: »Schnapp ihn dir!«

Ich muss lächeln und schaue auf das *Kleine Buch der ersten Male*. Neben meiner Notiz *Mein erstes Date* wartet eine leere Seite hoffnungsvoll darauf, befüllt zu werden. Ob es morgen passieren wird? Die Antwort auf diese Frage – und alle meine Hoffnungen und Träume – liegt in der Harold Washington Library.

Kapitel 5

DIE BIBLIOTHEK

Ich bin seit dem Morgengrauen wach. Es fühlt sich an wie Weihnachten.

In wenigen Stunden öffnet die Bibliothek und ich könnte den Namen von Crush 100 herausfinden. Dann werde ich ihn online suchen und endlich um ein Date bitten. So, wie wir geflirtet haben, *kann* die Antwort gar nicht Nein sein!

Während ich vor Vorfreude fast übersprudle, öffnen meine bebenden Finger Instaloves. Vielleicht hat er sich ja schon gemeldet. Doch keine der Hunderten DMs, die sich über Nacht angesammelt haben, stammt von ihm. Nichts. Kein wunderschöner Junge mit schwarzen Locken und einem süßen Lächeln, das seine Augen verschwinden lässt.

Dieses *Lächeln* …

Ich drehe mich in meinem Bett und beobachte, wie die Sonne über dem Lake Michigan aufgeht, der sich vor mir bis zum Horizont ausbreitet. In unserem Penthouse bestehen sämtliche Wände aus riesigen deckenhohen Panoramafenstern mit einem endlos weiten Ausblick auf die Skyline. Wir liegen viel höher als die umliegenden Gebäude und brauchen daher keine Jalousien, um uns vor fremden Blicken zu schützen.

Weil Hannah und ich uns erst in einer Stunde treffen, beschäftige ich meine nervösen Hände mit einem Pinsel, den ich zuvor in Terpentin eingeweicht hatte. Ich gehe zu dem riesigen, halb fertigen Wandbild, das ich auf einer Leinwand vorskizziert und an der einzigen richtigen Wand in meinem Zimmer befestigt habe. Darauf tanzen in einem goldenen Ballsaal Dutzende königliche Paare: Prinzen und Prinzessinnen – in allen möglichen Kombinationen. In der Mitte prangt ein großer leerer Fleck. Irgendwann werde ich diese weiße Fläche füllen. Ich weiß noch nicht genau, mit was – aber es muss groß genug sein, um das Zentrum des Bilds auszufüllen.

Ein Gemälde zu malen ist viel schwieriger als meine schwarzweißen Kohlezeichnungen. Als ich letztes Jahr Unterricht bei einem Privatlehrer hatte, bin ich regelmäßig an der Aufgabe gescheitert, die Farben zu mischen. Sie werden schnell trübe, wenn ich mich mitten beim Malen umentscheide (was häufig vorkommt) und einen dunkleren oder helleren Farbton möchte.

Farben mischen? Ich hasse es.

Ich kippe zwei Dosen Farbe weg, mit denen ich herumexperimentiert habe. Leider sieht das Ergebnis aus wie schlammiger Senf. Meine Kehle wird eng. Ich mag das Gefühl nicht, zu versagen.

Warum ist Zeichnen so einfach und Malen so schwer?

Weil es eine Herausforderung ist, Micah. Dazu musst du aus deiner Komfortzone rauskommen – schon mal davon gehört?

Bei Instaloves habe ich viel mehr das Gefühl, auf meinen kreativen Instinkt vertrauen zu können – aber vor dem Wandbild scheine ich wieder eine Million Kilometer davon entfernt zu sein. Dabei drehen sich beide um Queerness und um Märchen – wo soll da der Unterschied sein?

Oder ist es doch nur das Medium?

Ich habe noch keinem in meiner Familie gesagt, dass ich gerne wieder professionellen Unterricht haben möchte. Mein Traum ist es, am Art Institute zu studieren. Zu Chicagos bekanntem Museum für moderne Kunst gehört auch eine weltberühmte Kunstschule – und wenn ich dort angenommen würde, müsste ich nicht mal mein Zuhause oder meine Freunde verlassen. Doch dieses Vorhaben tatsächlich anzugehen, ist leichter gesagt als getan. Jedes Mal, wenn ich mir vorstelle, dass ich dort studiere, flattert mein Herz wie ein riesiger Adler in meiner Brust. Meine Kehle schnürt sich zu, und meine Gedanken kreisen zwanghaft nur noch darum, bis ich am Ende alles einfach wieder von mir wegschiebe.

Du tust es schon wieder, Micah. Atme tief durch und male.

Saubere Farben, saubere Linien. Du schaffst das.

Und so lasse ich den glatten, realistischen Stil von meinen Instaloves-Zeichnungen hinter mir: Ich tupfe stakkatohaft silberne Farbe auf die Leinwand – fast gewaltsame Farbkleckse, die eine wellenartige Textur erzeugen. Ich verblende nichts – sodass die Farben in einem harten Kontrast zueinander stehen. Mein Lehrer für Kunstgeschichte bezeichnet das als einen malerischen Stil: Man malt so, dass Pinselstriche zu sehen sind, und macht dadurch den Leuten die Hand des Künstlers bewusst.

Ich atme aus. So. Das fühlt sich schon besser an.

Nachdem ich meine Fingernägel von Farbresten befreit habe, wähle ich ein möglichst prinzenhaftes Outfit aus: ein eng geschnittenes, gestreiftes Matrosenshirt und eine schmale Caprihose, dazu die Oversize-Jacke von meinem Crush 100.

Ich hatte gehofft, ich könnte kurz in die Küche schlüpfen, mir einen Kaffee holen und verschwinden, aber offenbar hatten alle in der Familie die gleiche Idee. Vier Erwachsene und eine löwenähnliche Maine-Coon-Katze drängen sich um die marmorne Kücheninsel. Meine Mutter, Dr. Jane Summers, ist klein und schmal wie ich und tragt einen schwarzen Hosenanzug und eine Brille mit riesigen Gläsern wie die junge Edna Mode aus *Die Unglaublichen*. Den olivefarbenen Hautton habe ich von Dad, während Mom und Maggie beide eine bleiche Morticia-Addams-Gesichtsfarbe haben. Sie brauchen die Sonne, aber gleichzeitig würden die Strahlen sie vernichten. Noch während der Kaffee in die Tasse läuft, greift Mom bereits ungeduldig nach dem Henkel, um die Tasse ja keine Sekunde zu spät aus der Maschine zu ziehen. Mein Vater, Maggie und ihre Freundin Manda warten im Hintergrund. Maggie und Manda tragen Laufklamotten, die mit einem Kaffeetassen-Muster bedruckt sind. Das liegt an Manda: Die beiden tragen häufig die gleichen Kleider, die sie selbst näht und meistens ein Muster haben, das irgendwie mit Essen zu tun hat. Immerhin sieht Maggie dadurch wenigstens ab und zu ein bisschen stylisch aus.

»Könnte ich vielleicht die zweite Tasse bekommen?«, flüstere ich Manda zu. »Ich habe einen Termin.«

Manda Chois Familie kommt aus Korea, sie ist groß und trägt die Haare mit den pinkfarbenen Spitzen zu einem französischen Zopf geflochten. Ihre Haut hat immer so einen coolen silbrigen Schimmer. Das Beste, was sie für meine Schwester getan hat, war, sie mit Feuchtigkeitscreme bekannt zu machen. Sie ist meine Mit-Verschwörerin, wenn meine Familie mal wieder zu sehr rumstresst. Manda blinzelt und flüstert: »Für mich ist das in Ordnung, aber dein Vater steht schon bereit, um sich den nächsten Kaffee zu schnappen.«

»Du bist also auf dem Weg zur Bibliothek?«, fragt Dad, der offenbar schon wieder viel zu viel weiß. Jeremy Summers – der König von Chicago – ist so groß, wie ich klein bin. Von Dads DNA habe ich bloß das Gesicht und seine Neigung zum Einsiedlertum bekommen – aber dann hat sie sich bereits dazu entschieden, Moms DNA den Rest zu überlassen. Er legt den Arm um Maggies Schulter, als wären sie alte Kumpels. So, wie er »Bibliothek« sagt …

Ist er offensichtlich informiert.

Mein wütender Blick richtet sich auf Maggie. »*Genau* – zur Bibliothek«, erwidere ich schnippisch.

Maggie, ganz Papas Liebling, grinst selbstzufrieden. »Ja, okay, ich hab's ihm gesagt. Aber was du vorhast, ist ja kein Geheimnis, oder? Du hast es doch ganz Instagram verkündet.«

Wütend trommeln meine Finger auf den Marmortresen. »Aber du erzählst die Geschichte immer falsch, nur um mich wie ein Irrer dastehen zu lassen.«

Sie verdreht die Augen. »Also, *immer* ist jetzt schon ein bisschen übertrieben.

»Reg dich nicht auf, Micah«, sagt Dad. Sein Lächeln ist verschwunden. »Das ist doch aufregend! Dein erstes Date –«

Ich werfe die Hände in die Luft. »Seht ihr? Die Geschichte ist schon ganz falsch. Das ist kein Date!«

Manda, die unser schnippisches Gestreite ignoriert, nippt an einem grünen Smoothie, während Maggie erklärt: »Dad, ich habe dir doch gesagt, dass Micah den Typen erst noch finden muss. Sie haben sich in der L kennengelernt und sind dann durch einen blöden Zufall wieder getrennt worden.«

»Ah, ja.« Er schlägt sich an den Kopf. »Stroh im Kopf. Entschuldige bitte, Micah.«

»Wie bei *Cinderella*«, sagt Mom, die Augen auf den Kaffee geheftet. »Maggie hat uns die Geschichte schon richtig erzählt, Schatz. Wir freuen uns alle so für dich! Ich hätte dich ja darauf angesprochen, als du reingekommen bist, aber ich wollte nichts jinxen oder dich nerven.«

Ich lächele und meine angespannten Nerven beruhigen sich wieder. Mom versteht mich einfach.

Nachdem sie sich eingeschenkt hat, füllt Dad seine Tasse, die mit Werbung von seinem Radiosender bedruckt ist, und verlässt die Küche. Während ich Milch in meinen Kaffeebecher gieße, stößt Maggie spielerisch Manda mit dem Fuß an. »Lass uns heute Abend was zusammen machen.«

»Super«, sagt Manda fröhlich. »Auf Netflix ist gerade die neue Staffel von ...«

Ich schlürfe meinen Kaffee zu laut, um zu hören, welche zillionste Serie sie anschauen wollen. Maggies Augen huschen zu mir. »Na ja, vielleicht können wir ja auch mal was Aufregenderes machen?«

Manda ist sichtlich irritiert. »Mir war nicht klar, dass das ein langweiliger Vorschlag war.«

»Ich habe ja nicht gesagt, dass du langweilig bist.«

Und schon geht der Streit los. Es geht eine Weile hin und her, bis Maggie nachgibt und sagt, dass Mandas »Lass uns einfach vor dem Fernseher abhängen, wie immer«-Vorschlag eine tolle Idee ist. Manda hat genau die lockere Stoner-Gemütlichkeit, die meine Schwester braucht, um mal ein bisschen runterzukommen. Trotzdem sollten die beiden lieber mal was anderes machen, als immer nur zu Hause rumzugammeln. Klettern gehen, Kajak fahren oder *irgendwas*.

Bei der Liebe geht es um Fantasie. Und wenn du willst, dass eine Liebesgeschichte realistisch und – na ja – langweilig ist, dann wird sie auch so sein. Crush 100 und ich werden auf jeden Fall für immer unsere aufregende Kennenlern-Story haben! Wie ich gegen alle Widerstände kämpfte, um ihn zu finden. Ich finde, dafür lohnen sich all die Zweifel und meine flatternden Nerven.

♡ ♡ ♡

Kurz darauf werden meine Nerven gleich schon auf die Probe gestellt, als Hannah und ich uns an der Haltestelle der L treffen.

Die Hochbahn. Zurück am Schauplatz meines Unglücks.

Das metallische Ungetüm taucht vor uns auf und rattert quietschend in den Bahnhof. Die Zugtüren – diese schrecklichen, schicksalsverändernden Türen – gehen auf und zeigen einen Waggon, der mit morgendlichen Pendler*innen vollgestopft ist. Ich zögere, aber Hannah nimmt meine Hand und zwinkert mir zu: »Wer nicht wagt, der nicht gewinnt.

Und los. Dieser erste Schritt in den Waggon gibt den offiziellen Startschuss für meine Suche!

Der Zug fährt ratternd der Bibliothek von Chicago entgegen. Mit zitternden Fingern trage ich Labello auf. Wir sind in der Linie, in der ich gestern auf magische Weise meinem Crush 100 begegnet bin – nur dass der goldene Sonnenuntergang heute durch blassblaues Morgenlicht ersetzt wurde.

Durch die Abwesenheit von Crush 100 wirkt alles ein bisschen gespenstisch. Keines der Gesichter gehört zu ihm.

Hannah stört das nicht weiter. Sie wippt vergnügt mit ihren Füßen auf und ab, während wir der Haltestelle der Bibliothek immer näher kommen. Mit ihrem blass orangefarbenen Kleid und der Cat-Eye-Brille sieht sie genauso stylish aus wie ich. Wir sind ein echtes Dream-Team, weil wir immer mit der gleichen Sorgfalt an die Dinge herangehen, egal was es ist.

»Ich kann nicht glauben, dass die Suche nach deinem Seelenverwandten uns ausgerechnet in das Gebäude führt, in dem ich mal heiraten werde«, meint sie.

»Aber erst, wenn du achtundzwanzig bist«, wende ich ein.

»Natürlich. Ich muss auf meine Saturn-Rückkehr warten, sonst geht das nur schief. Außerdem muss ich schon drei Bestseller veröffentlicht haben –«

»– damit meine Beziehung mich nicht in meiner Produktivität bremst«, beende ich den Satz gleichzeitig mit ihr.

Hannah glaubt nicht an Schicksal. Sie glaubt, alles im Leben passiert allein durch Willenskraft und eine perfekte Tagesplanung.

Ein bittersüßer Geschmack breitet sich in meinem Mund aus. Das geht mir manchmal so, wenn ich mit Hannah zusammen bin.

Heteros haben so viele Optionen in der Liebe! Manchmal fällt es mir dadurch schwer, es nicht persönlich zu nehmen, wenn sie so wählerisch sind. Hannah ist schon mit richtig vielen Jungs aus unserer Schule ausgegangen – und natürlich freue ich mich für sie! Sie kann tun, was sie will – aber ich wünschte einfach, ich hätte auch so viele Möglichkeiten. Wie es wohl wäre, wenn die Jungs bei mir Schlange stünden und ich mir einfach einen aussuchen könnte! Aber die meisten, die für mich infrage kommen, sind schon in einer Beziehung, haben sich noch nicht geoutet – oder sind sich nicht sicher, was genau sie suchen.

Unsere Auswahl ist eben ... deutlich kleiner. Wenn ich an meine neunundneunzig Insta-Boyfriends denke, kommt es mir so vor, als hätte ich das Ende meiner Möglichkeiten längst erreicht. Als müsste ich Crush 100 *unbedingt* finden, weil es nach ihm keinen mehr geben wird.

Manchmal habe ich einfach das Gefühl, zurückgelassen zu werden wie ein kleines Kind. In solchen Momenten wünschte ich, Hannah könnte das besser verstehen.

Ich schließe die Augen und versuche, mich wieder zu konzentrieren. Ich brauche keine neunundneunzig Boyfriends, ich brauche nur einen einzigen.

In der Bibliothek eile ich – fast im Laufschritt – zwischen den hohen Regalen hindurch. Ein Kopf nach dem anderen dreht sich zu Hannah und mir um, als wir die Ecke ansteuern, in der die Bibliotheksmitarbeiter*innen sitzen. Ihre fragenden Blicke sagen: *Kein* normaler *Mensch läuft um neun Uhr morgens so gut gelaunt durch eine Bibliothek!*

Hinter einem polierten dunklen Holztresen füllen vier Mitarbeiter*innen ihre Bücherwagen; ein fünfter – ein großer, verschlafen aussehender junger Mann – wartet, um uns zu helfen.

»Guten Morgen!« Ich klatsche den Bibliotheksausweis von Crush 100 auf den Tresen. »Also, meine Familie ist eben erst umgezogen –«

»Glückwunsch«, sagt der Bibliothekar. Seine Ernsthaftigkeit passt irgendwie nicht richtig zu seinem wachsamen, katzenhaften Gesicht.

»Und, oh Mann, waren das *viele* Umzugskartons! Ich bin echt froh, wenn ich endlich keine Kartons mehr sehen muss.«

»Tja, ich habe bisher immer nur an einem Ort gelebt. Wenn ich nicht bald mal aus Homewood rauskomme, drehe ich noch durch.« Der Typ redet mit gelangweilter, monotoner Stimme. Hannah und ich schauen ihn an, unsere lächelnden Gesichter verstummt und erstarrt. »Äh, wie kann ich euch helfen?«

Obwohl wir die Sätze tausend Mal in der Bahn geübt haben, ist mein Gehirn plötzlich wie leer gefegt. Hannah beugt sich vor. »Er zieht um und möchte seine Adresse ändern.«

»Genau!«, sage ich. Hannahs Selbstsicherheit hat mich wachgerüttelt. »Ich würde gerne einen kurzen Blick auf die Daten meiner Karte werfen, um zu sehen, ob ich die Adresse noch ändern muss. Ich musste das schon so oft tun, dass ich nicht weiß, was ich schon erledigt habe und was nicht.«

Der Bibliothekar seufzt. Offensichtlich träumt er von seinem zukünftigen Umzugstag.

»Ich *weiiiß*«, sage ich mit dieser »Tut mir echt leid«-Stimme. Der Bibliothekar, Hannah und ich warten schweigend einen Moment, bis er endlich anfängt, die Kartennummer in sein System einzugeben.

Mit einem Mal ist meine Kehle wie zugeschnürt. Gleich passiert es – in ein paar Sekunden wird der Name meines zukünftigen Freunds enthüllt werden. *Nathan? Eric? Isaac?* Welchen Namen werde ich vom Balkon unseres Palasts singen? Wenn ich seinen Namen rufe – *Gregory? Frederic? Ludwig?* –, hallt es über das gesamte Alpenpanorama vor uns. Meine Stimme allein führt ihn zu mir. Er reitet auf dem Rücken eines riesigen Adlers, gleitet tiefer und tiefer durch den kühlen Gebirgswind auf mich zu.

Hannah drückt meine Hand. »Es ist so weit!«, flüstert sie.

»Und der Name zu dem Konto?«, fragt der Bibliothekar.

Hannah und ich stöhnen leise auf. *Das will ich doch gerade wissen!*

Weil ich zu lange geschwiegen habe, platzt es jetzt aus mir heraus: »Es könnten tatsächlich mehrere Namen sein, deshalb *weiiiß* ich das nicht genau.«

»Aha …« Die Augen des Bibliothekars werden schmal. »Willst du mal versuchen, welcher es sein könnte?«

»Sorry, aber wie gesagt, ich bin mir nicht ganz sicher. Steht das nicht da im Computer?«

»Du weißt nicht, auf welchen Namen das Konto läuft?«

»Ähm, könnten Sie mir vielleicht den Nachnamen sagen, damit ich es etwas eingrenzen kann?«

Ich habe es vermasselt. Mein Mund ist so trocken wie eine Landstraße im Hochsommer, Hannah hat sich in ein steinernes Schweigen zurückgezogen. Unser Plan ist grandios gescheitert und wir wissen es. Und das Schlimmste ist, der Bibliothekar weiß es auch. Seine Augen werden so schmal, dass sie fast nicht mehr zu sehen sind. »Wie wär's, wenn wir mal damit anfangen: Wie heißt du?«

Mein Gehirn ist leer. Michael … Sommerset? Marcus Swiggins?

Hannah stöhnt. »Ach, zum Teufel.«

♡ ♡ ♡

Die Tür der Bibliothek fliegt auf, ich renne in die große Empfangshalle und trample aufgescheucht wie ein Huhn die breite Treppe hoch. Keine Ahnung, wohin, aber ich bin noch nicht bereit, das Gebäude zu verlassen und aufzugeben. Sanft schließt Hannah die große Tür hinter uns und verlässt mit mir einen weiteren Ort der Demütigung.

»Es geht doch nur um einen Büchereiausweis«, fauche ich. »Er tut ja so, als wäre ich ein Identitätsdieb. Was könnte ich wohl damit anfangen? Ein paar Bußgelder auflaufen lassen?«

»Schon gut, sprich leise«, sagt Hannah.

»Ich *spreche* leise! Ich hab doch nicht gebrüllt oder –«

»Du hast angefangen, dich aufzuregen. Willst du, dass dich jemand filmt und du der nächste durchgeknallte Spinner im Internet wirst?«

»*So* schlimm hab ich mich jetzt auch nicht –«

»Crush 100 wird begeistert sein.«

Mein Kopf pocht. Plötzlich wiegt die Jacke von Crush 100 hundert Tonnen. »Hannah, ich habe ihn verloren. Ich habe ihn nicht nach seinem Namen gefragt und jetzt werde ich niemals ...«

Am Rand des großen Eingangsbereichs mit der Glaskuppel hält Hannah mich auf und sieht mich mit ihren ernsten, warmen Augen an. In mich hinein. Sofort habe ich ein schlechtes Gewissen wegen meiner unfreundlichen Gedanken vorhin. Noch nie hat sie mich wegen eines Jungen, mit dem sie zusammen war, vernachlässigt. Einmal hat sie sogar ein Date abgesagt, weil ich im Sportunterricht fast durchgedreht bin, nachdem ich es nicht geschafft hatte, Matthew, den Zehntklässler mit der niedlichen Schlangenhalskette, nach einer Verabredung zu fragen.

Wir sind die ganze Nacht aufgeblieben und haben bei ihr im Zimmer eine RomCom nach der anderen angeschaut, bis ich mich wieder einigermaßen normal fühlte.

Ich bin so was von undankbar.

»Dieses Mal war es anders.« Ich schlucke schwer. »Ich wollte ihn wirklich nach einem Date fragen; ehrlich, ich hätte es bestimmt getan. Und ich hätte mir was total Megamäßiges für das Date ausgedacht, das weißt du.«

Hannah kneift mir sanft in die tränennasse Wange. »Das kannst du immer noch tun. Los, sag es mit mir!«

»Ich werde ihn finden.« Ich atme aus und meine Enttäuschung verfliegt. »Danke, Hannah. Jetzt habe ich dich ganz umsonst hierhergeschleppt –«

»Wir sind hier noch nicht fertig! Ich gehe noch mal rein und rede mit einem anderen Mitarbeiter.«

»Aber sie haben uns doch alle schon gesehen –« Mit einer

schnellen Bewegung zieht Hannah einen riesigen breitkrempigen Schlapphut aus ihrer Korbtasche. Meine Augen werden groß. »Der Sag-was-Hut!«

Dieser Hut ist so riesig, dass alle Leute was dazu sagen müssen.

»Genau«, sagt sie. Der Hut verschluckt sie komplett. »Jetzt bin ich nicht mehr das Mädchen von eben, sondern das Mädchen mit dem Hut.«

»Wie schlau!«

Hannah ersetzt ihre Brille durch eine große, mit Glitzersteinen besetzte Sonnenbrille. »*Du* bleibst hier.« Sie fällt in einen näselnden Tonfall. »Mein Bruder ist *seeehr* krank. Er muss noch Säumnisgebühren bezahlen, und ich bin an diesem sonnigen Morgen extra hergefahren, um sein Konto auszugleichen.«

Ich unterdrücke ein Lachen. »Du Verkleidungskünstlerin! Was würde ich nur ohne dich tun?

»Leiden.« Sie schiebt ihre Sonnenbrille runter, um mir zuzuzwinkern, und geht die Treppe wieder nach unten.

Grinsend setze ich meinen Weg durch die Eingangshalle fort. Mit dem hohen, gewölbten Glasdach und den vielen Pflanzen ähnelt die Halle einem riesigen Gewächshaus – obwohl das hier der Wintergarten der Bibliothek ist. Kühles Licht fällt auf ein satinverkleidetes Podium, das von einem elfenbeinfarbenen Spalier umrahmt wird. Mehrere Stuhlreihen stehen davor.

Eine Hochzeit – so wie Hannah sie sich erträumt.

Da mehrere Arbeiter auf einer Leiter stehen und die Blumengirlanden entfernen, ist die Feier offenbar bereits vorbei. Trotzdem knistert es im ganzen Raum noch vor romantischer Energie. In einer Ecke sehe ich ein großes Foto von Braut und Bräutigam:

DIE HOCHZEIT VON JESSE PETERSEN & ALLYSON HICKS

Darauf ist ein Pärchen zu sehen, das eng umschlungen tanzt. Wie kitschig. Aber warum spüre ich plötzlich so einen Druck auf der Brust? Warum beiße ich die Zähne zusammen? Heiße Tränen sammeln sich in meinen Augen.

Hör auf zu weinen, Micah! Warum bist du bloß so eine Heulsuse?

Ich bin einsam.

Diese Erkenntnis – so klar und schlicht – trifft mich tief im Innern. Hoffentlich habe ich das nicht laut gesagt. Hastig drehe ich mich um. Zum Glück sind die Männer auf der Leiter viel zu beschäftigt, um mitzubekommen, wie ein alberner schwuler Junge einem kitschigen Hochzeitsfoto erzählt, wie allein er doch sei.

Ich *bin* einsam.

Obwohl ich bald im Abschlussjahrgang sein werde, hatte ich noch kein einziges Date. Von einem Kuss ganz zu schweigen. Wenn ich tatsächlich ungeküsst aufs College gehen muss, kann ich mich auch gleich lebendig vergraben.

Ich will mich mit Instagram von meinen eigenen Gedanken ablenken, werde aber von einer Flut von DMs begrüßt. Alles Variationen von: »Ich bin Crush 100! Wer ist Crush 100? Wo ist Crush 100?«

Das will ich ja gerade herausfinden!

»Hey, Süßer.« Hannah taucht hinter mir auf und zieht sich niedergeschlagen den Sag-was-Hut vom Kopf. Sie hat den Namen nicht herausgefunden. Trotzdem lächele ich und ziehe sie an mich. Schließlich habe ich von ihr gelernt, nicht aufzugeben.

»Die Bibliothekarin wollte mir den Namen nicht sagen, aber das Geld für die abgelaufene Leihfrist hat sie mir trotzdem abgeknöpft.« Seufzt Hannah.

»Oh nein!« Ich lache. Sie stimmt mit ein, und diese Unbeschwertheit vertreibt endlich meine gedrückte Stimmung.

»Drei Dollar. Dafür schuldest du mir einen Cake Pop! Und – willst du wissen, welches Buch dein verbrecherischer Seelenverwandter widerrechtlich noch bei sich zu Hause rumliegen hat?«

»Sie haben dir gesagt, was er liest, aber nicht, wie er heißt?«

»Schrödingers Hund. Quantenphysik (nicht nur) für Vierbeiner.«

War ja klar, dass er mit seiner liebenswerten, humorvollen Art und seinen wuscheligen Haaren eher der Hundetyp ist. Die Summers sind eher Katzenmenschen: unabhängig, vorsichtig, immer auf dem Sprung.

Ich stelle mir vor, wie mein Crush und ich gemeinsam mit Elliot in der Tierklinik arbeiten und widerspenstige Welpen baden. Crush 100 spritzt mir Wasser ins Gesicht, obwohl er weiß, dass ich es *hasse*, nass zu werden. Einer der verwaisten Hunde ist so tapsig und süß, dass wir ihn einfach adoptieren *müssen*. Gemeinsam drehen wir drei morgens lange Laufrunden um den See, die immer im *Audrey's* enden ...

Zurück in der Wirklichkeit, hängt die riesige Jacke von Crush 100 schwer an meinen Schultern. Das Gewicht fühlt sich fast wie eine Umarmung an. Als ich die Jacke zurechtziehe, höre ich ein leises Rascheln. Hastig taste ich noch mal mit den Fingern über die Jacke. Noch ein Rascheln, dieses Mal aus der Brusttasche.

Da steckt was drin.

Es ist ein Beleg.

Ein Kassenbeleg von Crush 100! Meine schwitzenden Finger streichen ihn glatt: Kein Name, keine Informationen darüber, was genau er gekauft hat, aber gestern Morgen hat er 598,71 Dollar an einem Ort namens *Dockside Obst & Gemüse* ausgegeben.

Ganz schön viel Geld für ein paar Vitamine.

»Was ist?«, flüstert Hannah. »Alles okay?«

Ich umklammere den Kassenbon und die Kraft kehrt in meine Arme zurück. Ich nickte. »Die Suche ist noch nicht vorbei. Wir haben unseren nächsten Hinweis!«

Kapitel 6

DER FREUNDES-FREUND

Sobald wir die Bücherei verlassen haben, rufen wir Elliot über FaceTime an.

Hannah hat nämlich gesagt, er würde mindestens einmal in der Woche zu diesem *Dockside Obst & Gemüse* gehen, um eine Bestellung für das *Audrey's* abzuholen. Elliot steht gerade allein hinten in der Spülküche des Cafés. Er stellt sein Handy neben das Waschbecken und kippt dann dampfendes Wasser in eine Schüssel mit klebrigen Sirupspendern. »Ich weiß genau, bei wem Crush 100 das gekauft hat!«, flüstert er.

Meine Beine verwandeln sich in Gelee, aber Hannah schlingt mir glücklicherweise entzückt den Arm um die Taille. Wir sind an der Haltestelle angekommen und warten auf den nächsten Zug. »Und bei wem war das, Elliot?«, frage ich durch meine zusammengepressten Hände.

»Bei Dockside Shirley, auf dem Markt am Lake Michigan«, sagt er und dreht den Wasserhahn zu. »Denkst du, die sind heute auch dort?«, frage ich ungeduldig. Um nicht belauscht zu werden, kommt Elliot mit dem Gesicht so nah ans Handy, dass wir nur noch seine Nase sehen. »Sie ist nur ganz früh morgens da. Wenn es dir nichts ausmacht, noch einen Tag zu warten, kann ich sie dir vorstellen.

Shirley kann ein bisschen merkwürdig sein, wenn man sie nicht kennt.«

»Perfekt. Danke, vielen Dank!« Fröhlich vollführe ich eine Pirouette auf dem Bahnsteig. Alles fügt sich zusammen! Verwunderte Leute auf dem Bahnsteig schauen mir dabei zu, wie ich gleich noch eine Pirouette drehe. Diesmal ist die Landung nicht ganz so elegant.

»Keinen Chai mehr für dich.« Lachend hält mich Hannah fest, bis ich wieder sicher auf den Beinen stehe.

Ich freue mich so darüber, noch einen Hinweis entdeckt zu haben, dass es mir schon gar nicht mehr so schlimm vorkommt, noch eine Nacht warten zu müssen, bis ich Crush 100 endlich finde. Auch wenn dann schon ein paar Tage vergangen sind, wird er sich bestimmt an mich erinnern.

Oder?

Im Laufe des restlichen Tages verlässt mich das Selbstvertrauen immer mehr. Zum Glück findet heute Abend *Micahs Magische Filmnacht* statt.

Jeden Monat treffen sich meine Freund*innen bei meiner Familie zu einem Filmeabend, um zusammen eine romantische Komödie anzuschauen (andere Genres sind streng verboten!). Wir schieben dann den Fernseher aus Maggies Zimmer ins Wohnzimmer – das sonst wegen Mom eine bildschirmfreie Zone ist. Sie findet, dass wir zu viel für unsere Panorama-Aussicht bezahlt haben, um diesen Ausblick durch einen Bildschirm zu ruinieren. Doch an diesen besonderen Abenden kann nicht mal sie abstreiten, wie magisch es ist, einen romantischen Film vor einem sternenfunkelnden Chicagoer Nachthimmel anzuschauen.

Dad macht Popcorn, Mom holt Süßigkeiten aus *Dylan's Candyshop* und ich ziehe den Namen der Person, die den Film aussuchen darf. Weil Maggie eine RomCom nicht von einer Serienkiller-Doku unterscheiden kann, ist sie heute von der Verlosung ausgeschlossen. Außerdem möchte ich nicht riskieren, dass sie wieder so was

Deprimierendes aussucht wie beim letzten Mal: in *Marriage Story* haben Adam Driver und Scarlett Johansson die ganze Zeit nur geheult, geschrien oder gegen Wände gehämmert.

Die Türen des Aufzugs öffnen sich, und unsere neuen Gäste Elliot und Brandon schleichen so vorsichtig herein, als wären sie in einem Zauberland gelandet. Elliot kommt quasi direkt von der Arbeit; er trägt immer noch seine Audrey's-Uniform mit dem schwarzen Poloshirt und der kakifarbenen Shorts. Unter seinen Augen sind dunkle Ringe – bestimmt hat er wieder eine ewig lange Schicht hinter sich, obwohl er gestern schon bis spätabends arbeiten musste.

Ich wäre bei so was stinkwütend, aber er strahlt einfach nur. Ihn kann offenbar nichts unterkriegen.

»Schön, dass ihr gekommen seid!«, sage ich und umarme Elliot, sobald er die Wohnung betritt. Ich ringe mir sogar eine Umarmung für meinen Freundfeind Brandon ab, dessen Kopf sich wie ein Kreisel dreht, um sich überall umzuschauen. Heute werde ich den alten Micah endgültig hinter mir lassen. Der neue Micah fragt fremde Jungs nach einem Date, er freundet sich mit Freundes-Freund Elliot an und ist sogar nett zu dem Typen, der ihn als Jack the Ripper bezeichnet hat.

»An meinen Schuhen sind Hafermilchflecken. Ich hoffe, das stört nicht?«, fragt Elliot mich unauffällig.

Ich verziehe das Gesicht. »Äh, wie eklig.« Sorge blitzt in seinen Augen auf, deshalb höre ich sofort auf zu scherzen. »Natürlich macht das nichts! Es sind ja deine Schuhe.«

Er lacht erleichtert. »Tut mir leid. Es ist nur, äh ... hier sieht alles so teuer aus.«

Ich protestiere dümmlich. »Quatsch, hier ist nichts ...« Dann zucke ich mit den Schultern. Er hat ja recht. »Hm, ja, stimmt. Aber fühl dich bitte trotzdem wie zu Hause!«

Hannah führt Brandon in die Küche, wo meine Mutter jedem

von ihnen eine Süßigkeiten-Tüte in die Hand drückt. »Vielen Da–«, will Brandon gerade sagen – aber dann verlassen ihn die Worte, als sich mein Dad von der Popcorn-Maschine wegdreht, um ihm die Hand zu geben. Zutiefst beeindruckt ächzt er nur: »Oh, wow.«

Elliot steht in der Tür und beobachtet grinsend, wie sich Brandon als Groupie meines Dads outet. »Die Gelegenheit, ihn mal von seinem Schwimmtraining wegzulocken, bekomme ich sonst nie«, gesteht er. »Sein Trainer hat ihm einen total eng getakteten Trainingsplan aufgebrummt. Für die olympischen Schwimmwettkämpfe – hat Hannah dir schon davon erzählt?« Ich nicke, obwohl ich gerade das erste Mal davon höre. Bis vor dieser verrückten Woche habe ich so gut wie kein Interesse daran gezeigt, mehr über ihren *anderen besten Freund* Elliot zu erfahren. Ganz zu schweigen von seinem festen Freund, der mich sowieso nicht leiden kann. »Na ja, Brandon war so begeistert von der Aussicht, deinen Dad kennenzulernen, dass er alles sausen gelassen hat. Also, vielen Dank für dieses sehr seltene Date.«

Ich klopfe Elliot auf die Schulter. »Aber gerne! Du hilfst mir doch auch mit Dockside Shirley morgen – was ich im Übrigen kaum erwarten kann! Deshalb sollst du jetzt einfach ein bisschen chillen und dich amüsieren, ohne an die doofe Arbeit denken zu müssen!«

Elliot lacht noch mal und sagt: »Vielleicht geh ich hier auch gar nicht mehr weg. Dann musst du mich rauswerfen.«

Sobald alle ihre Snacks haben, wandern wir rüber ins Wohnzimmer. Auf dem Sofa haben Maggie und Manda es sich unter einer Decke gemütlich gemacht. Manda hat die Decke *extra* für diese Filmabende genäht: Sie ist weich wie Kaschmir und mit einem Popcorn-Muster bedruckt. Im Gegensatz zu mir verfolgt Manda mit ihrer Kreativität keinerlei berufliche Ziele. Sie will einfach nur, dass ihr Leben so bunt ist wie ein Wes-Anderson-Film. Neben ihnen legt Mom ihre Füße auf eine Ottomane und scrollt mit der Brille auf der

Nasenspitze durch ihr iPad. Hannah, Elliot und ich setzen uns zusammen auf die Sitzkissen, die wir zusätzlich vor dem Fernseher ausgebreitet haben.

Natürlich freue ich mich, dass Elliot und Brandon endlich mal einen gemeinsamen Abend verbringen können, aber eigentlich ist es gar kein Date für die beiden. Eher ein Date für Brandon und meinen Dad, die immer noch in der Küche stehen und gar nicht aufhören können zu lachen. »Hast du überhaupt was von dem Popcorn abbekommen?«, fragt Dad, als er bemerkt, dass sämtliche Schüsseln verschwunden sind.

Brandon winkt ab. »Das passt sowieso nicht in meinen Ernährungsplan.«

Dads Grinsen wird noch breiter. »Ah, daran kann ich mich auch noch gut erinnern. Hol dir erst mal deine Medaillen, und sobald du in Rente bist, kannst du alles nachholen.« Er schlägt sich auf seinen flachen muskulösen Bauch, von dem er immer denkt, er sei dicker, als er in Wirklichkeit ist. Da ist er schlimmer als jeder Schwule. Aber es ist schön zu sehen, wie Dad sich an sein eigenes Sportlerleben zurückerinnert.

Vielleicht habe ich Brandon genauso falsch eingeschätzt wie Elliot ...

Im Wohnzimmer schauen Elliot und ich uns mit großen Augen an. »Flirtet dein Freund etwa mit meinem Vater?«, frage ich.

»Und flirtet dein Vater etwa zurück!?«, fragt Elliot.

»Ihm gefällt einfach die Aufmerksamkeit«, meldet sich Mom, ohne von ihrem iPad aufzuschauen.

Elliot beugt sich verschwörerisch zu mir und flüstert: »Nachdem du uns eingeladen hast, hat Brandon sich auf YouTube Ausschnitte aus *Ein Teufel auf zwei Kufen* angeschaut.«

Das erregt nun doch Moms Aufmerksamkeit. Sie schaut auf und ihr iPad plumpst in ihren Schoß. Hannah und ich sind sprachlos. *Ein Teufel auf zwei Kufen* war das erste und einzige Mal, dass jemand meinem Dad Geld dafür bezahlt hat, dass er schauspielert. In dem Film spielt Dad einen liebenswerten Teufel, der einem Jungen im Tausch gegen seine Seele dabei hilft, besser Eishockey spielen zu können. Allerdings nur, bis sich der Teufel in die alleinerziehende Mutter des Jungen verliebt, die von Lauren Graham gespielt wurde. Der Sportsender *ESPN* hat ihn dafür zum schlechtesten Sportler-Schauspieler aller Zeiten ernannt.

Brandon ist mit Sicherheit der erste Mensch seit Jahren, der sich den Film reingezogen hat.

Während Hannah, Elliot und ich leise kichern, habe ich plötzlich eine Art außerkörperliches Erlebnis und schaue von oben auf uns herab. Ist Elliot jetzt etwa auch *mein* Freund? Zwischen uns gibt es keine verlegenen Gesprächspausen, und es fühlt sich so an, als würden wir drei uns schon seit ewigen Zeiten kennen.

Das kann nur an Elliot liegen – letztes Jahr sind Hannah und er in Rekordzeit zu Besties geworden, sehr zu meinem Ärger. Er strahlt einfach so eine liebenswerte Aura aus.

Als die Filmauswahl beginnt, werden die Namen aller Anwesenden – außer Maggies – auf Papierstreifen geschrieben. Wie in *Die Tribute von Panem* ziehe ich einen Namen aus der Schüssel: »Hannah!«

Elliot klatscht am lautesten, als sich Hannah von ihrem Sitzkissen hievt und sich neben mich stellt, als würde sie einen Oscar überreicht bekommen. »Wow«, sagt sie, »ich hätte nie gedacht, dass ich mal hier vorne stehen würde, nachdem das ganze Frühjahr über immer nur Manda aussuchen durfte.« Manda nickt großmütig, zum Zeichen einer friedlichen Machtübergabe. »Weil Micah kurz davor ist, Crush 100 ausfindig zu machen« – Hannah drückt die Daumen, und Elliot, Mom und ich tun es ihr nach – »habe ich einen Film ausgesucht, in dem es darum geht, die Liebe deines Lebens zu finden – egal, wie lange es dauert: ein Klassiker von 1987 mit Cher …« Sie reißt die Hände in die Luft. »*Mondsüchtig!*«

Wir brechen in lauten Jubel aus. Ich *wusste* es!

Elliot dreht sich auf dem Sitzkissen zu mir um. »Worum geht es da?«

Ich grinse hinterlistig wie eine Katze. Offenbar bin ich immer noch der *beste* beste Freund. »Oh, das ist Hannahs Lieblingsfilm.«

Elliots Lächeln verfliegt, und ein schlechtes Gewissen zupft an meinem Herzen wie an einer Gitarre. Okay, dann werde ich ihn eben aufklären. »Cher heiratet den falschen Typen«, flüstere ich. »Dann verliebt sie sich in den Bruder ihres Verlobten, der *eindeutig* der Richtige ist.«

Elliot stützt das Kinn auf seinen Arm. »Und weshalb ist er der Richtige?«, fragt er.

Ich tippe mir mit dem Finger an den Mund. »Das ist kompliziert. Der falsche Kerl ist ... langweilig. Er fordert sie nicht heraus. Hat keine Ahnung, was in ihrem Leben abgeht oder in ihrem Kopf. Der Richtige dagegen ist wild. Und voller Überraschungen.«

Ich zeige mit zwei Fingern auf meine Augen. »Der Richtige ist ein eigenwilliger Typ, aber er sieht und versteht sie.« Ich schnippe mit den Fingern. »Er hat sie sofort durchschaut.«

»Wow«, sagt Elliot fasziniert. »Hat es sich auch so angefühlt, als du Crush 100 getroffen hast?«

Mir stockt der Atem. Erst jetzt wird mir bewusst, dass ich gerade über mich selbst geredet habe.

»So ungefähr«, sage ich lächelnd. »Wir sind uns erst ein Mal begegnet, aber er hat mein Leben schon auf den Kopf gestellt.«

Und morgen, wenn Elliot mir Dockside Shirley vorstellt und wir herausfinden, was Crush 100 bei ihr gekauft hat – werde ich ihm wieder einen Schritt näher sein!

Elliot quiekt aufgeregt und tätschelt meine Hand. Seine Berührung fühlt sich unglaublich weich an. »Das ist so toll!«, sagt er. »Und das liebe ich auch an Instaloves: diese zufälligen Begegnungen und kurzen Momente, aus denen etwas Größeres wird. Die Leute brauchen das. Wie sagst du immer so schön? ›Eine kalte Welt braucht Träume.‹«

Mir stockt kurz der Atem. Noch nie hat mich jemand zitiert!

Als der Vorspann des Films beginnt, flüstert Elliot: »Und du hast es auch verdient. Wir werden ihn finden!«

Die Filmmusik ist so laut, dass er mein leises »Danke« vermutlich nicht hört, aber Elliots Worte lassen mich bis zur Decke schweben. Jeder Tag kann eine neue Überraschung bringen. Es könnte morgen passieren oder übermorgen ... Irgendwie fühlt es sich so an, als wäre ich kurz davor, Crush 100 zu finden.

Die Suche nach ihm ist einfach Teil unseres gemeinsamen Märchens.

Kapitel 7

DER KNAPPE

Obwohl es beim Filmabend spät wurde und Elliot den weitesten Nachhauseweg hatte, wartet er bereits an der Haltestelle, als Hannah und ich am nächsten Morgen dort auftauchen. Das Wort »müde« scheint er nicht zu kennen. »Einen Dirty Chai Latte für Prinz Charming und seinen Suchtrupp«, sagt er und streckt mir einen großen Becher entgegen.

Mir geht das Herz auf. Es ist so schön, ihn ohne seine Audrey's-Schürze zu sehen. Er trägt ein grün-blaues Tanktop und schwarze Jeans mit zerrissenen Knien.

»Danke!«, sage ich. »Ich wusste nicht, dass das *Audrey's* auch einen Haltestellen-Service hat!« Ich trinke ein bisschen was und gebe den Becher an Hannah weiter. Sie tippt eine Nachricht zu Ende und nimmt ebenfalls einen Schluck.

Elliot müsste das alles nicht tun – Chai mitbringen oder mir helfen. Macht er es aus Mitleid? Spürt er meine Verzweiflung? Die ganze Zeit rede ich ununterbrochen über einen Jungen, den ich kaum kenne ... und Schwule haben einen sechsten Sinn dafür, die kleinen, verräterischen Anzeichen für queere Einsamkeit zu erkennen: Gereiztheit, Achterbahn-Stimmungsschwankungen und wahnhafte Fantastereien.

In allen drei Kategorien erreiche ich fast die Höchstpunktzahl.

»Welchen Weg sollen wir einschlagen, oh werter Anführer unserer Mission?«, frage ich Elliot.

Er verneigt sich mit großer Geste. »Mein Herr, Ihr seid der Anführer. Ich bin nur Euer demütigster Diener.«

Er spielt bei meiner albernen Geschichte mit? Mittlerweile ist Elliot ziemlich viele Plätze auf der Freundes-Skala nach oben geklettert.

Wir gehen über eine Überführung, um die mit Müll übersäte Straße zu überqueren. Das letzte Stück Weg vor dem Hafenkai besteht aus einem Gewirr von Brücken, Sackgassen und Taxis, die verzweifelt nach einer Abkürzung zum Seeufer suchen.

Ich hätte bequemere Schuhe anziehen sollen. Meine lavendelfarbenen Slipper sind für so eine lange Wanderung völlig ungeeignet. Doch jeder schmerzhafte Schritt trägt mich meinem glücklichen Schicksal entgegen. Hinter uns schickt Hannah eine weitere Nachricht ab und geht dann schneller, um uns wieder einzuholen. »Das ist schon der zweite Chai, den er dir geschenkt hat«, flüstert sie.

»Ich weiß«, flüstere ich zurück. »Nicht schlecht, jemanden aus dem *Audrey's* zu kennen.«

»Das ist nicht Starbucks, Micah. Die geben ihren Angestellten keine Gratisgetränke – und er würde lieber sterben, bevor er heimlich was stibitzt. Er hat die selbst bezahlt!«

»Was? Aber warum? Ich hätte den Chai doch gekauft.«

»Er ist eben viel zu nett.«

Der Chai brodelt in meinem Magen. Elliot macht so viele Überstunden. Sein Dad kann ihn bei seinem Tiermedizinstudium finanziell nicht unterstützen, deshalb muss er es größtenteils durch Stipendien finanzieren. Und dann kauft er ausgerechnet mir einen Chai? Ich habe Glück, dass es uns wegen der König-von-Chicago-Radiosendungen finanziell gut geht – aber nicht jeder Dad hat mal die Hauptrolle in einem Film gespielt. Mist. Würde ich ihm das Geld in die Hand drücken, bringe ich ihn nur in Verlegenheit. Mit ein paar

Klicks schicke ich der digitalen Trinkgeldkasse des Audrey's fünfzig Dollar via PayPal.

Hannah wendet sich lächelnd ihrem Handy zu. Ihre türkisfarbenen Fingernägel verschwimmen fast, so schnell tippt sie ihre Nachricht.

Ich wedele mit der Hand vor ihrem Gesicht herum. »Wer bekommt eigentlich so viele Nachrichten von dir?«

Abwehrend zieht sie ihr Handy zurück. »Niemand.«

»Ach ja?« Ich umkreise sie wie ein aufgeregter Welpe. »Und wer ist dieser Niemand?«

Hannah macht sonst nie ein Geheimnis aus ihren Dates. Das hier muss also jemand sein, den sie *wirklich* mag. Elliot, der schon ein paar Meter vor uns ist, kommt zurück und fragt: »Hat Hannah etwa auch einen Typen an der Angel?«

Zum Glück weiß Elliot auch nichts darüber.

»Ihr zwei seid echte Nervensägen!«, ruft Hannah. Trotzdem kann sie nicht aufhören zu lächeln und zu schreiben.

»Ist sein Sternzeichen vielleicht Stier?«, fragt Elliot mit einem fiesen Grinsen.

Hannahs Miene wird streng. »Ich fange doch nichts mit einem Stier an.«

»Lieber ein Vampir als ein Stier«, trällere ich.

Hannah schnipst mit den Fingern und zeigt anerkennend auf mich. »Den Spruch sollte man auf ein T-Shirt drucken.«

Sie ist von einem strahlenden Leuchten umgeben – und das kommt nicht von ihrem Make-up. Als würde sie im Schein eines unsichtbaren Ringlichts durch die Gegend laufen.

»Oh Gott, Hannah, ich kann nicht glauben, dass wir beide gleichzeitig unseren Traummann finden!«, quieke ich und dränge mich mit Elliot um sie.

»Na ja …« Sie verzieht das Gesicht.

»Was ist?«

»Ich weiß noch nicht, ob er mein Traummann ist …«

Ich springe vor sie, schaue ihr in die Augen und gehe rückwärts vor ihr her. »Okay, wie hast du dich gefühlt, als du ihm begegnet bist?«, frage ich. »Hat dein ganzer Körper gekribbelt? Als ich Crush 100 getroffen habe, war es, als würde das Universum lauter Zeichen schicken. Die Sonne hat alles in ein goldenes Licht gehüllt und –«

»Es war cool, ihn kennenzulernen! Mehr weiß ich nicht.« Unterbricht mich Hannah und gibt mir einen spielerischen Schubs. Elliot geht ein paar Schritte voraus, während wir uns weiter dem Hafen nähern. Er scheint gut darin zu sein, Hannah in den richtigen Momenten in Ruhe zu lassen.

Sehr fair von ihm. Und ein Zeichen von emotionaler Intelligenz. Aber hilft ihr das wirklich?

Hannah lenkt immer von sich ab. *Genug von mir!*, wird eines Tages noch auf ihrem Grabstein stehen.

Nach einer weiteren Nachricht schaut sie auf und wir wechseln prüfende Blicke.

»Okay, ich werde jetzt nicht weiter nachbohren«, sage ich und trage Labello auf meine Lippen auf. »Ich wünsche dir jedenfalls aufregende Kennenlern- und »Ich-will-alles-über-dich-wissen«-Vibes mit diesem Typen.«

Hannah nickt diplomatisch. Ich gehe schneller, um Elliot einzuholen. Ich will Hannah nicht die gute Laune verderben, aber wenn jemand der eine für dich ist, dann weißt du das. Dann gibt es keine Zweifel. Du kannst dich in einen lustigen Typen verlieben, du kannst ihn süß finden, aber ist er auch der eine? Entweder es trifft dich wie ein Blitz oder eben nicht.

Crush 100 hat mich so mit dem Blitz getroffen, als wäre er Zeus und ich Hera. Nur ohne die Seitensprünge von Zeus.

Nach der letzten Überführung breitet sich vor uns endlich der Lake Michigan am Horizont aus. Unzählige Reihen von Tankschiffen, Frachtcontainern und Laderampen machen die geschäftige Hafenatmosphäre perfekt. Elliot führt uns zu der trubeligen Haupteinkaufsstraße des Großmarkts. Ein Meer aus Verkaufsbuden und Kund*innen, die viel zu schwere Taschen mit sich herumschleppen. Die Marktarbeiter*innen sind damit beschäftigt, Obstkisten auszulegen, Grillhähnchen auf Spieße zu stecken oder Blumengestecke liebevoll mit frischem Wasser zu besprühen.

Endlich stehen wir vor Dockside Shirley. Sie ist jünger als gedacht – ungefähr Mitte dreißig – und verströmt eine Wahnsinnsenergie für so eine zierliche Person. Sie hat große Augen, eine dunkle Haut und ein strahlendes Lächeln. Ihre Gärtnerschürze reicht ihr bis zu den Knöcheln – wodurch sie sich nur schlurfend fortbewegen kann, wenn sie nicht stolpern will.

Elliot und Shirley umarmen sich zur Begrüßung, dann kommt er gleich zur Sache. »Mein Freund hier braucht deine Hilfe. Würdest du einen Jungen wiedererkennen, der vor zwei Tagen ein paar Sachen bei euch gekauft hat?«

Meine Handflächen fangen an zu schwitzen und die Ränder meines geöffneten Skizzenbuchs werden ganz feucht. Es ist so viel einfacher, den Leuten meine Zeichnungen auf Instagram zu zeigen. Da ist es einfach nur ein Klick, und *tschüs* – schon kann ich mich wieder verstecken. Zeige ich meine Sachen persönlich, fällen die Leute immer gleich ein Urteil. Auch wenn sie sich dessen gar nicht bewusst sind, kann ich sofort sehen, was sie von meinen Bildern halten.

Shirley allerdings betrachtet meine Zeichnung von Crush 100 ohne jedes Zeichen von Kritik. Sie schaut meine Skizze an, ohne überhaupt zu blinzeln – als wäre sie eine Probe in einem Reagenzglas. Ich halte den Atem an.

»Du hast sein Gesicht nicht wirklich gut getroffen«, meint sie.

»Ich zeichne Gesichter eher abstrakt, weil es mir mehr um die Gefühle geht als um die Person an sich.« Meine Zunge stolpert über jedes zweite Wort. Elliot, Hannah und Shirley starren schweigend auf das Blatt. »Jedenfalls muss er vorgestern hier gewesen sein. Und er ist echt cool. Charmant. Du weißt schon, richtig offen und gesprächig. Und er hat diese Jacke hier getragen!« Ich drehe mich um und zeigte ihr das kunstvoll gestickte Kürbismuster.

»Die Jacke kommt mir tatsächlich bekannt vor …«, überlegt Shirley und zieht ihre Gummihandschuhe aus, die voller Erde sind. Ihr Stand bietet eine riesige Auswahl an Obst und Blumen, dazu große Bottiche mit Gewürzen. Der Geruch von Zimt und Rosmarin zieht durch das Zelt. Sie nimmt einen Sieblöffel und rührt in jedem Gefäß, während sie überlegt.

»Vor zwei Tagen hat er hier Waren im Wert von fast sechshundert Dollar gekauft«, erklärt Elliot. »Jemand müsste schon deinen halben Warenbestand aufkaufen, um so viel Geld auszugeben.«

Shirley schlurft weiter zu einem Tisch voller Beeren und besprüht sie mit Wasser. Schweigend schauen wir ihr zu.

Bitte, *bitte* erinnere dich.

Genau in dem Moment, als ich den Mund öffnen will, lächelt Shirley schließlich und sagt: »Er hatte so dunkle lockige Haare.«

»Ja!«, rufe ich, stolpere einen Schritt vor und knalle mit dem Knie gegen ihren Zimtbottich.

»Ich erinnere mich wieder. Witziger Typ. Mit einer alten Seele. So wie Elliot hier.«

»Na ja …« Elliot senkt verschämt den Kopf.

»Wie hieß er?«, frage ich.

»Tut mir leid, das weiß ich nicht«, sagt Shirley. »Aber eines kann ich dir verraten: einhundertfünfundzwanzig Granatäpfel.«

Hannah hält mitten im Tippen auf ihrem Handy inne. Wir schauen uns an.

Shirley kichert in sich hinein, als wäre das ein Insiderwitz. »Sorry, habe kurz überlegt, das mal so stehen zu lassen. Aber so witzig ist es dann wohl doch nicht. Er hat einhundertfünfundzwanzig

Granatäpfel gekauft, einhundert Büschel Trauben und dreihundert langstielige Rosen.«

Hannah, Elliot und ich wechseln schnelle erfreute Blicke.

Rosen!

Crush 100 scheint wohl durch und durch ein Romantiker zu sein, wenn er so viele Rosen gekauft hat. Er hat etwas total Romantisches geplant! Wärme schießt mir ins Gesicht. Er hat Rosen für mich gekauft!

Moment mal.

Er hat die Rosen gekauft, *bevor* wir uns begegnet sind. Sie sind für jemand anderen bestimmt.

»Hat er gesagt, wofür er die Sachen wollte?«, bringe ich nervös hervor.

Shirley nickt. »Er hat gesagt, es wäre für ein Kunstprojekt.«

Halleluja!

Crush 100 ist also tatsächlich ein Künstler. Unser zukünftiges Zuhause wird ein Ort der Kreativität und Liebe sein. Malen, Zeichnen, Modedesign, Bildhauerei, Nähen ... Uns wird bestimmt nicht langweilig! Unser Leben wird voller neuer Ideen und Aufregung sein. Und wir werden ganz bestimmt nicht vor dem Fernseher herumsitzen!

Nie war ich so überzeugt von der gemeinsamen Zukunft mit Crush 100 wie in diesem Moment.

»Und wie hat er diese vielen Blumen und Granatäpfel von hier wegtransportiert?«, fragt Elliot.

»Er hat sie sich liefern lassen.«

Fast mache ich einen Freudensprung. »Oh mein Gott – wohin?«

»Ich darf keine Adressen rausgeben«, erklärt Shirley. »Aber wenn ich mich recht entsinne, hat er noch gefragt, wo sich das nächste Haushaltswarengeschäft befindet. Vielleicht können die euch mehr über ihn sagen.«

Wie jedes gute Abenteuer ist auch unsere Suche noch lange nicht beendet. Wieder müssen wir ein neues Ziel ausfindig machen! Wie märchenhaft die Geschichte klingen wird, wenn wir den Leuten erzählen, wie wir uns kennengelernt haben!

Mit jedem neuen Hinweis wird das Bild von Crush 100 ein bisschen deutlicher: Er liest gern ... ist witzig ... und ein Kürbisfan. Das heißt, er mag den Herbst und damit auch warme Pullover ... vielleicht hat er einen Hund ... vermutlich kuschelt er in dem Pullover mit seinem Hund ... während er sich irgendein Kunstprojekt ausdenkt, bei dem es um Essen geht ...

Ein echter Künstler, mit ganz besonderen Ideen! Vielleicht kann er mir helfen, meine kreative Vision zu finden und das Rätsel meines Wandbilds lösen.

Ich bedanke mich bei Shirley, dann ziehen wir weiter in Richtung Downtown, wo die Haushaltswarenläden auf uns warten.

»Und wenn die Rosen für eine Kunstinstallation gedacht sind?«, überlege ich laut und hüpfe dabei vor Aufregung. »Eine riesige Valentinskarte aus Rosen! Oder wäre das zu simpel gedacht?«

»Nicht, wenn es gut gemacht ist«, meint Elliot. »Zum Beispiel, wenn er den Granatapfelsaft wie Blut von den Rosen tropfen lässt.«

»Iiih, seehr romantisch!«, lacht Hannah.

Jede unserer Idee klingt aufregender als die letzte, und den ganzen Weg zurück nach Downtown spinnen wir unsere wilden Hypothesen weiter.

Ich kann nicht fassen, was für ein enges Dreiergespann wir seit gestern geworden sind. Und das nur durch ein gemeinsames Ziel, Insiderwitze über Granatäpfel und Stier-Jungs und alte romantische Komödien. Wir sind die Gefolgschaft der Jacke! Der Dank dafür, dass wir drei so viel Spaß zusammen haben, gebührt ehrlich gesagt Elliot. Er hat einen tollen Sinn für Humor und so eine offene, unbefangene Art – so, als würde er alles schon kennen. Ich wünschte, ich könnte mich auch so entspannt auf Neues einlassen.

Wahrscheinlich wäre ich dann ein Profi darin, Jungs nach einem

Date zu fragen. Und wenn mir nicht alles immer so peinlich wäre, könnte ich den Leuten auch meine unfertigen Arbeiten zeigen und endlich ernsthaft Zeichenunterricht nehmen!

Aber ich bin nun mal so, wie ich bin.

Während wir uns dem Loop nähern, lässt Elliot einen Mini-Ventilator zwischen uns wirbeln wie ein menschlicher Propeller. Hannah fächert sich mit ihrer Handtasche Luft zu – aber ich genieße die Hitze und nehme noch einen Schluck von unserem Chai, der wegen des Thermobechers immer noch heiß ist.

»Danke, dass ihr gestern Abend gekommen seid«, sage ich zu Elliot. »Sag Brandon bitte, dass mein Dad noch ewig von ihm geschwärmt hat. Er hat einen neuen Fan.«

Trotz der Hitze ringt sich Elliot ein Lächeln ab. »Das freut mich. Brandon trainiert so *hart*, und es war echt nett von deinem Dad, dass er sich mit ihm unterhalten hat.«

»Oh bitte, so was liebt er.« Ich nehme noch einen Schluck. »Ich hoffe, du hast dich auch gut amüsiert.«

»Es war toll!« Er bietet mir seinen Ventilator an, aber ich winke ab. »Eure Wohnung ist so was von … oh mein Gott! Die vielen Fenster! Wird es da nicht sehr heiß?«

»Ich glaube, es gibt eine Temperaturregelung.« Darüber habe ich ehrlicherweise noch nie nachgedacht.

»Wow, wie nobel.« Er kichert, schlägt sich an die Stirn und sagt zu sich selbst: »*Nobel.* Manchmal klingst du echt wie ein Hinterwäldler, Elliot.« Ich will protestieren: »Nein –«, aber Elliot spricht schon weiter: »Ich wohne gewissermaßen auch in einem Penthouse, weißt du? Direkt über der Pizzeria meines Vaters. Das Gebäude hat zwei Stockwerke und wir wohnen oben. Sobald ich aufwache, rieche ich den Geruch von gebackenem Teig.«

»Oh, lecker«, sage ich, »das klingt –«

Aber Elliot ist noch nicht fertig. »Und es ist heiß. Wie. Die. Hölle. Wir haben festgestellt, dass das Dach, ähm …« Elliot versucht, seine

Lippen zu befeuchten. »Es ist schwarz und fängt deshalb die ganze Hitze auf und leitet sie in mein Schlafzimmer. Das Dach ist so dünn, dass das im Sommer regelmäßig passiert – aber gerade dick genug, um den Bauvorschriften zu entsprechen. Jedenfalls meint der Vermieter, eine Klimaanlage wäre zu viel für die Elektrik des Hauses und er müsste erst die Leitungen erneuern. Das wird vermutlich erst in hundert Jahren der Fall sein, deshalb müssen wir uns irgendwie arrangieren.«

Hannah hört kurz auf zu tippen und wirft mir einen besorgten Blick zu.

Ich war schon in genau derselben Situation wie Elliot jetzt, und es tut richtig weh, das live mitzuerleben: Du fängst an zu reden, fängst an, Sachen von dir preiszugeben, und ehe du dich's versiehst, platzt du mit dem ganzen miesen Zeug aus deinem Leben heraus, das du sonst lieber verdrängst.

»War dir schon mal so heiß, dass du geweint hast?«, fragt Elliot und wischt sich die Stirn ab. »Mir ist sowieso schon immer viel zu warm, wahrscheinlich weil ich ein kräftigerer Typ bin –«

»Hey.« Ich unterbreche ihn. Es wird Zeit, dass ihm der Prinz zu Hilfe kommt. »Holen wir uns ein paar Flaschen Wasser.«

Ich bestelle uns ein Uber, und keine fünf Minuten später stehen wir vor einem Supermarkt und ich habe meinen Suchtrupp mit großen Tetrapaks Kokosnusswasser versorgt. Der feuchtigkeitsspendende Effekt zeigt sich sofort. Die Gedanken fließen wieder klarer, die Stimmung hebt sich.

Während Hannah in einen Sandwichladen huscht, um uns was zu essen zu holen, halte ich den Mini-Ventilator vor Elliots Gesicht, bis er sein Kokoswasser ausgetrunken hat. »Tut mir leid«, murmelt er.

»*Mir* tut es leid«, sage ich. »Das mit der Klimaanlage klingt fürchterlich.«

Er schüttelt den Kopf. »Ich habe einfach, seit ich klein war, nicht mehr bei meinem Dad gewohnt, und ich hasse seine Wohnung. Meine Mom ist gestorben, deshalb habe ich bisher bei meiner Tante auf dem Land gelebt. Dort war es ganz okay, aber ich wollte wieder zurück nach Chicago, weil ...« Er verdreht die Augen über sich selbst. »Ich wollte einfach mal was erleben. Jemand anderes sein. Ich wusste nur nicht, wie sehr meinem Vater das Wasser bis zum Hals steht, also, finanziell gesehen ... bis ich hergekommen bin. Und jetzt geht meine ganze Energie dafür drauf, einfach nur ... durchzuhalten.«

Wenn er Hannah wäre, würde ich seine Hand nehmen, aber das fühlt sich falsch an. Soll ich ihm die Hand auf die Schulter legen? Ihn umarmen? Alles etwas zu intim für eine neue Freundschaft. Aber was mache ich dann nur mit meinen Händen??

»Das muss echt schwer für dich sein –« Mehr bringe ich nicht heraus, da steht er schon auf.

»Genug von mir«, sagt er.

Ich lache. »Hey, das ist doch Hannahs Spruch!«

»Oh mein Gott, du hast so recht!« Elliot packt mein Handgelenk. Es fühlt sich kein bisschen komisch an.

»Was ist mein Spruch?«, will Hannah wissen, die beladen mit drei Sandwiches aus dem Laden kommt.

»Dass du nie über dich reden willst«, erkläre ich.

»Aus gutem Grund – schließlich bin ich von Klatschtanten umgeben!« Sie verteilt die Sandwiches, und wir ziehen Hannah liebevoll mit ihrer geheimnistuerischen Art auf – bis wir eine schattige Bank finden, wo wir essen können. Es ist wirklich kinderleicht, sich an den entspannten Vibe unseres neuen Dreiergespanns zu gewöhnen.

Nach dem Essen klappern wir ein Haushaltswarengeschäft nach dem anderen ab. Die Angestellten im *Sur La Table* und bei *Williams-Sonoma* haben niemanden gesehen, der auf die Beschreibung von Crush 100 passt. Doch in *Rudy's Küchenimperium* findet sich eine Spur. Rudy selbst steht vor uns, die haarigen Unterarme über einem braunen Bowling-Hemd verschränkt. Er lacht leise. »Lederjacke, großer Typ, genau. Er ist vorhin zurückgekommen und steht drüben bei den Mixern!«

Hannah, Elliot und ich reißen unsere Köpfe wie aufgeregte Hühner herum.

»Er ist hier«, keuche ich. »Jetzt GERADE?«

Ich kann es fast nicht glauben. Wenn Crush 100 in meiner Nähe wäre, müsste ich doch bestimmt spüren, wie die Erde anfängt zu beben – oder sonst irgendetwas in dieser Richtung. Mein Herz hämmert in meiner Brust. Elliot rennt zu dem Gang mit den Mixern, ich dagegen stolpere bloß unbeholfen vorwärts. Wie Bambi auf einem gefrorenen See.

Endlich bekomme ich meine zweite Chance ...

Aber der große Mann in der Lederjacke, der sich gerade die Mixer anschaut, ist nicht Crush 100. Ein weiterer Typ, mittleren Alters mit zotteligen Haaren und einem bodenlangen, kaffeebraunen Ledermantel, lungert am Ende des Gangs herum und studiert zwei Küchenmaschinen.

Enttäuschung macht sich auf unseren Gesichtern breit. Elliot und ich sacken wie traurige Marionetten zusammen.

Als wir unsere Runde durch sämtliche überteuerte Touristenfallen an der Michigan Avenue vollendet haben, dreht die Mittagssonne die Hitze noch mal auf die Höchststufe auf. »Nur noch ein Laden, dann geben wir auf«, verspreche ich meinem treuen Suchtrupp. Die Worte kommen bloß noch als erschöpftes Keuchen aus meinem Mund.

Ich kann nicht glauben, dass sie immer noch an meiner Seite sind.

Elliot reckt triumphierend die Faust. Während Hannah hinter uns hertrottet, flüstere ich: »Danke, dass du mich begleitest, Elliot.«

Er klopft mir auf die Schulter und strahlt mich an. »Keine Ursache. Es ist meine Pflicht, stets an Eurer Seite zu bleiben, wenn wir in den Kampf gegen diesen furchterregenden Erstes-Date-Drachen ziehen. Ich werde für immer Euer treuer Weggefährte sein.«

Gott sei Dank steht er genau wie ich auf solche Spiele. Der Prinz in mir und mein treuer Gefährte Elliot verleihen mir neue Energie. »Hast du nicht gesagt, du wärst mein Knappe?«, frage ich.

Elliot streicht sich über die unsichtbaren Barthaare an seinem Kinn. »Ist das nicht das Gleiche?«

»Keine Ahnung.« Wir kichern. »Lass uns ›Knappe‹ nehmen. Mir gefällt ›Knappe‹ besser.«

Meine Erschöpfung verfliegt. Die aufmunternden Worte meines Knappen geben mir wieder Kraft und wir stürmen als schwitzende Einheit auf *Fiddlestick's Haushaltswaren* zu. Hinter dem Tresen lächelt uns ein südamerikanisch aussehender Mann mit rundem Gesicht und dünnem, eckigem Schnurrbart gut gelaunt entgegen. Ohne jede Begrüßung halte ich ihm meine Zeichnung von Crush 100 unter die Nase und sage: »Ich suche diesen Jungen. Groß. Liebt Hunde. Vermutlich ein guter Schachspieler, aber das lässt er nicht so raushängen. Selbstbewusst, und wenn er einen ansieht, hat man das Gefühl, dass er einen sofort durchschaut – man fühlt sich wahrgenommen und wertgeschätzt.« Ich halte den Atem an. »War so jemand vielleicht vor zwei Tagen hier?«

»Hat er so eine Kürbisjacke getragen?«, fragt der Mann schnurrend.

Hannah und Elliot blinzeln erstaunt und ich rufe: »Ja!«

Wie in einem Stummfilm heben wir alle drei gleichzeitig die Arme und legen sie uns gegenseitig um die Schultern. Der Mann erinnert sich offenbar noch an Crush 100. »Er wusste genau, was er wollte. Sehr selbstsicher – genau wie du gesagt hast. Er hat eine Bestellung abgeholt, die er vorher telefonisch aufgegeben hat –«

»Er plant voraus, sehr gut«, murmele ich, ohne den Mann zu unterbrechen.

»Es war ein Hundert-Liter-Suppentopf. Er hat ihn bezahlt und ist damit verschwunden.«

»Dann arbeitet er in einem Restaurant«, spekuliert Hannah.

»Nein, Shirley hat doch gesagt, es wäre für ein Kunstprojekt«, entgegnet Eliot. »Er will einfach Tonnen von Granatapfelmarmelade kochen.«

»Wie kann das ein Kunstprojekt sein?«, fragt Hannah. »Und wofür waren dann die Rosen?«

»Ich weiß es nicht, aber das finden wir noch heraus! Das ist er, Micah. Wir haben ihn gefunden!«

Aber ich höre Elliot schon nicht mehr. Eine kalte, graue Wolke der Erkenntnis senkt sich über mich. Ich schaue dem Mann in die Augen. »Sie können mir nicht zufällig seinen Namen sagen oder wo ich ihn finden kann?«

Er lächelt freundlich und schüttelt verneinend den Kopf.

Die Wirklichkeit bricht über uns zusammen, als sich dieser Mann als die nächste Sackgasse entpuppt.

Die Gefolgschaft der Jacke muss eine Pause machen.

Hannah und Elliot verlassen den Laden und ich trotte hinterher – die immer heißer werdende Jacke von Crush 100 in den Händen. Schattige Bäume locken uns die Straße hinauf, aber ein Bauarbeitertrupp versperrt uns den Weg.

»Wir sollten deinen Dad darum bitten, in seiner nächsten Sendung einen Aufruf zu starten. Vielleicht meldet sich dein Crush darauf«, schlägt Hannah vor, als wir unschlüssig vor dem Laden stehen. Ihre Freundlichkeit erdrückt mich fast. Ich wünschte, ich könnte nur ein Mal eine Date-Geschichte erzählen, die nicht mit einem mitleidigen Blick endet.

Das hier war meine letzte Hoffnung, Crush 100 zu finden. Wo könnten wir sonst noch nach ihm suchen?

Hannah und Elliot haben sich so bemüht, mir zu helfen – und ich habe uns in diesen dehydrierenden Hitzealbtraum geschleppt.

Unter den kürzer werdenden Schatten der Wolkenkratzer, halte ich die Kürbisjacke in die Höhe. Ein Kunstwerk, das für meinen Crush nun verloren ist, genau wie der Funke zwischen uns.

Ich seufze. »Okay, es reicht. Ihr beide solltet nach Hause gehen.«

Elliot wedelt abwehrend mit der Hand, aber Hannah nickt. Ihr Gesicht sieht kreidebleich aus. »Ich brauche eine Dusche.« Sie stöhnt.

»Vielleicht hast du recht«, sage ich mit einem dumpfen Lachen. »Ich sollte eine Nachricht im Podcast meines Dads verbreiten lassen. So was wie: ›Hey, Sportsfreund*innen …‹«

Hinter uns auf der Treppe taucht eine junge Frau mit kahl geschorenem Kopf, dunkler Haut und knallpinkem Lippenstift auf. Sie raucht eine E-Zigarette und starrt uns an. Nachdem sie eine Wolke Grapefruit-Rauch ausgestoßen hat, werden ihre Augen ganz groß. »Die Sendung von deinem Dad?«, fragt sie erfreut. »Dann bist du der Prinz von Chicago!«

Nicht schon wieder ein Sportfan. Mir bleibt gar keine Zeit, so zu tun, als wäre ich nicht der Sohn von Jeremy Summers – so schnell steuert die Frau mit ihrem gezückten Handy auf uns zu. Auf ihrem Bildschirm ist mein Instagram-Post von Crush 100 zu sehen. »Ich dachte doch, dass ich die Jacke kenne«, sagt sie. »*Du* bist also Instaloves?? Das ist ja so romantisch. Ich wünschte, jemand würde sich für mich so viel Mühe machen.«

Bevor ich sie anflehen kann, meinen Account geheim zu halten, springt Elliot schon vor und sagt: »Nicht wahr?!« Er stellt sich zwischen mich und die Fiddlestick's-Angestellte. »Sie arbeiten hier, oder?«

Das Lächeln der Frau wird zögerlicher. Sie überlegt eine Ewigkeit, dann flüstert sie: »Ich hab sie schon mal hier gesehen. Deine Jacke.« Sie zupft an dem Ärmel. »Er war vor zwei Tagen hier. Heute Morgen habe ich ihm seinen Topf vorbeigebracht.«

Die Luft um mich herum gefriert. Hannah und Elliot erstarren zu Statuen.

»Uns wurde gesagt, er hätte den Topf abgeholt«, erklärt Hannah für mich. Ich bin zu beglückt, um auch nur einen Laut von mir zu geben.

»Das wollte er auch«, erklärt die Frau, »aber der Topf war so schwer. Da habe ich angeboten, ihn zu liefern, wenn er bis heute warten kann.«

Mein ganzer Körper sehnt sich nach der Antwort und ich flüstere: »Und wo …?«

»Zum Art Institute«, sagt sie mit einem leisen Lächeln. Ganz so, als wüsste sie genau, welche Bedeutung diese Information für mich hat.

»Danke«, hauche ich erleichtert. Noch im selben Moment dringt ein himmlischer Sonnenstrahl zwischen den Gebäuden hindurch und fällt auf Elliot, Hannah und diese wunderbare Frau.

Ich weiß, wo er ist.

Kapitel 8

DER PALAST

Das Art Institute.

Ein Königreich der Kreativität. Der Palast meiner Träume. Ich wusste immer, dass meine Kreativität hier förmlich sprühen würde! Und wo sonst sollte die märchenhafte Liebesgeschichte zweier Künstler beginnen?

Es passt alles zusammen. Die Haltestelle Washington / Wabash – wo das Schicksal die Tür zwischen uns zugeschlagen hat – liegt nur ein paar Straßen vom Art Institute entfernt. In seinem Telefonat muss es um ein Zimmer des Wohnheims der Kunstschule gegangen sein. Nach einer Weile hektischen Herumgoogelns finde ich heraus, dass das Art Institute Sommerkurse für Oberstufen-Schüler*innen anbietet. Einen Moment lang bin ich stinksauer auf mich selbst, weil ich von dieser einmaligen Chance keine Ahnung hatte. Die Möglichkeit, *jetzt gerade* am Art Institute zu sein – alles über das Mischen von Farben zu lernen, Ideen für mein Wandbild zu sammeln und Tipps von Expert*innen zu bekommen wäre unbeschreiblich!

Aber dann lese ich weiter unten auf der Seite, dass dieser Kurs nur für angehende Modedesigner*innen angeboten wird.

Wenn alle seine Stücke so gut sind wie diese göttliche Kürbisjacke, ist mein Crush 100 seiner Konkurrenz um Längen voraus!

Weil Hannah eigentlich schon längst wieder zu Hause sein

müsste, trennt sich die Gefolgschaft der Jacke vorübergehend. Im Schatten des gewaltigen John-Hancock-Towers, ruhen Hannah, Elliot und ich unsere müden Füße aus. Wir sitzen auf der Treppe, die in das benachbarte Einkaufszentrum hinunterführt, wo Touris und Büroangestellte auf der Plaza ihr Mittagessen genießen.

»Es ist Viertel vor zwei«, sagt Elliot nach einem Blick auf sein Handy. »Sollen wir uns um fünf bei Micah treffen, für die letzte Etappe unserer Suche?«

»Ja!«, platzt es aus Hannah und mir heraus. Mein Herz fliegt in die Höhe, als würde es von einer Fontäne getragen.

Mit einem dramatischen Ächzen steht Elliot auf. »Okay, Leute, ich muss noch rüber ins Kaufhaus und einen Ventilator für meine Albtraum-Hitzebude besorgen.«

Ich springe ebenfalls auf. »Klingt nach einer neuen Mission! Sollen wir dich begleiten?«

Fächelnd steht nun auch Hannah auf. »Elliot, ich liebe dich wirklich, aber ich *muss* unter die Dusche.«

Mein Lächeln bleibt unbeirrt auf meinem Gesicht. Ich kann genauso für Elliot da sein, wie er für mich da gewesen ist. »Also, ich komm mit! Allerdings wartet vielleicht gleich ein neuer Kampf auf uns. Die Abteilung mit den Ventilatoren und Klimageräten kann im Sommer ein ziemlich gefährliches Pflaster sein.«

Elliot winkt grinsend ab. »Was weiß der Prinz in seinem temperaturgeregelten Palast schon davon, wie es ist, sich um den letzten Fensterventilator zu prügeln?«

Hannah lacht über diesen kleinen Seitenhieb, der tatsächlich ein bisschen wehtut. Er wollte nur einen Witz machen und er hat ja auch recht.

»Na ja, ich hab's auf TikTok gesehen«, spiele ich mit. »Man muss schließlich an den kleinen Leuten dranbleiben.«

Elliot grinst. Plötzlich sehe ich aufblitzen, was für ein gut aussehender Mann später mal aus ihm werden wird. Dann verschwindet es sofort wieder und nur der Junge bleibt zurück. »Diesmal werde ich mich allein in das Abenteuer stürzen. Aber vielen Dank.« Er winkt zum Abschied und wendet sich ab, um sich auf eigene Faust den Drachen des Kaufhauses zu stellen. Hannah und ich suchen uns ein Uber, das uns Richtung Norden, nach Hause an die Gold Coast bringt.

»Ich hab dir doch gesagt, er ist cool«, sagt sie auf der Fahrt. »Denk doch nur, wie viele lustige Stunden du wegen deiner albernen Eifersucht verpasst hast.«

»Ja, ja«, sage ich. Ich hasse es, wenn sie recht hat.

Ehrlich, heute war der lustigste und unbeschwerteste Tag, den ich seit einer Million Jahren erlebt habe. Als Hannah in unserem Haus den Aufzug verlässt, um zu ihrer Wohnung im vierzehnten Stock zu gehen, legt sich eine drückende Schwere auf mich.

Unsere heutige Mission hat mich davon abgelenkt, was für Ängste dieses ganze Dating-Thema noch immer in mir auslöst. Zusammen mit Elliot und Hannah schien das alles plötzlich keine so unüberwindbare Hürde mehr zu sein. Schließlich hatten wir ein gemeinsames Ziel: die wahre Liebe finden.

Ich drücke die Handfläche gegen meine Brust und versuche, gleichmäßig zu atmen. *Nur die Ruhe. Heute Abend wirst du ihn finden und endlich die Chance haben, ihn nach einem Date zu fragen.* Selbst wenn ich die Zeichen falsch verstanden habe – *was ich nicht glaube* –, dann habe ich es wenigstens versucht. Wenn er Nein sagt – *was er nicht tun wird* –, dann ist das eben so. Ich habe alles gegeben. Ich werde ihm seine Jacke zurückgeben, ihm alles Gute wünschen und nach Hause zurückkehren, um mich für immer unter meiner Bettdecke zu verkriechen.

Die Aufzugstür geht auf und ich betrete unser Apartment. Die sinkende Sonne knallt gegen die Panoramafenster des Wohnzimmers, aber dank der Klimaanlage liegt die Temperatur bei angenehmen 23 Grad. Hier drinnen kriegt man von der sengenden Hitze nichts mit, die den Menschen draußen zu schaffen macht und uns heute fast die Gehirne weich gekocht hätte.

Gut, dass ich mehr rauskomme.

Jetzt, wo mir nicht mehr ganz so heiß ist, ziehe ich die Jacke von Crush 100 noch mal an. Den weichen Stoff auf meiner Haut zu spüren, versetzt mich wieder in dieses Traumland, in dem ich mit einem Jungen flirten und ganz ich selbst sein kann.

Als ich in mein Zimmer gehe, läuft mir Lilith über den Weg – unsere schwarz-weiße Maine-Coon-Katze. Sie bleibt kurz stehen, um mich anzufauchen. Eigentlich gehört dieses fiese Raubtier zu Maggie – und ich wette, meine Schwester hat ihr extra beigebracht, garstig zu mir zu sein.

Maggie lernt in ihrem Zimmer. Von ihrem Fenster aus kann sie den Lake Shore Drive mit seinen Stränden und den Inlineskatern sehen, die aus dieser Höhe wie geschäftige Ameisen aussehen. Sie liegt auf dem Bauch, in einem Explosionsradius um sie herum stapeln sich ein aufgeschlagenes Lehrbuch und eine chaotische Sammlung von Lernzetteln. Ihre Haare sind offen und ausnahmsweise trägt sie eine abgewetzte graue Jogginghose anstatt des üblichen Sport-Outfits in Schwarz mit Neon. Sie schaut zu mir. »Wie lief die Suche? Oh, und wieso trägst *du* auf einmal die Jacke von diesem Jungen? Bist du Hannibal Lecter?«

Verteidigend drücke ich die Jacke an mich. »Es war so ein magischer Tag! Echt schade, dass du nicht dabei warst, um mich zu nerven – aber es war sicher aufregender, hier mit Manda über irgendwelche blödsinnigen Kleinigkeiten zu streiten.«

Maggie zuckt zusammen. Sie setzt sich so hastig auf, dass ihre Papiere noch mehr durcheinandergeraten. »Bitte hör auf, dich ständig über uns lustig zu machen. Das verletzt meine Gefühle.«

»Dann solltest du vielleicht mal ein bisschen netter zu mir sein. Das ist eine große Sache für mich.«

Maggie starrt mich genervt an. »Glaubst du wirklich, du wirst niemals mit Crush 100 streiten?«

»Das *glaube* ich nicht, das *weiß* ich!« Ich werfe die Arme in die Luft. »Wir werden zu sehr damit beschäftigt sein, zusammen Spaß zu haben. Die Leute streiten nur, wenn ihnen langweilig ist.« Mit einem genervten Schnauben gehe ich in ihr Zimmer, überlege es mir dann anders und marschiere gleich wieder raus. Nur um doch noch mal reinzugehen. »Was ich dir im Übrigen schon tausend Mal gesagt habe, aber du hörst ja nicht auf mich – weil du mich für einen dummen Hosenscheißer hältst, der von nichts Ahnung hat.«

Je mehr ich mich aufrege, desto gelassener lehnt sich Maggie auf ihrem Bett zurück. Sie lächelt mich provozierend an.

»Was?«, will ich wissen.

»Du weißt absolut *gar nichts* darüber, wie es ist, mit jemandem zusammen zu sein, Baby Buh-Buh –«

»Warum musst du mich immer so nennen? Hast du nie mal darüber nachgedacht, dass ich vielleicht deshalb nichts über Beziehungen weiß? Oder niemanden um ein Date bitten kann, ohne mir in die Hose zu machen? Weil mich meine Schwester – die mich doch eigentlich gernhaben sollte – im Fernsehen zum Deppen gemacht hat?«

Es braucht all meine Willenskraft, um diese Worte nicht laut zu schreien. Maggies Gesicht fällt förmlich zusammen. Sie hüpft vom Bett und kommt zu mir. »Das hab ich doch gar nicht so gemeint. Ich will dich damit nur ein bisschen abhärten, weil ... Du lebst die ganze Zeit in deiner Märchenwelt, und wenn du irgendwann doch mal mit diesem Jungen zusammenkommen solltest – dann wird er kein Fantasiewesen sein. Sondern ein echter Junge, der dir manchmal verdammt auf die Nerven gehen wird.«

»Ich bin aber bereit für das echte Leben!« Meine Wut verfliegt. »Oh Gott, Maggie, was ist, wenn ...? Wenn Crush 100 mich wirklich für einen Irren hält, weil ich ihn so intensiv gesucht habe? Ich habe ihn gemalt, ich bin seiner Spur durch die ganze Stadt gefolgt und … Was ist, wenn er sagt: ›Lass mich in Ruhe, du Stalker!‹?«

Ich kann Maggies Reaktion auf meine Worte nicht sehen, weil ich auf meine Zehenspitzen starre. Sie zieht mich in ihre Arme und mein schmächtiger Körper sackt in sich zusammen wie eine leere Chipstüte.

»Und wenn Crush 100 gar nicht der allererste Freund von jemandem sein will? Er ist so cool und näht Jacken. Bestimmt hatte er schon ganz viele Beziehungen.«

Stöhnend führt Maggie mich ans Fenster zu der Aussicht auf den See, wo es vor freudigen Radfahrer*innen und hübschen Segelbooten nur so wimmelt. »Es gibt keinen festen Ablaufplan für Beziehungen«, sagt sie. »Nicht jeder Mensch will eine Beziehung. Nicht jeder kann eine Beziehung führen. Und nicht jeder sollte es tun. Aber wenn du mit jemandem zusammen sein möchtest, interessiert es wirklich niemanden, wie lange es gedauert hat, das herauszufinden.«

Die reißenden Wellen in meinem Herzen beruhigen sich und werden zu einem sanften Plätschern.

Wir sind wieder Bruder und Schwester.

Über Maggies Schreibtisch hängt eine gerahmte Werbung für *Pass den Puck*. Darauf ist mein Dad zu sehen, zehn Jahre jünger und in seiner sportlichen Bestform. Er trägt Hockeyschützer und brüllt in die Kamera, als Anspielung auf seinen Ruf als verrückter Typ. Er sieht genauso aus wie ich – wäre ich einen Kopf größer und meine Gesichtszüge weniger kindlich weich (eines Tages). Mom steht mit dem Rücken zu Dad. Sie ist ganz in Schwarz gekleidet und schaut gespielt genervt durch ihre Brille. Aber man erkennt in ihrem Blick, wie sehr sie ihren Mann liebt – trotz all seiner Verrücktheit. Mit einer Hand hebt Dad mein siebenjähriges Ich über seinen Kopf, mit der anderen die zehnjährige Maggie. Meine Schwester hält die olympischen Medaillen meines Vaters in der Hand und ich stemme den Stanley-Cup in die Höhe (unterstützt von Drähten, die natürlich wegretuschiert wurden). Der riesige Silberpokal ist nicht nur die wichtigste Eishockeytrophäe der Welt, sondern auch noch doppelt so groß wie der 8-jährige Micah.

Damals konnte ich noch nicht ahnen, dass alle meine romantischen Märchenträume in Erfüllung gehen würden.

♡ ♡ ♡

Nachdem ich mir den schwitzigen Schmodder des Tages abgeduscht habe, arbeite ich weiter an meinem Wandbild. Mir bleibt noch eine Stunde, bis wir uns auf den Weg zum Art Institute machen. Bis dahin muss ich dringend ein bisschen Stress loswerden.

Das Wandbild ist in einem permanent unfertigen Zustand. Mit präzisen Pinselstrichen färbe ich die Anzugjacken von zwei tanzenden Prinzen kanariengelb und aquamarinblau, meine Lieblingsfarben. Jeder Pinselstrich ist genau überlegt. Schließlich ist das hier keine Skizze, die ich einfach zerknüllen und wieder neu beginnen kann. Außerdem ist es ganz anders, einen Pinsel und keinen Bleistift in der Hand zu halten.

Der Pinsel bringt mich einfach nicht in meinen gewohnten Flow. Statt nur so über das unfertige Gemälde zu huschen, liegt der Pinsel groß und sperrig in meiner schwitzenden Hand. Ein winziger Farbklecks – und sei er noch so klein – kann das gesamte Bild unwiderruflich verändern.

Ich kann mich wirklich glücklich schätzen, dass ich letztes Jahr Zeichenunterricht nehmen konnte. Dadurch habe ich gelernt, dass es zum kreativen Prozess dazugehört, wenn nicht alles gleich auf Anhieb klappt.

Das zu akzeptieren ist nicht immer einfach – aber nichts entspannt mich mehr, als kreativ zu sein. Das Malen beruhigt mich und verdrängt die sorgenvollen Gedanken an Crush 100.

»Hallo«, meldet sich eine leise Stimme hinter mir. Erschrocken fahre ich herum und lasse den Pinsel in den Rollwagen mit den Malutensilien fallen. Blitzschnell greife ich nach der Schnur, die einen blickdichten schwarzen Vorhang vor mein Wandbild fallen lässt. Eine Sicherheitsmaßnahme gegen neugierige Familienmitglieder.

Aber etwas lässt mich innehalten.

Es ist Elliot.

Er hat sich umgezogen und trägt nun eine lachsfarbene Shorts und ein gemustertes Pastellshirt. In meiner offenen Zimmertür stehend, hält er sich mit beiden Händen die Augen zu. Ständig platzen Leute in mein Zimmer – meine Eltern, Maggie, sogar Hannah. Sie alle verlangen immer, dass ich mich nicht so anstellen soll, wenn es darum geht, anderen meine Bilder zu zeigen.

Aber Elliot steht da und weiß einfach, dass er die Augen schließen muss.

»Ich schau nicht hin, versprochen«, sagt er. »Von Hannah weiß ich, dass du es nicht magst, wenn jemand deine Arbeiten sieht, bevor sie fertig sind.«

Verdutzt starre ich ihn an. »Wie bist du reingekommen?«

»Du meinst, wie hat es dieser Fremde in euer Penthouse geschafft?« Immer noch liegen seine Hände über seinen Augen. »Ich bin durch ein Mäuseloch gekrochen. Eigentlich suche ich nur ein Stückchen Käse.«

»So habe ich das nicht gemeint, ich –«

»War nur Spaß. Deine Schwester hat mich reingelassen.« Ich sehe nur seine Wangen mit den Grübchen, der Rest seines Gesichts wird von seinen Händen verborgen.

»Sekunde nur!« Ich eile zu der Vorhangschnur, ziehe daran, und der schwarze Vorhang fällt herunter und verdeckt das Wandbild. »Okay, du kannst wieder gucken.«

Elliot nimmt die Hände weg. Beim Anblick der endlos weiten Aussicht auf den Lake Michigan, der sich unter der späten Nachmittagssonne bis zum Horizont erstreckt, werden seine Augen ganz groß. Einen Moment lang fehlen ihm die Worte. Er sieht aus wie ein Kind in einem Museum, das zum ersten Mal vor einem T-Rex-Skelett steht.

»Okay, ich liebe dein Zimmer. Es ist echt krass.«

Ich denke daran, was Elliot über sein grässliches, überhitztes Schlafzimmer erzählt hat, und fahre mir nervös durch die Haare. »Und hast du die Drachen im Kaufhaus besiegt?«, frage ich.

Elliot greift sich in gespielter Verzweiflung an die Brust. »Sie haben mich besiegt.« Dann lässt er die Arme wieder sinken. »Als ich ankam, waren die Regale schon komplett leer.«

Oje. Das deprimiert mich richtig. Kann er nicht ein Mal Glück haben? »Das tut mir leid. Hilft es vielleicht, wenn wir dort mal mit jemandem reden?«

»Mit wem denn? Dem Geschäftsführer?« Lachend pikt er mir in den Bauch. »Du glaubst wohl, mit Geld kann man alles kaufen!«

Ich fange an zu kichern, aber weiche schnell zurück. »Nein! Ich meine nur, also ... ich weiß nicht. Lässt sich da denn gar nichts machen?«

Elliot zuckt wieder mit den Schultern, er wirkt unbekümmert. An seiner Stelle würde ich total rumheulen. »Es ist Sommer. Ventilatoren sind ausverkauft. Im Internet gibt es da auch Lieferprobleme. Klimaanlagen sind in unserem Gebäude nicht erlaubt. Ende!« Er klatscht in die Hände. »Okay, und jetzt zu unserer Suche. Hannahs geheimnisvolles Date hat die Verabredung vorverlegt. Deshalb ... kann sie uns bei dieser letzten Etappe leider nicht unterstützen.«

Die Nachricht trifft mich wie ein Pfeil. Die Gefolgschaft zerbricht schon vor dem Ende der Mission? Und nicht nur das – Hannah hat es Elliot gesagt und mir nicht?

Elliot hebt abwehrend die Hände und sagt: »Sie hatte wohl Angst, dass du sauer bist, wenn sie es dir sagt.« Offenbar kann er meine Gedanken lesen. Oder vielleicht bin ich auch nur leicht zu durchschauen. »Wäre es sehr schlimm für dich, wenn wir diese Suche zu zweit beenden?«

Verlegen wende ich den Blick ab. Elliot soll nicht denken, er wäre mir nicht gut genug. »Natürlich nicht. Aber macht dir das auch wirklich nichts aus? Du hast heute den ganzen Tag frei. Willst du da nicht lieber was mit Brandon unternehmen?«

Elliot zwinkert mir zu. »Was wäre ich denn für ein Knappe, wenn ich Euch vor dem großen Finale im Stich ließe?«

Vielleicht liegt es an Elliots Zuversicht oder daran, dass er meine Wünsche wahr werden lassen möchte ... Aber mit ihm an meiner Seite scheint plötzlich alles möglich zu sein. Nach diesen zwei Tagen hat er sich seinen Status ganz oben auf der Freundesskala mehr als verdient.

Elliot wartet im Wohnzimmer, während ich mir meine farbverschmierten Klamotten ausziehe. Hastig schreibe ich Hannah: **Du hättest mir ruhig sagen können, dass du heute noch ein Date hast! Es geht nicht immer nur um mich und ich freue mich SO für dich!!! Viel Glück mit dem Unbekannten, der vielleicht sogar der eine ist (oder eben nicht, haha).**

Keine Antwort. Keine drei Pünktchen, die anzeigen, dass getippt wird. Offenbar ist sie schon unterwegs.

Ratlos stehe ich vor meinem Kleiderschrank und starre auf die große Auswahl an möglichen Outfits, die ich für die letzte Etappe der Suche anziehen könnte. Zur Ablenkung scrolle ich auf Amazon durch eine Liste von Ventilatoren. Die meisten sind nicht mehr lieferbar. Erst als ich *Welcher kühlt am besten* google, finde ich einen Standventilator, der anscheinend so stark ist wie ein Düsenjetmotor. Also ungefähr so einen, wie Beyoncé für ihre Musikvideos benutzt. Ich lasse zwei davon an meine Adresse liefern: einen für Elliot und einen für mich – damit mein Wandbild schneller trocknet.

Dann rufe ich zu Elliot hinüber: »Ignorier die Katze einfach. Sie hasst jeden.«

»Ich kuschele gerade mit ihr!«, erwidert Elliot fröhlich, und ich höre, wie Lilith honigsüß maunzt. Das macht sie sonst nur bei Maggie! Elliot wird mal ein super Tierarzt.

Elliot gurrt Lilith liebevolle Worte zu. »Wo war denn mein kleiiiines Schätzchen während des Filmabends? Hast du dich etwa versteeeckt? Zu viele Fremde, jaaa.« Endlich finde ich ein prinzenhaftes Outfit, das ich gegen meine Malklamotten tausche – damit wir losziehen und den Drachen erlegen können. Diesmal denke ich sogar daran, feste Schuhe anzuziehen, und schlüpfe in meine Stiefel aus künstlichem Wildleder. In Kombination mit dem lavendelblauen Hemd, das bis zur Brust aufgeknöpft ist, sehe ich aus wie ein cooler, selbstbewusster Eisprinz.

Wenn mein Outfit stimmt, bin ich viel lockerer und lustiger.

Wie soll ich ihn nach einem Date fragen? »Hey, Crush 100«, werde ich sagen. »Oh, wie ich dich gefunden habe? Das war echt nicht leicht, aber ich wollte dir unbedingt diese tolle Jacke zurückbringen. Wie wär's, wenn wir was essen gehen?«

Zum zwanzigsten Mal heute hüpfen Elliot und ich in ein Uber und düsen zum Art Institute, das exakt zwischen dem Millennium Park und dem Grant Park liegt. Offenbar bin ich dazu verdammt, ständig an den Ort meiner Date-Misserfolge zurückzukehren!

Durch den Berufsverkehr staut es sich immer mehr, je näher wir den Parks kommen. Deshalb befehle ich (prinzlich), dass wir aussteigen und den letzten Wegabschnitt zu Fuß zurücklegen. Wir schlängeln uns schweigend durch die Touristenströme auf dem Bürgersteig, der See und die grünen Parkanlagen liegen links von uns. Der Prinz und sein Knappe, wie sie zielstrebig und tapfer auf den Turm zuschreiten.

Zumindest ... bis der Turm vor mir auftaucht.

Das Studierendenwohnheim des Art Institute, ein echter Koloss aus Marmor und Backsteinen, ragt drohend in der Ferne auf. Ich drücke die Kürbisjacke von Crush 100 an meine Brust und recke ehrfurchtsvoll den Kopf. Behutsam und leise wie Lilith tritt Elliot neben mich. »Hmmm«, brummt er leise, während wir das Ziel unserer Suche mustern.

»Mein Herr, wärt Ihr sehr verärgert, wenn ich Euch einen Rat gebe?«

Elliot ist richtig gut in unserem Spiel. In seiner Nähe fühlt man sich direkt wohl. Es ist kein bisschen komisch mit ihm, und ich habe auch nicht das Gefühl, dass er sich mit diesem Knappe-Gerede nur bei mir einschleimen möchte. Außerdem strahlt er immer noch diese fröhliche Unbekümmertheit aus, von der ich schon befürchtete, sie könnte ohne Hannah vielleicht verschwinden.

»Wie lautet Euer Rat, Knappe Elliot?«, frage ich hoheitsvoll.

Seine Miene wird ernst, er seufzt und legt beide Hände auf meine Schultern. Verdammt, sind seine Hände weich! Die Berührung überrascht mich und ich bewege mich keinen Zentimeter. Seine hellbraunen Augen fixieren mich auf eine Weise, die sich tröstlich und sicher anfühlt. Ganz so, als würden wir uns schon ewig kennen.

»Angst ist eine Falle«, sagt er und plötzlich fällt alles Verspielte von ihm ab. »Wenn Crush 100 mit dir ausgehen will, dann wird das auch so kommen, egal was passiert. Und wenn er aus irgendeinem Grund Nein sagen sollte, dann denk immer daran: Er ist nur irgendein Typ.«

Genauso gut hätte er mich ohrfeigen können.

»Er ist der *eine,* das weiß ich«, widerspreche ich, aber Elliots sanfte Augen lassen mich nicht los.

»Natürlich!« Sein Blick huscht zu Boden. Schämt er sich? »Weißt du, vor Brandon hätte ich alles für einen Jungen getan – egal, wie mies er sich mir gegenüber benommen hat. Aber Brandon ist so unabhängig, dass ich selbst auch gelassener geworden bin, seit ich ihn kenne.« Ein leichtes Lächeln huscht über Elliots Gesicht und der Anblick löst die Anspannung in meinem Nacken. »Auch der *eine* ist nur irgendein Typ.«

Elliot ist echt gut darin, einem Mut zu machen.

Als er meine Arme loslässt, kommt es mir so vor, als hätte ich plötzlich keine Rettungsweste mehr. Zum Glück wird mich Elliot bis zum Ende begleiten.

Wir gehen auf den Wohnheimturm zu. Ein gesamtes Gebäude voller aufstrebender Künstler*innen in meinem Alter, die ihrer Kreativität freien Lauf lassen, während ich es nicht mal fertigbringe, mein blödes Wandbild zu beenden. Und in diese Höhle des Löwen soll ich mich nun hineinwagen und zum ersten Mal in meinem Leben einen Jungen um ein Date bitten?

Ja, das sollst du, Micah. Du trägst ein sexy Outfit. Du hast einen erfolgreichen Insta-Kanal. Und alle fiebern mit dir mit.

Das ist dein Moment. Geh da rein und HOL IHN DIR.

»Vorwärts«, flüstere ich. Wir betreten einen betonierten Innenhof, von dem aus einzelne Wohnheimflügel abgehen. Plötzlich wird mir klar, dass ich gar keinen Plan habe, wie wir in das Wohnheim hineinkommen sollen. Ein paar Mädels im College-Alter kommen uns entgegen und öffnen die Sicherheitstüren, aber ich kann mich nicht einfach reinschleichen. Das wäre nicht standesgemäß für einen Prinzen.

»Die Teilnehmer*innen des Modedesign-Kurses wohnen im siebten Stock«, sage ich und wedele mit meinem Handy. »Hab ich auf der Internetseite des Art Institute gelesen.«

Elliot nickt beeindruckt. Ich bin immer noch ratlos. »Wenn wir da einfach reingehen, komme ich mir wirklich wie ein Stalker vor.«

Er nickt. »Stimmt.« Er schaut sich auf dem unheimlich leeren Innenhof um. »Und wenn wir hier warten und so tun, als wären wir Studenten – wie bei einer echten Observierung?«

Ich beiße mir auf die Lippe. Hoffentlich ist das nicht schon wieder eine Sackgasse. Ruhig bleiben und abwarten. Wir schauen uns weiter auf dem Innenhof um. Auf Aushängen wird nach Aktmodellen oder Performancekünstler*innen gesucht und ein buntes Poster kündigt die Modedesign-Abschlussshow an. Bestimmt ist Crush 100 deswegen hier! Die Show findet erst in zwei Monaten statt. Ich mache trotzdem ein Foto von dem Plakat – falls sich die Suche doch so lange hinzieht und ich zu dieser Veranstaltung gehen muss, um ihn zu finden.

Oh Gott. Stellt euch das vor. *Erinnerst du dich noch an mich? Damals in der L, vor EINER MILLION MONATEN??*

Elliot und ich schlendern über den Hof, über dem eine schläfrige Sommerferienstimmung liegt. Ab und zu gehen Professor*innen von einem Gebäude zum nächsten. Es ist Abendessenszeit – vielleicht sollten wir mal in der Mensa vorbeischauen? Eigentlich dachte ich, ich könnte jemanden nach Crush 100 fragen. Ich hatte nicht erwartet, ganz allein hier zu sein.

»Was sollen wir jetzt tun?«, fragt Elliot.

»Ich überlege noch«, erwidere ich.

Im Hof ist es so still, dass wir das leise, kräftige Surren der Klimaanlagen an den Fenstern über uns hören können.

»Micah«, flüstert Elliot und reißt die Augen auf.

Sämtliche Haare in meinem Nacken stellen sich auf. Es ist die gleiche knisternde Energie wie in der L, bevor ich meinen Crush zum ersten Mal gesehen habe.

Am anderen Ende des Hofs öffnet sich eine große Flügeltür und meine Atmung setzt unerwartet aus. Ein asiatisch aussehendes Mädchen mit dunkelgoldener Haut und streng geflochtenen Zöpfen schleppt zwei prall gefüllte Stofftaschen aus einem Raum. Meine Schultern sacken zusammen. Sie sehen zwar so aus wie die Beutel, die Crush 100 dabeihatte, aber seine waren voller Bücher. Ihre Taschen sind mit etwas Dunkelrotem gefüllt, das ich nicht erkennen kann.

»Granatäpfel«, zischt Elliot.

»Das kann nicht sein«, flüstere ich und meine Füße werden eiskalt.

Das Mädchen schleppt tatsächlich Taschen voller Granatäpfel. Ich weiß zwar nicht, ob es hundertfünfzwanzig sind – aber das können nur seine sein. Das weiß ich.

Ein großer Junge mit dunklen Locken folgt dem Mädchen durch die Flügeltür, einen Hundert-Liter-Topf in den muskulösen Armen.

Er ist es.

Schnell, versteck dich hinter Elliot!, schreit mir mein Verstand förmlich zu. Hastig stelle ich mich hinter ihn. *Du Depp, mach das nicht!*

Crush 100 kehrt mir den Rücken zu. Er sieht mich nicht. Er und seine Freundin schleppen die Beutel und den Topf zur anderen Seite des Innenhofs …

Sie gehen davon, und das ziemlich schnell.

Eine dritte Chance wirst du nicht bekommen, Micah.

Soll ich hinter ihm herrennen und riskieren, wie ein Irrer zu wirken? Aber wenn ich zu langsam bin, könnte ich ihn wieder verlieren.

Meine Schockstarre löst sich und ich setze mich in Bewegung. Elliot packt mich am Arm und ein hoffnungsvoller Ausdruck zieht über sein Gesicht. Als würde er etwas sagen wollen. »Was ist?«, frage ich.

Elliot fehlen die Worte. Seine Lippen öffnen sich leicht, als hätte er Angst. »Ähm … los, schnapp ihn dir.«

»Wie Ihr wünscht«, flüstere ich mit einem großmütigen Nicken. Er gibt mir einen freundschaftlichen Schubs, und ehe ich mich versehe, renne ich meinem Schicksal entgegen. Schneller und schneller schließen meine Schritte die Lücke zwischen mir und Crush 100. Er ist zu sehr damit beschäftigt, seinen riesigen Topf zu schleppen, um mich zu bemerken.

So ist es sogar noch besser.

Das ist dieser magische Moment in unserem Märchen: Er sieht mich noch nicht, ich schaue ihn einfach an, bis sein Blick plötzlich auf mich fällt und alles beginnt. Mein Leben, meine Zukunft.

»Ich glaube, du hast was verloren«, rufe ich über den Hof mit den wunderschön blühenden Bäumen. Meine Stimme hallt so eindrucksvoll wie die eines echten Märchenprinzen.

Die Freundin von Crush 100 entdeckt mich zuerst. Ein wissendes Grinsen zieht über ihr Gesicht, und sie haut ihm mit einer Kraft auf den Rücken, wie es nur eine beste Freundin tun darf. »Das ist er«, flüstert sie.

Er dreht sich um.

Eine schwarze Locke fällt vor seine glänzenden Augen. Ich halte ihm die Jacke wie einen Pokal entgegen und sofort begrüßt mich wieder das vertraute pausbackige Grinsen.

»Du hast mich gefunden«, sagt er und seine tiefe Stimme vibriert in meinen Ohren. »Wieso hast du so lange gebraucht?«

Er hat auf mich gewartet. Ob er sich genauso nach mir gesehnt hat wie ich mich nach ihm? Sein Lächeln wärmt mich wie die Sonne, ich grinse und trete näher. »Entschuldige, dass ich dich habe warten lassen.«

»Ich kann ziemlich ungeduldig sein.« Er stellt den Topf ab, geht von seiner Freundin weg, und der Abstand zwischen uns schrumpft von einem Meter auf einen halben und wird noch kleiner. Wie ein liebenswerter Riese schaut er auf mich herunter. Um uns herum die blühenden Bäume und der blaue Himmel.

»Du hast es mir nicht gerade leicht gemacht. Die Granatäpfel, der Topf. Oh, und übrigens schuldest du mir drei Dollar an Büchereigebühren für *Schrödingers Hund*.«

Ungläubig lachend schüttelt er den Kopf. »Ich glaube, wir haben uns viel zu erzählen.«

»Das stimmt.« Unsere Blicke treffen sich. »Wie heißt du?«, frage ich.

»Grant.«

Grant, Grant, Grant, Grant, Grant – der Name hallt in meinen Ohren. Was für ein königlicher Name. Es ist perfekt, es ist Schicksal, es ist einfach magisch.

Das ist es.

Und jetzt schnapp ihn dir. Zeig ihm deinen Magischen-Micah-Märchenprinz-Move und schnapp ihn dir.

»Ich bin Micah Summers. Willst du mit mir essen gehen?« Ich löse meinen Blick nicht von seinen Augen. Jede Milisekunde, die er nicht antwortet, scheint ein ganzes Jahrhundert zu dauern.

Grant nickt. »Ja«, sagt er lächelnd. »Wie wär's mit jetzt gleich? Ich bin am Verhungern.«

Jede Nervenzelle in meinem Körper explodiert vor Freude. Von den Fingern bis zu den Zehen, von meinem Kopf bis zum Magen – überall knistert diese seltsame elektrische Energie. Micah, der Märchenprinz, ist endlich aus seinem Kokon geschlüpft und zum Schmetterling geworden. Ich habe es tatsächlich getan und einen Jungen nach einem Date gefragt!

»Klingt super.« Ich strahle. »Aber zuerst muss ich noch was prüfen. Ein paar ... *Hundert* Leute haben mich angelogen und gesagt, diese Jacke würde ihnen gehören.« Ich falte seine Jacke mit dem gestickten Kürbis und den Ranken auseinander. »Ich muss erst sehen, ob sie dir passt. Du weißt schon – um mich zu vergewissern, dass du wirklich der Richtige bist.«

Grant grinst und zeigt seine niedlichen Grübchen. »Man kann nie vorsichtig genug sein.«

Er dreht mir den Rücken zu und wartet auf die Jacken-Krönung. Glücklich schaue ich zu Elliot hinüber. Ohne ihn hätte ich mich niemals getraut, hierherzukommen. Er steht allein am anderen Ende des Hofs und erwidert mein Lächeln. Aber es wirkt nicht so fröhlich wie sonst, sondern irgendwie leer. Und zugleich voller Emotionen.

Ein kalter Wind rauscht durch meinen Körper. Warum sieht er plötzlich so anders aus?

»Auf geht's«, bedeutet Elliot mir stumm und sein Lächeln ist zurück. Sofort beruhigt sich mein hämmerndes Herz. Grant breitet die Arme aus, sein muskulöser Rücken zeichnet sich deutlich unter seinem T-Shirt ab. Ich trete näher an ihn heran, die Kürbisjacke in meinen Händen. Behutsam ziehe ich einen Ärmel über seine große, schlanke Hand. Es verschlägt mir fast den Atem, ihm so nahe zu sein. Ich beiße mir auf die Zunge, um nicht versehentlich selig zu seufzen. Dann ziehe ich ihm den zweiten Ärmel über den Arm.

»Passt perfekt«, sage ich.

Und so ist es.

Kapitel 9

DER PROLOG

Ja.

Ich habe einen Jungen nach einem Date gefragt und er hat Ja gesagt.

In meinem Kopf habe ich das schon eine Million Mal mit neunundneunzig anderen Jungs getan. Aber Grant mit seiner tiefen, vollen Bassstimme Ja sagen zu hören – darauf bin ich nicht vorbereitet gewesen. *Ja.* Was für ein magisches Wort. Dieses Ja fegte wie ein Besen durch meinen Kopf und wischte sämtliche Neins weg, die ich je gehört oder mir auch nur eingebildet hatte.

Sein »Ja« liegt so was von in der Luft, sodass ich gar nicht anders kann, als *sofort* mit ihm essen zu gehen.

Keine Vorbereitung, kein romantisches Pläneschmieden, keine Ankündigung auf Instaloves, nichts!

»Lass uns nach nebenan ins Potage gehen. Nicht wirklich was Besonderes, aber ganz okay«, schlägt Grant vor.

Wie – nichts Besonderes? Ich will aber was Besonderes! Das ist unser erstes Date – *mein* erstes Date. Und das soll nicht besonders sein?

Mit einem hastigen »Viel Spaß euch beiden!« eilt Grants Freundin davon. So schnell sie mit den beiden Granatapfel-Beuteln laufen kann.

»Eshana! Was ist mit dem Topf?«, ruft Grant und deutet auf seinen Einkauf aus dem Haushaltswarenladen. Aufregung regt sich in mir – offenbar bereitet er etwas Wichtiges vor. Dann lässt sich dieses erste Date vielleicht doch auf morgen verschieben, damit ich es *richtig* planen kann. Doch bevor ich das vorschlagen kann, ruft diese Eshana, ohne sich umzudrehen: »Lass ihn stehen. Ich hole ihn nachher!«

Mit einem erleichterten Lächeln dreht Grant sich zu mir, aber ich bin wieder zur Salzsäule erstarrt.

»Ich weiß nicht, ob ich meinen Freund einfach so stehen lassen kann«, meine ich und will auf Elliot weiter hinten im Hof zeigen … aber er ist nicht mehr da. Er ist weg.

Ein kurzer Blick auf mein Handy zeigt eine Nachricht von ihm: **Wollte dein ERSTES DATE nicht durch einen peinlichen Abschied ruinieren!!! Viel Spaß!!!**

»Elliot«, knurre ich. Hätte er nicht noch ein bisschen warten können?

Und plötzlich bin ich allein mit Grant. Er beobachtet mich, die Hände in die Taschen geschoben, und sein Lächeln wird ein bisschen schmaler. Mein Stimmungsumschwung ist ihm nicht entgangen.

Erklär ihm, was los ist, Micah!

»Hör zu –«, fange ich an.

»Micah«, sagt er und greift nach meinen Armen. Trotz der sanften Berührung kann ich die Kraft in seinen Händen spüren. Obwohl seine Lippen – zwei weiche, rosafarbene Kissen – leicht geöffnet sind, küsst er mich nicht. Aber er steht ganz dicht vor mir. Zu dicht. Mein Hals wird eng. »Kein Stress«, wiederholt er. »Vermutlich willst du, dass unser erstes Date richtig romantisch und besonders wird. Stimmt's?«

»Stimmt genau«, sage ich. Er ist perfekt. Ein durch und durch perfekter Hellseher. Am liebsten würde ich mich nach diesem stressigen und viel zu aufregenden Tag einfach an seine Brust lehnen und einschlafen.

Grant grinst siegesgewiss. »Nur bin ich leider am Verhungern, deshalb würde ich gerne mit dir ein Sandwich um die Ecke essen gehen. Das soll aber kein echtes erstes Date sein. Warum nennen wir es nicht, äh, ein …?«

»Vorsprechen?«

»Hm, das klingt zu anstrengend.« Er verzieht den Mund und überlegt. »Interview? Nein, das ist noch schlimmer.«

»Okay …«

Wir stehen in einträchtigem Schweigen unter einem Ahornbaum. Ein warmer Wind schüttelt die kleinen Propeller von den Ästen und lässt sie kreiselnd um uns herum durch die Luft schweben.

Wir sind in einem Märchenbuch. Das ist unser Märchen. Und was kommt vor dem ersten Kapitel?

»Ein Prolog?«, schlage ich vor, und Grants Augen leuchten wie eine Feuerwerksrakete.

Er bietet mir seinen Arm an, das frische Leder seiner Jacke quietscht leise. »Micah Summers, möchtest du mit mir auf einen Prolog gehen?«

Unser erster Prolog!

In dem kleinen Café sitzen wir an einem Fensterplatz, von dem man den Eingang zum üppigen Garten des Art Institute sehen kann. Während Grant mit kleinen, schnellen Bissen über sein Sandwich herfällt, zieht mein Löffel hypnotische Kreise durch meine Suppe. »Du hättest nicht bezahlen müssen«, sage ich, »ich wollte dich einl– «

Grant lächelt. »Keine Sorge, Micah Summers. Den Prolog übernehme ich und du kannst dann das Date bezahlen.«

»Abgemacht!« Ich puste auf meinen Löffel, um die Suppe abzukühlen. »Wie ist eigentlich dein Nachname? Damit ich dich auf jeden Fall wiederfinden kann.«

»Rossi.«

(Micah Rossi ... Micah Summers-Rossi ... Micah Rossi-Summers ... Willkommen im Haus der Summer-Rossis, bitte zieht eure Schuhe aus ...)

Wie cool es ist, plötzlich so vieles über Grant Rossi zu erfahren, nachdem ich so lange mit Brotkrumen und Mutmaßungen vorliebnehmen musste. Grant packt quasi vor mir aus, als wäre ich die CIA: Er ist der Jüngste von acht (!!!) Geschwistern, hat eine Nichte, die im Herbst an seiner Highschool anfangen wird, hasst Maiskolben, aber liebt Maissuppe, und er hält David Lynch für den wichtigsten Maler aller Zeiten. Sein Plan B ist es, auf einem dieser Speedboote zu arbeiten, die Rundfahrten durch Chicago anbieten, sollte es mit dem Künstlerdasein nicht klappen.

Als Grant das sagt, muss ich lachen. »Der allererste Instaloves-Boyfriend, den ich gezeichnet habe, war ein Speedboot-Touristenführer, den ich süß fand.« Auf meinem Fantasiebild war aus dem Tourguide ein raubeiniger Kapitän eines Segelschiffs geworden.

»Echt jetzt?« Entspannt und lässig lehnt Grant sich zurück und stützt die Arme auf den Tresen. Jetzt, wo sein Körper nicht mehr von der Jacke verhüllt wird, kann ich beobachten, wie sein Bizeps auf die Größe eines kleinen Kürbisses anschwillt. Ich bräuchte bestimmt zwei Hände, um diesen Bizpes zu umfassen. »Ich liebe diese Speedboot-Typen, sie sind so schön cringe. Und ist es nicht total hot, wenn sie in ihr Mikro brüllen?«, sagt er.

Ich schlage mir die Hände vor die Augen. »Oh Gott, bitte hör auf. Darauf steh ich total. Aber das habe ich noch nie jemandem verraten.«

Sein Grübchenlächeln wird noch ein kleines bisschen intensiver. »Wieso erzählst du es dann mir?«

Ich schaue ihn an. Es ist so seltsam entspannt mit ihm. »Ich ... Mit dir kann man irgendwie gut reden.«

Als der Sonnenuntergang den Himmel in ein dunkles Lila taucht, sind von unserem Prolog-Abendessen nur noch ein paar zerknüllte

Servietten und leere Teller übrig. Mit Grant verfliegt die Zeit förmlich. Ich muss nicht die ganze Zeit angestrengt überlegen, was ich sagen soll. Ich kann einfach ich selbst sein. Zum ersten Mal in meinem Leben habe ich das Gefühl, als wäre das genug.

»Also«, sage ich und stoße ihn mit dem Fuß an. »Wegen unseres ersten Dates.«

Grant stützt das Kinn auf seine Faust. »War das nicht gerade unser erstes Date?« Mein Entsetzen muss mir in Gesicht geschrieben sein, denn er boxt mir sofort gegen die Schulter. »Spaß!«

Sein Schlag ist härter als erwartet, aber es fühlt sich gut und aufregend an. Er berührt mich so oft wie möglich, ohne dass er tatsächlich nach meiner Hand greift. Es ist, als müsste er mich einfach anfassen. Ich beiße mir auf die Lippen, als mir nicht ganz jugendfreie Gedanken durch den Kopf schießen.

Nur die Ruhe, Micah. Erst mal Schritt A bis C, bevor ihr zu Schritt D kommt.

»Das erste Date«, wiederhole ich und Grant nickt wie ein eifriger Schüler. »Hast du morgen Abend schon was vor?«

»Nö.«

»Gute Antwort.«

»Und was machen wir?«

»Das weiß ich noch nicht.« Wir mustern uns. Ein Mitarbeiter fegt den Boden um uns herum. Ich strecke die Hand aus. »Ich gebe dir meine Nummer.« Er entsperrt sein Handy und reicht es mir. Auf der Rückseite hat er einen Sticker so aufgeklebt, dass es aussieht, als würde die Königin aus *Schneewittchen* das Apple-Logo in der Hand halten.

Ein einzelner Schmetterling flattert durch meine Brust. Ich wünschte, ich könnte ein Bild von seinem Handy an Elliot schicken. Er wüsste sofort, dass es mir so vorkommen muss, als würde mir das Universum zuzwinkern!

Ich schreibe eine SMS an mich selbst: **Hey Micah, viele Grüße von**

Micah und Grant und gebe es ihm wieder. Ich habe es getan. Ich habe einem Jungen meine Nummer gegeben – und nicht nur irgendeinem Jungen, sondern dem einen. Unter die SMS, die ich mir geschickt habe, schreibt Grant noch eine Nachricht: **Hey Micah, hier sind Grant und Micah. Kannst du bitte die Nummer von diesem Cutie hier speichern? Bitte sag Ja?**

So süß. Ich antworte: **Ja!!**

»Ich schreibe dir dann die Infos zu unserem Date, sobald ich alles geplant habe«, erkläre ich. Und dann folge ich Grant hinaus in die Dämmerung. Auf der anderen Straßenseite, vor dem Eingang des Gartens vom Art Institute, beschließen wir, uns für heute zu trennen. Er wartet mit mir, bis mein Uber kommt. Als ich einsteigen möchte, berührt er mich am Ellenbogen. Unter dem schwachen Schein der Straßenlaternen sagen seine glänzenden Augen, was ich auch denke: Wie furchtbar es ist, jetzt wieder auseinanderzugehen, nachdem unsere letzte Trennung so dramatisch war.

»Ich kann nicht glauben, dass ich dich gefunden habe«, sage ich.

Er grinst. »Ich bin hier.«

Nach einem atemlosen Moment lächele ich ebenfalls. »Ja, das bist du.«

»Und was soll ich morgen anziehen?«

Während der Motor des Ubers neben mir brummt, gehe ich im Kopf die Möglichkeiten durch. Was würde zu dem passen, was ich vage geplant, aber noch nicht beschlossen habe? Am Ende bringt Grant mich wie immer dazu, einfach die Wahrheit zu sagen: »Zieh das an, was du tragen würdest, wenn es das letzte erste Date deines Lebens wäre.«

Das verschlägt ihm die Sprache.

»Okay«, sagt er mit einem verdutzten Lächeln. »Dann bis morgen.«

Benommen vor Glück springe ich in mein Uber und sause durch die Innenstadt nach Hause. Am Ende eines unfassbar langen Tages kann ich endlich zum ersten Mal etwas in mein *Kleines Buch der ersten Male* schreiben. Neben dem Eintrag *Der Tag, an dem ich das erste Mal einen Jungen nach einem Date gefragt habe* kritzele ich das Datum *09. Juni 2022.*

Ich habe es getan. Nie hätte ich gedacht, dass ich so cool sein könnte.

Kapitel 10

DIE VERZAUBERTE LADY

Die Suche ist vorbei! Crush 100 wurde gefunden!

Die Jacke passte so perfekt wie Aschenputtels Glasschuhe. Die Suche nach ihm wurde durch endlos viele Hindernisse erschwert, aber wir haben die Hoffnung nicht aufgegeben. Und ihr solltet das auch nicht

tun! Eine kalte Welt braucht Träume – und hinter jeder Ecke kann eine kleine Überraschung auf euch warten.
Was werden Crush 100 und ich nun tun? Heute Abend haben wir unser erstes Date (HILFE)! Schaut also bald wieder hier vorbei, denn unsere Geschichte fängt gerade erst an …

Jedes Atom in meinem Körper fühlt sich an, als wäre es aus einem jahrhundertlangen Schlaf erwacht.

Nach dem besten Schlaf meines Lebens weiß ich plötzlich ganz genau, wie unser »letztes erstes Date« aussehen wird. Ich habe geträumt, dass Grant und ich ganz allein auf dem Deck eines Speedboots sitzen. Wir sind aber nicht durch Chicago gefahren, sondern an wunderschönen, märchenhaften Küsten entlanggebraust, mit lauter Meerjungfrauen und alten, zerfallenden Schlössern.

Unser erstes Date muss auf dem Wasser stattfinden!

Aber wenn ich diese Idee noch rechtzeitig in die Tat umsetzen möchte, darf ich keine Zeit mehr verlieren. Ich verschicke vier Nachrichten in einer entscheidenden Reihenfolge. Die erste geht an meinen Dad: **Ich weiß nicht, ob du meinen Instaloves-Post gesehen hast, aber heute habe ich mein allerallerstes Date! Ich möchte, dass es ein ganz besonderer Abend wird, deshalb würde ich dich gerne bitten, ob ich heute Abend ausnahmsweise die Verzauberte Lady nehmen kann??**

Mein Dad hat schon Probleme damit, mir seine Kaffeemaschine anzuvertrauen – es wird also eine echte Herausforderung werden, die Familienjacht von ihm zu bekommen. Nach mehrmaligem Hin und Her (und ein paar Nachrichten zwischendurch von meiner Mom, die mir versichert, dass sie ihn schon noch überzeugen wird) willigt Dad dann doch ein, unter der Bedingung, dass ich mich um halb sechs mit ihm am Boot treffe, damit er mir vor der Schlüsselübergabe noch ausführliche Anweisungen geben kann.

Sieg!

Die zweite Nachricht geht an Hannah. Ein Dutzend **Erzähl mir ALLES**-Nachrichten von ihr warten bereits auf mich, aber mein neues Selbstvertrauen verleitet mich dazu, sie ein bisschen zappeln zu lassen: **Ich erzähle DIR alles, wenn du mir von deinem geheimnisvollen Date gestern erzählst.**

Ciao, lautet ihre Antwort.

Ich grinse, drehe mich auf den Bauch und tippe: **Heute Abend ist unser erstes offizielles Date! Mein Dad leiht mir die Verzauberte Lady. Hilfst du mir gleich, sie zu dekorieren? Ich revanchiere mich mit einem Mittagessen und ganz vielen Geschichten von gestern Abend.**

Innerhalb von Sekunden antwortet sie: **Du Dummkopf. Ich hätte es auch nur für das Essen getan.**

Übersetzt: Du wirst nichts über mein geheimnisvolles Date aus mir herausbekommen. Normalerweise versorgt mich Hannah immer mit sämtlichen Details ihrer Dates – bis hin zu ihren Schuhgrößen und dem Notendurchschnitt. Mit diesem neuen Typen wird es allmählich interessant.

Sekunden später fügt sie hinzu: **Komme um halb!!! Dann rocken wir das verdammte Boot!!!**

Ich liebe Hannah. Sie braucht nie einen Schubs, um in die Gänge zu kommen. Und das hier ist mein großes erstes Date, an dem wir schon seit Jahren herumplanen. Eigentlich hat das Ganze mit einem Schwur auf einem Klassenfest in der Siebten angefangen. Ich dachte, wir würden wie gewöhnlich den ganzen Abend zusammen rumhängen, aber stattdessen hatte sie auf der Tanzfläche ihren ersten Kuss. Ihr *Kleines Buch der ersten Male* hat schon vor einer ganzen Weile begonnen. Und obwohl ich mich für sie gefreut habe, wurde mir in diesem Moment der Unterschied zwischen uns bewusst. Ich habe ihn zum ersten Mal so richtig gespürt. Damals hatte ich mich zwar schon geoutet, aber von einem ersten Kuss war ich weit entfernt. Schließlich musste ich warten, bis andere Jungs mit mir gleichzogen. Nach diesem Abend war ich irgendwie deprimiert, begriff aber nicht genau, warum. Nur Hannah wusste es sofort. Sie checkt einfach alles. Später kam sie in der Schulbibliothek zu mir, hakte ihren kleinen Finger in meinen – und versprach mir hoch und heilig, mit mir zusammen ein hammermäßiges erstes Date zu planen. Wann immer es so weit sein würde.

Mehr als vier Jahre später ist es endlich so weit.

Mit einem warmen Gefühl im Herzen schreibe ich die dritte Nachricht an Elliot, der sich seit gestern Abend nicht mehr gemeldet hat: **Juhu!! Grant und ich haben stundenlang geredet, es war so toll. Ohne dich hätte ich das nie geschafft! Heute Abend ist unser erstes offizielles Date – Hannah kommt gleich hoch, um mir bei der Planung zu helfen. Arbeitest du? Ich fände es so schön, eine Zweite Mission mit meinem Lieblingstrio zu starten, wenn du Zeit hast?**

Elliots Tipp-Blasen tauchen schon auf, bevor ich mit meiner Nachricht fertig bin. Ich liebe es, wenn andere ebenso eifrig schreiben wie ich! Seine Antwort kommt sofort: **Hiiiiiiiii! Ich freue mich auf die Fortsetzung der Mission! Die Zeichnung, die du gepostet hast: einfach WOW! Ich bin schon bei der Arbeit, aber um zwölf habe ich Schluss, falls das nicht zu spät ist?**

Die Gefolgschaft der Jacke lebt weiter!

Ich fange an zu tippen, dass er uns im Columbia Jacht Club treffen soll, halte aber inne, bevor ich sie losschicke. Ich kann ihm *unmöglich* sagen: »Wenn du damit fertig bist, Kaffeeflecken aufzuwischen, kannst du gerne einen Kilometer bis zu meiner Luxusjacht laufen und mir bei der Planung eines romantischen Dates helfen. Und hinterher kannst du dich dann wieder in deine unerträglich heiße Wohnung verziehen!«

Nur keinen Stress!, antworte ich. **Geh nach Hause und ruh dich aus. Wir könnten uns um drei bei Scully & Sokol treffen (dieser Feinkostladen um die Ecke vom Audrey's), wenn das für dich passt.**

Er stimmt begeistert zu, und ich schaue nach, was der Hochleistungs-Ventilator macht, den ich bestellt habe. Er wurde noch nicht verschickt. Der Liefertermin verzögert sich um ein paar Wochen. Bitter lache ich in mich hinein. Elliot hat sich über mich lustig gemacht, weil ich mich beim Kaufhausmanagement beschweren wollte – anstatt einfach zu akzeptieren, dass es im Leben manchmal Grenzen gibt.

Vielleicht gibt es die ja ... Aber wenn ich helfen kann, Elliots Wohnsituation zu verbessern, sollte ich es dann nicht wenigstens versuchen?

Ich denke noch über Kühlungsalternativen für Elliot nach, als ich beginne, die vierte und wichtigste Nachricht einzutippen: Grant. Ich schreibe ein Dutzend Nachrichten und lösche sie wieder. Keine klingt richtig. Sie soll locker und lässig sein, aber auch bedeutungsvoll. Wichtig. Ich kann nicht einfach nur *Hi* schreiben.

Guten Morgen, Süßer?

Klingt das doof? Es klingt doof. Außerdem will ich mein erstes *Guten Morgen, Süßer* für den Moment aufsparen, wenn ich mich im Bett umdrehe und ihn wecke.

Versuchst du gerade, mir was Cooles zu schreiben, Micah Summers? Grants Nachricht poppt auf meinem Handy auf.

Verdutzt starre ich auf das Display. Es ist, als wäre er wie aus dem Nichts in meinem Zimmer aufgetaucht.

Woher weiß er immer genau, was er sagen muss? So schnell wie noch nie tippen meine Finger: **Es sollte ein echter Knaller werden! Aber jetzt wirst du dich mit den bloßen Infos zu deinem letzten ersten Date deines Lebens begnügen müssen.**

Ich bin bereit!, antwortet er.

Columbia Jacht Club. 20 Uhr. Halte nach der Verzauberten Lady Ausschau.

Eine lange Pause folgt, und mein Magen zieht sich zusammen: Das ist viel zu nobel. Ich bin ein verwöhnter Bengel, der eine Jacht zur Verfügung hat, und bestimmt denkt er jetzt, dass ich nur angeben will. Vermutlich tippt er in diesem Moment, dass ihm alles zu viel ist, er zu viel zu tun hat und dass wir unser Date besser verschieben sollten (aber es wird kein anderes Date geben. Er wird einfach immer seltener schreiben, bis ich es endlich kapiert habe und mich verziehe.).

Oh Mann, antwortet er schließlich. **Du machst echt keine halben Sachen. Dann bis um 8! Vergiss nicht, dein magisches Zeichenbuch mitzubringen. Morgen wirst du bestimmt was Neues posten können.**

Kurz. Flirtend. Einfühlsam. Bedeutungsvoll.

Grant Rossi könnte selbst dann nicht perfekter sein, wenn ich ihn selbst erfunden hätte.

Der Tag verstreicht mit hektischen Vorbereitungen. Während wir die Bastelläden an der Gold Coast abklappern, berichte ich Hannah sämtliche Details des vergangenen Abends: Wie ich Grant auf dem Hof begegnet bin, wie er mich dauernd berührt hat, wie er jeden Gedanken von mir zu spüren scheint, noch bevor ich ihn gedacht habe. Obwohl sie die Arme voller Plastikranken und -blumen hat, umarmt Hannah mich mit feuchten Augen. Sie hat fast genauso lange auf das hier gewartet wie ich.

»Vergiss nicht«, flüstert sie und schlingt ihren kleinen Finger um meinen. »Ich habe dir versprochen, dass das passiert.«

Ich kann gar nicht mehr aufhören zu grinsen, als ich ihren kleinen Finger drücke. »Und ich habe *dir* versprochen, dir hinterher alles haarklein zu erzählen.«

Sie zwinkert mir zu. »Das ist kein Versprechen, das ist ein *Blutsschwur!*«

Als wir Elliot später bei Scully & Sokol treffen, einem rustikalen Feinkostladen im westlichen Teil des Loop, zieht er mich sofort auf: »Oh, wir werden also deine *Jacht* dekorieren? Also, dieses kleine Detail hast du vorhin gar nicht erwähnt ...!«

Ich stehe in der Obst-und-Gemüse-Abteilung und explodiere innerlich fast vor Scham. »Ich dachte, ich hätte dir gesagt ...«

Elliot stellt den Kragen seines dunklen Polo-Shirts auf, als wäre es der Pelzkragen eines alten Hollywood-Stars. »Nur eine klitzekleine Jacht, nichts Großes. Was für die Familie.«

Hannah kichert, und Elliot sieht so witzig aus, dass auch ich ins Lachen einstimme. »Wenn du mir bei dem Date hilfst, kannst du die Jacht jederzeit für einen Ausflug mit Brandon ausleihen!«

Elliot pfeift laut durch die Zähne und packt eine Schale Erdbeeren ein. »Vergiss Brandon! Wenn sie eine Klimaanlage hat, wird das meine neue Sommerbehausung.«

Nachdem wir alles auf meiner Liste besorgt haben, sind wir schon fast eine Stunde zu spät für die Verabredung mit meinem Dad. Ich spreche ein stummes Gebet zu den schwulen Göttern und flehe sie an, dass seine Standpauke schnell vorbei sein wird. Schließlich muss die Jacht noch vor acht dekoriert sein.

Mein Handy summt. Es ist eine Nachricht von Grant.

Das Angstkarussell in meinem Kopf dreht sich sofort, und ich sehe die Worte schon vor mir, bevor die Nachricht auf dem Display erscheint: *Ich schaffe es nicht! Das ist alles ein großer Fehler. Wiedersehen!* Einen Wimpernschlag später taucht seine eigentliche Nachricht auf: **War gerade für mein Jacht-Date shoppen. Wie gefällt dir mein Outfit?**

Grant schickt mir ein Bild von einem pompösen alten Mann in Kapitänsuniform, der Pfeife rauchend in den Sonnenuntergang starrt.

Ein Lächeln zieht über mein Gesicht. **Perfekt**, antworte ich.

Die Sonne steht schon tief über dem Lake Michigan, als wir die Anlegestelle des *Columbia Yacht Club* erreichen. In der Ferne hat das gigantisch große Riesenrad auf dem Navy Pier bereits seine bunten Lichter eingeschaltet. Die Aussicht ist so idyllisch, dass ich es kaum erwarten kann, endlich das Ergebnis unserer Bemühungen zu genießen. Hannah, Elliot und ich schleppen Körbe voller Obst, Blumen und Dekokram den Kai entlang. Die Hafenanlage sieht aus wie ein Taxistand, nur mit kleinen Privatjachten anstelle von Autos. Es müssen mindestens fünfzig Schiffe sein, die alle fast identisch aussehen und in dichten Reihen verankert sind. »Wir suchen die *Verzauberte Lady*«, sage ich und versuche, trotz meiner schnellen Trippelschritte nicht über meine Füße zu stolpern.

Hannah dreht sich im Kreis und lässt ihren blau karierten Rock schwingen. »Ihr braucht gar nicht weiterzusuchen, meine Lieben! Die zauberhafte Dame steht direkt vor euch!« Lachend zeigt sie auf sich selbst.

»Ooh, alle an Bord!«, kräht Elliot und hakt sich bei ihr unter.

»Das hättest du wohl gerne!« Hannah tritt nach seinem Knöchel, aber er weicht lachend zurück.

»Das hätte dein geheimnisvoller Typ wohl gerne«, füge ich hinzu und stelle mich neben sie.

Wie erwartet, verfliegt Hannahs Lächeln sofort wieder. »Netter Versuch, Mr Summers! Aber heute Abend werden wir ganz bestimmt nicht über den geheimnisvollen Unbekannten sprechen. Heute Abend geht es nur darum, dass sich dein Traum vom ersten Date endlich erfüllt!«

Lächelnd stößt Elliot mich mit seinem Korb an. »Und wir sind die Helfermäuse, so wie in *Cinderella*.«

»Ich bin Karli«, verkündet Hannah. »Ich trage immer das gleiche T-Shirt.«

Je mehr wir lachen, desto mehr wächst auch mein Selbstvertrauen. Trotzdem fühlt es sich an wie ein Kartenhaus: von außen intakt, aber leicht zum Einsturz zu bringen. Dieses Date muss – und wird – legendär werden.

Endlich taucht die *Verzauberte Lady* auf. Auf den ersten Blick unterscheidet sie nichts von den anderen Booten auf dem See. Ganz hübsch, aber ohne jeden Wiedererkennungswert. Doch je näher wir der Jacht kommen, desto mehr fällt mir auf, wie besonders sie ist: Im Gegensatz zu den anderen cremeweißen Jachten ist die *Verzau-*

berte Lady in einem blassen Hellblau angemalt. An der Seite steht ihr Name in geschwungenen Buchstaben: Sie sind ebenfalls blau, aber es ist ein dunkleres, leuchtendes Himmelblau.

»Da kommt ja unser Prinz«, begrüßt mich Dad vom anderen Ende des Stegs aus. Wenn er das Apartment verlässt, trägt er eigentlich nur Schwarz – so wie Mom. Er hat ein schwarzes T-Shirt mit V-Ausschnitt an, dazu eine knöchellange Freizeithose und stylische weiße Slipper. In Chicago ist er so bekannt, dass er in der Öffentlichkeit immer modisch gekleidet sein muss. Zu Hause läuft er dagegen rum wie im Fitnessstudio.

»Hast du dich verlaufen, Kumpel?«, fragt er und tippt auf seine protzige Uhr – von einer Marke, die ich nicht einmal aussprechen kann.

»Sorry, aber wir wurden aufgehalten!« Ich husche über den Steg, Elliot und Hannah sind mir so dicht auf den Fersen, dass sie mir fast auf die Füße treten. Wir beeilen uns, wie um Dad zu zeigen, dass wir alles geben. Er hat so eine Art an sich, die einem das Gefühl vermittelt, sich nie genug anzustrengen.

Dad pfeift leise durch die Zähne. »*Fünfzig* Minuten Verspätung, kleiner Prinz.«

Mit einem missbilligenden Zungenschnalzen folgt er uns in die *Verzauberte Lady*. Ich unterdrücke eine sarkastische Erwiderung. Ich bin auch ohne Dads Pünktlichkeitsfanatismus schon gestresst genug.

Aber dafür, dass ich mir die Jacht leihen kann, nehme ich Dads Gemecker gern in Kauf. Hannah und Elliot lassen die Tüten auf einen langen Esstisch in der Mitte des großen Salons plumpsen. Schmale, moderne Sessel mit Kaschmirbezügen stehen an den Wänden, die mit einer bordeauxroten Strukturtapete tapeziert sind. Eine gläserne Flügeltür führt hinaus aufs Deck …

Dort werden Grant und ich nach dem Essen die Sterne anschauen und vielleicht – hoffentlich! – noch mehr.

Zu meinem sichtlich aufgebrachten Vater gesellt sich nun noch seine Produzentin. Theresa kommt aus Puerto Rico und ist immer fröhlich. Sie hat bronzefarbene Haut und dunkle Haare, die sie zu einem langen, glatten Ariana-Grande-Pferdeschwanz zusammengebunden hat. Hilfsbereit wendet sie sich an Elliot, der sich bewundernd in dem prachtvollen Raum umsieht und nebenher eilig die Einkaufstüten auspackt. »Soll das in die Küche?«, fragt sie. »Dann bringen wir es besser nach unten, Schätzchen.«

Elliot scheint es nicht zu stören, dass er nun alles wieder in die Tüten stopfen muss. Vermutlich ist er so was vom *Audrey's* gewohnt.

Hannah und ich kramen Lichterketten und Efeugirlanden aus Plastik heraus, während Dad wiederholt: »Fünfzig Minuten.« Offenbar habe ich mich nicht aufrichtig genug entschuldigt. »Kannst du dich erinnern, ob ich schon mal so lange auf jemanden warten musste, Theresa?«

Während Theresa Elliot beim Zusammenpacken hilft, erwidert sie beiläufig: »Den Weltrekord im Zuspätkommen, zu einem Termin mit Jeremy Summers, hält der neue Besitzer der Cubs, mit sechsundzwanzig Minuten.«

»Exakt. Und was habe ich getan, als er endlich eintraf?«

»Du hast den Termin abgesagt.«

»Einfach so.« Dad schnipst mit den Fingern. Hannah starrt mich auffordernd an.

Seufzend wende ich mich an meinen Vater. »Es tut mir leid, dass wir zu spät gekommen sind, Dad. Danke, dass du auf mich gewartet hast und mir die *Verzauberte Lady* anvertraust. Ich bin echt nervös wegen heute Abend. Mein Verstand schwebt irgendwo da oben auf dem Jupiter herum, deshalb weiß ich nicht mal mehr, was Zeit überhaupt ist.«

Dads strenge, verärgerte Miene verschwindet sofort. »Ach, komm her, Kleiner.« Er zieht mich in seine Arme. »Tut mir leid, Micah. Ich bin einfach sauer geworden, während ich auf dich gewartet habe. Dein erstes Date! Wann bist du nur so groß geworden? Das muss alles heimlich passiert sein.« Er stößt ein gequältes Stöhnen aus. »Gooott, wie ich das hasse.«

Jeremy Summers führt schon seit Jahren einen Dauerkrieg gegen seinen größten Feind: die Zeit.

Elliot greift die Einkaufstüten, um sie in die Küche der Jacht zu bringen, aber mein Dad versperrt ihm den Weg. »Hallo!« Freundlich streckt er die Hand aus. »Ich bin Jeremy Summers, Micahs Vater.«

Elliot bemüht sich, den Händedruck zu erwidern, obwohl er drei Tüten in der Hand hat. »Ja, ich weiß, äh ... Schön, Sie zu sehen ...«

Dad fährt mit seiner Rede fort, ohne zu merken, dass er Elliot neulich schon begegnet ist. »Du bist also dieser besondere Junge. Ich hoffe, ihr habt einen schönen Abend. Allerdings möchte ich, dass ihr zwei um Punkt elf Uhr hier verschwunden seid und mein Sohn wieder zu Hause in seinem Zimmer ist. Und ich will keine Ausreden hören, ihr hättet die Zeit vergessen. Ich spioniere niemandem hinterher, aber ich möchte nur darauf hinweisen, dass dieses Schiff mit einer Videoüberwachung ausgestattet ist und ich Zugriff auf den Livestream habe. Es werden nur Bilder übertragen und kein Ton, deshalb ist es kein *echtes* Ausspionieren. Ihr könnt reden, worüber ihr wollt – aber wenn hier auf der *Verzauberten Lady* etwas anderes vor sich geht als ein Abendessen, erfahre ich das. Übrigens, Micah, warum muss er eigentlich kochen? Ich dachte, du willst ihn beeindrucken?«

Das ist einfach zu schön.

Hannah drückt sich die Plastikblumen gegen den Mund, um nicht laut zu loszuprusten. Elliot, freundlich wie immer, hat die ganze Zeit nur höflich genickt. Ich stelle meine Einkaufstaschen ab und lege die Hände zusammen wie ein Lehrer. »Weißt du, Dad, das liegt daran, dass du dir den falschen Jungen vorgeknöpft hast. Das ist Elliot. Und heute Abend bin ich mit *Grant* verabredet.«

Dad dreht sich zu Elliot, der sich scheinbar mithilfe eines möglichst breiten Lächelns wieder in die Erinnerung meines Vaters rufen möchte. Doch Dad blinzelt nur dümmlich und sagt: »Oje, vielleicht muss ich mich jetzt im See ertränken.«

In der nächsten Stunde haben wir viel zu tun. Hannah und ich hüpfen durch das Schiff und wickeln Plastikefeu und Lichterketten um sämtliche Geländer. Elliot füllt unter Deck den Kühlschrank. Ein paar Dutzend Kerzen später haben Hannah und ich den Salon in ein grünes Feen-Märchenland verwandelt. Wenn Grant kommt, wird er wie ein Holzfäller auf eine verzauberte Lichtung treten ... wo ich schon auf ihn warte.

Heute Abend wird das Märchen nicht mehr nur in meinem Kopf stattfinden.

Schließlich gehen alle und lassen mich allein auf mein schicksalhaftes Date warten. Hannah versteckt die leeren Körbe in einem Wandschrank und wünscht mir in einer stürmischen Umarmung viel Glück. »Ein Traum wird wahr!«, flüstert sie fröhlich.

Ich vollführe einen kleinen Tanz in ihren Armen. »Endlich.«

Sie löst sich mit strenger Miene von mir. »Hör zu, falls sich dein Prinz als Serienkiller entpuppt, rufst du mich sofort an. Dann bin ich eine Sekunde später mit Messern und Karatetricks bewaffnet zur Stelle.« Ich grinse und gebe ihr einen kleinen Schubs, aber ihr strenger Mom-Blick will nicht verschwinden. »Ich bin wirklich ganz in der Nähe. Ich habe ein Date in Old Town.«

»Mit dem geheimnisvollen Unbekannten?«, frage ich interessiert.

»Keine Fragen bitte, Micah!« Damit schiebt Hannah sich die Sonnenbrille auf die Nase, haucht mir einen Kuss zu und verschwindet. Kurz darauf verzieht sich auch mein Dad zusammen mit Theresa, die mir zum Abschied aufgeregt zuwinkt. Auf dem Steg dreht Dad sich noch mal zu mir um.

Er sagt nichts. Er schaut mich nur an, als würde er das alles in sich aufnehmen.

»Was ist, Dad?«, frage ich.

Er schüttelt den Kopf, wie um sich aufzuwecken. »Nichts. Viel Spaß bei deinem Date.« Er stapft weiter und bleibt dann doch noch mal stehen. »Wäre es dir sehr peinlich, wenn ich dir sage, dass ich dich lieb habe?«

Ich hole scharf Luft. »Äh, ja.«

Dad schnalzt mit der Zunge. »Zum Glück hab ich nichts gesagt. Viel Spaß!«

Mit einem warmen, kribbelnden Gefühl im Bauch gehe ich zu Elliot nach unten. Die Küche ist absolut professionell ausgestattet, mit einer Kücheninsel und einem brandneuen Herd. An der Decke hängen ein Dutzend Kupfertöpfe und an dem Edelstahlkühlschrank lehnt Elliot und bewundert sein Meisterwerk: Sämtliche Zutaten stehen fein säuberlich auf der Arbeitsplatte aufgereiht. Das heutige Menü: süße Crêpes und salzige Galettes.

»Sieht toll aus!« Ich stehe in der Tür und meine Worte hallen durch die leeren Räume – wir beide sind als Einzige noch da.

Lächelnd streicht Elliot über die schwarze Glasoberfläche des Herds. »Es ist alles so hübsch«, sagt er. »Ich kann mir richtig vorstellen, wie du hier herumrennst und deine Mutter ganz verrückt machst.«

Der Gedanke scheint ihm so viel Vergnügen zu bereiten – weswegen ich es nicht übers Herz bringe, ihm zu sagen, dass ich bisher nur zwei Mal in dieser Küche war. Beide Male nur, weil ich mich verlaufen hatte.

»Ich geh dann besser mal«, sagt er und schaut liebevoll auf den Tisch. »Ich bewundere nur, wie es hier aussieht. Ich wünschte, ich könnte so was mal für Brandon machen. Ihn mit was ganz Besonderem überraschen, so wie am Anfang. Wir haben schon ewig keinen romantischen Abend mehr zusammen verbracht, weißt du?«

»Aber das könnt ihr doch nachholen.«

Elliot nickt, doch mit seinen Gedanken scheint er meilenweit weg zu sein. »Vielleicht ist es auch eher so, dass ich mir wünschen würde, er würde sich so was mal *für mich* ausdenken.«

»Du arbeitest so viel«, sage ich. »Du hast dir mehr als jeder andere ein spektakuläres Date verdient.« Elliot versucht trotz seiner gedrückten Stimmung zu lächeln. Die Stille summt uns herum. »Was ist deine Lieblingserinnerung mit Brandon?«

Sofort hellt sich Elliots Miene auf, als hätte jemand Feenstaub über ihn gestreut. »Als wir mal zusammen schwimmen waren.« Was immer er damit meint, ihm kommen fast die Tränen. »Wir waren erst ein paar Monate zusammen, es war kurz vor Weihnachten. Er hat mich in ein Fischrestaurant eingeladen, wo man eine mega Aussicht auf den Fluss hat. Das Essen war so lecker, ich habe ungefähr mein Körpergewicht an Shrimps gegessen. Und diese *Kräuterbutter* ... Jedenfalls sind wir dann zu dem Schwimmbad gefahren, in dem er trainiert. Er hat einen Schlüssel, damit er außerhalb der Öffnungszeiten schwimmen kann. Brandon wollte gern mit mir schwimmen – aber ich hatte Angst, Bauchschmerzen zu bekommen, weil ich so voll war, deshalb ...« Elliot lacht. »Er hat einfach die Arme um mich gelegt, als wären wir zwei kleine Otter. Und dann sind wir stundenlang auf dem Rücken durch das Becken gepaddelt. Ich hätte direkt einschlafen können, so sehr hat mein Körper ihm vertraut.«

Ich lächele, als ein Bild in meinem Kopf erscheint – Elliot und Brandon als zwei knuddelige, halb nackte Meermänner. Wo ist mein Skizzenbuch, wenn ich es mal brauche?!

Aber so schnell, wie Elliots Lächeln gekommen ist, verfliegt es auch wieder. »Mittlerweile ist Brandon viel zu sehr mit Schwimmen beschäftigt. Sein *Olypmpia*-Trainer« – er verdreht die Augen – »hat ihm erklärt, dass sportliche Höchstleistungen und eine Beziehung nicht zusammenpassen.«

Ich schnaube nur. »Was für ein Blödsinn.«

»Brandon hat ihm gesagt, dass ihn das nichts angeht, aber ehrlich, ich kann überhaupt nichts mehr mit ihm planen ...«

Elliot verstummt und starrt gedankenverloren auf seine Schuhe. Mitleid steigt in mir auf. Wie kann ein so schöner, märchenhafter Anfang mit einer solchen Enttäuschung enden? So was hat kein queerer Mensch verdient. Wir müssen uns unsere eigene Magie erschaffen, und ich werde nicht zulassen, dass diese Magie Elliot jetzt verlässt!

»Du musst dich an dieser Schwimm-Erinnerung festhalten«, sage ich und lege ihm die Hand auf die Schulter. »Bestimmt werdet ihr irgendwann wieder dorthin zurückfinden. Denk dran: Wunder passieren jeden Tag.« Elliot nickt und wischt sich eine Träne weg. »Wir beide sind eben anders als die anderen. Wir wissen, dass es sich lohnt, für eine Liebe zu kämpfen. Wir haben es bei mir geschafft und als Nächstes schaffen wir das auch für dich und Brandon.«

Elliot kaut an seiner Unterlippe. »Denkst du?«

»Seite an Seite werden der Prinz und sein Knappe einen weiteren Drachen erlegen: den Freund, der keine Zeit hat.«

Elliots Lachen schneidet durch die Stille wie ein Schwert. Allein dass ich wieder ein Lächeln auf sein Gesicht gezaubert habe, lässt mich innerlich schweben. Er seufzt. »Das wäre echt cool. Danke.«

Ich verneige mich schwungvoll vor ihm und er erwidert die Geste.

»Viel Glück, Micah«, sagt Elliot und umarmt mich. Dann geht er, ohne sich noch mal umzudrehen.

»Wir sprechen uns morgen!«, rufe ich ihm hinterher.

Draußen grollt ein Sommergewitter in der Ferne. Nach Elliots plötzlichem Aufbruch bin ich allein, und sofort ist meine Unsicherheit zurück. Hilfe! Nun gibt es nichts mehr zu tun, außer mich für mein erstes Date umzuziehen!

In ein paar Minuten wird Grant hier sein.

Kapitel 11

DIE RITTERPRINZESSIN

Jetzt, wo ich allein bin, gehen die eigentlichen Date-Vorbereitungen los.

Im Badezimmer der Jacht zupfe ich mir drei verirrte Augenbrauenhaare aus. Als Nächstes kaschiere ich ein paar Pickel mit einem Concealer und trage Foundation auf, die so unauffällig ist, dass sie sogar mich täuscht. Die Wimperntusche lasse ich weg. Aus Zeitgründen – nicht weil es mir peinlich ist, bei einem Date geschminkt zu sein. Bei Wimpern verstehe ich normalerweise keinen Spaß, das kann er ruhig wissen! Dann kommen meine Nägel an die Reihe. Alle werden noch schnell gekürzt und blank poliert, sogar meine Zehennägel. Ich weiß noch nicht, wie viel ich heute noch von mir zeigen werde – und Micah Summers ist immer auf alles vorbereitet. Zum Schluss kommt noch die alles entscheidende letzte Klo-Visite. Ich möchte Grant unbedingt den Eindruck vermitteln, dass ich ein strahlender, ewig schöner Elf bin, der solch niedere menschliche Bedürfnisse wie Toilettengänge längst überwunden hat.

In Märchen geht nie jemand aufs Klo.

Ich ziehe mich aus und packe vorsichtig mein Date-Outfit aus – eine frisch gebügelte, knöchellange Hose und ein schwarzes Hemd mit einem steifen Stehkragen, der bis oben zugeknöpft ist. Mein Märchenprinz-Hemd. Es betont meine Schultern und lässt mich aufrechter stehen, sodass ich größer wirke – und selbstbewusster.

Ich streiche mir noch ein letztes Mal mit der Bürste übers Haar und dann ist alles perfekt.

Ich stehe vor dem Spiegel, atme aus und sage zu mir: »Schön ruhig bleiben, Micah.«

»Micah?«, ruft eine Stimme von draußen.

Mein Körper zieht sich vor Schreck zusammen und die Angst trifft mich wie eine Kanonenkugel.

Grant ist schon *hier.*

»MIST«, fluche ich stumm. Los, alle Spuren beseitigen! So leise wie eine Ameise, die in einer Kirche hustet, stopfe ich sämtliche Sachen in den Schrank unter dem Waschbecken: Pinzette, alte Socken, mein verschwitztes Shirt, die Puderdose, alles. Ich fische die Zahnbürste aus meiner Schminktasche.

Oh mein Gott, ich habe vergessen, meine Zunge zu bürsten. Und wenn ich Mundgeruch habe?

Ich will den Wasserhahn aufdrehen, verkneife es mir aber gerade noch. NEIN. Wenn Grant das Wasser laufen hört, denkt er noch, ich wäre gerade auf dem Klo. Kein Wasser. Kaugummi! Ich werfe einen Pfefferminz-Kaugummi in meinen Mund und kaue so schnell, als würde mein Leben davon abhängen.

»Micah?«, ruft diese supersexy tiefe Stimme wieder, diesmal noch lauter. Er kommt näher.

Kau schneller, verdammt! Schneller!

Wenn ich noch schneller kaue, breche ich mir den Kiefer. Weil es keine Spur von dem Kaugummi hier im Bad geben darf, öffne ich meine Schminktasche und klebe den gebrauchten Kaugummi innen an die Seite. Igitt. Ich besprühe mich selbst – und das Badezimmer – mit Parfum von Jean Paul Gaultier, das wie der Oberkörper eines Seemanns geformt ist. Dann hole ich tief Luft und öffne die Tür.

Ich war vorher schon außer Atem, aber Grants Anblick treibt mir auch noch den letzten Rest an Sauerstoff aus den Lungen. Seine dunklen Locken schimmern noch mehr als sonst, ein Silberkettchen baumelt lose an seinem kräftigen Handgelenk und die dazu passende Halskette hängt an seinem Hals. Dazu trägt er ein dunkles T-Shirt mit Blumenmuster, das sich eng an seine Brust schmiegt. Die Ärmel sind hochgekrempelt, sodass seine breiten Oberarme perfekt zur Geltung kommen.

Ein Junge mit Geschmack. Ein Künstler, wie ich.

»Hi, Grant, da bist du ja schon«, sage ich und versuche, etwas atemlos zu klingen, als hätte er mich erschreckt.

»Ich dachte erst, ich bin im falschen Boot.« Er lacht. »Ich hätte dir schreiben sollen, dass ich schon da bin, aber ich ... Na ja, ich war einfach so nervös. Sorry, hab ich dich im Bad gestört?«

Mein Lächeln erstarrt. »Nein, gar nicht. Ich hab mir nur noch schnell die Haare gekämmt.«

»Sie sehen toll aus.«

Abwesend tätschele ich mir den Hinterkopf. »Oh Gott, nein. Kein Vergleich mit deinen.«

Grant stöhnt genervt, zieht eine seiner Locken in die Länge und lässt sie dann wieder zurückschnellen. »Die kringeln sich immer, egal was ich tue. Ich hasse das.«

»Ich liebe es.«

OH GOTT, HILFE! FAST HÄTTE ICH AUS VERSEHEN ICH LIEBE DICH GESAGT.

Wir verharren in der Tür und schauen uns an. Das Schweigen legt sich schwer auf meine Ohren. Grant leckt sich die Unterlippe. Ganz kurz – nur einen Sekundenbruchteil lang. Aber es reicht, um sofort alle anderen Gedanken aus meinem Kopf zu fegen. Er könnte mich einfach jetzt sofort küssen und wir würden direkt zu Date Nr. 3 übergehen. Vergiss das Essen.

Aber was wäre das für ein Märchen? Nein – unser erster Kuss darf nicht zu schnell passieren.

»Hungrig?«, frage ich.

Er lächelt. »Immer.«

Die Crêpe-Aktion beginnt etwas holprig. Als ich versehentlich ein paar Eierschalenstücke in die Schüssel fallen lasse, erstarre ich zu einer Salzsäule: Ich bin schrecklich nervös und will alles perfekt machen. Also stehe ich da wie versteinert und kann nicht mal mehr aufschauen. Mein Blick klebt an der Schüssel mit den Eiern und dann an Grants Hand, der sie mir abnehmen will.

»Meine Mutter hat mir einen super Trick gezeigt, um Eierschalen rauszufischen«, meint er beruhigend. Mein Körper entspannt sich wieder. Ich schaue auf. Seine Hand schwebt über der Schüssel. »Vertraust du mir?«

Ich grinse. Nach und nach kehrt mein Selbstbewusstsein zurück. »Mal sehen.«

Platsch! Grant steckt einfach die ganze Hand in die Eipampe und wühlt nach den Schalenresten wie ein Bär, der Lachse aus einem Fluss fischt. Ich lache wie verrückt, während Eigelb über die Kücheninsel, die Spüle und die Schränke spritzt. Schließlich zieht Grant das letzte Schalenstück aus der Schüssel, in der nun kaum noch Ei übrig ist. Stolz präsentiert er mir seine Hand, die von triefendem Gelb überzogen ist. »Hab alle erwischt.«

»Toller Trick«, sage ich lachend.

Mit nassen, klebrigen Fingern berührt er mein Kinn. »Siehst du, was ich für eine Sauerei gemacht habe?«

Jetzt bin ich an der Reihe, mir über die Lippen zu lecken. »Klar.«

»Du brauchst also keine Angst mehr zu haben, dass du was falsch machen könntest – so ein Chaos wie ich kriegst du bestimmt nicht hin.« Ich lächele. Mein erstes natürliches, spontanes Lächeln an diesem Abend. »Wir pfuschen uns da einfach zusammen durch, okay?«

»Liebend gern.« Ich schiebe meine saubere Hand in seine verschmierte. Ein neuer Meilenstein: das erste Mal mit einem Jungen Händchen halten. Schockwellen schießen durch meinen Körper. Ein Händedruck ist nichts dagegen. Diese Berührung strahlt mehr Energie und Versprechen aus, als ich je zu träumen gewagt hätte.

Weich. Fest. Sicher. Gefährlich. Unschuldig. Nicht ganz so unschuldig. Mir bleibt buchstäblich die Luft weg.

Die ersten drei Crêpes sind eine Katastrophe. Die Schiffsküche wird zu einem Schlachtfeld aus Butterspritzern, zerdrückten Erdbeeren und einer Dunstwolke, die verdächtig nach Küchenbrand riecht. Aber mit Grant wird jeder Fehler zu einer lustigen Erinnerung. Unser Lachen verdrängt sämtliche Sorgen in mir.

Verbrannte Butter? Was soll's! Der Crêpe zerfällt? Dann essen wir eben Kaiserschmarrn!

Nachdem wir die Küche von Eigelbflecken befreit haben, tragen wir die Teller mit den Crêpes und Galettes in den Salon. Ich gehe voraus, und Grant zieht mich damit auf, dass ich mit meinen zittrigen Händen nicht den Eindruck mache, als könnte ich den Teller noch lange halten. Mein Körper bebt vor Lachen, was diesen Balanceakt noch schwieriger macht.

»Nicht fallen lassen, nicht fallen lassen«, flüstert er. »Niiiiicht fallen lassen.«

»Hör auf, sonst lasse ich ihn wirklich noch fallen«, flehe ich kichernd.

Hilfe, warum ist es das Schönste *und* das Schlimmste zugleich, von einem süßen Jungen aufgezogen zu werden?

Wir essen in dem von Lichterketten beleuchteten Salon, als es plötzlich zu regnen beginnt. Sogar der Regen ist perfekt. Das leise Prasseln ist der passende Hintergrundsound zu der ruhigen, jazzigen Playlist, die Elliot mit seinen Lieblingssongs aus dem *Audrey's* zusammengestellt hat.

Hannah, Elliot und ich sind ein echtes Romantik-Dream-Team. Als Nächstes werden wir uns was Besonderes für Elliot und Brandon ausdenken, damit zwischen ihnen wieder alles in Ordnung kommt. Der knuffige Meermann Elliot wird bald wieder verliebt im Wasser herumtollen!

Grant schneidet von seinem Galette ein Stück ab, das so dünn ist wie eine Baby-Karotte. Er kaut jeden Bissen sorgfältig. Im Vergleich dazu schiebe ich mir doppelt so große Stücke in den Mund.

Schnell passe ich meine Bissen an seine an. Ich muss nicht aufs Klo und ich verschlinge keine Riesenstücke wie ein wildes Tier.

Nachdem wir die Crêpes aufgegessen haben, gieße ich uns Kaffee aus einer Glaskaraffe ein. Grant zeigt mir stolz das Projekt, an dem er im Art Institute arbeitet. »Dir zeige ich es«, sagt er, »aber sonst raste ich immer aus, wenn jemand meine Entwürfe sieht, bevor sie fertig sind.«

»Das geht mir genauso!«, quietsche ich und bringe ihm seine Tasse. »Deshalb ist Instaloves auch anonym. Niemand weiß, wer ich bin.«

Grant öffnet seine Kamera und scrollt durch eine Reihe grober Skizzen. »Genau! Zu meinem Dad sage ich dann immer, dass ich ja auch nicht bei ihm reinschneie, wenn er mitten in einer Operation ist.«

»Eben! Übrigens musst du es mir nicht zeigen –«

»Oh, willst du die Sachen nicht sehen?«

»Nein! Ich möchte sie wirklich sehr gerne sehen. Nur ... du *musst* nicht, wenn du nicht willst.«

Er lächelt. Grübchen-Alarm. »Komm her.«

Auffordernd klopft er auf sein Knie. Fast hätte ich meine Tasse fallen gelassen.

Soll ich mich auf seinen Schoß setzen? Wäre das nicht seltsam? Und was, wenn er »Setz dich neben mich« gemeint hat und nicht »Setz dich auf mich drauf«? Wäre diese Aufforderung nicht ein bisschen seltsam? Ich meine, ich würde ja gerne, aber ... diese blöden Kameras von meinem Dad sind einfach überall.

Am Ende entscheide ich mich dafür, meinen Stuhl so dicht an seinen zu schieben, dass sie sich berühren. Knie an Knie. Das ist jedenfalls nicht *zu* sexy.

Micah, das wäre nicht mal für Nonnen zu sexy!

Grant und ich beugen uns Schulter an Schulter über sein Handy. »Du riechst gut«, sagt er.

»Du auch«, sage ich, als ich seinen zimtigen Duft einatme. »Ist mein Parfüm nicht zu stark?«

Er lacht. »Ich mag das. Ich bin Italiener. Wir sind alle Außerirdische vom Planeten Eau de Cologne.«

Heute Abend scheine ich aus dem Staunen gar nicht mehr rauszukommen. Ich mag ihn wirklich, *wirklich* sehr.

Die Zeichnungen auf Grants Handy zeigen seine Entwürfe – auch wenn sie von einem Freund aus seinem Modekurs gezeichnet wurden. Die genderfluide Gestalt trägt ein Gewand, das von Bild zu Bild deutlicher zu erkennen ist. Die Figur trägt ein klobiges, metallisches Oberteil, das in ein langes, wallendes Gewand übergeht. »Ich nenne es die Ritterprinzessin«, sagt er und wischt mit seiner starken, schönen Hand durch die Bilder (ich weiß nicht, wie ich erklären soll, was eine schöne Hand ausmacht, aber seine ist es einfach!). »Am Ende von unserem Kurs findet eine Modenschau statt und das ist mein Look für das Finale.«

Meine Gedanken schweifen zu dem Plakat, das Elliot und ich in dem Innenhof entdeckt haben: die Abschluss-Modenschau im August. »Wie cool«, flüstere ich. »Die Ritterprinzessin sieht aus, als käme sie direkt aus einem …«

»Märchen. Ich wusste, das gefällt dir.«

»Brauchst du deshalb die vielen Rosen und Granatäpfel?«

»Jep. Ich nutze typische Materialien aus den Märchen, um die Stoffe auf natürliche Weise zu färben, so wie man es damals gemacht hat. Ziemlich mühsam, aber es macht das Ganze irgendwie magischer, verstehst du?«

»Total. Ich habe auch schon darüber nachgedacht, ob ich die Farben für mein Wandbild selbst herstellen soll.«

»Was für ein Wandbild?«

Das Wort ist mir aus dem Mund geschlüpft, bevor ich mich daran hindern konnte.

Ein bitterer Geschmack steigt in mir auf. Grant zeigt mir sein großes, ehrgeiziges Projekt einfach so, und ich bringe es nicht mal über mich, ihm von meinem Wandbild zu erzählen.

»Micah?«, fragt er mich mit einem prüfenden Blick.

Seine sanfte Stimme reißt mich aus meinen Gedanken. »Ich male an einem Wandbild«, gestehe ich. »Aber ich weiß noch nicht genau, was daraus werden soll. Bei meinen Instaloves-Zeichnungen habe ich immer eine richtig genaue Vision – aber bei diesem Wandbild weiß ich einfach nicht, wohin es gehen soll. Das liegt bestimmt an mir. Ich wünschte, ich hätte wie du das Selbstbewusstsein, auch mal ein größeres Projekt anzupacken, aber ich bin einfach nicht so weit.«

»*Noch* nicht«, meint er.

Die unsichtbare Faust um mein Herz löst sich. *Noch nicht.* Wie süß von ihm.

»Ich kann nicht glauben, dass ich dir das erzählt habe«, sage ich. »Das ist unser erstes Date und das war alles so persönlich –«

»Hey.« Grants Hand schließt sich um meine. Sie ist nicht so weich wie Elliots, sondern rauer, kräftiger. Bei seiner Berührung schießt ein warmer Schauder durch meine Adern. »Hör auf, dir solche Sorgen darüber zu machen, was ich über dich denke. Ich bin echt total beeindruckt! Und so toll bin ich übrigens auch nicht.«

Ich lache. »Ach, hör auf.«

»Im Ernst. Ich finde nicht, dass die Ritterprinzessin als Idee schon ausgereift genug ist, und sie muss in zwei Monaten fertig sein. Du solltest sehen, an was für Sachen die anderen im Kurs arbeiten. Die meisten sind schon älter, Studierende eben, und dann bin da noch ich ... ein Highschool-Schüler, der mit seiner niedlichen Idee Glück hatte, für das Programm angenommen zu werden. Ich muss den Leuten beweisen, dass ich es verdient habe, in dem Kurs zu sein.«

Meine Hand wird ganz warm in Grants Griff. Wir haben so viel gemeinsam, sogar unsere Ängste.

»Vielleicht können wir uns gegenseitig helfen«, schlage ich vor.

»Klingt so, als wäre unsere Begegnung vielleicht doch Schicksal gewesen«, grinst er.

Donner grollt und der Regen prasselt hart auf das Deck draußen. Grant wendet den Blick nicht von mir ab. Und wichtiger noch, er hat seine Hand immer noch nicht weggezogen. Ich befehle mir, weiterzuatmen.

Ich kann nicht mal nicken, so sehr will ich ihn küssen.

Küssen wir uns? Das könnte der Moment sein.

Grant blinzelt zuerst. Er steht auf und sagt: »Komm mit.« Er streckt die Hand aus, das hübsche Armband baumelt sanft an seinem Handgelenk. Dad hat zwar gesagt, ich soll um elf zu Hause sein – aber wenn Grant will, dass ich ihn begleite, werde ich mir diese Chance nicht entgehen lassen.

Wir rennen in den Sturm hinaus. Ohne Regenschirm, ohne Jacken. Ich denke gerade noch daran, die Jacht abzuschließen – aber sobald der Schlüssel in meiner Jacke steckt, gibt sich mein Körper dem hin, was Grant mit mir vorhat. Er rennt den Kai entlang zum Ufer. Ich folge ihm. Der Regen klebt Grants Locken wirr an sein Gesicht. Wir sind klatschnass und unsere schicken Date-Outfits schmiegen sich gefährlich eng an unsere Körper. Am liebsten würde ich Grant das nasse Shirt vom Leib reißen.

Ich kann an nichts anderes denken.

Blitze zucken über den Lake Michigan. Die Skyline der Stadt – der vertraute Anblick meiner Kindheit – leuchtet vor uns in der Dunkelheit. Leise zähle ich. Es dauert nur vier Sekunden, bis ein grollendes Donnern einsetzt, das sich so anhört, als würde ein Reißverschluss aufgerissen.

Lachend stürmt Grant los und rennt aus dem Jachtclub-Gelände. Meine Beinmuskeln brennen, als ich versuche, mit ihm Schritt zu halten. »Warte auf mich, ich bin nicht so groß wie du!«, schreie ich gegen den Sturm. »Ich will dir nicht wieder durch die ganze Stadt nachjagen müssen!«

Er wirbelt auf der Straße zu mir herum, ohne langsamer zu werden. Rückwärtslaufend brüllt er: »Ich dachte, es hat dir gefallen, mir hinterherzurennen!«

Er hat recht. Ein weiterer Donnerschlag erschüttert den Himmel. Grant rennt zu mir und zieht mich an sich. Regen rinnt von seinem Gesicht auf meines. Seine Lippen schimmern im Mondlicht. Er beugt sich vor ...

Und hält inne.

Er grinst. »Wir werden uns heute noch küssen, aber noch nicht jetzt. Der Augenblick muss perfekt sein.«

Erleichterung trifft mich so hart wie der Regen. »Auf jeden Fall.«

Er zieht mich weiter durch den Sturm, der einfach nicht nachlassen will. Wir schlendern die Straße entlang, die Arme um unsere tropfnassen Taillen geschlungen. Erst an der Michigan Avenue suchen wir unter den Vordächern der Läden Zuflucht. Menschen hasten von den Eingängen zu wartenden Autos oder Ubers. Sie kreischen fröhlich und schützen ihre Köpfe mit ihren Tüten.

Grant und ich atmen tief durch, lassen uns aber nicht los.

Selbst durch den Stoff hindurch fühlt es sich gefährlich an, seine Taille zu umschlingen. Mein Kopf lehnt an seiner Schulter, verschwindet fast in seiner Armbeuge. »Sollen wir uns einen Regenschirm besorgen?«, frage ich.

Grant lacht, seine Brust vibriert unter meiner Wange. »Warum? Damit wir nicht nass werden?«

Wir wandern weiter stadtaufwärts, von Vordach zu Vordach, jeder Schritt lässt einen Schwall Regenwasser aufspritzen. Seine zielstrebigen Schritte verraten mir, dass er genau weiß, wo er hinwill.

In einer ruhigeren Straße von Old Town führt er mich schließlich zum Hintereingang einer alten Lagerhalle. Es regnet noch immer. Zitternd warte ich am Fuß einer Feuertreppe, während Grant mit der elegant gekleideten Frau am Eingang spricht. Er sagt etwas und sie lacht.

Offenbar kennen sie sich.

Alle, die Grant begegnen, verlieben sich sofort in ihn.

Die Frau öffnet den Hintereingang, und Grant führt mich ins Gebäude, ohne meine Hand auch nur eine Sekunde loszulassen. In dem abgedunkelten Raum ist eine verträumte klassische Musik zu hören. Nachdenkliche und doch heitere Geigenklänge. Grüppchen von Leuten stehen zusammengedrängt da und starren auf die Ziegelsteinwände, auf denen blaue Lichter pulsieren. Das muss eine Art Underground-Club sein, den nur die Coolen kennen.

Doch da erkenne ich es: Es sind die *America Windows*! Chagalls strahlend blaues Meisterwerk aus bemaltem Glas, das er dem Art Institute geschenkt hat.

Die immersive Projektion zieht sich über den ganzen Raum und ermöglicht, ganz in das Kunstwerk einzutauchen. Die wirbelnden Engel und Menora aus dem Fensterbild sind fast so groß wie ich. Fantastische, wundersame Spritzer aus Gelb und Weiß, inmitten eines unendlichen Ozeans aus Blau. Wir sind umgeben von Kunst. Werden verschluckt von ihrer Größe. Das Meisterwerk selbst tanzt über meine ausgestreckte Hand – die Hand, die nicht von Grant festgehalten wird.

In der Mitte des Raums zieht er mich an sich.

Kein Kuss, nur eine enge Umarmung. Um uns herum bildet sich eine kleine Regenpfütze.

Ich mache mir keine Sorgen mehr darum, was passieren wird oder wie ich mich verhalten sollte. Stattdessen quillt mein Herz über von einem seltsamen, neuen Gefühl, das ich nicht benennen kann. Aber es fühlt sich an wie ... Erwachsensein. Ich bin nicht mit Eltern oder Freunden hier. Niemand weiß, wo ich bin.

Etwas Neues passiert mit mir. Etwas Schönes. Beängstigend schön.

Die Musik ändert sich und die Farben wirbeln auf. Die Projektion zeigt jetzt Monets *Getreideschober*. Wieder ein Gemälde aus dem Art Institute.

»Gefällt es dir?«, fragt Grant.

»Ja.« Mehr bringe ich nicht heraus.

Starke Hände drehen mich zu ihm um. Regen hängt wie Tautropfen an seinen Wimpern. »Eigentlich wollte ich dich erst an unserem zweiten Date hierherbringen«, gibt er zu. Plötzlich scheint ihn sein Selbstvertrauen zu verlassen. »Aber ich wollte dir das unbedingt zeigen, falls wir nur diesen einen Abend zusammen haben.«

»Wir werden auf jeden Fall noch mehr Abende miteinander verbringen.«

Für einen kurzen Moment wendet Grant den Blick von mir ab. »Auf mir liegt scheinbar eine Art Fluch. Entweder werde ich irgendwann geghostet oder ich verliebe mich in einen Hetero. Oder ich werde verlassen. Deswegen gehe ich meist nicht davon aus, dass es ein zweites Date gibt.«

Ein pinkfarbenes Licht wandert über Grant, als das Bild erneut wechselt. Er sieht plötzlich sehr jung aus. Seine verletzten Augen flehen mich an, ihm nicht noch mehr wehzutun.

»Du bist der erste Junge, den ich nach einem Date gefragt habe«, sage ich und drücke seine Hand. »Du hattest wenigstens den Mut dazu.«

Er schüttelt den Kopf. »Schon lange nicht mehr. Im April habe ich meinem letzten Freund gesagt, dass es mir reicht. Dass ich nicht mehr verarscht werden will. Deshalb habe ich dich auch im Zug nicht gefragt, ob wir uns wiedersehen.« Beschämt huscht sein Blick von mir weg. Er schluckt hart und gibt dann zu: »Ein Freund hat mir, gleich nachdem wir getrennt wurden, deinen Post geschickt. Den, wo du nach mir suchst. Ich hätte dir schreiben können. Aber ich habe zugelassen, dass wir getrennt werden, und das tut mir leid. Ich habe dich nach mir suchen lassen, weil ... es mir gefallen hat, dass jemand sich so um mich bemüht. Ich dachte, dann ist es dir vielleicht wirklich ernst mit uns.«

Ich bin geschockt, zeige es aber nicht. Er ist so verletzlich, und ich darf sein Vertrauen nicht verletzen, indem ich wütend oder eingeschnappt reagiere. Diese ganze Verfolgungsjagd durch die Stadt, die Zweifel und Angst ... Elliot und Hannah, die mir bei der Suche geholfen haben ... All das wäre nicht nötig gewesen. Ich hätte ihn noch an *dem* Abend wiedersehen können.

Aber – ich habe es genossen.

Ich will sauer sein und bin es doch nicht. Er hat so große Angst, dass das mit uns schon vorbei sein könnte.

»Du hast nicht aufgegeben«, sagt er und seine tiefe Stimme bricht. »Du glaubt so fest an dein Märchen-Happy-End, und« – er hält inne und holt Luft – »ich kann das einfach nicht mehr.«

Ich stelle mich auf Zehenspitzen und lege meine Lippen auf seine.

Und unter der düster-hellen Projektion von Hoppers *Nachtschwärmern* küssen wir uns zum ersten Mal. Hoffentlich kann Grant irgendwo tief in seinem Herzen wieder anfangen, an Märchen zu glauben.

Kapitel 12

WISH GRANTED oder EIN WUNSCH GEHT IN ERFÜLLUNG

Keine zwanzig Sekunden nach unserem ersten Kuss fragt Grant das Undenkbare: »Willst du mit mir zusammen sein?« Ich sehe die Furcht in jeder Falte seines Gesichts. Genau diese Frage hätte ich ihm am liebsten schon den ganzen Abend gestellt – auch wenn ich innerlich darauf vorbereitet war, noch Ewigkeiten auf den richtigen Augenblick warten zu müssen. Aber hier steht Grant – der aufrichtigste, offenherzigste Junge, den ich je getroffen habe – und stellt die Frage einfach sofort. Er ist in jeder Hinsicht perfekt! Ein echter Märchenprinz.

»Ja!«, schreie ich über die klassische Musik hinweg. Ich will nicht, dass da auch nur der geringste Zweifel besteht.

Grant lacht erleichtert auf. »Wirklich?«

»Ich wollte dich das auch schon fragen, aber ich habe so was noch nie getan ... und ich wusste auch nicht, wann man diese Frage normalerweise stellt.«

»Ich habe Jungs schon gleich beim ersten Date gefragt. Und manchmal erst nach Monaten. Irgendwie ist der Zeitpunkt nie der richtige.«

Mit einem bitteren Lächeln dreht er den Kopf weg, aber ich ziehe sein Gesicht am Kinn zurück zu mir. »Es kommt nicht auf den richtigen Zeitpunkt an, nur auf den richtigen Typen.«

Er zerschmilzt wie Karamell. Wir küssen uns wieder, seine Hände umfassen mein Gesicht. Der zweite Kuss ist noch leidenschaftlicher als der erste. Während des ersten Kusses konnten meine Sinne den Ansturm der vielen neuen Empfindungen gar nicht verarbeiten. Beim zweiten Mal tritt das Einzigartige an seinen Küssen viel stärker hervor. Da sind die kräftigen Aromen von *Parfüm, Erdbeeren* und *Wasserminze*. Sie sind dazu gemacht, dass ich sie schmecke. Doch darunter liegen noch feinere Geschmacksnoten, die er nicht beeinflussen kann: Schweiß, Salz und Spucke.

Diese Gerüche liegen tiefer. Sie sind ein Teil von ihm.

»Wirst du diesen Moment in einer Zeichnung festhalten?«, fragt Grant und drückt seine Stirn an meine.

»Oh nein«, flüstere ich. »Ich habe meine Malsachen auf der *Verzauberten Lady* vergessen.«

Die Musik wechselt von den nachdenklichen Geigenklängen, die Hoppers *Nachtschwärmer* begleitet haben, zu einer lebhafteren Melodie, passend zur nächsten Projektion: die warmen Kneipenlichter von Toulouse-Lautrecs *Moulin Rouge*. Es ist, als wäre das *Audrey's* auf magische Weise um uns herum aus dem Boden emporgestiegen!

»Lass uns unser erstes Foto als Paar machen!«, sage ich und öffne meine Kamera. Grant geht leicht in die Knie, bis sich unsere Wangen aneinanderschmiegen. Jetzt ist er so groß wie ich, und die Wand mit dem Moulin-Rouge-Bild umrahmt uns perfekt. Schnell knipse ich das Bild – es soll möglichst ungestellt, fast wie ein Schnappschuss wirken. Kein Micah-Zerdenke wie sonst. Ohne vorher die Haare glatt zu streichen oder unsere regen- und schweißnassen Gesichter zu trocknen, knipse ich das Bild.

Unsere lächelnden Gesichter sind entspannt und aufrichtig.

Zwei Typen, beide zutiefst erschöpft von einer langen, erfolglosen Suche nach Liebe, haben sich gefunden und kommen endlich zur Ruhe. Ihre Suche ist vorüber. Ihre Wünsche wurden erfüllt.

Am liebsten würde ich das Bild auf Instaloves hochladen. Nur werde ich dann nicht mehr anonym sein.

Egal. Heute werden alle Regeln gebrochen!

»Das würdest du für mich tun?«, fragt Grant, als ich das Bild poste. Anstatt zu antworten, küsse ich ihn wieder. Meine Hände fühlen sich blutleer an und sind nass vor Angstschweiß, aber mein Entschluss steht fest. Grants Kuss hat mir ein verwegenes Selbstvertrauen eingeflößt. So wie damals, als Hannah und ich uns heimlich mit einer Flasche alten Cabernets ihres Vaters betrunken haben.

»Ja«, sage ich und lächele.

Wir beschließen, dass #WishGranted unser offizieller Beziehungs-Hashtag werden soll. Ein bisschen cringe, ich weiß, aber ich habe mein ganzes Leben damit verbracht, allem, was irgendwie peinlich sein könnte, aus dem Weg zu gehen. Der neue Micah hat keine Angst mehr vor Kitsch. Her mit dem Kitsch!

Ich poste unser Selfie auf Instaloves nur mit der Caption #WishGranted und Grants Namen dazu. Kein blumiger Text, nur wir: das wahr gewordene Märchen.

Grant hakt seine Finger zwischen meine und führt mich durch die Tür wieder raus, durch die wir reingekommen sind. »Ich hatte so gehofft, dass dir die Galerie gefällt«, flüstert er in meine Haare.

»Ich liebe es«, antworte ich.

»Wir werden so wunderschöne Kunst zusammen machen …«

Ich drückte meine Wange gegen seinen Hals und seufze begeistert. Was für ein schöner Gedanke. Wir *werden* wunderschöne Kunst zusammen machen und gemeinsam an seinem Ritterprinzessin-Entwurf arbeiten, und vielleicht sogar an meinem Wandbild. Nach diesem Abend ist alles möglich!

Als die Hintertür aufgeht, ist es, als hätte er mich in eine weitere, noch erstaunlichere Galerie geführt: Die Skyline strahlt und funkelt im Sprühregen. Mittlerweile nieselt es nur noch leicht. Die Stadt ist die Kulisse und wir sind zwei Figuren darin. Wir huschen die Treppe hinunter und können nur daran denken, uns endlich wieder zu berühren.

Wir schaffen es gerade auf die Straße, dann dreht Grant sich zu mir. Die Augen so hypnotisch auf mich gerichtet, dass sie sich fast im Kreis zu drehen scheinen. Ich kann mir gerade noch kurz über die Lippen lecken, da drängt er mich schon gegen die Steinmauer der Galerie. Gierig fällt er über meine Lippen her. Bei den Crêpes vorhin hat er sich mehr zurückgehalten.

Sein unrasiertes Kinn kratzt an meiner Haut und ein brennender, prickelnder Schmerz wechselt sich mit watteweichen Küssen ab. *Kratzig. Weich. Kratzig. Weich.*

Es tut weh ... Aber warum gefällt es mir dann so?

Ich packe seine Locken und ziehe ihn noch tiefer in meinem Mund. Ich bekomme keine Luft mehr. Meine einzige Chance, zu atmen, ist, wenn ich stöhne. Ich kann mich nicht von seinen Lippen lösen.

Leidenschaftlich liebkost Grant mit den Händen meinen Rücken und Oberkörper, bleibt aber immer oberhalb der Taille. Ich bin froh, dass er sich zurückhält, denn hier könnten uns zu viele Menschen sehen und ich bin schon hart.

Zugleich möchte ich Grant am liebsten anflehen, den Reißverschluss meiner Hose zu öffnen und mich zu berühren.

Aber ich kann nicht. Cinderellas Prinz hatte auch nie einen schmerzhaften Ständer hinter einer Kunstgalerie!

Oder vielleicht doch und dieser Teil der Geschichte wurde einfach weggelassen. Leider warnt einen niemand davor, dass man, sobald ein Märchen wahr wird, auch mit den eigenen Körperreaktionen klarkommen muss – und mit den seltsamen, peinlichen Gefühlen, die damit einhergehen.

»Lass uns zurück zum Boot gehen«, stößt Grant zwischen weiteren rauen Küssen hervor.

»Da sind überall Kameras.« Ich öffne meinen Prinzenkragen, um wieder atmen zu können. Wie ein Vampir stürzt sich Grant auf meinen entblößten Hals und macht dort mit seinen Küssen weiter. Es fühlt sich etwas merkwürdig an, ein bisschen so, als würde er sich an mir festsaugen. Trotzdem ist es angenehm seltsam. Bei jedem Kuss explodiert eine Tüte Brausepulver in mir.

Ich sollte längst zu Hause sein.

Ich war bisher zu nervös, um auf mein Handy zu schauen. Je näher es auf Mitternacht zugeht, desto regelmäßiger vibriert es in meiner Hosentasche. Ich bin spät dran. Sie sind sauer.

Egal.

Endlich richtet sich Grant auf, um durchzuatmen. »Komm mit zu mir«, sagt er, Millimeter von meinen Lippen entfernt. »*Bitte.* Meine Mitbewohnerin ist die ganze Woche weg.«

Wenn ich ihn nicht bald aufhalte …

Ernüchtert berühre ich seine Brust. *Dudumm-dudumm-dudumm,* schlägt sein Herz gegen meine Hand. Wir schauen uns an und unser Atem wird gemeinsam ruhiger.

»Das war ein Abend mit vielen ersten Malen«, sage ich. »Aber nicht das. Noch nicht. Okay?« Grant nickt und scheint wieder in die Realität zurückzufinden. Wir lächeln beide. »Willst du mein Freund sein?«, frage ich. Eine Wiederholung, ich weiß, aber ich möchte gern noch mal die Antwort hören.

»Ja«, haucht er und drückt mir einen letzten Kuss auf die Wange.

♡ ♡ ♡

Ich schleiche mich in unsere dunkle Penthousewohnung. Das einzige Licht kommt von der Stadt, die sich vor den großen Fenstern ausbreitet. In meinen erschöpften Augen werden die hellen, blinkenden Wolkenkratzerlichter zu verschwommenen Strahlenkränzen. Auf Zehenspitzen schleiche ich zu meinem Zimmer. Niemand ist mehr wach, um mit mir zu schimpfen.

Niemand außer Maggie.

Lautlos schwingt ihre Tür auf und erschreckt mich zu Tode. Sie mustert mich von oben bis unten, riesige Kopfhörer über den Ohren. Alle Lampen in ihrem Zimmer sind eingeschaltet, ihr Laptop liegt aufgeklappt auf dem Bett, daneben hat sich Lilith faul ausgestreckt.

Wird Maggie mir jetzt eine Standpauke halten?

Und mir schadenfroh unter die Nase reiben, wie sauer Dad war, als ich nicht zur vereinbarten Zeit zu Hause war?

Stattdessen lächelt sie mich strahlend an und applaudiert mir stumm. Eine endlose, wunderbare Minute lang tanzen wir zusammen in ihrer Tür unter Liliths unbeeindrucktem Blick. Bevor ich mich todmüde in mein Bett fallen lasse, suche ich mein *Kleines Buch der ersten Male* auf meinem Nachttisch und feiere triumphierend meinen Sieg: *Der erste Kuss – 10. 6. 2022*

♡ ♡ ♡

Am Morgen weiß ich nicht mal, ob ich überhaupt geschlafen habe. Blindlings taste ich mit der Hand nach dem Labello auf meinem Nachttisch, aber da liegt er nicht. Er muss unters Bett gerollt sein. Verdammt, ich brauche ihn. Ich kann kaum den Mund öffnen. Ich fühle mich völlig ausgetrocknet. Wie eine Wüste. Keine Gedanken dringen durch mein Gehirn, das sich ganz zart und zerbrechlich anfühlt.

Irgendwo in meinem Zimmer hört mein Handy gar nicht mehr auf zu vibrieren. Der Ton ist gedämpft – es muss unter der Decke liegen. Vermutlich habe ich es in meinem Bedürfnis, endlich ins Bett zu sinken, fallen gelassen. Gestern Nacht reichte meine Kraft gerade noch dafür, Socken und T-Shirt auszuziehen.

Mit einem schwachen Lächeln fahre ich den wunden, roten Ring nach, den Grants Küsse um meinen Mund hinterlassen haben. Mein Gesicht brennt, aber es ist ein süßer Schmerz. Ich kann Grant immer noch riechen.

Seine Haare. Seine Haut. Ich weiß nicht, wie ich diesen Duft beschreiben sollte, außer mit »Grant«.

Eau de Grant.

Neunundneunzig Boyfriends sind in mein Leben gekommen und wieder gegangen, aber nichts davon war real. Sie waren nette, hübsche Märchengeschichten, fest eingesponnen in den Nebel meiner Fantasien. Sie hatten mit der Realität rein gar nichts zu tun. Grant hat das Märchen in die Wirklichkeit herübergeholt. Wie Wasser, das sich stromabwärts seinen Weg sucht, dringt diese Wirklichkeit nun mit all ihrer Brutalität bis in die hintersten Winkel meines Lebens.

Die Küsse, die brennen.

Drohender Hausarrest.

Keine anonyme Online-Existenz mehr.

Wo ist mein Handy? Irgendwo. Wo ist mein Labello? Weg. Wie spät ist es? Welchen Tag haben wir? Muss ich irgendwo sein? Erwartet mich jemand? Ich weiß es nicht. Es ist mir egal.

Etwas sehr Großes und Wildes ist in mein Leben getreten und ich bin nicht mehr der gleiche Micah Summers wie gestern. Ich werde es nie mehr sein.

Gut.

Mein Handy vibriert, während ich mich vorsichtig aufrichte und mich daran zu erinnern versuche, wie meine Beine funktionieren. Ich muss etwas zeichnen. Dieses Bedürfnis ist stärker, als Wasser zu holen, aufs Klo zu gehen oder darüber nachzudenken, wie ich Grant am besten *Guten Morgen* schreibe – ohne zu anhänglich rüberzukommen. Die ganze Nacht musste ich an seinen Ritterprinzessinnen-Entwurf denken – und daran, wie offen er für meine Ideen schien.

Zwei kreative Liebende, die an dem gleichen Projekt arbeiten? Der Traum aller Träume!

Die Erinnerung an unser Abendessen ist verschwommen, deshalb habe ich nur noch Fetzen und Bruchstücke von seinem Entwurf in meinem Kopf. Ich versuche mich von den Gefühlen leiten zu lassen, welche die Zeichnung in mir ausgelöst haben: ausschweifende Fantasie, verletzliche Stärke und das Durchbrechen von Gendernormen.

Inmitten des hoffnungslosen Durcheinanders in meinem Zimmer, entdecke ich einen Stift und ein altes Skizzenbuch mit ein paar leeren Seiten. In wenigen Sekunden habe ich einen groben Umriss der Ritterprinzessin 2.0 auf Papier gezeichnet.

Bzw. die Ritterprinzessin von Grant Rossi (ft. Micah Summers).

Mit ein paar kleinen Nachjustierungen wird aus Grants Entwurf ein Gewand für eine Göttin: ein metallisches, starres Korsett, das in einen langen fließenden Rock übergeht, mit einer brautkleidartigen Schleppe aus einem Kettenhemdgewebe. Passend dazu kombiniere ich eine Prinzessinnen-Tiara mit einem Ritterhelm zu einer prachtvollen Mischform. Sie ist mit Juwelen besetzt, und der Gesichtsschutz ist nicht mehr aus Metall, sondern aus dunklem Samt.

Warum ist es so viel einfacher, die Vision eines anderen umzusetzen, als eine eigene zu finden?

Selbst wenn mein Entwurf nicht genau Grants Vorstellungen entspricht, kann die Zeichnung ihn vielleicht inspirieren.

Außerdem ist es ein guter Vorwand für eine *Morgen-danach-Nachricht*. Die perfekte Möglichkeit, ihm zu zeigen, dass ich die ganze Zeit über an ihn denken musste – ohne das offen zuzugeben.

Wo ist nur dieses blöde Handy, das keine Ruhe geben will?

Ich suche unter meiner zerwühlten Bettdecke nach der Quelle des ständigen Summens. Wie beliebt ich heute bin! Vermutlich Tausende Nachrichten von meinen Freund*innen, die fragen, wie es lief. Und von meinem Dad, der wissen will, wie ich es wagen konnte, so spät nach Hause zu kommen. Während meine Hand schließlich das Handy unter der Decke ertastet, öffnet sich nach einem leisen Klopfen meine Tür.

Hannah schleicht herein. Sie trägt eine lavendelfarbene Baskenmütze und kniehohe Stiefel in der gleichen Farbe. Sie hält zwei Audrey's-Becher in der Hand und reicht mir einen davon. »Danke schööööön«, flöte ich.

»Frisch aus dem *Audrey's*«, sagt sie und lässt sich im Schneidersitz auf meinem Bett nieder. »Hat Elliot ausgegeben.« Ich will protestieren, aber sie hält abwehrend die Hand in die Höhe. »Ich wollte bezahlen. Er hat darauf bestanden. Um dir zu deinem erfolgreichen ersten Date zu gratulieren.«

Elliot ist so lieb. Das wäre echt nicht nötig gewesen.

Hannah nimmt einen Schluck, bevor sie zur Sache kommt: »Wish Granted also. Was für ein cooles Coming-out – also, mal wieder!«

Verlegen verstecke ich mich hinter meinem leeren Becher. »Du hast es schon gesehen?«

Sie fährt so hastig zurück, dass sie sich fast den Kopf an meinem Bücherboard angehauen hätte. »Äh ... ja, alle haben es gesehen.«

Ich lasse den heißen Chai in meinem Mund kreisen und schwärme dann: »Grant ist einfach ... *sooooo* toll!« Die ganze letzte Nacht fühlt sich wie ein Traum an. Es kann einfach nicht sein, dass ich so was erlebe! Ich, Micah Summers, dieser liebeskranke Baby Buh-Buh, der entweder mit dem Kopf in den Wolken schwebt oder ständig auf seine Füße schaut.

»Ich brauche ein paar mehr Details!« Hannah haut auf die Bettdecke. »Unser Versprechen beinhaltet auch, dass ich die Erste bin, die einen vollständigen Bericht erhält.« Bevor ich antworten kann, reißt Hannah entsetzt die Augen auf. Sie zeigt auf mich. »Du hast Knutschflecken am Hals!«

Oh nein.

Ich ignoriere die Millionen Benachrichtigungen, die verpasste

Anrufe und Nachrichten anzeigen, öffne meine Kamera und kreische auf. Eine leichte Röte überzieht mein Kinn – Grants Dreitagebart hat mich ganz schön zugerichtet. Dazu prangen noch zwei große Flecken an meiner Kehle und meinem Hals.

Knutschflecken.

Ich lege die Hand auf die roten Kreise, aber es ist zu spät: Hannah hat alles gesehen. Begeistert zieht sie mich an sich. »Ohhhhh, ich freue mich so. Mein bester Freund ist ein ganz Schlimmer!«

Ich werfe mich lachend an ihre Schulter. »Aber wirklich! Er war so süß und lustig und hübsch und selbstbewusst und verknallt in mich«, hier müssen wir beide wie verrückt kichern, »und wir haben total lange rumgeknutscht«, sie jubelt, »und er hat mich gefragt, ob ich mit zu ihm komme, in sein Wohnheimzimmer oder so. Er hat mich richtig *angefleht*, Hannah«, sie quiekt leise, »aber ich, äh, ich brauche noch ein bisschen Zeit, was er wie ein Gentleman akzeptiert hat.«

Hannah gibt mir so lange High Fives, bis unsere Hände wehtun.

Ich kann nicht aufhören zu grinsen. Nachdem ich jahrelang ihre sexy Geschichten hören musste, kann ich jetzt endlich eine eigene erzählen. Die Kluft, die ich nach diesem Schulball zwischen uns gespürt habe, hat sich endlich geschlossen.

Nachdem sie mir noch das Versprechen abgenommen hat, ihr später mehr Details zu verraten, verschwindet Hannah mit einer rätselhaften Bitte: »Ruf Grant an, bevor du irgendwelche anderen Nachrichten liest. Geh nicht auf Instaloves, bevor du mit ihm gesprochen hast. Vertrau mir.«

»Okay«, sage ich und werfe den leeren Becher in den Mülleimer. »Aber warum –?«

»Vertrau mir einfach. Tschüs!«

Wie *bizarr*.

Ich kann Grant nicht »einfach« anrufen. Erst muss ich ihm eine Nachricht schreiben ... und meine aufgemotzte Ritterprinzessinnen-Zeichnung ist der perfekte Aufhänger dafür. Ich bürste mir die Haare, ziehe mir ein sauberes Tanktop an und mache dann ein Bild von mir mit der Zeichnung in der Hand. *Oje, die Knutschflecken sehen echt übel aus.* Offensichtlich hatte Grant gestern Abend großen Hunger. Leise singe ich »*That boy is a monster*« von Lady Gaga vor mich hin, während ich mit der FaceApp jegliche roten Flecke wegretuschiere … und die Augenringe unter meinen Augen.

So! Und schon sieht mein Gesicht unfassbar frisch und total ausgeruht aus. Wie *macht* er das nur?

Zusammen mit einer einfachen, nicht übermäßig langen Nachricht schicke ich Grant das Foto: **GM Crush 100! Bitte lösch diese Nachricht, wenn ich zu aufdringlich bin. Ich habe die ganze Nacht über die Ritterprinzessin nachgedacht – und wie du ihr noch mehr Power geben könntest. Hier eine schnelle Zeichnung mit meinen Ideen. Wie gesagt, vielleicht können wir uns gegenseitig helfen? Und wenn du keine Ideen mehr brauchst, dann freu dich einfach über dieses Foto von mir.**

Und wenn er mir nicht antwortet? Wenn er es ganz furchtbar findet? Wenn er –?

Ich muss nicht lange warten.

Der FaceTime-Anruf von Grant kommt sofort. Die freudige Erregung, die wie eine Rakete durch meine Brust schießt, wird sofort wieder von einer niederschmetternden Sorge verdrängt.

WENN ICH RANGEHE, SIEHT ER MEIN ZERNAGTES GESICHT UND WEISS, DASS ICH DAS FOTO BEARBEITET HABE.

Tja, Micah, aber schließlich hat er dich so zugerichtet. Lass ihn nicht warten.

Ich hänge mir die Decke wie einen warmen Umhang um den fleckigen Hals und nehme den Anruf an: »Das ging aber schnell, ich –«

Aber Grant ist zu aufgedreht, um mich ausreden zu lassen. »Oh mein Gott, Micah, ist das zu fassen?«

Er ist ganz außer Atem und läuft irgendwo draußen herum – er hält das Handy tief, als würde er nur kurz nebenher anrufen. Selbst aus diesem unvorteilhaften Winkel bleibt Grant der hübscheste Junge auf der Welt. Er hat auch einen kleinen Knutschfleck am Hals – offenbar ist er nicht das einzige wilde Tier hier.

»Es ist so aufregend!«, schnauft er und winkt jemandem außerhalb der Kamera zu. »Hi, Elise!«

»Grant, oh mein Gott«, ist die undeutliche Stimme dieser Elise zu hören. »Was *geht* da ab?«

»Ich wünschte, ich wüsste es.« Grant lacht. »Ich würde ja gerne länger mit dir plaudern, aber ich muss wirklich los. Sonst komme ich zu spät zu meiner Besprechung mit Tamiko!«

»Ich lade dich nachher auf einen Kaffee ein, dann musst du mir alles erzählen!«, höre ich Elise rufen.

»Wenn ich rechtzeitig fertig bin, gerne!«

Und das war's. Grant weigert sich, Elise – oder mir – zu erzählen, weswegen er so aufgedreht ist. Er zieht sein Display ganz nah an sein Gesicht und gesteht: »Elise ist eine blöde Kuh. Sie ist total fake. Sonst redet sie keine fünf Sekunden mit mir und jetzt will sie mich auf einen Kaffee einladen? Wow, das gefällt mir.«

Meine Finger zappeln unruhig, und es wird schlimmer, je länger er mich auf die Folter spannt. Was ist da los? Und wann sagt er was zu meiner Zeichnung? War es unhöflich von mir, sie ihm zu schicken?

»Klingt echt nervig«, sage ich. »Aber yay, ich freu mich echt für dich?«

»Graaaaaaaaaant!«, ruft eine weitere Stimme aus der Ferne, als er über die Straße eilt.

Nachdem er zurückgewinkt und gelächelt hat, hält er das Handy wieder dicht vor sein Gesicht. »Da war schon wieder einer! Du hättest mich gestern auf dem Campus sehen sollen – da war ich noch ein Niemand. Jetzt bin ich ein Superheld und mein Handy explodiert fast –«

»Grant, bitte bleib stehen!«, platzt es aus mir heraus. Wenn ich ihn nicht unterbreche, explodiere *ich* noch.

Er tut wie befohlen. Und auf einmal ist sein Kamerawinkel wieder angenehm normal. Seine Wangen sind vor Anstrengung und Hitze leicht gerötet. »Alles okay?«, fragt er.

»Tut mir leid, wenn du meinetwegen zu spät zu deinem Termin kommst –«

»Keine Sorge. Ich habe noch Zeit. Ich habe das nur gesagt, um vor Elise anzugeben.«

Ich atme tief durch. *Hab keine Angst, Micah. Sei nicht schnippisch.* »Zuerst wollte ich sagen, dass der Abend gestern einfach wunderschön war und du supersüß ausgesehen hast.«

»Es war toll. Du warst auch sehr süß. Und sehr sexy. Ist das eine Decke um deinen Hals ...?«

Ich ziehe die Decke noch enger um mich. »Zweitens tut es mir leid, dass ich die Zeichnung von der Ritterprinzessin einfach geschickt habe, ohne vorher zu fragen, ob du meine Hilfe –«

»Ich habe sie mir noch nicht richtig angeschaut, aber ich freue mich total! Das war so lieb von dir. Ich würde total gern mit dir an kreativen Ideen und so arbeiten – und dich mit den richtigen Leuten hier am Art Institute bekannt machen! Ich wollte mir die Skizze nachher anschauen, wenn ich mehr Zeit und Ruhe dafür habe.«

Die tiefen Stirnfalten, die während des Gesprächs auf meinem Gesicht erschienen sind, glätten sich wieder. Er will mit mir zusammenarbeiten. Er will mir helfen, meine Träume zu verwirklichen. Er findet, dass ich es verdiene, mir *in Ruhe* zu schreiben. Er findet mich sexy.

Trotzdem ... er hat mir immer noch nicht erklärt, was los ist.

»Also«, frage ich, »warum bist du auf einmal so beliebt, dass all diese Fieslinge nett zu dir sind?«

Seine Augen werden groß. »Wie meinst du das? Hast du noch keine Nachrichten bekommen?«

»Ich habe eine Million Nachrichten, aber ich habe sie noch nicht gelesen. Ich bin eben erst aufgewacht.«

Grant lacht teuflisch. »Micah. Lies einfach die Nachrichten.« Irgendwie benimmt er sich genauso geheimnisvoll wie Hannah. »Oder warte. Die Nachrichten verwirren dich vielleicht noch mehr. Geh einfach auf Instagram. Ignorier die Benachrichtigungen. Such einfach nach dem Hashtag #WishGranted.«

Ein noch größeres Lächeln breitet sich auf meinem Gesicht aus. Grant küsst mich durch das Display und ich küsse ihn zurück. Wir sind erst einen Tag zusammen, aber wir haben bereits so einen ungezwungenen Umgang miteinander, dass sich selbst diese kleinen Handyküsse anfühlen, als würden wir uns schon unser ganzes Leben kennen.

So fühlt es sich also an, wenn das Universum zwei Puzzleteile zusammenfügt!

»Schreib mir dann«, sagt er und beendet den Anruf.

Mein Herz zerspringt gleich, wenn ich diese Spannung noch eine Minute länger ertragen muss.

Meine zitternden Finger suchen den Hashtag, und sofort werde ich mit dem Bild bombardiert, von dem ich wusste, dass ich es dort finden würde: unser Selfie von gestern Abend. Als ich auf das Display starre, wird mir klar, *wie* viele Leute sehnsüchtig darauf gewartet haben, das Ende des Crush-100-Märchens zu erfahren. Und herauszufinden, dass hinter Instaloves der geheimnisvolle Sohn eines Promis steckt, setzt dem Ganzen anscheinend die Krone auf. #WishGranted ist überall. Unser Foto ist überall. Unzählige Menschen haben es geteilt: die Fans von der Reality-Show damals ... der Radiosender meines Vaters ... mehrere Olympiateilnehmer*innen von früher ... der Produzent von Dads Film ... Aber der Post ist vor allem deshalb so abgegangen, weil alle möglichen Leute das Bild – und meine Instaloves-Zeichnungen – hunderttausendfach auf Insta und TikTok verbreitet haben.

Über Nacht hat sich die Zahl meiner Instaloves-Follower*innen verdoppelt.

Der Originalpost hat schon an die Millionen Likes.

Wir sind jetzt nicht nur offiziell ein Paar, wir sind ein berühmtes Paar.

Kapitel 13

DIE GESCHENKE

Du rutschst weg. Gleich wirst du in einen Hunderte Meter tiefen, felsigen Abgrund stürzen.

Gerade noch rechtzeitig kommt dir dein Held zu Hilfe. Er greift nach

dir, befiehlt dir, seine Hand zu nehmen, bittet dich, ihm zu vertrauen.
Kannst du das?
Du hast Todesangst, aber dann wird dir klar, dass er dich niemals fallen lassen wird. Du musst nur auf den Moment vertrauen und seine Hand nehmen.
Finde den einen Menschen in deinem Leben, der dir dieses Gefühl gibt – und lass ihn niemals wieder gehen.
#WishGranted

Zwei Wochen später ist alles anders.

Grant und ich sind von »frisch verliebt« zu »ernsthaft zusammen« übergegangen. Nachdem ich die beiden absolut intimsten Momente meines Lebens mit ihm erlebt habe – einmal in der Bahn, als wir uns kennenlernten, und dann, als wir uns in der Kunstgalerie im Arm hielten –, bekomme ich immer noch Gänsehaut, wenn ich an ihn denke. Aber wenn wir uns verabschieden, plagt mich immerhin nicht mehr die Angst, er könnte es sich anders überlegen und mich wieder verlassen. Mein Vertrauen zu ihm wächst von Date zu Date. Was auch daran liegt, dass wir uns jeden Tag sehen: Wir gehen klettern (wo ich nicht abgestürzt und gestorben bin!), treffen uns zu romantischen Mittagessen, knutschen rum, diskutieren bis spätabends über seinen Ritterprinzessinnen-Entwurf, knutschen noch mehr rum. Alles geht so schnell, und trotzdem fühlt sich jeder Augenblick ganz natürlich an. Vorherbestimmt. Ich habe meinen künstlerischen Seelenverwandten gefunden. Und ich werde die Sache zwischen uns ganz sicher nicht bremsen, nur weil die Gesellschaft der Meinung ist, es müsste alles langsam, Schritt für Schritt passieren.

Im Moment fühlt es sich richtig an, deshalb denke ich: Bitte schneller, bitte mehr.

Und das Internet ist da offenbar mit mir einer Meinung.

Meine Fantasiezeichnungen von Grant bringen mir mit jedem Post Heerscharen neuer Follower*innen. Aber leider hat es auch einen Nachteil, dass Instaloves nicht mehr anonym ist: Ich brauche fünf Mal so lange für eine Zeichnung, weil mir plötzlich so *bewusst* ist, wie viele Augen meine Arbeit jetzt sehen. Ich hinterfrage meine Skizzen und Geschichten viel mehr als früher. Instaloves war immer ein Ort, wo ich mich voller Kreativität und Energie ausleben und ab und zu etwas posten konnte. Was soll ich tun, wenn meine Fantasie darunter leidet, dass ich in einer glücklichen Beziehung bin? Was ist, wenn ich bei Instaloves irgendwann genauso gehemmt bin wie bei meinem Wandbild?

Das kann – und wird! – nicht passieren, weil Grant kreativ ist, wie ich! Tief in mir drin weiß ich, dass ich durch ihn nur besser werden kann. Auch wenn es nicht immer leicht ist.

Wie auch immer meine Kreativität sich zeigen wird.

Trotz meiner angespannten Nerven lieben meine Follower*innen die Sachen, die ich veröffentliche. Sie verfolgen gespannt, wie ich, nach einer langen Reihe erfolgloser Schwärmereien, nun mein Happy End erleben darf. Ich habe eine Wish-Granted-Mailadresse und ein Postfach eingerichtet, weil meine DMs übergequollen sind von Leuten, die mir ihre unglücklichen Liebesgeschichten schicken. Oder ihre Dankesschreiben, weil ich sie darin bestärke, weiter zu hoffen. Die Galerie mit der immersiven Kunstausstellung hat uns einen Riesenberg Kuchen aus einem angesagten Café geschickt, wegen der kostenlosen Publicity. Mit der dreistöckigen Erdbeertorte konnte ich meinen Dad besänftigen – der mir am Ende dann doch keine Strafe fürs Zuspätkommen aufgebrummt hat.

»Hier kommt die Post!«, ruft Mom und schleppt zwei riesige Einkaufstaschen voller Briefe in die Küche.

»Die hätte ich doch holen können«, sage ich und fange sofort an, mich durch die Stapel von Briefen, Karten und Päckchen zu wühlen.

»Ich will nicht, dass dich jemand fotografiert, während du Fanpost durch die Gegend trägst«, erklärt Mom genervt. »Wenn die Leute wissen, dass du die Briefe höchstpersönlich holst, werden sie ständig in der Lobby rumhängen, um dich zu treffen!«

»Mom, ich habe sowieso schon Angst davor, plötzlich so bekannt zu sein. Da sind solche Bemerkungen nicht gerade hilfreich.«

Während ich die neuste Post öffne, kommen Maggie, Manda und die Katze herein, um zu sehen, was für verrücktes Zeug diesmal bei uns im Briefkasten gelandet ist. Manda und Maggie tragen beide die gleichen smaragdgrünen Bademäntel, die Manda mit einem *M&M*-Monogramm an der Tasche verziert hat. Sie geht um mich herum und schüttelt sich gut gelaunt Beeren-Granola in eine Schüssel. Als meine Schwester die Mengen an Post entdeckt, wird sie ganz bleich. »*Immer noch?*«, fragt sie entsetzt. »Sind die Briefe alle für dich? Wer bist du, der Weihnachtsmann?«

»Es ist sowieso höchste Zeit für eine schwule Neuausgabe des Weihnachtsmanns«, meint Manda. Knirschend zermalmt sie das trockene Granola und nimmt sich einen dicken Stapel Briefe.

»Die Rolle hat mir Timothée Chalamet längst weggeschnappt«, sage ich und nehme ihr die Briefe wieder weg.

»Oh«, sagt Manda stirnrunzelnd. Meine Mutter zappelt nervös herum. »Ich will nicht, dass ihr die Briefe anfasst«, sagt sie. »Bitte leg sie beiseite, bis dein Dad und ich überlegt haben, wie wir damit umgehen.«

»Warum?«, frage ich und drücke das Bündel schützend an mich.

»Warum?«, schnaubt Mom. »Anthrax. Gift. Oder ein abgeschnittener Finger. Man kann nie wissen!«

Maggie und ich stöhnen laut auf, Manda verzieht angewidert das Gesicht. »Mom«, sage ich geduldig, »das sind nur ein paar freundliche Worte von Menschen, die sich sehr für mich und Grant freuen. Du solltest mal ein paar lesen –«

»Das habe ich bereits!«

»Dann müsstest du wissen, wie lieb sie sind.« Ich schlinge die

Arme um die Taschen. »Aber ich sage euch Bescheid, falls ich einen Zeh finde.«

Maggie und Manda kichern leise, Mom dagegen zieht ein strenges Gesicht. »Denkst du, ich wüsste nicht, wie es ist, wenn plötzlich die ganze Welt an deiner aufregenden neuen Beziehung Anteil nimmt?«, fragt sie. »Immerhin bin ich damals mit *dem* Jeremy Summers zusammengekommen. Er ist vorher mit Models ausgegangen. Schauspielerinnen. Und dann kam ich, die Medizinstudentin, die eine Modemarke nicht von der anderen unterscheiden konnte. Die Leute waren stinksauer! Einmal hat mir sogar jemand einen Schweinefötus geschickt!«

»*Oh Gott,* Mom«, jaule ich.

Entsetzt hört Manda auf zu kauen, doch Maggie verdreht nur die Augen. »Das stimmt doch gar nicht.«

»Frag deinen Vater!« Mom zeigt mit dem Finger auf sie und geht zur Tür. »Dieses ganze Wish-Granted-Ding ist aufregend. Wir freuen uns für dich, aber du solltest vorsichtig sein. Berühmtheit hat nun mal ihren Preis. Das ist das Fame-Monster. Davon hat schon Lady Gaga gesungen, falls du dich erinnerst?«

»Äh, okay?« Ich kann meine Verwirrtheit nicht verbergen.

»Okay, dann lassen wir dich mal mit deinen Schweineföten allein«, meint Manda und trägt ihre Schüssel zu Maggie. Sie haken sich unter und schlurfen wie zwei alte Großväter in ihren Seidenmänteln aus der Küche.

»Und? Habt ihr heute noch was Cooles vor?«, frage ich Maggie noch.

»Eher was Gemütliches.« Meine Schwester dreht sich zu mir um. »Heute wird relaxt.«

»Ah, mal wieder.«

»Irgendwann solltest du das auch mal mit Grant ausprobieren«, meint Manda, den Mund voller Granola. »Man kann nicht jeden Tag Abenteuer erleben!«

Ich werfe ihr einen letzten mitleidigen Blick zu und kann mir gerade noch verkneifen zu sagen: »Wetten doch?« Sollen sie doch ihren siebenmillionsten gemütlichen Tag genießen. Auf Grant und mich warten viel zu viele Abenteuer.

♡ ♡ ♡

Trotz meiner hohen Erwartungen legt sich eine düstere Einsamkeit über meinen restlichen Nachmittag. Die Sonne geht schon hinter dem Lake Michigan unter, als ich mich unter meine Decke kuschele und sehe, dass Hannah mir einen Link geschickt hat. Sie ist gemeinsam mit Elliot von *PopClique* interviewt worden, einem angesagten Popkultur-Blog. In dem Interview geht es um ihre Rolle bei *Wish Granted* und meine geheime Identität bei Instaloves.

Interviews über *mich*? Was für ein Hype.

Hat Maggie recht? Wird das Ganze vielleicht *zu* groß für mich? Es ist super, dass mein Account Aufmerksamkeit bekommt. Ich muss mich daran gewöhnen, den Leuten meine Sachen zu zeigen, wenn ich es ins Art Institute schaffen und irgendwann mal als Künstler arbeiten will … Aber weiß mein Körper das auch?

Mein Magen zieht sich zusammen, als ich auf den Link tippe.

WER SIND DIE MAGISCHEN HELFERLEIN HINTER DEM HAPPY END VON WISH GRANTED?

Ein Ausschnitt aus dem exklusiven Interview, das PopClique mit den besten Freund*innen des Chicagoer Märchenprinzen geführt hat: Hannah Bergstrom und Elliot Tremaine.

ELLIOT: Micah ist der Prinz mit den großen Träumen, aber wir sind das Rückgrat. Egal, auf was für eine Suche du dich begibst – du brauchst Freund*innen, die an dich glauben und dir helfen durchzuhalten! *(lacht)* Und das haben wir verdammt gut hinbekommen.

HANNAH: *(lacht)* Absolut. Wir waren sozusagen die Helfermäuse bei dieser Suche. Märchen haben in Micahs Leben schon immer eine wichtige Rolle gespielt. Dass er dann auch im wahren Leben die Rolle des Märchenprinzen angenommen hat, half ihm, daran zu glauben, dass am Ende alles gut werden würde.

POPCLIQUE: Dann war Micah nicht immer überzeugt davon, dass er sein Happy End findet?

ELLIOT: So ist das eben in der Liebe. Wenn man keine Zweifel hat, belügt man sich selbst! Deshalb feiern die Leute Instaloves auch so: Sie sehen, wie dieser Typ neunundneunzigmal scheitert, aber beim hundertsten Mal gewinnt er dann. Das habe ich so daran geliebt, noch bevor ich Micah überhaupt kannte. Dieses »Hier bin ich. Ich habe es versucht, es war eine Niete, aber ich gebe nicht auf.« Entschlossenheit ist alles!

Ich höre auf zu lesen, weil mein Magen sich plötzlich zusammenzieht. Elliot denkt, ich bin gescheitert?

Nein, Dummkopf. Er fand dich cool, weil du jedes Mal wieder aufgestanden bist und weitergemacht hast!

Ich kann nicht glauben, wie unterschiedlich Elliot und Grant sind. Grant fühlt sich wegen seiner missglückten Beziehungen so verflucht, dass er sich nicht mal bei mir melden konnte, als er meinen Insta-Post gesehen hat. Elliot dagegen würde wegen so was nie den Mut verlieren. Ich muss lächeln, weil er findet, dass wir uns in dieser Hinsicht ähneln. Wir sind beide Menschen, die nach einem Rückschlag nicht lange am Boden liegen bleiben. Ich habe mich nie besonders cool oder stark gefühlt, aber vielleicht bin ich das ja doch. Ich habe jedenfalls nicht aufgegeben, nach Grant zu suchen.

Elliot ist wie ein Spiegel, der nur das Allerbeste von derjenigen Person reflektiert, die hineinschaut.

Von neuer Energie erfüllt, werfe ich mein Handy beiseite und nehme meinen Skizzenblock.

Ich weiß nicht genau, was ich zeichnen werde, aber als ich die Augen schließe, bewegt sich meine Hand wie von selbst über das Blatt. Und in diesem Moment taucht das Bild vor mir auf: Elliot und Brandon, wie sie bei ihrem magischen Date zusammen im Wasser schwimmen. Elliots glückliches Erlebnis, an dem er sich festhalten soll, bis wir den Funken zwischen ihnen wieder entfacht haben. *Wusch, wusch, wusch*. Meine Hand fliegt über die Seite und das Fantasiebild aus Elliots Erinnerungen nimmt langsam Gestalt an: Brandon und er werden zu zwei Meermännern! Brandon – groß und stark – trägt Elliot – klein und süß – durch das Meer. Sie schwimmen zusammen auf dem Rücken wie verliebte Otter.

Ein Grinsen breitet sich auf meinem Gesicht aus.

Oh Mann! So schnell ist seit Wochen keine Zeichnung mehr aus mir herausgeströmt. Also habe ich meine Vision doch nicht verloren. Danke, Elliot.

Ich werde mir noch ein paar Tage Zeit lassen, um die Zeichnung zu kolorieren und ihr den letzten Schliff zu verleihen, bevor ich sie Elliot schenke. Dieses Bild wird nicht auf Instaloves erscheinen – es ist nur für ihn. Hoffentlich hilft es ihm dabei, sich an seinen glücklichen Erinnerungen festzuhalten. Wenn jemand ein Happy End verdient hat, dann er.

♡ ♡ ♡

Abends treffen Grant und ich uns bei ihm im Wohnheim für eine Knutsch-Schrägstrich-Kunst-Session. Grant muss seinen überarbeiteten Entwurf für die Ritterprinzessin Ende der Woche abgeben; es heißt also Gas geben. Ich habe mein Skizzenbuch dabei, damit ich an dem Elliot-Meermann weiterarbeiten kann – und auch, um Grant mit seinen Entwürfen zu helfen.

Obwohl er mich schon zweimal gefragt hat, ob ich ihm mit der Ritterprinzessin helfe (und obwohl ich schon seit zwei Wochen ganz offiziell sein fester Freund bin), bin ich immer noch total unsicher und habe Angst, ich könnte zu aufdringlich sein. Aber allein, an diesem Ort sein zu dürfen, hier im Art Institute, diesem Palast, stärkt mein Selbstvertrauen. Eines Tages werde ich hier vielleicht selbst studieren und mich kreativ austoben können.

Grants Wohnheimzimmer ist schlicht und beige. Doch sobald ich die Schwelle übertrete, fühlt es sich so an, als warte eine ganz neue Welt auf mich. Lo-Fi-Beats schweben durch den Raum, mein Freund beugt sich über seinen Schreibtisch und bearbeitet einige Entwürfe auf seinem Tablet. Ich liege hinter ihm auf seinem Doppelbett und schattiere Elliots Meermann-Flosse in verschiedenen Violett-Tönen. An der Wand gegenüber Grants Bett hängen unzählige Skizzen von der Ritterprinzessin. Dutzende verworfener Ideen. In der Mitte klebt ein Ausdruck von der Zeichnung, die ich für ihn gemacht habe.

Ich lächele. »Hilft dir meine Skizze eigentlich? Ich meine, bei der Ritterprinzessin?«

Ohne aufzuschauen, zeichnet Grant weitere Linie auf seinem Tablet nach und fragt: »Hmm? Oh, na klar! Ehrlich, es hilft mir total, dass du hier bist. Ich bin echt am Durchdrehen. Die ganze Woche hatte ich null Zeit, über meinen Entwurf nachzudenken. Mein Kopf explodiert förmlich wegen dieses ganzen Wish-Granted-Hypes und ... deinetwegen.« Er dreht sich um und schenkt mir ein zauberhaftes Grübchen-Lächeln. Sein Blick ist so intensiv, dass ich es fast nicht ertragen kann, ihn anzuschauen. Also starre ich weiter auf seine Entwürfe. »Ich muss mir echt was einfallen lassen ... es sind nur noch sechs Wochen bis zur Modenschau, und plötzlich wollen alle sehen, woran ich arbeite.«

»Ach ja?«

»Oh mein Gott, na klar! Durch Wish Granted hat sich alles verändert. Vorher hat sich niemand für die Ritterprinzessin interessiert. Und jetzt will jeder aus meiner Klasse mit mir in die Mensa gehen.

Es ist verdammt stressig, aber …« Er legt den Stift weg und holt tief Luft. »Es könnte mir echt nützen, weiß du? Das alles. Endlich steche ich hier mal ein bisschen heraus.«

»Das hast du auch verdient! Und ich helfe dir gern.«

Wir lächeln uns an und ich sinke wieder entspannt in sein Bett. Uns plagt beide die Angst, diese wunderschöne, positive Beziehung könnte unsere Kreativität ausbremsen. Aber er fürchtet sich nicht, mir zu sagen, was ihm durch den Kopf geht. Und es ist schön zu wissen, dass es ihn runterbringt, wenn ich hier bin.

»Übrigens.« Grant dreht sich zu mir um. »Ach, egal.«

Ich setze mich aufrechter hin. »Was ist?«

Er beißt sich auf die Lippe. »Na ja, mir ist aufgefallen, dass die Posts mit uns beiden jedes Mal richtig viele Likes auf Instaloves bekommen haben. Vielleicht … ich meine, was hältst du davon, abwechselnd zu deinen Zeichnungen auch Fotos von uns zu posten? Zum Beispiel, wie wir an unseren Entwürfen arbeiten? Und vielleicht könntest du auch das Institute auf unseren Posts taggen? Das könnte uns beiden wirklich helfen, wenn die Zahlen weiter so durch die Decke gehen wie bisher!«

Meine Füße landen auf dem Boden und mein Rücken erstarrt. »Oh …«

Offenbar zeigt sich meine Bestürzung auch auf meinem Gesicht, denn er winkt sofort ab. »Vergiss, was ich gesagt habe. Es ist dein Account!«

Was ich nicht sage, ist: *Du kennst mich noch nicht sehr gut, aber ich habe meinen Account schon mal für dich auf den Kopf gestellt und das war nervenaufreibend genug.*

Andererseits muss ich immer noch herausfinden, in welche Richtung sich Instaloves entwickeln soll, deshalb ist es vielleicht gut, noch ein bisschen mehr über meine Grenzen hinausgehen.

»Also, ich finde die Idee gar nicht schlecht«, sage ich fröhlich. Ermutigt von meiner Zustimmung dreht Grant sich zu mir um. »Ich denke schon die ganze Zeit darüber nach, was ich aus Instaloves machen will, jetzt, wo ich, na ja, keine Crushes mehr zeichne. Ich lass mir das mal durch den Kopf gehen!«

Strahlend wendet Grant sich wieder seiner Arbeit zu. Er ist perfekt.

Während er sich wieder konzentriert, schweifen meine Gedanken ab. Mein gut aussehender Boyfriend trägt ein schwarzes Tanktop wie ich, aber seine breite Brust füllt es deutlich eindrucksvoller aus. Noch nie habe ich seine Arme und Schultern so entblößt vor mir gehabt – sie sehen glatt und rund aus und irgendwie weich. In den letzten beiden Wochen haben wir glückselig geknutscht und noch ein bisschen mehr. Aber allmählich steuern wir auf den nächsten großen Schritt zu. Eine neue Suche, auf die wir beide schon hinfiebern.

Wir sind allein in seinem Zimmer und es fühlt es sich wie der richtige Moment an. Ich möchte einen Schritt weiter gehen.

»Wo ist deine Mitbewohnerin noch mal?«, frage ich und verdecke meine Erektion mit meinem Skizzenbuch.

»In der Schweiz, mit ihrer Familie«, sagt er, die Augen immer noch auf seine Arbeit gerichtet. Die Muskeln an seinem Bizeps wölben sich verlockend, wenn er den Arm bewegt. Seine Jogginghose hängt tief an seiner Hüfte und entblößt die Haut direkt über seinem Hintern. Seine Füße, nackt, glatt und breit, zappeln unter seinem Stuhl herum.

Mal sehen, ob ich ihn nicht von seiner Deadline ablenken kann.

»Hey«, sage ich mit leiser, ernster Stimme. Wie gehofft, reißt ihn die Veränderung in meinem Tonfall aus seiner Konzentration. Er dreht sich um …

Ich liege ausgebreitet auf seinem Bett und wackle mit den Zehen. Sofort richtet sich sein Blick auf das, was ich ihm präsentieren möchte. Sein Stift fällt achtlos auf den Tisch, seine Brust hebt sich mit scharfen, flachen Atemzügen. Das Raubtierleuchten glimmt in seinen großen, schimmernden Augen auf. Es erinnert mich an den Löwen, der mich vor der Kunstgalerie verschlingen wollte, als ich noch nicht bereit dafür war.

Jetzt bin ich es.

»Schließ erst die Tür ab«, bitte ich. Er schaltet sein Tablet aus und geht durch das Zimmer, um die Welt auszusperren. Dabei sehe ich, dass er schon genauso hart ist wie ich.

Wir brauchen romantisches Licht. Wenn ich darauf vorbereitet gewesen wäre, hätte ich Kerzen besorgt, aber ich kann im Notfall auch sehr schnell improvisieren. Hastig werfe ich ein paar Stofftücher von seiner Mitbewohnerin über die Lampen neben dem Bett und auf dem Schreibtisch, sodass sie einen bernsteinfarbenen Schein über das Gefängnis-Beige der Wände werfen. In dem flackernden Dämmerlicht ragt Grant über mir auf. Gleich wird er mich in seine starken Armen ziehen. Ich sehe ihn an. Er sieht genauso verängstigt aus, wie ich mich fühle. Als würden wir zusammen Fallschirm springen.

»Hast du das schon mal gemacht?«, frage ich.

»Ja«, gibt er mit flachem Atem zu.

»Du siehst nervös aus.«

Er schluckt. »Ich habe es noch nie mit *dir* gemacht.«

Also, wenn das nicht die schönsten Worte sind, die er hätte sagen können.

Ich ziehe ihn zu mir und küsse ihn. Er streift mir das Tanktop über den Kopf und drückt mich sanft auf die Matratze. Ich liege auf dem Rücken, atme tief ein und versuche fieberhaft, mich auf das vorzubereiten, was nun kommt. Angst schießt durch meine Brust: *Er wird auf mir liegen. Er ist so groß ... ob es wehtun wird? Er wird in mir drin sein. Und wenn es tatsächlich wehtut? Und ich will, dass er aufhört?*

Die Bettfedern quietschen, als er sich zu mir legt. In dem dämmrigen Licht kann ich nur seine Locken sehen, seine nackte, muskulöse Brust. Der Schein der Lampe spiegelt sich in seinen glänzenden Augen.

»Wann musst du zu Hause sein?«, flüstert er.

»Ich möchte heute Nacht bei dir bleiben.« Es braucht alle Kraft, das nicht wie eine Frage klingen zu lassen.

Grant schiebt sich dichter zu mir, und endlich kann ich seine weichen, dunklen Gesichtszüge erkennen. »Keine Sorge, wir werden es langsam angehen lassen. Wir haben keinen Stress und müssen es nicht sofort *richtig machen*.« Ich entspanne mich und kann wieder richtig atmen. Grant stupst mir gegen die Nase. »Und keine Sorge, wenn es nicht heute Nacht passiert.«

»Wieso? Ich will –«

»Oh, wir werden schon unseren Spaß haben, aber manchmal braucht es ein paar Versuche, bis dein Körper bereit ist.«

Ich nicke und mein Vertrauen zu Grant wird von Sekunde zu Sekunde größer. Er reibt sich an mir und meine Hüfte stemmt sich ihm entgegen. Kurz kann ich nicht mehr atmen – ob aus Angst oder Vorfreude, weiß ich nicht.

»Wird es wehtun?« frage ich.

Er schüttelt den Kopf. »Das hier nicht.« Seine Hände fahren an meinem Oberkörper nach unten und haken sich in meinen Hosenbund. »Tipp mich an, wenn du Angst bekommst.«

Ich lächele. Bei ihm fühle ich mich sicher.

Grant zieht mir die Shorts aus, befreit mich von meiner letzten Kleiderschicht – und der letzten Schicht des Alten Micah. Sobald Grants Lockenkopf unter meiner Taille abtaucht, verfliegen alle meine Befürchtungen, es könnte wehtun. Lust schießt durch mich hindurch und in mich hinein. Ich drücke meinen Rücken durch und stemme mich gegen die Schockwellen.

Also, davon wird in den Märchen *nie* erzählt, aber ehrlich gesagt – das ist der beste Teil. In der Liebe geht es darum, Vertrauen zu haben und sich fallen zu lassen. Das hier ist der beängstigendste und schönste Vertrauensbeweis, den wir in den zwei kurzen Wochen zusammen erlebt haben! Wie gerne würde ich die Zeit zurückdrehen und dem verängstigten kleinen Micah zurufen, wie nah er sich Grant nach diesem Erlebnis fühlen wird.

Wieso habe ich mir nur Sorgen wegen irgendwelcher Schmerzen gemacht? Da muss eine homophobe Verschwörung am Werk sein, die schwulen Jungs Angst machen will!

Als wir keuchend zurück in die Kissen sinken, sind Grant und ich uns einig, uns das »Richtige« für einen anderen Abend aufzusparen. Nicht, weil ich nicht dafür bereit bin, sondern weil ich diese Momente – diese neuen Abenteuer – so lange wie möglich in die Länge ziehen möchte. Mit einem wunderbar schwindeligen Gefühl im Kopf liege ich erschöpft auf seinem Bett. Endlich habe ich, was ich mir immer erträumt habe: einen wunderschönen Prinzen mit einer starken Brust, auf die ich meinen Kopf betten kann.

Grants leises Schnarchen lässt meine Seele glückselig über mir schweben. Er hat dafür gesorgt, dass ich mich wohlfühle. Er hat sich darum bemüht, dass ich nicht zu nervös bin. Ich bin ihm wichtig. Als mich seine Brusthaare an der Nase kitzeln, lächele ich in mich hinein, schließe die Augen und lasse alles, was früher war, einfach los.

Kapitel 14

DIE MAUS

Morgens in einem fremden Bett und neben dem wärmsten Jungen auf der Welt aufzuwachen, ist angenehm verwirrend. Grants dunkle Locken sind noch hübscher, wenn sie ihm wirr und ungestylt ins Gesicht hängen. Seine Augen öffnen sich flatternd, und mein Herz jubelt, als mir klar wird, dass die Gelegenheit endlich gekommen ist:

»Guten Morgen, mein Süßer«, flüstere ich.

Das erste Mal neben einem Jungen aufwachen – ein weiterer Eintrag für mein kleines Büchlein.

»Morgen, Süßer«, grinst er. Sein Bett quietscht, als er den Arm unter mir hervorzieht und sich streckt wie eine Katze. Seine Hand plumpst auf eine Schachtel mit Cookies, als würde er einen Wecker ausschalten. Er bricht einen riesigen Keks in zwei Hälften und gibt mir eine davon. »Seltsam, so mit dir im Bett zu liegen und zu essen«, sagt er und leckt sich die Kekskrümel vom Daumen. Ich kuschele mich an ihn. »Als wir die Crêpes gegessen haben, habe ich mich bemüht, möglichst kleine Bissen zu nehmen.« Seine Wangen werden rot. »Ich hatte Angst, zu sehr zu schlingen, weil ich sonst alles immer ziemlich gierig in mich reinschaufele.«

»Ehrlich?«, kichere ich.

»Wir waren zu zehnt zu Hause. Da musste man gut auf sein Essen aufpassen und es schnell verdrücken. Sonst hatte man das Pech, nichts mehr abzubekommen.«

Ich beiße mir auf die Unterlippe. »Als ich gesehen habe, dass du nur so winzig kleine Stücke abgeschnitten hast, habe ich meine noch kleiner geschnitten.«

»Echt?« Lachend fährt er mir mit den Fingern durch die Haare. Ich entspanne mich ein kleines bisschen.

»Ich bin froh, dass du jetzt vor mir so essen kannst, wie du willst. Ist doch blöd, dass wir das Gefühl haben, wir müssten uns bei einem Date verstellen ... als wären wir Menschen, die nie essen. Jeder isst.«

»Ich weiß.« Seine tiefe Stimme, so sanft und leise, könnte mich gleich wieder in den Schlaf wiegen.

»Das ist jetzt *auch* ziemlich peinlich ...« Ich halte mir die Augen zu. Er pikst mir mit dem Finger in die Seite, bis ich antworte. »Ich bin während unseres Dates nicht aufs Klo gegangen. An keinem der Dates.« Grant kichert leise. »Ich wollte nicht, dass du darüber nachdenkst, dass ich auf die Toilette muss.«

Er verzieht gespielt angewidert das Gesicht. »Du gehst aufs *Klo*?«

»Ich weiß. Schrecklich, was?«

Stöhnend boxt er mich in die Brust. »Raus aus meinem Bett. Das ist ja ekelhaft!«

»Schon gut, ich gehe ja schon«, stöhne ich und klettere wie ein geprügelter Hund aus seinem Bett.

»Wo willst du hin, mein Toiletten-Twinkie?« Mit einem kräftigen Ruck seines starken Arms zieht er mich ins Bett zurück. Die billigen Bettfedern wackeln unter uns und wir kichern.

Mr Perfect ist perfekt.

Wir schauen uns an, unsere Nasen einen Zentimeter voneinander entfernt. Die Morgensonne scheint durchs Fenster und lässt Staubpartikel durch den Raum tanzen.

Mit einem leisen Ziehen im Herzen frage ich: »Ich fühle mich so sicher bei dir. Fühlst du dich auch sicher mit mir?«

»Wie meinst du das?«, fragt er. Aber ich glaube, das weiß er bereits, denn er wirkt plötzlich so nervös.

»Fühlst du dich immer noch verflucht? Oder habe ich den Bann gebrochen?«

Grants Augen werden abwesend – als würde er sich geistig aus meinen Armen in die Vergangenheit zurückteleportieren: in eine Zeit, an einen Ort und zu einem Menschen, dem er dieses Gefühl, verflucht zu sein, verdankt. Gerade als ich Angst bekomme, ich hätte ihn verärgert und unseren ersten gemeinsamen Morgen ruiniert, blinzelt er und kehrt mit einem liebevollen Lächeln zu mir zurück: »Wenn *du* den Fluch nicht brechen kannst, dann kann es niemand.«

Dann küsst er mich. Aber auch wenn das sehr süß von ihm war – meine Frage hat er nicht beantwortet.

Sein Schmerz sitzt tief, Micah. Der wird nicht so einfach verschwinden.

♡ ♡ ♡

Meine Eltern waren stinksauer, als ich gestern Abend nicht nach Hause gekommen bin. Zum Glück hat mich Maggie gedeckt – zumindest zum Teil – und ihnen vorgelogen, ich hätte ihr gesagt, wo ich bin. In Wahrheit hat sie die Family-Finder-App gecheckt und gesehen, dass ich die ganze Nacht über beim Art Institute war. Am nächsten Vormittag kommen meine Eltern in mein Zimmer marschiert und fragen mich geradeheraus, ob ich mit Grant schlafen würde.

»Wir haben deiner Schwester die gleiche Frage gestellt, als sie mit Manda zusammengekommen ist«, platzt es aus Dad heraus. Dabei hält er schützend die Hände vors Gesicht, als würde ich jeden Moment wegen seiner Unverschämtheit mit einem Kissen nach ihm werfen.

Vor Verlegenheit würde ich am liebsten im Boden versinken,

aber Mom erklärt: »Du bist alt genug, um deine eigenen Entscheidungen zu treffen. Wir haben nur drei Regeln. Erstens: Wir wollen ihn kennenlernen. Das heißt, wir werden ihn noch diese Woche abends zum Essen einladen.«

»Einverstanden«, sage ich und ziehe die Knie an meine Brust. Bei der aufregenden – und besorgniserregenden – Aussicht, dass Grant zu mir nach Hause kommt und meine Familie kennenlernt, schwirren sofort eine Million Glühwürmchen durch meinen Bauch.

»Zweitens«, sagt Dad. »Du übernachtest nicht noch mal irgendwo anders, ohne uns vorher Bescheid zu sagen. Deine Schwester zu informieren, zählt nicht.«

Ich vergrabe mein Kinn tiefer zwischen meinen Knien, als Dad »noch mal« sagt. Ich kann an nichts anderes denken, als möglichst bald wieder bei Grant zu schlafen. Seine Mitbewohnerin ist heute Morgen aber sowieso wieder zurückgekommen, daher werden wir uns also was anderes einfallen lassen müssen.

»Und drittens«, verkündet Mom spitz und räuspert sich, bevor sie fortfährt: »Du gehst mit mir zum Arzt, um dich über die PrEP aufzuklären –«

»Oh Gott –« Ich drücke mir ein Kissen aufs Gesicht. Vielleicht kann ich mich ja so ersticken.

»Ich bin Ärztin, und du bist sexuell aktiv –«

»Wie soll ich denn mit Dr. Walcott über so was reden«, stöhne ich in mein Kissen. »Sie ist meine Ärztin, seit ich vier Jahre alt war und Windpocken hatte. Wie soll ich mit ihr da über meine sexuellen Aktivitäten und HIV-Prävention sprechen?«

Mom zerrt mir das Kissen mit einem kräftigen Ruck aus den Händen. »Tja, da du jetzt ein großer Junge sein willst, der seine eigenen Entscheidungen trifft, wirst du das wohl müssen.«

»Was ist eine PrEP?«, fragt Dad ahnungslos. Vielleicht kann ich irgendwie im Boden versinken und verschwinden.

»Das erkläre ich dir später«, meint Mom und scheucht ihn mit beiden Händen aus dem Zimmer. »Micah braucht deine Reaktion darauf nicht zu sehen.«

Puh, Glück gehabt. Damit lassen sie mich endlich allein. Alles in allem hätte die Standpauke deutlich schlimmer ausfallen können.

♡ ♡ ♡

Die nächste Woche verstreicht wie im Flug und der Juni geht in den Juli über. Jede freie Minute verbringe ich mit Grant. Mit ihm zusammen zu sein, ist, als wäre ein unerreichbarer Traum endlich wahr geworden. Obwohl es seit der Rückkehr seiner Mitbewohnerin höllisch schwer ist, einen Ort zu finden, wo wir unsere Ruhe haben, finden wir immer wieder kleine Zeitfenster für uns zwei. Als wir es dann doch irgendwann *richtig* machen, tut es tatsächlich ein bisschen weh. Doch ich habe so großes Vertrauen zu ihm, dass ich mich langsam von ihm durch diese neue Erfahrung führen lasse. Ich fühle mich mit Grant so sicher. Er verspricht, dass der Schmerz mit jedem Mal weniger werden wird. Es ist nicht mal ein richtiger Schmerz – eher so ein seltsames Gefühl, jemand anderen in sich zu spüren und mit ihm verbunden zu sein.

Wir sind uns so nah.

Das gemeinsame Abendessen mit meiner Familie meistert Grant trotz seiner Nervosität absolut souverän. Von außen mag es aussehen, als würden wir diese Meilensteine etwas zu schnell hinter uns bringen – aber es fühlt sich richtig an. Wie vorherbestimmt. Grant und mir wurde das alles so lange vorenthalten, dass das Universum uns jetzt eine kleine Aufholjagd spendiert. Mein *Kleines Buch der ersten Male* explodiert förmlich vor neuen Einträgen: *Das erste Mal meine Eltern treffen: 1.7.2022.* Ich trage gleich das nächste Datum dahinter ein, obwohl es noch eine Woche entfernt ist: *Erstes Jubiläum: 1 Monat zusammen! 7.7.2022.* Es ist einen Monat her, seit wir uns in der Bahn das erste Mal begegnet sind. Nie hätte ich gedacht, dass ich ihn jemals wiedersehe.

Was auch immer ich für unser Jubiläum plane, es muss auf jeden Fall richtig cool werden.

Als der 4. Juli näher rückt, bekomme ich von Hannah eine Nachricht. Sie fragt, ob ich Lust hätte, am Feiertag was mit ihr und Elliot zu unternehmen. Sobald sein Name auf meinem Handy auftaucht, regt sich mein schlechtes Gewissen. Elliot und ich haben lange nicht mehr so viel Kontakt wie während unserer Suche. Ich bin so mit Grant beschäftigt, dass ich mein Versprechen, ein ganz besonderes Date für Elliot und Brandon zu planen, völlig vergessen habe.

Schon gut!, antwortet er, als ich mich bei ihm dafür entschuldige. **Du erlebst gerade einfach eine aufregende Zeit mit Grant (und bist vermutlich auch etwas überfordert von der vielen Aufmerksamkeit). Das hast du dir verdient. Ich arbeite am Feiertagswochenende Wechselschichten im** ***Audrey's*** **(für die Rich Kids unter uns, hehehe: Das bedeutet, dass ich abends die Spätschicht habe und morgens den Laden gleich wieder öffnen darf). Schau doch mal vorbei, wenn du Zeit hast!**

Wie immer schaffen es Elliots freundliche Worte, mich zu beruhigen.

Es wird wirklich Zeit für sein Märchen-Happy-End.

Während ich unter der Dusche stehe, fügen sich einzelne Puzzleteile des Elliot-und-Brandon-Dates allmählich zusammen: *Musik ... ein Picknick, aber es muss besonders sein ... etwas, das Brandon dazu bringt, sich Zeit dafür zu nehmen ... etwas, wo Elliot im Mittelpunkt steht ... sich zurücklehnen kann und niemanden bedienen muss ...*

Das Food-Festival.

Das Taste-of-Chicago-Festival beginnt nach dem Feiertagswochenende und findet im Millennium und im Grant Park statt. Es gibt jede Menge zu essen, und jedes Jahr sendet mein Dad eine Liveshow direkt vom Gelände. Elliot sagte, Brandon hätte bei der Aussicht, meinen Dad kennenzulernen, alles stehen und liegen lassen und wäre sofort mit zum Filmabend gekommen. Vielleicht kann ich dieses Wunder noch einmal geschehen lassen!

Ich schreibe Elliot die groben Umrisse des Plans: eine Schnitzeljagd durch das Festival, die Brandon zu einem Überraschungspicknick mit Elliot im Grant Part führt – während dort Livesendung von Jeremy Summers aufgenommen wird.

DAS WÄRE GROSSARTIG!!!, erwidert er, liebenswürdig wie immer.

Bitte mail mir eine Liste deiner Lieblingserinnerungen mit Brandon, sobald du Zeit hast, erwidere ich. **Das kann alles sein: Lieblingsessen, besonders schöne gemeinsame Erlebnisse, Insiderwitze. Damit denke ich mir dann die Hinweise für die Schnitzeljagd aus.**

Das mache ich gleich heute Abend! Danke!!!

Elliot arbeitet am Vierten Juli und auch am Tag danach. Mein Ein-Monats-Jubiläum mit Grant ist am siebten, deshalb wählen wir für Elliots großen Tag den sechsten Juli aus.

Drei Tage noch.

Glaubst du wirklich, wir kriegen das alles rechtzeitig hin?, schreibt er mir.

Logisch. Du wirst schon sehen, erwidere ich.

♡ ♡ ♡

Am Tag vor Elliots Schnitzeljagd-Date erfahre ich, dass ich für die Planung unseres Ein-Monats-Jubiläums vom Haken bin. **Ich will nicht, dass du IRGENDWAS planst**, schreibt Grant. **Jetzt bin ich an der Reihe. Ich sitze schon die ganze Woche daran! Okay, und jetzt vergiss bitte, dass ich was gesagt habe.**

Ich sitze auf einem Barhocker in der Küche von Hannahs Familie, als ich Grants Nachricht lese. Freudig drücke ich das Handy an meine Brust und werfe aufgeregt meinen Kopf in den Nacken. Was könnte Grant wohl vorhaben, das so lange geplant werden muss? Eine Reise? Hat er was für mich entworfen?

Oh mein Gott, *näht* er vielleicht was für mich?

Hannahs Wohnung ist genau wie unsere, nur halb so groß und ein paar Stockwerke tiefer. Zimmerpalmen, Kissen mit tropischen Motiven und durchsichtige, fließende Vorhänge verleihen dem Zuhause der Bergstroms die Aura eines Luxushotels in Miami. Hannah steht auf einer hohen Trittleiter und korrigiert hektisch die Einträge auf einer großen Tafel, die fast die gesamte Küchenwand einnimmt. Die Tafel ist in die Familienmitglieder unterteilt: *Mom, Dad, Hannah* und *Red Velvet* (ihr Hund), dann in Aufgabenfelder geordnet – *Arbeit, Schule, Collegevorbereitung, Sport, Self-Care, Spiritualität* und *Gesundheit.*

Die Tafel umfasst nur einen einzigen Tag, und die einzelnen Abschnitte sind in Stunden eingeteilt – die sich teilweise sogar in Viertelstunden-Schritte untergliedern. Hannah wischt den letzten Schatten eines Kreideflecks in ihrer Self-Care-Spalte weg und erweitert die halbe Stunde auf eine volle. In die obere Zeile hat sie *Elliots Date planen* geschrieben. In das zusätzliche Zeitfenster schreibt sie nun *Museum.*

Wir haben gar nicht ausgemacht, ins Museum zu gehen. Wird das ein Ausflug mit dem geheimnisvollen Fremden?

»Erledigt!« Hannah hüpft mit einem hektischen Glühen in den Augen von der Leiter. »Gehen wir zu euch hoch.«

Ich klettere von dem Barhocker. »Ich dachte, wir treffen Elliot –«

»Gut, dann ins Audrey's!« Sie senkt die Stimme zu einem eindringlichen Flüstern. »Lass uns nur bitte schnell verschwinden.«

»Höre ich da jemanden?«, dröhnt eine tiefe, fröhliche Stimme aus dem anderen Raum herüber. Hannah schließt die Augen und ergibt sich finster ihrem Schicksal. Yann Bergstrom, Hannahs Vater, betritt die geräumige Küche durch zwei Schwingtüren, die in eine separate Profiküche führen. Yann und seine Frau Jean leiten ein Restaurant und sind schon etwas älter, weil sie Hannah erst mit über vierzig bekamen. Weil ihre und unsere Eltern immer viel gearbeitet haben, hingen Maggie und ich früher ständig bei Hannah rum. Dort haben wir uns das Gourmet-Wassereis stibitzt, das Jean jeden Sommer frisch macht. Wir Summers-Kinder waren ganz versessen auf Geschmacksrichtungen wie Rosmarin-Limette und Pflaume-Süßkartoffel. Hannah wollte dagegen immer nur blaues Schlumpfeis haben.

Yann trägt einen Teller aus seiner Testküche – etwas Pinkfarbenes liegt darauf. Hannahs Dad ist groß und gut aussehend: Er hat die gleiche rostbraune Haut wie sie, einen hübsch getrimmten grau melierten Bart und sein Kopf ist kahl rasiert. Außerdem teilen Vater und Tochter eine Vorliebe für spektakuläre Brillentrends. Yann trägt eine extrem große, rechteckige Tom-Ford-Brille, die ihm fast von der Nase fliegt, als er sich zwischen Hannah und mich und die Küchentür stellt. »Micah, du darfst erst gehen, wenn du das hier probiert hast.« Er hält mir den Teller hin. »Du bist mein Taste-Testesser.«

Jeden Sommer, kurz bevor das Taste-of-Chicago-Festival beginnt, verwandelt sich das Zuhause der Bergstroms in einen regelrechten Tempel der Hektik. Schließlich wollen Hannas Eltern mit ihren Kreationen dabei sein, wenn auf dem Festival die heißesten Foodtrends präsentiert werden.

Hannah macht ständig Witze darüber, dass sie unbedingt ein Sommerhaus braucht, um ihren Eltern zu entfliehen, sobald die in ihre Festival-Panik verfallen.

Yann senkt den Teller und enthüllt drei elegant angerichtete Scheiben Obst-Sushi. »Frushi«, verkündet er stolz. »Erdbeere, Ananas, Honigmelone. Himbeerreduktion. Uuuuund geröstete Kaki.« Hastig stopfe ich mir eine der Scheiben in den Mund. Entsetzt streckt Yann die Hand aus, aber zu spät. »Nein, langsam, du musst es genießen!«

»*Dad*«, sagt Hannah. »Er hat das Teil gegessen. Wir müssen los.«

»Es war superlecker«, sage ich und gebe ihm den Teller zurück.

»Superlecker ...«, wiederholt Yann ungläubig. »Und wie war das Mundgefühl?«

Ich hebe lobend die Hand. »Mundgefühl, zehn von zehn.«

»Nasengefühl?«

»Nasengefühl?« Es fällt mir langsam schwer, meinen Enthusiasmus aufrechtzuerhalten.

»Das denkst du dir doch bloß aus«, wendet Hannah schnippisch ein.

»Miss Bergstrom, der Duft macht neunzig Prozent des Geschmacks aus.« Gestresst isst Yann die beiden restlichen Scheiben auf. »Von wegen, ›Das denkst du dir nur aus.‹ Weißt du, wer *genau* weiß, wovon ich rede? Die netten Presseleute von *TimeOut Chicago*!«

Hannah schiebt mich hastig aus der Küche, aber Yann folgt uns und redet weiter auf uns ein. »Hannah, dieses Jahr bieten wir beim Festival ein neues Menü an, deshalb musst du unbedingt beim Stand aushelfen –«

»Ich bin da, keine Sorge!«, sagt sie und steht schon im Hausflur – bereit, die Tür hinter uns zuzuschlagen.

Bevor wir gehen, streichele ich noch kurz Red Velvet. Die wuschelige Zwergspitzhündin versteckt sich am liebsten im Garderobenschrank, weil laute Stimmen sie nervös machen. Ein schneller Kuss auf den Kopf, dann überlasse ich sie der tröstlichen Dunkelheit.

Red Velvet hätte auch gerne ein Sommerhaus, um ihrer Familie zu entfliehen.

In letzter Zeit finde ich es etwas anstrengend, bei Hannahs Familie zu sein. Je mehr ich erlebe, was für Helikopter-Eltern die Bergstroms sind, desto mehr wächst meine Sorge, Hannah könnte ihre Ankündigung wahr machen, nach der Schule so weit wie möglich von ihnen wegzuziehen. Sie hat bisher nur vage darüber gesprochen, später vielleicht kreatives Schreiben in New York oder Iowa zu studieren. Mehr will sie dazu aber nie sagen. Ich würde ja gerne glauben, dass sie es mir erzählen würde, sollte sie wirklich ernsthaft vorhaben, so weit wegzuziehen – aber in letzter Zeit ist sie die Königin der Geheimnisse. Über ihren neuen Typen hat sie mir immer noch nichts erzählt.

Und wenn das kommende Schuljahr unser letztes gemeinsames Jahr ist? Was ist, wenn sie geht und Elliot und ich von Friends-in-Law zu Bestis werden, bis wir uns eines Tages anschauen und sagen: »Kannst du dich eigentlich noch an Hannah erinnern?«

Ich nehme ihre Hand und wir lassen beim Gehen die Arme schwingen. Wie früher, als wir klein waren.

Das reicht aus, um mich erst mal wieder zu beruhigen.

Es drängeln sich doppelt so viele Besucher*innen wie sonst ins Audrey's, aber Elliot trotzt dem Ansturm gelassen. Während Hannah und ich uns auf eine Eckbank quetschen, flitzt er zwischen den Tischen hin und her und bringt den Gästen frisches Gebäck und Sandwiches. Sobald jemand seinen Platz verlässt, stürzt Elliot herbei und wischt den Tisch mit einem feuchten Lappen sauber. Seine Hände sind unglaublich flink – er säubert die Tische genauso schnell, wie er Kaffee macht.

Sobald wir Platz genommen haben, werden wir von Elliots Chefin Priscilla misstrauisch beobachtet. Sie steht am Milchaufschäumer, bereitet Caffè Latte zu und mustert uns mit unheildrohender Miene.

Ich fühle mich sowieso schon total beobachtet. Dank meiner großen Sonnenbrille und dem glitzernden Bandana hat mich noch niemand angesprochen – aber ein paar Mädchen haben mich beim Rausgehen neugierig gemustert. Außerdem späht ein junges queeres Pärchen immer wieder zu mir herüber. Je mehr ich in der Sitzbank versinke, desto angestrengter schauen sie mich an.

Es ist schon eine Weile her, dass ich mit so vielen fremden Blicken klarkommen musste. Und mit diesem kribbelnden Gefühl im

Nacken. Als *Pass den Puck* noch im Fernsehen lief, bin ich jedes Mal in eine Schockstarre gefallen und hätte mich am liebsten in Luft aufgelöst, wenn die Leute mich angestarrt haben.

Aber ich bin kein kleiner Junge mehr. Ich bin ein Prinz. Furchtlos.

»Für Hannah«, sagt Elliot und reicht ihr ein Mandelcroissant, dann dreht er sich mit einem Tomaten-Basilikum-Sandwich zu mir. »Und für Elizabeth Taylor.«

»Hilfe, bitte lenk bloß nicht die Aufmerksamkeit auf mich«, wehre ich mich sarkastisch. »Wie geht's dir?«

»Mir? Blendend«, sagt Elliot.

Die Gäste neben uns gehen. Elliot dankt ihnen für ihren Besuch, zieht einen nassen Lappen aus seiner Schürze und wischt damit über ihren Tisch. Hannah erschaudert vor Ekel. »Du hast das in deiner Schürze stecken?«

»Hey, wer ist hier der gestresste Barista?« Elliot balanciert vier schmutzige Teller in der Ellenbogenbeuge. »Ich habe gar nicht die Zeit, jedes Mal einen frischen Lappen zu holen. Bis ich wieder hier bin, sitzt schon wieder jemand an diesem Platz. Die Leute wollen nur sehen, dass der Tisch gewischt wurde.«

Noch bevor er den Satz beendet hat, lässt sich eine junge weiße Familie zu viert an dem Tisch nieder.

Weil Elliot so beschäftigt ist, komme ich gleich zur Sache. Ich drehe mein Skizzenbuch herum, damit er meine Zeichnung von den Ständen des Food-Festivals sehen kann. Ich habe eine gezackte Linie eingezeichnet, die quer über das Gelände führt. Es sieht aus wie eine Kinderzeichnung auf einem Restaurant-Tischset.

»Das Ganze soll eine Schnitzeljagd durch das Festival werden«, erkläre ich. »Jeder Hinweis führt Brandon zu einem anderen Stand. Die ausgewählten Stände haben auf bestimmte Weise mit einer schönen Erinnerung von euch beiden zu tun. Danke, dass du mir die Liste dafür geschickt hast.«

»Kein Ding«, meint Elliot und rückt die Teller auf seinem Arm zurecht. »Es war schön, mich wieder an diese Erlebnisse zurückzuerinnern.«

Wir lächeln beide. Das ist es. Genau wegen dieses Gefühls machen wir das alles.

Elliot wird ein unvergessliches Wochenende erleben.

Im Winkel meiner Sonnenbrille sehe ich, wie Hannahs Augen zwischen Elliot und mir hin- und herhuschen. Sie hat diesen bestimmten Blick – wie immer, wenn sie etwas Interessantes beobachtet. Was sie nur gesehen haben?

Ich klopfe auf mein Skizzenbuch. »Das Ganze endet am Stand meines Dads, der dort eine Livesendung moderiert –«

»Entschuldigung, aber der Tisch ist ganz klebrig«, meckert der Mann neben Hannah.

Sie verdreht die Augen, aber Elliot reagiert total cool auf die Störung. »Er ist sauber«, erklärt er und lässt seinen Lappen wie einen Revolver um seinen Finger kreisen. »Hab ihn gerade selbst abgewischt.«

Der Mann zeigt auf einen winzigen Sirup-Rest an der Tischkante. »Offenbar nicht gut *genug*«, sagt er und reibt sich die Hände mit Desinfektionsmittel ein.

»Oh, tut mir leid!« Elliot wischt den klebrigen Fleck weg. Er zwinkert dem Mann zu. »So, bitte sehr.«

»Der Lappen sieht aber nicht gerade sauber aus«, beschwert sich der Mann.

»Sir, ich versichere Ihnen, der Lappen lag gerade eben noch in einem Eimer mit Desinfektionsmittel. Ihr Tisch ist blitzblank. Kann ich sonst noch was für Sie tun?«

»Sie können unseren Tisch mit einem sauberen Lappen putzen.«

Elliots Lächeln erstarrt. Bestimmt würde er am liebsten auf den Typen losgehen. Doch während ich schon mindestens sieben Mal explodiert wäre, meistert Elliot auch diese Krise mit ruhiger Gelassenheit. Das ist schließlich nicht sein erster unverschämter Gast und er wird leider auch nicht der letzte sein.

»Sir, der Tisch hier ist sauber«, erklärt er. »Wir haben im Moment sehr viel Kundschaft, deshalb muss ich jetzt leider die anderen Gäste bedienen. Aber wie wäre es mit einer unserer berühmten Zimtschnecken aufs Haus? Klebriges Gebäck für einen klebrigen Tisch?« Elliot zeigt dem Mann einen Daumen hoch und der Mann entspannt sich sofort. Lächelt sogar ein wenig. »Also ... ja, gut, das wäre toll.«

Mit einem aufgesetzten Lächeln klopft Elliot auf den Tisch der Familie und geht davon. Ich kann förmlich sehen, wie Hannah vor Wut brodelt. Schnell renne ich Elliot hinterher und flüstere: »Hey, setz die Zimtschnecke bei mir auf die Rechnung.«

Lachend gibt er mir einen Klaps auf den Arm. »Das sind vier Dollar, Richie Rich. Die beste Investition meines Lebens, wenn ich dafür diese Arschlöcher loswerde.«

»Stimmt.« Ich lache und schaue ihm nach, wie er hinter dem Tresen verschwindet.

Oh Mann, Elliot ist echt die Ruhe selbst. Bei dem, was er einsteckt, würde ich komplett ausrasten.

Als ich zu unserem Tisch zurückkehre, hat Hannah bereits unsere Sachen zusammengepackt. Sie schiebt sich durch die Menge auf die immer voller werdende Terrasse. Ich folge ihr nach draußen. Sie gibt mir meinen Rucksack und faucht: »Meine Self-Care-Zeit ist fast vorbei – und die werde ich ganz sicher *nicht* neben diesen Idioten verbringen.«

»Alles okay?«, frage ich.

»Mir geht's gut.« Sie nickt mit geschlossenen Augen. »Diese grässlichen Leute. Wie sie Elliot behandeln.«

»Ich weiß. Aber morgen werden wir ihm einen supertollen Tag bereiten.«

Hannah holt tief Luft, dann umfasst sie mein Gesicht mit ihren

Händen. Ihre Fingernägel sind türkisblau und perfekt manikürt. »Ich freue mich, dass ihr zwei endlich Freunde seid.«

»Ja, oder?« Ich kichere zwischen ihren Handflächen. »Das Leben macht eben manchmal seine Umwege.«

Ohne Vorwarnung wird ihr Lächeln plötzlich traurig. »Ja. Und ich glaube, damit ist es auch noch lange nicht fertig.«

»Wie meinst du das?« Bei ihrem ernsten Tonfall wird mir sofort ganz unwohl zumute. Am liebsten würde ich sie anbrüllen, dass sie bitte endlich aufhören soll, solche rätselhaften Dinge zu sagen.

Sie lacht in sich hinein. »Nichts. Es ist alles ein bisschen viel: das Festival, meine gestressten Eltern und die Hitze, die mir das Gehirn aufweicht. Übrigens, da fällt mir ein: Ich habe noch« – sie schaut prüfend auf ihr Handy – »einunddreißig Minuten Self-Care-Zeit, deshalb düse ich jetzt los und treffe meinen geheimnisvollen Freund.«

Wir umarmen uns. Langsam kehrt die Wärme in meinen Körper zurück.

»Das geht jetzt schon einen ganzen Monat so«, flüstere ich ihr zu. »Ich bin dein bester Freund. Kannst du mir nicht wenigstens seinen Namen verraten?«

Elegant und völlig mühelos springt Hannah auf die Straße und hält innerhalb weniger Sekunden ein Taxi an. Seitdem wir heimlich das Apple Pay unserer Familien geknackt haben, ist Hannah unsere Taxi-Beauftragte. Bevor sie einsteigt, dreht sie sich noch mal zu mir um. »Jackson«, sagt sie. »Er heißt Jackson und mehr verrate ich dir nicht.«

Nachdem Hannah gegangen ist, bleibe ich noch auf der Außenterrasse des *Audrey's* sitzen. Irgendwann setzt die Dämmerung ein und die warmen Lichterketten hüllen mich in ein goldenes Licht. Stundenlang male ich an den letzten Details von Ellliots und Brandons märchenhaftem Meerjungmänner-Bild. Ich schaffe es sogar, die Schwanzflossen schimmern zu lassen. Ein schwuleres Bild hat es vermutlich nie gegeben. Sobald ich fertig bin, zeichne ich mit lilafarbener und schwarzer Tinte einen Schnitzeljagdplan für Elliots Food-Festival-Date. So haben die beiden etwas, das sie als Andenken an ihren schönen Tag behalten können.

Irgendwann taucht endlich Elliot auf und lässt sich stöhnend auf den Stuhl mir gegenüber sinken. Er hat die Schürze ausgezogen und wieder kleben ihm die Haare schweißnass an der Stirn. Ich weiß, wie fertig und überarbeitet er ist, aber irgendwie sieht er mit seinen geröteten Wangen sogar noch niedlicher aus als sonst. Der arme Elliot wirkt so erschöpft, dass ich ihn am liebsten direkt ins Bett bringen würde.

Zum Glück habe ich etwas, um ihn aufzuheitern: Eifrig drehe ich den Schnitzeljagdplan zu ihm herum, aber er reibt sich das Gesicht und schaut nicht hin. »Tut mir leid wegen dieser Leute vorhin«, sage ich vorsichtig. Wahrscheinlich ist gerade die falsche Zeit, ihm den Plan zu zeigen.

Lachend schüttelt Elliot den Kopf. »So geht das hier jeden Tag, das ist nicht schlimm.« Er kippt einen Becher Eiswasser in sich hinein. »Mir ist so heiß und zu Hause wartet nur wieder meine Sauna auf mich.«

Ich springe fast von meinem Stuhl auf bei dieser Gelegenheit, Elliot aufzumuntern. »Ach ja, eigentlich wollte ich dich damit überraschen, aber ich habe einen richtig starken Ventilator für dich bestellt!«

Sofort leuchten Elliots Augen auf wie Edelsteine. »Ehrlich?«

»Ähm, na ja.« Meine Hände ballen sich zu Fäusten, aus Angst vor meinen nächsten Worten. »Leider hat sich die Lieferung etwas verzögert. Wegen des Feiertags. Aber laut Bestellverlauf müsste er bald hier sein. Und dann wirst du einen Sweater im Bett tragen müssen, weil du so frierst.«

Elliot bemüht sich um ein Lächeln – auch wenn es plötzlich so aussieht, als wäre es eine Tonne schwer. »Danke, aber du musst mir wirklich nichts kaufen. Das ist mir irgendwie peinlich ...«

Mein Magen zieht sich zusammen. *Mist.* Denkt er, ich kaufe ihm den Ventilator nur, um anzugeben?

»Tut mir leid«, erkläre ich hastig. »Es kam mir nur so vor, als hättest du wegen der Klimaanlage schon aufgegeben, und ich ... wollte dir helfen. »Aber ich kann die Bestellung auch wieder stornieren!«

Elliot lächelt, obwohl ihm seine Anspannung deutlich anzumerken ist. »Du scheinst zu glauben, dass ich wirklich bei allem Hilfe brauche. Willst mich vor meiner Kundschaft beschützen. Kaufst mir einen Ventilator. Bringst meine kaputte Beziehung wieder in Ordnung ...«

»Sie ist nicht kaputt!« Ich beuge mich über den Tisch und will seine Hand nehmen, aber er weicht zurück.

»Ich muss weitermachen.« Wieder schüttelt er den Kopf, als würde er am liebsten schreien. »So ein *Scheißjob*. Und dabei verdiene ich nicht mal genug, dass ich hier bl...«

Elliot kann sich gerade noch bremsen, bevor er »bleiben kann« sagt – aber es ist zu spät. Mein Kopf fügt die schreckliche Gleichung zusammen und ich reiße die Augen auf. »Du willst ... Chicago verlassen?«

Mit einem Schulterzucken versucht er, seine Sorgen herunterzuspielen. »Das muss ich vielleicht.«

»Warum?«

»Geld. Du siehst ja, wie ich mich abrackere. Ich arbeite so viel, und trotzdem schaffe ich es nicht, genug Geld für das Tiermedizin-Studium zu sparen. Und selbst wenn ich einen Studienplatz bekomme – wann soll ich zu den Kursen gehen? Weil ich nebenbei arbeiten musste, habe ich es nicht mal geschafft, alle meine Praktikumsstunden in der Tierklinik abzuleisten. Wie soll das alles funktionieren?«

Elliot starrt auf die vorbeifahrenden Autos. Ich fühle mich, als wäre mein Innerstes von einer zuschlagenden Tür zermalmt worden.

Elliot darf nicht weggehen! Unsere Abenteuer müssen weitergehen.

Mein Bauch zieht sich ein weiteres Mal zusammen, als ein Ausblick auf den kommenden Sommer an meinem inneren Auge vorbeizieht: keine Hannah, kein Elliot. Die Gefolgschaft für immer zerbrochen.

Ich habe einen Kloß im Hals. Eigentlich will ich diese Frage gar nicht stellen, aber Elliots Neuigkeiten haben mich völlig aus dem Konzept gebracht. »Und was ist mit Brandon?«

Elliot schaut durch das Gitter der Tischoberfläche. »Er wird mich sowieso nicht vermissen.«

»Das stimmt nicht! Er liebt dich. Hör mal, ich glaube, du bist einfach völlig erledigt von diesem schlimmen Arbeitstag. Wenn Brandon sich morgen auf die Schnitzeljagd begibt und du am Ziel auf ihn wartest, wird es dir bestimmt wieder besser gehen.«

Obwohl ich ein nervliches Wrack bin, öffne ich mein Skizzenbuch und zeige Elliot mein Geschenk. Sein grimmiger Blick ändert sich zunächst nicht, als er sich das Bild von den im Meer treibenden Meerjungmännern ansieht. Dann aber hellt sich seine Miene mit einem Schlag auf. Ganz so, als würde die Sonne aufgehen. Jetzt erkennt er es sofort. »Meine glückliche Erinnerung mit Brandon!«, staunt er und haut mit dem Skizzenbuch nach mir. »Ich wusste, du führst etwas im Schilde, als du mich auf eurem Boot danach gefragt hast.«

Ich grinse dümmlich, und weil ich nicht weiß, was ich mit meinen Händen anstellen soll, schlage ich ihm ebenfalls auf die Schulter. »Es ist eine Jacht, kein Boot«, witzele ich. »Bitte nicht verwechseln.«

Er verdreht die Augen und lacht erneut. »Natürlich, wie dumm von mir.«

Ich kaue an meiner Lippe. »Das ist euer eigenes privates Instaloves-Bild. Etwas, woran ihr euch festhalten können, wenn es mal nicht so läuft. Bis die Zeiten wieder besser werden?«

Elliots breites Grinsen verfliegt und Stille breitet sich auf der Café-Terrasse aus.

Oje. Habe ich wieder etwas Falsches gesagt? Er soll auf keinen Fall denken, dass ich ihn bemitleide.

Doch dann ... legt er die Arme um mich. Ein elektrisches Kribbeln schießt durch meinen Körper, als seine weiche, verschwitzte Haut meinen Hals berührt.

»Danke, dass du nie aufgibst«, flüstert er.

Nachdem Elliot wieder reingegangen ist, bleibe ich noch eine halbe Stunde auf der Terrasse sitzen. Aber ich könnte gar nicht lange genug zeichnen, um die nagende Angst in meiner Brust zu vertreiben. Werde ich Elliot schon wieder verlieren, nachdem wir uns gerade erst richtig kennengelernt haben? Werde ich irgendwann am *Audrey's* vorbeigehen und er ist nicht mehr da?

Unvorstellbar.

Panisch google ich *Wie viel kostet ein Tiermedizin-Studium*, aber erhalte viel zu viele unterschiedliche Ergebnisse. *Ziemlich* viel jedenfalls. Vielleicht kann ich mal mit meinem Vater sprechen. *Hey, Dad, ich bräuchte mal 30 k, um die Uni für diesen Jungen zu bezahlen, damit er in dieser teuren Stadt bleiben und mir weiter Chai machen kann!*

Vielleicht sollte ich Elliot einfach mal in Ruhe zuhören – und nicht bei Problemen sofort mit Geld um mich werfen wollen. Ich muss einfach sein Freund sein und ihm beistehen – egal, was passiert. Um Elliot aufzumuntern und ihn hoffentlich sogar zum Bleiben zu bringen, gibt es nur eins: Ich muss seine Beziehung mit Brandon retten. Zum Glück ist das die perfekte Micah-Mission.

Hinter dem Schaufenster huscht Elliot wie ein Wirbelwind hinter der Espressobar hin und her und reicht den Leuten mit einem warmen Lächeln ihre Bestellungen. Und das ist nicht gespielt. Er strahlt wirklich gute Laune aus, ob sein Herz nun schwer ist oder nicht. Er lächelt sogar vor sich hin, während er die Getränke macht. Bei ihm hat man nie den Eindruck, dass er an einem Latte-Macchiato-Fließband steht und irgendwelche Zeitvorgaben zu erfüllen versucht. Er wetteifert mit sich selbst. Macht ein Spiel daraus. Will jede Bestellung möglichst gut erledigen.

Genauso würde er sich auch um die Hunde und Katzen anderer Leute kümmern. Oder Schlangen oder so. Er würde allen genau die Liebe schenken, die sie brauchen.

Und er hätte es verdient, selbst auch so umsorgt zu werden.

Gerade als ich fast sterbe vor Sorge um Elliot, taucht Grant auf. Mein Freund – perfekt mit Grübchen, Locken und langen Beinen in kurzen Hosen – eilt über den Bürgersteig, um mich zu begrüßen. Seine Umarmung lässt mich schweben. Sobald seine Hände meinen Körper berühren, verfliegen all meine Sorgen wie Rauch im Wind.

»Ich hab den Rest des Abends frei«, sagt er. »Lust auf ein Date?«

»Immer.« Wir küssen uns. Jedes Mal, wenn sich unsere Lippen berühren, ist es, als würden wir uns wieder zum allerersten Mal küssen.

Er verschränkt seine Finger mit meinen. Ich würde ihm überallhin folgen. Als ich mit Grant zusammen die Terrasse des *Audrey's* verlasse, schaue ich noch einmal zurück: Hinter den Dampfschwaden des Milchaufschäumers steht Elliot und schaut uns hinterher.

Kapitel 15

DER ERTAPPTE KNAPPE

Endlich hat das Taste-of-Chicago-Festival begonnen, doch mein toller Dating-Plan löst sich bereits wieder in Luft auf. Während Grant seine Zähne putzt, liege ich zusammengerollt wie ein Baby auf seinem Bett. Voller Entsetzen starre ich das schreckliche Bild auf meinem Handy an: Es zeigt Elliot, wie er an der Espressomaschine steht und mit unendlich traurigem Blick beobachtet, wie Grant und ich uns küssen. Wer auch immer diesen Schnappschuss im *Audrey's* geknipst hat, hat Elliot in ein Meme verwandelt, das nun ü b e r a l l herumkursiert.

In meiner Erinnerung sah er absolut nicht so aus, als sei sein Herz gebrochen – zumindest nicht *so* schlimm. Trotzdem, die Kamera lügt nicht. Und so ist Elliots Gesicht über Nacht zum neuen Symbol zerstörter Träume geworden.

MY DATING MOOD

Wenn er sagt, dass er anruft

Dein Blick, wenn die Eismaschine bei McDonald's kaputt ist

Das schreckliche Foto hat schon so viele Runden im Internet gedreht, dass sie schon eine ganz eigene Kategorie für sich einnehmen. Bei einem Bild lautet die Überschrift über Grant und mir: Rose als alte Frau, die ihre Vergangenheit hinter sich lassen möchte. Und über Elliots feuchten Augen: Die Kette, die sie ins Meer fallen ließ.

Ich habe schon elf verschiedene Versionen davon gesehen. Und das, obwohl ich den Memes aktiv aus dem Weg gehe.

»Mir geht's GUT«, erklärt Elliot auf FaceTime, als ich ihn anrufe. Doch die dunklen Ringe unter seinen Augen verraten das Gegenteil. »Dein Meerjungmänner-Bild ist übrigens wunderschön. Ich musste letzte Nacht echt heulen, als ich daran gedacht habe.«

Obwohl sich mein schlechtes Gewissen bei diesen Worten ein bisschen beruhigt, wünschte ich, die Umstände für Elliot wären besser. Wir haben noch nie ohne Hannah über FaceTime miteinander gesprochen, aber es ist überraschendweise kein bisschen weird, allein mit ihm zu telefonieren. Seine Nachrichten klangen so kühl und distanziert, ganz anders als seine sonst so herzlichen Nachrichten mit den vielen Ausrufezeichen. Deshalb wollte ich mich vergewissern, ob zwischen uns noch alles in Ordnung ist – und ihm zeigen, dass ich das Foto nicht komisch finde oder so.

»Hast du gut geschlafen?«, frage ich.

Elliot seufzt schwer. »Ich weiß, ich sehe beschissen aus. Brandon und ich haben die ganze Nacht gestritten.«

Mir fehlen die Worte. »Oh. Das tut mir leid.«

»Irgendwann haben wir uns wieder vertragen, nach« – ein lautes Gähnen – »drei Stunden.«

»Wenigstens konntet ihr das klären. Dann glaubt er dir also, dass du ... du nicht ...«

In mich verliebt bist. Dass du nicht in mich verliebt bist.

»Dass ich nicht super-duper eifersüchtig auf Grant und dich bin?«, fragt Elliot. »Jep, das habe ich ihm erfolgreich verklickert. Was ist mit Grant? Hattet ihr einen schönen romantischen Abend zusammen? Ich hoffe, ihr habt nicht noch stundenlang wegen irgendwelchem blöden, paranoiden Scheiß rumgestritten wie wir.«

Das schlechte Gewissen schnürt mir den Magen zusammen. »Das klingt echt furchtbar.«

»Es nervt total.« Elliot fährt sich erschöpft über das Gesicht. »Weißt du, wir haben *stundenlang* über alles diskutiert – aber Brandon hat kein einziges Mal gefragt, wie es mir damit geht. Er hat nicht mal gefragt, ob es mir peinlich ist.«

»Ist es dir peinlich?«

»Man müsste ein neues Wort erfinden, um auszudrücken, *wie* peinlich mir das ist.«

Ich bringe es nicht übers Herz, Elliot zu sagen, dass er in diesem Moment genauso aussieht wie sein todunglückliches Meme-Gesicht. Seine Pechsträhne wird *heute* enden, dafür werde ich persönlich sorgen.

»Hey«, sage ich streng. Elliot schaut mich an. »Das ist nur ein blödes Meme. Morgen haben das alle schon wieder vergessen. Das muss dir echt nicht peinlich sein.«

Elliot dreht sich laut stöhnend von der Seite auf den Rücken und nimmt sein Handy mit. »Vielleicht ist es ja ganz gut, dass die Schnitzeljagd heute nicht stattfinden kann«, meint er. »Brandon geht mir auf die Nerven. Und Priscilla hat mir geschrieben, dass im *Audrey's* wegen des Festivals Land unter ist. Daher soll ich einspringen, wenn die anderen Pause machen.«

Ich richte mich in Grants Bett auf. »Elliot, du kannst heute nicht arbeiten gehen«, erkläre ich ihm sachlich. »Du wirst dich total beschissen fühlen, wenn die Leute dir ständig diese blöden Memes unter die Nase halten.«

Er blinzelt bestürzt. »Ich weiß. Aber ... ich habe keine Wahl. Ich bin dazu verdammt.«

»Sag doch, du brauchst einen freien Tag für deine seelische Gesundheit.«

Elliots dröhnendes Lachen hallt aus dem Lautsprecher. »Du Unschuldskind, welche seelische Gesundheit? Wo, glaubst du, arbeite ich? Bei Pixar? Das ist die Gastronomie. Nervenzusammenbrüche sind da an der Tagesordnung!«

Ich wedele vor dem Display mit der Hand – *Unsinn!* »Dann tu so, als wärst du krank. Geh nicht arbeiten. Oder werden die Trinkgelder heute besonders gut sein?«

Er verdreht die Augen. »Touris geben kein Trinkgeld.« Nach einem weiteren matten Seufzen nickt er schließlich. »Okay, gut. Ich schreibe ihr, dass ich krank bin.«

»Gut. Und ich weiß – Brandon hat dich enttäuscht, aber dieses Schnitzeljagd-Date ist die perfekte Gelegenheit, eurer Beziehung neuen Schwung zu geben.«

Elliot lächelt vorsichtig. »Glaubst du wirklich?«

»Du hast an mein Märchen geglaubt und jetzt liege ich hier in Grants Bett. Wir beide glauben an Happy Ends!«

Es gibt sowieso schon kaum noch Gründe für Elliot, in Chicago zu bleiben. Da darf ich nicht zulassen, dass ihn die Trennung von Brandon endgültig aus der Stadt vertreibt. Dieses Meme ist zu einem denkbar ungünstigen Zeitpunkt gekommen, aber ich werde nicht zulassen, dass dieses Internet-Inferno Elliot verschlingt.

»Okay.« Gut gelaunt setzt er sich auf. »Brandon hat sein Training für heute sowieso schon abgesagt, was echt ein Wunder ist. Also machen wir's. Wohin soll ich ihn bringen?«

»Du bringst ihn nirgendwohin. Du tauchst am Ende als Überraschung auf! Triff mich in einer Stunde auf dem Festival. Erfinde eine Ausrede, damit er nicht weiß, wohin du gehst –«

Elliot lässt sich mit dem Gesicht voraus in sein Kissen fallen. »Er wird mich *umbringen*.«

»Wird er nicht!«

»Wie soll ich ihn denn dazu bringen, allein zum Food-Festival zu gehen? Dann rennt er doch sofort wieder zu seinem Training.«

»Macht er *nicht*, weil Hannah ihn anruft und ihn bittet, sich mit ihr beim Festival zu treffen, um über euren Streit zu reden. Das ist perfekt! Sie arbeitet den ganzen Tag am Stand ihrer Eltern, da wird er sich nicht wundern, dass sie ihn dort hinbestellt.«

Elliot schüttelt den Kopf. »Bestimmt denkt er, dass ich irgendwas im Schilde führe. Er ist so misstrauisch. Da kann ich mich nicht einfach verdrücken, ohne ihm zu sagen, was ich vorhabe. Die Ausrede, im Café zu sein, kann ich ja auch nicht benutzen, weil ich mich krankmelde. Was ist, wenn er dort auftaucht und Priscilla fragt ›Wie geht's Elliots Grippe?‹ und er sagt ›Welcher Grippe?‹, und dann will Hannah auch noch ein heimliches Treffen mit ihm? *Puh.*«

Ich unterbreche ihn behutsam. »Stopp. Nicht nachdenken. Überlass das nur mir. Die Gefolgschaft hat alles im Griff.«

Nachdem Elliot aufgelegt hat, um sich aus dem Bett zu quälen, bleibe ich ausgestreckt auf Grants Matratze liegen und ergebe mich meiner Panik. Ich fühle mich schuldig, weil Grant und ich unsere Beziehung öffentlich gemacht haben und online alles so toll wirkt. Außerdem komme ich immer noch nicht wirklich damit klar, dass lauter Fotos von mir unter dem Hashtag #RelationshipGoals kursieren. Jedes Mal, wenn Grant und ich in der Öffentlichkeit unterwegs sind, kann ich spüren, wie alle Augen auf uns – auf mich – gerichtet sind. Grant liebt das, aber ich kann immer noch nicht fassen, dass mein Leben schon wieder in der Öffentlichkeit stattfinden soll. Genau diese mediale Aufmerksamkeit war der Grund, warum Mom unsere Reality-Show beendet hat.

Und jetzt sitzt Elliot in der gleichen Falle.

»War das Elliot?«, fragt Grant und fährt sich mit der Zunge über die frisch geputzten Zähne. Er war echt eine gefühlte Ewigkeit im Bad.

»Ja.«

»Geht es ihm gut?«

»Nein, aber das wird sich ganz bald ändern.« Ich springe auf und küsse Grant auf seinen Pfefferminz-Mund. »Er hat in letzter Zeit ein paar Niederlagen einstecken müssen, deshalb braucht er jetzt mal einen Sieg.«

Grant küsst mich auf die Wange, aber seine Augen sind nachdenklich.

»Weißt du … ich glaube, er mag dich *wirklich*.«

»Nein, tut er nicht«, platzt es fast schuldbewusst aus mir heraus.

»Es tut mir leid, dass sich alle über deinen Freund lustig machen, aber das Foto ist echt traurig. Dieses ›Ich muss zuschauen, wie mein Crush mit einem anderen verschwindet‹. Ich kenne den Blick. Bevor ich dich getroffen habe, sah ich auch immer so aus.«

Der Schmerz vergangener Zurückweisungen spiegelt sich in Grants Augen.

Ich streiche ihm die Locken aus der Stirn. »Es spielt keine Rolle, ob er in mich verliebt ist oder nicht«, sage ich. »Ich bin mit dir zusammen. Und ich werde dich nicht aufgeben.«

Lächelnd sieht Grant mich an. »Du bist Elliot echt ein guter Freund.«

Ist Elliot wirklich in mich verliebt? Das würde mir zwar schmeicheln, aber ich kann es mir nicht vorstellen. Ich glaube, er sehnt sich einfach verzweifelt nach einem Hauch von Magie in seinem Leben. So wie ich vor einem Monat.

Für Grant bin ich vielleicht der Märchenprinz, aber für Elliot werde ich die gute Fee sein.

Kapitel 16

DAS FESTIVAL

Dad sendet live vom Taste-of-Chicago-Festival. Bei ihm geht es nicht ganz so hektisch zu wie überall sonst auf dem Gelände. Deshalb passt es gut, dass Elliots und Brandons romantisches Date hier stattfinden wird.

Immer größer werdende Menschenmengen schieben sich über das Festival-Areal, das sich über fast zwei Kilometer am Seeufer erstreckt. Fünfzig Stände, über dreißig Pop-up-Stores und Dutzende Foodtrucks verteilen eifrig Teller mit heißen Leckerbissen – im Tausch gegen Wertmarken, die man am Eingang kaufen kann.

Aber nicht nur das Essen ist heiß, sondern auch die Sonne.

Es ist gerade mal Mittag und die Temperatur ist schon auf fast vierzig Grad geklettert. Trinkbrunnen sind weit und breit nicht zu sehen, aber jeder Stand bietet Wasserflaschen und isotonische Getränke an ... falls man genügend Wertmarken besitzt.

Ein stotternder Ventilator ist die einzige Abkühlung am Stand des Radiosenders WNWC. Direkt vor dem Zelt schießt die riesige Fontäne des Buckingham-Brunnens in die Höhe und lockt überhitzte Festivalbesucher*innen an, die sich vom kühlen Wasser nass regnen lassen. Der Bereich hinter dem Brunnen wurde vom Sender abgesperrt. Dadurch haben wir genug Platz, um hinter dem Stand einen Tisch für ein romantisches Picknick aufzubauen.

Was bringt es mir, der Sohn des Königs von Chicago zu sein, wenn ich das nicht ausnutze, um einem Freund zu helfen?

Elliots lachsfarbenes Date-Shirt ist schon klatschnass unter den Achseln, als wir drinnen im Zelt den Tisch hübsch eindecken. Das hier wird die letzte Station von Brandons Schnitzeljagd sein – und sobald sich dieser dem Zelt nähert, werde ich Elliot eine Nachricht schicken, damit er den Picknicktisch herausbringt. Der Tisch wird einfach traumhaft aussehen: eine weiße Leinentischdecke und frische Blumen, dazu Baguettes, die mit Brie, Hühnchen und Äpfeln belegt sind.

Unfassbar frisch, unfassbar sommerlich, unfassbar märchenhaft.

Das Ganze zu organisieren war echt anstrengend – aber mich beflügelt die Hoffnung, dass Elliot seine Umzugspläne aufgibt, wenn seine Beziehung mit Brandon wieder besser läuft.

Denn ich möchte mich nicht von dem Freund verabschieden, der mit seinem Röntgenblick das ganze Chaos in meinem Kopf durchschaut und mich ermutigt, Risiken einzugehen. Dem Freund, der als Einziger nicht versucht, einen Sneak-Peek von meinen Zeichnungen zu bekommen, bevor ich nicht bereit bin, sie jemandem zu zeigen.

Außerdem werde ich dann miterleben können, wie er studiert und Tierarzt wird. Und das will ich auf keinen Fall verpassen. Dafür lohnt sich jede Anstrengung, sei sie auch noch so groß.

Weil mein Dad nur drei Meter entfernt live auf Sendung ist, decken Elliot und ich schweigend den Picknicktisch. Dad sitzt breitbeinig auf einem Hocker und heizt die Menge mit seiner Stimme an – die aus riesigen Lautsprechern dröhnt.

»... ein glühend heißer Tag hier beim Festival. Ich verschmore in meinem Zelt. Nachher könnt ihr mich am Spieß servieren!« Gierig mustert Dad die Cider-Flaschen in unserer Kühltasche. »Okay, und jetzt weiter mit DJ Gummi-Worm. Bleibt cool, Chicago, und *eat to the beat!*«

Das rote Licht an Dads Mikro erlischt und DJ Gummi-Worms Elektro-Beats dröhnen aus den Boxen. Dads Produzentin Theresa reicht ihm eine Limo. Sie scheint in ihrem makellosen weißen Polohemd keinen einzigen Schweißtropfen zu vergießen. Dad sackt wie eine Marionette in sich zusammen. »Die Klimaanlage hier drin versagt *komplett.*«

»Es kümmert sich gleich jemand darum«, versichert ihm Theresa. »Du machst das super, aber denk daran: Es heißt ›Enjoy the eats and beats!‹«

Dad kippt den Becher hinunter. »Und was habe ich gesagt?«

»›Eat to the beat‹. Das darfst du bei einem gesponsorten Festival nicht sagen. Der Ausdruck ist von Disney geschützt.«

Fast hätte Dad sein Getränkt wieder ausgespuckt. »Aber ›Eat to the beat‹ klingt viel besser.«

»Deshalb haben sie es ja geschützt.«

Dad knurrt leise. »Und machen sich unsere Anwälte auch darüber Sorgen, dass ich demnächst umkippe und in diesem Zelt hier sterbe?« Damit verlässt er hastig den Stand. Mit einem leisen Pfiff bedeutet er Elliot und mir, mitzukommen. Ich rücke eine kleine Vase mit Blumen zurecht und folge ihm. Draußen ist es kühler als im Zelt. Elliot versucht gerade, sein nass geschwitztes Shirt trocken zu fächeln, und ich reiche Dad den letzten Hinweis – der Brandon zum Picknick führen wird. Hannah wartet unterdessen bereits am Festival-Eingang, wo sie sie Brandon den ersten Hinweis geben wird. In wenigen Minuten schließe ich mich ihr an, um mit ihr zusammen Brandons Weg durch die Menge zu verfolgen … und das heißt, dass ich Elliot hier bei Dad zurücklassen muss.

»Tut mir leid, dass ich dir schon wieder so eine Sauna, ohne Klimaanlage, zumuten muss«, sage ich zu Elliot.

Er lacht nervös und trinkt einen Schluck Limo. »Tja, mein natürlicher Lebensraum!«

Er ist nervös. Seine Stimme klingt kilometerweit entfernt. Ich weiß genau, wie er sich fühlt. Diese Bitte-lass-heute-alles-gut-gehen-Angst habe ich schon eine Million Mal vor einem Date gespürt – auch wenn die meisten nur in meiner Fantasie stattfanden.

Aber solange ich dafür zuständig bin, *wird* es gut gehen. Ich umarme Elliot ganz fest und flüstere: »Vergiss dieses Meme und den Streit mit Brandon. Heute beginnt ein neues Kapitel für euch zwei.«

»Danke, dass du das für mich machst.« Elliot schüttelt den Kragen seines T-Shirts. »Ich fühle mich ganz klebrig.«

»Du siehst toll aus.« Ich ziehe ein schwarzes Tanktop aus meinem Rucksack, das ich als Ersatz mitgebracht habe. »Zieh das an. Das kannst du nicht durchschwitzen. Außerdem siehst du bestimmt richtig hot darin aus.«

»SUPER.« Dankbar zieht sich Elliot sein Oberteil aus. Seine Brust ist überraschend behaart. Ein schmaler Haarstreifen zieht sich über seinen Oberkörper bis hinunter in seine …

Ein Augenpaar starrt mich an.

Es sind Dads Augen. Er nimmt einen Schluck seiner Limo und beobachtet über den Rand seiner Flasche, wie ich Elliot beim Umziehen zusehe. Seine Augenbrauen schießen in die Höhe und er wackelt tadelnd mit dem Finger.

Genervt verziehe ich das Gesicht.

Dad ist ein Profi darin, sich in Dinge einzumischen, die ihn nichts angehen. Okay, Elliot hat sich vor mir ausgezogen und ich habe ihn eine Sekunde zu lange angeschaut. Na *und*?

Tja, eine Sekunde ist eine Sekunde zu lange, Micah.

Glücklicherweise bauscht Dad die Sache nicht weiter auf und führt Elliot zurück ins Zelt. »Die Sache mit diesem Meme tut mir wirklich leid.«

»Ach, glauben Sie mir, das habe ich schon längst wieder vergessen.« Lachend verschwindet Elliot mit ihm in dem heißen Zelt. Zum ersten Mal, seitdem dieses schreckliche Meme gepostet wurde, kehrt die Leichtigkeit in meinen Körper zurück.

Elliot hat eine entscheidende Superkraft. Genau wie mein Dad hat er die besondere Gabe, so auf die Leute zuzugehen, dass sie sich sofort wohlfühlen.

Und jetzt wird es Zeit, dafür zu sorgen, dass er sich mal wohlfühlt.

♡♡♡

Hannah schreibt mir, dass sie sich vom Stand ihrer Eltern weggeschlichen und mit Brandon getroffen hat. Damit geht die Schnitzeljagd nun offiziell los – und der Stepptanz, der in meinen Bauch aufgeführt wird, beruhigt sich allmählich. Brandon hat tatsächlich sein Training abgesagt und macht bei unserem Plan mit, ohne Hannah mit einer Tonne von Fragen zu bombardieren. Sie sagt, er hätte fast fröhlich gewirkt.

Ein echtes Wunder. Vielleicht finden Elliot und er ja doch wieder zusammen.

Mein Lächeln wird schmaler. Es wäre schön, wenn Elliot einen Freund hätte, der sich mehr Zeit für ihn nimmt. Der ihn bewundert und ihm das Gefühl gibt, etwas Besonderes zu sein. Der weiß, wie glücklich er sich schätzen kann, mit einem Jungen zusammen zu sein, der so aufrichtig und gut ist wie Elliot.

Aber vielleicht kann Brandon ja doch dieser Freund sein und der Tag heute wird alles zum Guten wenden.

Ich renne vom Brunnen zum Festival-Eingang am Millennium Park und schlängele mich vorsichtig wie ein Spion durch die Menge. Mit meinem super unauffälligen Outfit aus einem weiten, farbebekleckssten T-Shirt und Surfershorts dürfte ich nicht so leicht als der Märchenprinz von Chicago zu erkennen sein. Ich will nicht, dass Brandon mich in der Menge entdeckt, und wenn die Leute auf mich zeigen, wird er sofort Verdacht schöpfen.

Außerdem erinnert ihn mein Anblick nur daran, dass überall im

Internet Bilder von seinem Freund kursieren, auf denen Elliot sehnsüchtig nach meinem Liebesglück schmachtet. Nicht die besten Voraussetzungen für einen schönes Date.

Die Menge ist mittlerweile so dicht gedrängt, dass es eine gefühlte Ewigkeit dauert, bis ich Brandon finde. Er sieht sehr süß aus mit seinem lässigen Hoodie und den pinkfarbenen Shorts. Mit zwei Zetteln in der Hand – einer ist orange, der andere neonblau – irrt er so verloren herum wie ein Kind, das seine Mutter sucht. Ich weiche ein paar Schritte zurück und verstecke mich hinter einem riesigen Ölfass, das auseinandergesägt wurde und nun als überdimensionale Grillschale dient. Der dichte aufsteigende Qualm ist undurchdringlich wie Nebel und verbirgt mich perfekt.

Dazu der unwiderstehliche Geruch von gebratenem Schweinefleisch.

Leider ist es zu heiß, um auch nur an Essen zu denken. Jeder Quadratzentimeter meiner Haut fühlt sich an wie gegrillt.

Immerhin weiß ich jetzt, dass Brandon noch zwei Hinweise fehlen. Das ist gut. Ich schicke Elliot schnell ein Update, und er antwortet sofort mit: !!!!!!!!

Ich sehe, wie Brandon nachdenkt und dann auf *Lavish Sweets,* den Stand der Bergstroms, zusteuert. Yann trägt eine Schürze in Nelkenrosa über seinem lässig hochgekrempelten Hemd und verteilt blaue Eistorte an die Menge, die sich um seinen Stand drängt. Die Leute können gar nicht genug davon bekommen. Hannah ist nirgends zu sehen. Vielleicht ist sie abgehauen, nachdem sie ihren Job erledigt und Brandon auf die Suche geschickt hat. Doch bestimmt ist sie gleich wieder zurück – es passt eigentlich *überhaupt* nicht zu ihr, dass sie sich dem straffen Arbeitsplan ihrer Eltern widersetzt.

Brandon steht abwartend am Ende der Schlange und starrt Yann unschlüssig an.

Er will sich nicht vordrängeln.

Ich beiße die Zähne zusammen.

Komm schon, Brandon, mich hast du doch schon tausend Mal mitten im Gespräch unterbrochen!

Ich verlasse mein Rauch-Versteck und schleiche hinter einen Stand namens *Lao Sze Chuan*, um besser sehen zu können. Yann, der wie Brandon sehr groß gewachsen ist, entdeckt ihn schließlich in der Menge. »Hey, du, komm her!«, ruft er ihm grinsend zu.

Erleichtert geht Brandon zu Hannahs Mutter Jean, die hinten am Stand steht. Jean ist eine kleine Frau mit dunkler, bronzefarbener Haut, die sich mit einem Handfächer frische Luft zufächelt. Erfreut umarmt sie Brandon.

Elliot und Brandon waren schon oft bei Hannah zu Besuch, sie sind quasi Freunde des Hauses. Kaum zu glauben, dass Hannah schon monatelang mit Elliot befreundet war, bevor ich ihn kennengelernt habe. Ständig hat sie mir von ihm vorgeschwärmt und gesagt, wir würden uns super verstehen, bla, bla, bla. Tja, wer hätte geahnt, dass ich der nächste große Elliot-Fan werden würde?

Er ist aber auch einfach toll.

Die beiden unterhalten sich kurz, dann reicht Jean Brandon einen knallpinken Zettel mit dem nächsten Hinweis. Er geht weiter und liest das Rätsel, das ihn zu den Trommler*innen beim Bierzelt führen wird.

Danke!, schreibt Elliot. **Hier ist es kochend heißt. Dein Dad ist kurz davor, zu streiken.**

Hehehe, keine Sorge, schreibe ich. **Er ist gleich da!**

Elliot schickt mir ein Emoji mit betenden Händen.

Diesmal folge ich Brandon nicht. Ein Liebespaar hinter dem Stand lenkt mich ab und ich bleibe hinter den dampfenden Woks von *Lao Sze Chuan* hocken.

Ich presse meine Lippen zusammen, um nicht erstaunt aufzuschreien.

Das sind Hannah und der geheimnisvolle Fremde! Hierher hat sie sich also verkrochen. Raffiniert!

Sie sitzen auf einer Parkbank und picknicken. Einen größeren Gegensatz als die beiden kann man sich nicht vorstellen. Sie: elegant gestylt in einem makellosen, kirschroten Bleistiftrock und Riemchensandalen. Im Vergleich dazu sieht Jackson wie ein streunender Kater aus. Er ist ein gut aussehender Typ, trägt aber zerschlissene Stoffsneaker, zerrissene schwarze Jeans und ein Mario-Kart-Shirt, das beim nächsten Waschen auseinanderzufallen droht. Sein Gesicht leuchtet kupferrot in der grellen Sonne und seine schwarzen Haare hängen ihm bis über die Schultern. Hannah, perfekt wie immer, hat zwei Servietten fein säuberlich über ihrem Schoß ausgebreitet und isst eine Waffel. Jackson nagt an einem Maiskolben und hat einzelne gelbe Körner im Gesicht hängen.

Sie zeigt auf ein Maiskorn an seiner Wange. Er ignoriert das und küsst sie stattdessen.

Beide kichern los.

Die stets Insta-bereite Hannah Bergstrom hat buttrige Maiskörner im Gesicht kleben und lacht darüber. Ich freue mich mit ihr.

Plötzlich schaut Hannah auf ihr Handy. Ein Ruck geht durch ihren Körper und sie springt auf. Hastig erklärt sie etwas – vermutlich, dass ihre Eltern sie schon längst wieder am Stand erwarten. Jackson winkt zum Abschied und grinst – völlig sorglos und unbekümmert.

Sie tupft sich das Gesicht sauber und eilt mit einem traurigen Lächeln davon.

Okay, meine Freundin ist komplett verknallt. Es ist echt fies, dass ihre Eltern sie so sehr einspannen. Kann sie überhaupt mal Zeit allein mit Jackson verbringen – oder müssen sie sich mit diesen kurzen Halbe-Stunden-Dates begnügen? Der schönste Abend meines Lebens war, als Grant mit mir durch den Regen zu der Ausstellung gerannt ist. Es war nicht geplant. Hat sich einfach so ergeben. Das war vor Wish Granted und dem ganzen Tamtam. Niemand wusste, dass ich hinter Instaloves stecke. Wir wurden nicht beachtet und es ging nur um uns zwei.

Wie ich diese ruhige Zeit mit Grant vermisse.

Bestimmt hält Hannah die Sache mit Jackson deshalb geheim. Weil es so nur um die beiden geht.

Hannah hat mehr als diese kurzen Treffen verdient. Geduckt schleiche ich mich hinter dem Stand hervor und renne durch die Gasse, die parallel zu Hannahs Weg verläuft. Wenn ich ihr zwei oder drei Stände voraus bin, kann ich sie abfangen, bevor sie zum Stand ihrer Eltern abbiegt. Ich darf ihr nur nicht verraten, dass ich Jackson gesehen habe – das muss ein Geheimnis bleiben.

Sobald ich weit genug gerannt bin, flitze ich nach rechts, hinter dem Donut-Stand hervor ...

Und pralle fast sofort mit Hannah zusammen. Ihr Aufschrei verwandelt sich in ein Lachen, als sie mich erkennt. Fast wie Julia Roberts in *Pretty Woman*. Ich stütze mich mit den Händen auf die Knie und ringe um Atem. Wie um sich zu beruhigen, legt Hannah die Hand auf den Kirschanhänger ihrer Halskette – der perfekt zu dem Kirschenmuster ihres Rocks passt.

»Ich dachte, du willst mich ausrauben.« Sie lacht.

»Tja, auf die Kette bin ich schon ziemlich scharf«, meine ich und bemühe mich, unbefangen zu klingen, als hätte ich sie nicht absichtlich abgepasst. »Tut mir leid, aber Brandon hält mich ganz schön auf Trab.«

Hannahs Körper zieht sich vor Entzücken zusammen. »Die Sache funktioniert wirklich! Hurra für Elliot!«

»Ich weiß!« Dann hole ich tief Luft und ziehe meinen Plan durch.

Okay, Micah: Leg einfach los, dann kannst du heute vielleicht zwei Beziehungen retten.

»Es ist echt wichtig für Elliot, dass er solche gemeinsamen Momente mit Brandon hat, weißt du?«, sage ich. »Brandons Alltag ist so streng durchgetaktet und das ist ja schön für ihn ... aber für Elliot ist das nicht so einfach.« Hannah, ganz die verständnisvolle Freundin, nickt zustimmend. Ich glaube nicht, dass sie meine Anspielung schon kapiert hat. »Elliot hat echt viel Geduld. Er würde ewig auf Brandon warten. Aber ich hoffe, dass Brandon nach dem Date heute begreift, wie viele schöne Erlebnisse er mit Elliot verpasst. Lauter vertane Chancen, weißt du?«

»Ich weiß.« Hannahs Lächeln welkt wie eine vernachlässigte Zimmerpflanze. »Du kennst ja mich und meinen Terminkalender. Ständig muss ich an die Familie denken und für Yann und Jean parat stehen.« Sie stöhnt. »Hilfe, bin ich etwa der Brandon in meiner Beziehung?«

Ich musste es nicht mal aussprechen. Sie ist Brandon, und Jackson ist Elliot.

Die Erkenntnis verschlägt ihr die Sprache.

Um uns herum macht die Stadt endlich mal Pause. Erwachsene essen gierig klebrige Süßigkeiten, und Kinder klatschen, während sie auf ihre Spieße am Grillwagen warten. Was auch in unserem Leben gerade passiert, in diesem Moment verschwindet alles um uns herum und wir sind völlig unbeschwert.

Ich nehme Hannahs Hände in meine und schaukele sie fröhlich hin und her. Wir stehen mitten in einer überfüllten Gasse, und *schwing, schwing,* schwingen unsere Arme, als hätten wir alle Zeit der Welt.

»Das erste Mal, als ich ... du weißt schon, mit Grant, da habe ich niemandem erzählt, dass ich bei ihm übernachte«, sage ich. *Schwing, schwing.* »Ich habe nicht auf mein Handy geschaut, ich ... habe mich einfach mit ihm ... verloren.«

»War dein Dad sauer?«, fragt Hannah und ein verletzlicher Schimmer zieht über ihr Gesicht.

Ich lache. »Und wie.« *Schwing, schwing.* »Aber er hat's überlebt.«

Sie lächelt. »Fragst du dich auch manchmal, warum wir uns so Sorgen wegen unserer Eltern machen?«

Ich zucke nur mit den Schultern. Ihre Finger sind immer noch mit meinen verschränkt. »Keine Ahnung. Ich weiß nur, dass ich mich irgendwann bestimmt nicht mehr daran erinnern werde, wie wütend mein Dad war – aber die Nacht mit Grant werde ich garantiert *nie* vergessen.«

Hannah umarmt mich ganz fest. »Das letzte Schuljahr rast im Eiltempo auf uns zu, mein Lieber«, sagt sie. »Es trifft mich immer wieder, dass wir vielleicht gar nicht mehr so viel Zeit haben, wie wir meinen.«

Ich löse mich nicht aus der Umarmung, stattdessen drücke ich sie noch fester an mich. Ich möchte nicht über das nachdenken, was Hannah gerade gesagt hat – aber ich weiß, dass ich ihr unbedingt noch einen letzten Schubser geben muss. »Dann sollten wir dafür sorgen, dass diese Zeit auch wirklich zählt.«

Hannah nickt und lässt mich los. Konzentriert schaut sie mir in die Augen.

»Apropos Zeit«, sage ich und schaue auf mein Handy. »Ich muss Brandon finden!«

Gedankenverloren erwidert Hannah: »Viel Glück mit Elliot«, dann wendet sie sich zu der Gasse, aus der sie gekommen ist. Geht sie zum Stand ihrer Eltern oder zu Jackson?

»Hey, sind deine Eltern nicht da drüben?«, frage ich prüfend, und deute in die entgegengesetzte Richtung.

Sie dreht sich um und schüttelt den Kopf. Ich kann förmlich sehen, wie die Gedanken in ihrem Kopf rattern. »Nein, ich bin …« Sie zeigt dorthin, wo sie Jackson zurückgelassen hat. »Ich gehe heute nicht mehr zu unserem Stand.«

JA!!

So vorsichtig und schnell wie möglich flitze ich den Weg zurück, den ich gekommen bin. Vorbei an einem Donut-Wagen renne ich die Gasse hinunter, bis zu meinem Versteck bei dem Wok-Stand.

Jackson hat sich nicht von der Stelle gerührt. Er sitzt immer noch entspannt auf der Bank und nagt genüsslich an seinem Maiskolben. Am Ende der Gasse taucht Hannah auf. Das Lächeln ist noch nicht wieder in ihr Gesicht zurückgekehrt. *Du hast es getan, Hannah.* Sobald sie das Ende des Wegs erreicht und der Asphalt in Wiese übergeht, tut sie etwas völlig Unerwartetes. Etwas, das ich sie in den vielen Jahren, die wir uns kennen, noch nie habe tun sehen.

Sie zieht ihre Schuhe aus. *Draußen.*

Barfuß schlendert Hannah über das Gras zu Jackson auf der Bank. Erstaunt starrt er sie an. Sie sagt etwas, das ich nicht hören kann. Sobald sie fertig gesprochen hat, klopft Jackson auf den Platz neben sich auf der Bank. Hannah nimmt die Waffel, die sie liegen gelassen hat, setzt sich und sie essen gemeinsam weiter. Auf ihrem Gesicht liegt wieder dieses Lächeln.

In meinem Versteck balle ich die Faust und flüstere: *»Ja!«*

Das erste Märchen-Happy-End ist geschafft, ein zweites steht noch aus.

Um Brandon einzuholen, nehme ich die Abkürzung durch die Gasse. Weil ich ihn nicht verpassen will, steuere ich direkt den Ort des vorletzten Hinweises an, zwischen *Connie's Pizza* und dem Weinstand von *Stella Rose*. Als Elliot und Brandon frisch zusammen waren, haben sie mal ein paar Flaschen Wein von Brandons Schwester stibitzt – deshalb hat Elliot diese Erinnerung als eines der letzten Rätsel ausgesucht.

Unsere Reise in die Vergangenheit scheint zu wirken.

Als ich hinter dem Pizzastand hervorspähe, sehe ich, wie Brandon sich mit liebevollem Blick dem Weinstand nähert und den Zettel noch einmal liest. Elliots Worte scheinen eine sentimentale Saite in ihm zum Klingen zu bringen. Leise flüstert er der Dame hinter der Theke – eine ältere weiße Frau mit roter Dauerwelle – etwas zu.

Freudestrahlend bückt sie sich und richtet sich mit einem goldglänzenden Briefumschlag in der Hand wieder auf. »Der letzte«, sagt sie und reicht ihm den Umschlag.

Er dankt ihr und reißt ihn auf. Während er liest, schlendert er vom Weinstand weg ... und direkt auf mich zu.

Ich erstarre, renne aber nicht weg.

Er bleibt stehen, um die Karte ganz zu lesen. Dann lächelt er liebevoll. Wehmütig wegen der Erinnerung.

Ich drücke eine Hand gegen meine Brust. Kaum zu glauben, wie sehr ich mich plötzlich für Brandon freue. Dabei geht es gar nicht um ihn. Aber sein Glück wird auch auf Elliot überspringen – der mehr als jeder andere auf der Welt einen besonderen Tag verdient hat.

Der Umschlag enthält keine weiteren Rätsel mehr. Drin steckt nur eine Einladung, die Brandon nur zu dem Picknick beim Buckingham-Brunnen führt. Wir haben alles perfekt getimt. Die Fontäne des Brunnens ist direkt hinter der nächsten Ecke zu sehen!

Eilig läuft Brandon darauf zu.

»*Verdammt!*«, flüstere ich und schreibe Elliot hastig. **Er kommt!**

Keine Antwort. Ich halte den Atem an. Hoffentlich ist Elliot nicht zu sehr damit beschäftigt, den Tisch weiter herzurichten, um zu antworten.

Unauffällig laufe ich Brandon hinterher. Jetzt, wo unser romantischer Masterplan so gut geklappt hat, will ich auf gar keinen Fall, dass er mich sieht. Außerdem komme ich in der Menge sowieso nur langsam voran. Je näher wir der Mittagszeit kommen, desto schwieriger wird es, sich durch das Ellenbogen-Gewusel zu schieben. Ich schaffe es gerade noch, den Blicken von Lauren und Sarah zu entgehen – zwei Mädchen aus Grants Designkurs. Beide tragen geschnürte Korsetts, als wären sie auf einem Mittelaltermarkt.

So voll habe ich das Festival noch nie erlebt. Vor jedem Stand erstreckt sich eine gigantische Warteschlange.

Als ich am Brunnen ankomme, wurde die Überraschung schon enthüllt. Brandon lacht verlegen, Elliot umarmt ihn und führt seinen Freund zu dem schön gedeckten Picknicktisch neben dem Radiozelt. Brandon haucht »Oh mein *Gott*«, als mein Dad ihnen applaudiert.

Das glückliche Pärchen setzt sich und sie küssen sich über den Blumen.

Wieder balle ich triumphierend die Faust. »*Geschafft!*«

Vor ein paar Minuten noch war Elliot mehr Schweiß als Mensch. Jetzt strahlt er bis über beide Ohren. Endlich hat er Brandon für sich. Kein Streit. Keine Hektik. Nur Brandon und er, die gemeinsam ihre Zeit genießen.

»Eine Rose für den Prinzen?«, fragt eine Stimme. Und bevor ich mich umdrehen kann, streckt mir jemand eine langstielige Rose ins Gesicht. Es ist ein junges, dunkelhaariges, asiatisch aussehendes Mädchen, dessen Gesicht mir irgendwie bekannt vorkommt. Seltsamerweise trägt sie ein altmodisches blaues Gewand mit einer weißen Schürze und einer passenden blauen Schleife im Haar.

Sie sieht aus wie ... Belle, aus *Die Schöne und das Biest.*

Und zwar haargenau.

Ich nehme die Rose, danke ihr leise und lege dann den Finger auf den Mund, um ihr zu bedeuten, dass sie still sein soll. Ich will nicht, dass jemand den »Prinzen« erkennt und die Aufmerksamkeit von Elliot ablenkt.

Belle hat noch nicht mal den halben Weg zum Brunnen zurückgelegt, da hält mir eine weitere Fremde etwas unter die Nase: einen rubinroten Apfel. »Ein saftiger, süßer Apfel für den Prinzen?«, fragt sie. Es ist ein junges Mädchen, das aus irgendeinem Grund wie eine alte Hexe krächzt. Sie trägt einen langen Umhang und ihr Gesicht wird von einer Kapuze verdeckt.

Als ich den Apfel nehme, schlurft die Hexe in gebückter Haltung davon.

Mein Magen zieht sich zusammen. Hier läuft doch was.

»Tee für den Prinzen?«, dröhnt ein hochgewachsenes Mädchen in einem rot-schwarzen Kleid. Zum Glück hat sie keinen Tee in den Händen, ich habe nämlich keine Hand mehr frei.

»Was zum Teufel ist hier los?«, frage ich.

»AB MIT SEINEM KOPF!«, schreit sie und ihr goldenes Diadem wackelt.

Mit einer schwungvollen Drehung ihrer Schleppe eilt sie zum Brunnen ...

Wo sich eine große Gruppe verkleideter Menschen versammelt, die sich alle wirbelnd im Kreis drehen.

Märchenfiguren. Sie sind alle da: Die Schöne. Die Hexe. Die Herzkönigin. Ein Mann mit flauschigen weißen Hasenohren. Die gute Fee. Und so weiter. Es müssen mehr als ein Dutzend Leute sein.

Was immer da vor sich geht ... es ist alles choreografiert.

Brandon und Elliot starren entzückt auf die spontane Performance. Unter den Tänzer hüpfen auch Lauren und Sarah in ihren Miedern herum. Jungfrauen und Bauernmädchen, wie aus einem Märchenbuch. Eine schreckliche Erkenntnis regt sich in mir und mein Herz versinkt im Boden:

Ich kenne diese Leute. Sie sind alle in Grants Modekurs.

»Darf ich bitte um eure Aufmerksamkeit bitten?«, schallt eine schmerzhaft vertraute, tiefe Stimme aus einem Lautsprecher. Sie kann nicht aus dem Radiozelt kommen; dort ruft mein Dad gerade die Gewinner einer Tombola aus.

Aber wo ist er? Wo ist Grant?

»Dieser Tag ist nicht nur wegen des Festivals ein ganz besonderer Tag für mich, sondern wegen eines Menschen, den ich euch vermutlich nicht vorzustellen brauche. Dieser Mensch hat mein Leben von Grund auf verändert. Er hat mir beigebracht, an Märchen zu glauben.«

Noch nie zuvor hat mir die wunderschöne Stimme meines Freundes Angst gemacht – aber jetzt tut sie es!

Bitte, lass das nicht geschehen. Bitte verkünde nicht während Elliots Date meinen Namen!

Mein *Plan*, mein wunderschöner, romantischer Plan!

»Hast du das organisiert?«, fragt Brandon Elliot. Er ist immer noch wie verzaubert und denkt, das ist alles nur für sie. Auch Elliot freut sich noch, aber sein Lächeln verblasst bereits. Er weiß, dass ich das nicht geplant habe, und er weiß außerdem, dass ich ihn niemals ungefragt mit so was überraschen würde.

Mit der dumpfen Wucht eines Lkws, der in eine Schranke kracht, begreife ich, was hier vor sich geht: Das ist Grants Überraschung für unser einmonatiges Jubiläum. Die Sache, die er seit Wochen geplant hat.

Choreografien. Kostüme.

Einen. Tag. Zu. Früh.

»Dieses Lied ist für meinen Freund, meinen Traummann – den Märchenprinzen von Chicago, der all meine Wünsche in Erfüllung gehen lässt …«

GRANT, BITTE SAG NICHT MEINEN NAMEN.

»MICAH SUMMERS!«

Der Albtraum wird wahr.

Die Sendung meines Vaters wird von Boomboxen übertönt, die von drei Mädels in Meerjungenfrauenkostümen in die Höhe gehalten werden. Dann fängt die Musik an: *Schlagzeug, Geigen, Flöten, Text.* Es ertönt »Küss sie doch« aus *Arielle, die Meerjungfrau.* Unüberhörbar.

Hinter dem Brunnen kommt Grant hervor – hübscher denn je. Doch jetzt, wo ich ihm und dieser Vorführung ausgeliefert bin, ist es fast schon ein gruseliger Anblick. Passend zum Song trägt er ein Prinz-Erik-Outfit mit einem aufgeknöpften Seidenhemd. Grant und sein Flashmob des Grauens singen den Song mit, und jeder von ihnen schaut mir dabei direkt in ins Gesicht.

Wie erstarrt stehe ich da.

Viel zu viel Aufmerksamkeit.

Der alte Micah meldet sich mit voller Wucht zurück. Ich bin wieder acht Jahre alt und Kamerateams stürmen durch unsere Wohnung. Durch tiefe Atemzüge versuche ich, das nervöse Kribbeln in meinen Fingern zu vertreiben.

Dad und DJ Gummi-Worm stecken die Köpfe aus dem Zelt und starren entgeistert auf die Szene. Theresa hat beide Hände vor ihren Mund geschlagen, ob vor Begeisterung oder vor Entsetzen, ist aus der Ferne nicht zu erkennen. Ich neige eher zu Letzterem. Vor allem als Belle und der weiße Hase Elliot und Brandon von ihren Stühlen aufscheuchen – in dem halbherzigen Versuch, das Publikum zum Mitmachen zu bewegen.

Den beiden bleibt nichts anderes übrig, als aufzustehen.

Elliot klatscht mit, doch sein Gesicht zeigt keinerlei Regung. Brandon steht da und zerreißt mit beiden Händen eine Serviette – als wäre sie mein Hals.

Als Grant endlich vor mir steht – und der Song seinen dröhnenden Höhepunkt erreicht –, sind sämtliche Augen des Festivals auf mich gerichtet. Scharen von Menschen stehen um uns herum, während sie an Donuts, Fleischspießen und Pizzastücken kauen. Jede Hand, die keinen Teller hält, reckt ein Handy in die Höhe.

Bilder. Videos. Alles live.

Wir sind die Show.

Der Song endet. Grant – schwitzend, keuchend, strahlend – sagt: »Du hast meine Träume in Erfüllung gehen lassen. Mein Fluch ist gebrochen. Das ist alles dein Verdienst. Alles Gute zu unserem Einmonatigen.«

Diese Grübchen. Diese lockigen, schweißnassen Haare.

Mein Körper ist zu einem stocksteifen, panischen Brett erstarrt. So müssen sich die quälenden Sekunden vor einer Bombenexplosion anfühlen. Wenn du weißt, dass sie gleich hochgeht.

Das ganze Königreich beobachtet uns.

Wir küssen uns. Es geht nicht anders.

Und sogleich bricht das Königreich in Jubelrufe und Geschrei aus.

Hinter Grant stehen Elliot und Brandon und beobachten uns – wie immer nur Zuschauer in der großen Micah-Summers-Show.

Elliots Gesicht verwandelt sich wieder in das verzweifelte Meme. Brandons mürrische Miene dagegen verhärtet sich, als sich unsere Blicke begegnen.

Er holt tief Luft und brüllt: »DU A–!«

Kapitel 17

DAS MISSVERSTÄNDNIS

Wenn dich ein angehender Profisportler mit einem Wort beschimpft, das im Fernsehen mit einem *Beep* zensiert werden würde, und man umringt von Disney-Figuren eine Panikattacke bekommt – dann würde ich das als eine verdammt miese Wendung der Ereignisse bezeichnen.

Belle, Rapunzel und ich fahren erschrocken zusammen, als Prinz Erik – aka mein Freund – ganz außer sich vor Zorn auf Brandon zustürzt. »Was hast du zu ihm gesagt?!«, bellt er.

Oh mein Gott, er wird sich mit ihm prügeln.

In der Menge raunt es. Ein paar Leute jubeln, um die drohende Schlägerei anzufeuern.

Wutschnaubend baut sich Brandon vor Grant auf. Nase an Nase. Dad, Elliot und ich rennen hastig zu den beiden hin. Jeder von uns hat einen anderen Ausdruck auf dem Gesicht: Mein Dad ist verwirrt, Elliot panisch und ich verstört.

Wie konnte das Ganze nur so schnell in die Hose gehen?

Mein einziges Ziel ist es, Grant zu stoppen, bevor sich die beiden prügeln. Ich darf erst ohnmächtig umkippen, *nachdem* ich ihn aufgehalten habe. Mein Schädel pocht. Mein Weg ist am weitesten.

»Nein, nein, nein!«, flehen Elliot und ich Grant und Brandon an, die uns vor lauter Wut nicht mehr hören.

Vor dem Radiostand stehen DJ Gummi-Worm und Theresa. Ungläubig betrachten sie das Schauspiel vor ihren Augen. Grants Disney-Figuren verziehen sich, doch die Festivalbesucher*innen scharen sich immer enger um uns.

Mein Herz schrumpelt zusammen wie eine Rosine.

Überall Kameras. Handys. So viele Handys.

»Jungs, beruhigt euch!« Mein Dad ist als Einziger groß genug, um Grant und Brandon voneinander wegzuschieben. Die beiden riesigen Kerle sind auf geheimnisvolle Weise plötzlich noch größer geworden – wie Bären in Angriffshaltung. Bis jetzt starren sie sich glücklicherweise nur böse an. Noch keiner ist auf den anderen losgegangen.

Elliot und ich versuchen vergeblich, unsere schmächtigen Körper zwischen unsere Freunde zu schieben. »Das ist Brandon, Elliots Freund!«, brülle ich – als würde Grant seine Wut dann einfach ausknipsen und sagen: *»Oh, warum hast du das nicht gleich gesagt? Tut mir leid, Kumpel!«*

»Ich weiß, wer er ist«, faucht Grant, und seine Brust hebt sich drohend unter dem aufgeknöpften Prinzenhemd.

»Vor euch zweien gibt es echt kein Entkommen, was?«, faucht Brandon verärgert.

Elliot steht mit offenem Mund da – seine Augen huschen über die Menschenmenge, als suche er eine Lücke, durch die er fliehen kann. »Schon gut, Brandon«, sagt er und greift nach Brandons Arm. Aber Brandon schüttelt ihn ab. Elliot sieht so niedergeschmettert aus, dass ich ihn am liebsten umarmen würde. Doch genauso gut könnte ich ein Streichholz in einen Ölkanister werfen. Elliot fehlen die Worte, er zeigt nur auf mich und stammelt dann: »Micah wollte nur helfen –«

»Micah, Micah, Micah.« Brandon stößt einen abgrundtiefen Seufzer aus. »Es REICHT.«

Da ist es. Nun ist das Meme wieder da.

Das ganze Internet hat gesehen, was Brandon offenbar schon

eine ganze Weile vermutet hat: Sein Freund ist in einen anderen verknallt. In mich?

Quatsch, Elliot hat einfach die Nase voll von seiner Beziehung, die Brandon so leichtfertig kaputt macht. Und weil er mit einem Idioten zusammen ist, fühlt Elliot sich einsam und ist deshalb neidisch auf Grant und mich. Und dass unsere Beziehung durch Wish Granted so öffentlich ist, macht es nicht leichter für ihn. Grants spektakuläre Aktion, die er ausgerechnet hier und jetzt abziehen musste, setzt dem Ganzen die Krone auf.

Darüber darf ich jetzt nicht nachdenken. Ich muss uns alle dringend aus diesem Park rausbekommen, bevor die TikToks außer Kontrolle geraten – *lol schau dir diese schwulen Typen an, wie sie sich prügeln lmao.*

»Alles cool?«, fragt Dad und legt entschlossen – aber sanft – die Hand auf Grants Schulter. Er weiß genau, dass die Kameras nicht nur auf uns, sondern auch auf ihn gerichtet sind.

»Alles cool«, meint Grant, und sein Blick wird wieder freundlicher. »Ich wollte nur Micah verteidigen.«

Mein Dad nickt betont freundlich. »Sehr bewundernswert, aber wir können das auch ohne Gewalt lösen. Ich denke, wir haben es einfach mit einem unglücklichen Missverständnis zu tun.« Dad dreht sich zu Brandon, der rote, feuchte Augen an. »Micah hat ein Überraschungsdate für seine Freunde organisiert, und das ist unglücklicherweise mit Grants Flashmob-Aktion kollidiert –«

»Ja, klar.« Brandon starrt mich böse an. »Du hast dieses Date für uns auf den Tag gelegt, an dem ihr ganz *zufällig* euer Einmonatiges feiert?«

»Das ist erst morgen!«, widerspreche ich und schiebe meinen kleinen Eins-siebzig-Körper zwischen die beiden Eins-achtzig-Riesen. »Keine Ahnung, warum Grant die Aufführung für heute organisiert hat.«

»Ich wusste nicht, dass Micah was vorhatte, und es war der einzige Tag, an dem die anderen Zeit hatten«, verteidigt sich Grant und wirft abwehrend die Arme in die Höhe.

Brandon schnaubt. »Ich glaube euch kein Wort. Ihr habt das nur getan, um noch mehr Aufmerksamkeit zu bekommen.«

Es ist die Hölle. Wirklich und wahrhaftig die Hölle.

So viele Märchenfiguren und kein einziger Dschinn mit einer Lampe. Ich wünschte, ich hätte niemals verraten, dass ich hinter Instaloves stecke. Ich wünschte, Grant und ich könnten unser Liebesglück einfach nur für uns genießen. Wie ein ganz normales Paar, ohne diese zerstörerische Öffentlichkeit.

Vor allem tut mir die Sache für Elliot leid. Seine Hände haben sich in das Tischtuch seines wunderschönen, verlassenen Picknicktischs gekrallt. Es wird lange dauern, diesen Schaden wiedergutzumachen – falls er überhaupt wiedergutzumachen ist.

»Ich muss hier weg«, sagt Brandon und stürmt davon, ohne Elliot auch nur eines Blickes zu würdigen. Die Menge lässt ihn sofort durch. Schließlich ist er nur ein Komparse in der Show.

Und das ist das Problem.

Elliot, der andere Komparse, zieht ein gequältes Gesicht. Wenn ich nicht bald etwas unternehme, wird dieser Blick nie wieder von seinem Gesicht weichen. Als ich mich neben ihn stelle, vibriert sein Handy. Ein Blick auf den Anrufer und seine Schultern sacken zusammen. Hilflos zeigt er mir das Display: *Audrey's Café*.

Oh Gott. Oh nein.

Jemand hat Elliot hier gesehen. Und es hat sich sogar schon bis ins Café herumgesprochen. Dabei sollte er doch krank im Bett liegen.

Er ergibt sich seinem Schicksal und nimmt den Anruf entgegen. »Hallo, Priscilla.« Während seine Chefin ihn zusammenstaucht, rafft er auf unmenschliche Weise seine Energie zusammen und holt seinen Schlüssel. »Ja. Ja, *war* ich auch. Aber ich komme jetzt zu euch. Tut mir leid.«

Wie ein Geist verschwindet Elliot aus der Menge, die sich mittlerweile nach und nach zerstreut. Die Show ist zu Ende.

Ich bin völlig fertig. Gründlicher hätte ich Elliots Leben nicht versauen können.

Sobald alle weg sind, suchen Grant und ich in dem Zelt meines Dads Schutz vor den Handys der Menschen. Ich will eigentlich gar nicht mehr hier sein – aber ich kann erst nach Hause oder zu Grant gehen, wenn ich die Antworten auf zwei entscheidende Fragen bekommen habe.

Grant sitzt unter dem kaputten Ventilator und schaut mich beschämt an. Mit großen Augen wartet mein lockenköpfiger, verletzlicher Traumprinz auf mein Urteil. Er wartet darauf, dass ich ihn fallen lasse, so wie alle anderen.

Ich umklammere mein Handy mit beiden Händen. Es gibt mir Halt und langsam kehrt das Gefühl zurück in meine kalten Finger ... und es hält mich davon ab, Elliot mit einer Million Entschuldigungen zu bombardieren (er wird sie schon noch bekommen, nur nicht jetzt).

»Zuerst möchte ich sagen, dass das echt ein toller Auftritt war«, fange ich an. »Ich bin echt gerührt, wie viel Arbeit und Liebe du da reingesteckt hast.«

»Hat es dir gefallen?« Grants Kinn zittert, und mein Herz bebt aus Mitgefühl gleich mit.

»Es war großartig. Ich wünschte nur, ich hätte es auch genießen können.« Grant schließt die Augen und nickt, als wolle er sagen: *Ich weiß, ich hab's versaut.* Ich fahre mit den Fingern durch das zuckersüße Gewirr seiner Locken, und er schmiegt sich an mich wie ein geprügelter Hund. »Hast du wirklich nicht gewusst, dass ich dieses Picknick heute für Elliot geplant hatte?«, frage ich.

Grant schnaubt erstickt, Tränen rinnen in Straßen über seine runden Wangen. Bei dem Anblick zerren unsichtbare Angelschnüre schmerzhaft an meinem Herzen. Wie kann er nur so verletzlich aussehen? »Ich habe schon irgendwie mitbekommen, dass du was vorhast«, sagt er. »Ich wusste, dass du was organisierst – aber ich dachte, das ist erst in ein paar Tagen. Ich wollte dir diese coole Sache nicht vermasseln, ehrlich.«

»Aber warum heute?«, frage ich. »Warum nicht morgen?«

Er senkt den Blick. »Ich habe mich einfach so darauf gefreut. Unser gemeinsamer Morgen war so schön. Du hast meinen Fluch gebrochen.«

Grant öffnet die Arme wie ein Kind und schlingt sie um mich. Doch die Umarmung lässt ihn nur noch mehr zusammenbrechen. Er will sprechen, kann aber nicht, weil er so weinen muss. Zärtlich streichele ich über seine Locken, bis er sich beruhigt. Ohne loszulassen, strecke ich die Hand aus und ziehe an der Schnur, mit der die obere Zeltklappe befestigt ist. Sie fällt herunter und verdeckt das Fenster, durch das mein Dad während seiner Sendung auf den Brunnen rausschauen konnte. Wir brauchen jetzt Ruhe.

Angesichts von Grants Verzweiflung verschwindet meine Angst. Ich will nur, dass er sich wieder besser fühlt.

»Hey, du, was ist denn los?«, frage ich.

»Zu viel«, stößt er hervor. »Alles.«

»Schon gut.« Als er wieder anfängt zu weinen, sage ich beruhigend: »Ich bin ja hier. Ich würde gerne hören, was in dir vorgeht.«

Grant versucht, tief Luft zu holen, aber seine Schluchzer zerhacken seine Worte zu einem rhythmischen Stakkato. »Die Modenschau macht mich noch ganz verrückt. Keine vier Wochen mehr, dann muss alles fertig sein. Ich bin total am Durchdrehen. Scouts von den großen Modeschulen werden da sein, dazu meine Professor*innen – alle wollen unbedingt sehen, mit welchen Ideen Wish Granted um die Ecke kommt. Und dann hat gestern auch noch mein Model abgesagt.«

»Was, warum das denn?«, stöhne ich und achte darauf, mitfühlend, aber nicht pessimistisch zu klingen.

Grant verdreht seine verweinten Augen. »Er hat an dem Wochenende einen besser bezahlten Job angeboten bekommen.«

»Das tut mir leid. Aber wir finden bestimmt jemand anderes.«

Grant starrt einen langen, bedeutungsschweren Moment vor sich hin, sein wunderschönes Gesicht ganz offen und verwundbar. »Ich war so durch den Wind, dass ich mir nicht gemerkt habe, wann du diese Sache für Elliot geplant hast. Und dann war ich hier und hatte die anderen alle verkleidet herbestellt und es war zu spät.«

Ich streichele seine Arme. »Es war echt lieb von dir, so viele Leute für mich zusammenzutrommeln.«

»Oh Gott, die waren total begeistert davon, so eine Show abzuziehen. Die meisten hatten die Kostüme sowieso schon im Schrank hängen.«

Ich lache und streichele weiter seinen Arm. Langsam kehrt die Vertrautheit zwischen uns zurück. »Es tut mir leid, dass alles so furchtbar geendet hat. Ich wollte Elliot nur helfen, damit er sich nicht immer so übergangen fühlt.«

»Mir tut es auch leid«, flüstert er. »Ich werde es wiedergutmachen.«

Es wird Zeit, der Hitze des Zelts zu entfliehen, bevor wir noch tot umfallen. Ich helfe Grant auf und muss an Elliot denken. Er muss sich gerade allein da draußen durchschlagen. Brendon ist abgehauen und seine Chefin ist stinksauer. Ich weiß nicht, ob wir diesen Schmerz jemals wiedergutmachen können.

Kapitel 18

DIE PARTNERSCHAFT

Alles Gute zu unserem Einmonatigen an Crush 100! Grant, du bist mein #WishGranted. Vor einem Monat hat uns das Schicksal in der L getrennt, aber ich habe alles darangesetzt, dich wiederzufinden. Ich werde nicht zulassen, dass wir jemals wieder getrennt werden!

Obwohl ich erstaunlich gut geschlafen habe, zerrt das schlechte Gewissen am nächsten Morgen noch immer an meinen Nerven. Diese öffentliche Blamage hat mich mit all den Ängsten von früher überschwemmt. Ich fühle mich wieder wie der alte Micah: klein und unsicher. Während der schrecklichen Katastrophe gestern war es egal, dass der neue Micah den Menschen geholfen hat, wieder an Märchen zu glauben. Oder dass er Grants Fluch gebrochen hat. Sobald die Handys rausgezogen wurden, um uns filmen, hat Baby Buh-Buh wieder die Herrschaft an sich gerissen.

Ich kann nicht mal mehr mein Wandbild anschauen – oder eher den schwarzen Vorhang, von dem es verdeckt wird. Um mich abzulenken, krame ich mein Skizzenbuch hervor und versuche, die Erlebnisse von gestern zu zeichnen. Zumindest den schönen Teil. Wie viel Mühe sich Grant gemacht hat, um unseren ersten gemeinsamen Monat zu feiern. Ganz märchenhaft hat er mir den Hof gemacht. Und ein ganzes Königreich hat dabei zugesehen, wie Grant, der galante Schneider, mit einer romantischen Serenade um mich, den Prinzen, wirbt.

Nachdem mein Stift fünf Minuten lang ziellos über das Papier gewandert ist, bestätigt sich meine Angst: Ich habe meine Inspiration verloren. Welche der Millionen Gründe auch dafür verantwortlich sein mögen – ich will diesen Moment einfach nicht als Kapitel in unserem Märchen festhalten. Vielleicht wäre das anders, wenn ich weiterhin anonym auf meinem Account posten könnte. Ich war schon immer viel kreativer, wenn ich nur für mich zeichnen konnte.

Hätte ich mich über Grants Aktion gefreut, wäre dadurch nicht Elliots Date ruiniert worden? Die Frage lässt mich einfach nicht los, und ich kann nicht mit Sicherheit sagen, dass die Antwort »Ja!« lauten würde.

Bisher hat der Post zu unserem Jubiläum die Leute jedenfalls nicht von dem Fiasko beim Food-Festival ablenken können. In den Kommentaren unter dem Post werden Grant und ich beschimpft,

Brandon wird fertiggemacht, und meinem Dad wird vorgeworfen, dass er den Streit nicht früher unterbrochen hat. Außerdem wollen alle wissen, wie alles geendet hat, nachdem die Kameras weg waren.

Herzlichen Glückwunsch, Grant und Micah!

Dads Sorgen beschränken sich dagegen nicht nur auf Instagram. Als ich unrasiert und völlig fertig aus meinem Zimmer auftauche, geht Dad gerade im Wohnzimmer auf und ab und telefoniert, während Maggie in der Küche ihr Frühstück mampft. Dad hängt schon seit einer Stunde am Telefon, ich konnte ihn durch meine Zimmertür hören. Sein Radiosender hat seinetwegen einen Anruf von der Disney-Rechtsabteilung bekommen – allerdings nicht, weil er »Eat to the beat« gesagt hat. Nein, sie werfen ihm das weitaus schlimmere Vergehen vor, einen bekannten *Arielle*-Song ohne Erlaubnis in Gänze ausgestrahlt zu haben. Sein Sender hat sich die ganze Nacht lang bemüht, die Micky-Maus-Leute davon zu überzeugen, dass nicht mein Dad den Song gebracht hat – sondern dass der Loser-Freund von seinem Loser-Sohn ihn direkt neben seinem Mikro abgespielt hat.

»Vielen Dank für Ihr Verständnis«, sagt Dad mit einem kumpelhaften Lachen. Dieses Lachen benutzt er immer dann, wenn er stinksauer ist und es nicht zeigen darf. »Wie schön zu hören, dass Ihr Neffe so ein großer Instaloves-Fan ist. Ja, bei uns kommt wirklich keine Langeweile auf.«

Dad blitzt mich mit wütenden Augen an. Weil ich keine Lust habe, mir seine Vorwürfe anzuhören, packe ich schnell ein paar Snacks in meinen Rucksack, um sie mit zu Grant ins Wohnheim zu nehmen. Maggie dippt gleichmütig ihre Karottensticks in den Hummus. »Wenn ich du wäre«, flüstert sie, »würde ich ihm heute lieber nicht widersprechen. Sag einfach, dass es dir leidtut, und verzieh dich.«

Ich rolle so genervt mit den Augen, dass sich die Erde rückwärtsdrehen müsste. »Der Flashmob war doch nicht meine Schuld! Ich habe mich sogar bemüht, gar nicht erst auf der Bildfläche aufzutauchen, wegen Elliot!«

Maggie schaut mich fragend an. »Und wie geht's ihm?«

»Schlecht.« Zornig klaue ich eine ihrer Karotten. »Hannah sagt, Brandon und er haben total Zoff, und wegen der Aufnahmen von diesem«, ich wähle meine Schimpfworte sorgsam aus, weil Dad in der Nähe ist, »besch...euerten Song hat seine Chefin mitbekommen, dass er beim Festival war, obwohl er sich bei der Arbeit krankgemeldet hatte. Wozu ich ihn überredet habe. Und dafür hat er jetzt eine Abmahnung bekommen.«

Seufzend tunkt sie noch eine Karotte in die Schüssel. »Dann hast du ihm also so ziemlich sein Leben versaut.«

»Nicht absichtlich!«

»Aber versehentlich?«

»Ja.«

»Ich bin mir sicher, dass er dir keine Vorwürfe macht. Warum gehst du nicht einfach im *Audrey's* vorbei und entschuldigst dich?«

»Nein.« Ich ziehe die Schnalle an meinem Rucksack zu, um ihrem allwissenden Blick zu entgehen. »Nachher sieht mich noch jemand und macht Wirbel. Und am Ende bekommt Elliot nur wieder Ärger. Er braucht den Job.«

»Ja, das hat mir Hannah schon erzählt.« Maggies Hand legt sich auf meine Tasche, um mich am Gehen zu hindern. »Aber glaubst du wirklich, es macht seine schreckliche Woche irgendwie besser, wenn du ihn ignorierst?«

Vielleicht kann Elliot in dieser Stadt wirklich kein Glück finden. Vielleicht ist es gut, wenn er sich auf seine Zukunft konzentriert.

Grant konzentriert sich mit seinem Modekurs ja auch auf seine Zukunft.

Der Einzige, der in der Luft hängt, bin ich. Zwei Türen weiter verstaubt mein Wandbild unter einem Vorhang und meine kreative Energie lässt von Tag zu Tag mehr nach. Heute Nachmittag werde ich mich hinsetzen und meine Mappe für das Art Institute zusammenstellen. Ich will nächstes Jahr nicht als Versager dastehen, wenn Hannah nach New York zieht, um zu schreiben, und Elliot weggeht, um ein Kleinstadt-Tierarzt zu werden …

♡♡♡

Die ganze nächste Woche gehe ich dem *Audrey's* so konsequent aus dem Weg wie einem meiner alten Instaloves-Crushes. Keine persönlichen Treffen mit Elliot, nur ab und zu ein paar Nachrichten, um zu hören, wie es ihm geht. Wir müssen uns zwar gerade auf unsere eigenen Beziehungen konzentrieren, aber diese Funkstille nervt total. Ich vermisse sogar seine Witze über den dummen kleinen Richie Rich.

Irgendwann wird sich alles wieder beruhigen – und dann wird er sich auch wieder besser mit Brandon verstehen. Damit zwischen den beiden wieder alles gut werden kann, sollte er möglichst nicht zu viel Zeit mit mir verbringen. Sonst wird Brandon nur sauer und eifersüchtig.

Offenbar sind sie schon auf einem guten Weg: Ein kurzer Blick auf Elliots Insta zeigt die beiden, wie sie glücklich zusammen in einem See schwimmen. Endlich! Das Bild ist ein echter Hingucker: Elliots Brusthaare kleben in zwei langen dunklen Streifen an seinem Oberkörper, die bis zu seiner Badehose reichen. Die wiederum schmiegt sich so eng an seine Schenkel, dass man sieht, dass er einen –

Hektisch schalte ich den Bildschirm meines Handys aus. Was *mache* ich da nur? Elliot war nach dem Debakel beim Festival so durch den Wind – und vor lauter Schuldgefühlen und Mitleid spanne ich jetzt heimlich in seinen Fotos herum?

Jedenfalls bin ich froh, dass es mit Brandon und ihm wieder besser läuft.

Am Wochenende passiert dann ein weiteres aufregendes erstes Mal: Wir gehen zusammen mit Grants Freunden und Freundinnen frühstücken. Er und ich und ein paar Leute aus seinem Kurs – die Flashmob-Figuren jetzt in Alltagskleidung – futtern gemeinsam die besten und größten Zimtschnecken der Stadt.

»Ich bin fast *umgefallen*, als ich Grant in diesem Prinz-Erik-Hemd gesehen habe!«, kichert Bethany – ein sonnengebräuntes weißes Mädchen mit geflochtenen Zöpfen. Sie hatte sich unter dem Hexenumhang versteckt. Der ganze Tisch – ob queer oder hetero – erhebt anerkennend die Kaffeetassen, um Grants sexy Brust zu feiern. In gespielter Verlegenheit versteckt er seinen Lockenkopf hinter meiner Schulter, und lautes Gelächter vertreibt sämtliche Sorgen, die ich wegen des Flashmobs hatte. Die Leute von den benachbarten Tischen bombardieren uns mit tödlichen Blicken, weil wir so laut sind, aber das ist uns egal.

Das habe ich gebraucht.

Nur dass da dieses leise Echo in meinem Lachen nachklingt. Eine seltsame Leere. Ich weiß, woher dieses hohle Gefühl kommt. Elliot bräuchte so ein fröhliches Frühstück unter Freund*innen dringender als ich. Er würde das lieben. Ich hätte ihn einladen sollen.

Schnell verdränge ich diesen deprimierenden Gedanken wieder. Da beugt sich eine junge Frau mit Sommersprossen (und Sonnenbrille, obwohl wir drinnen sitzen) über zwei Plätze hinweg zu mir rüber: »Micah, ich habe gehört, dass du Grant bei seinem Entwurf für die Ritterprinzessin hilfst. Wir glauben, ihr zwei könntet mit eurer Reichweite ein richtig großes Publikum in die Modenschau ziehen.«

»*Wow*, du gehst aber ran«, meint Grant und zerrupft nervös eine leere Zuckerverpackung.

Während die Worte *»richtig großes Publikum«* noch unheildrohend durch meinen Kopf hallen, hebt die junge Frau entschuldigend die Hände. Ich schaue mich am Tisch um und habe plötzlich das Gefühl, im Mittelpunkt der Aufmerksamkeit zu stehen. Niemand schlürft mehr Kaffee. Niemand isst mehr Bacon.

Ein Dutzend Augenpaare sind auf Grant und mich gerichtet.

»Was für Publikum?«, frage ich und nehme Grants zapplige Hand. »Ist diese Modenschau denn nicht nur für euch, also, für die Leute vom Art Institute?«

Grant räuspert sich und drückt den Rücken durch. Jetzt kommt offenbar das Geschäftliche. »Nein, äh, was sie damit sagen will, ist, dass die Abschluss-Show nicht nur der Höhepunkt des Kurses ist, sondern auch eine wichtiges Event, um Kontakte zu knüpfen. Eine einmalige Chance. Die Show ist eine richtig große Produktion und auch für ein allgemeines Publikum gedacht. In den letzten Jahren sind ein paar prominente Designer*innen da gewesen, die sich nach neuen Talenten umgeschaut haben. Außerdem kommen Influencer*innen und jede Menge Investor*innen. Die Studierenden dürfen auch Kreative von außerhalb in ihr Team holen. Das kommt immer wieder vor. Das ... könnte echt cool werden.«

Es ist so still, dass man eine Nadel fallen hören könnte. Hoffnungsvoll sieht Grant mich an.

»Okay.« Ich wende mich an mein aufmerksames Publikum. »Ihr wollt den Internet-Hype um Grant und mich benutzen und Werbung für die diesjährige Modenschau machen, damit so viele einflussreiche Menschen wie möglich auftauchen.« Ich stecke einen Streifen Bacon wie eine Zigarre zwischen meine Zähne. »Richtig?«

Keiner blinzelt.

Mit einem unschuldigen Blick legt Grant seine Hand auf meine. »Wenn das ... okay ... für dich ist?«

Schon allein dass ich mit Grant zusammen bin, hat Instaloves total verändert. Es gefällt mir zwar nicht, was Wish Granted mit meiner Kreativität angestellt hat – doch das hier könnte alles ändern. Wenn ich ganz offiziell als Mitwirkender von Grants Show angekündigt werde, könnte das meine Eintrittskarte für ein Studium am Art Institute sein. Aber nur zu meinen Bedingungen, mit meiner eigenen Mappe und meinen Ideen.

Ich! In diesem historischen Gebäude. Ich könnte meine Zeichentechnik verbessern und endlich lernen, wie ich meine Instalove-Leidenschaft auf richtig großen Bildern ausdrücke.

Knirschend zerkaue ich den Speck und sage dann: »Okay!«

Und wieder schießen die Kaffeetassen in die Höhe. Ein dreifaches Hurra für Wish Granted – *Hipp, hipp, hoorray!* Begeistert fangen Grants Mitschüler*innen an, miteinander zu quatschen. Nun, da ihr Plan aufgegangen ist, scheinen alle plötzlich besonders gut drauf zu sein. Die »spontane Idee« von Grant war also genau geplant. Ein schaler Geschmack legt sich auf meine Zunge. Das Ganze ist vermutlich genau die Starthilfe, auf die ich gewartet habe – und die mir Zutritt zum Art Institute verschaffen kann. Ich wünschte nur, Grant hätte mich erst mal unter vier Augen gefragt. Dann hätte ich mich nicht so gedrängt gefühlt, Ja zu sagen.

»Dann lasst uns doch gleich anfangen«, sagt Grant und dreht unsere Stühle herum. »Ein Selfie von der Gruppe! Das posten wir auf Instaloves und verkünden, dass Wish Granted an etwas Großem für das Art Institute beteiligt ist. Wir taggen die Schule und das Kollegium. Dann sind gleich alle mit einbezogen.«

Obwohl ich bei all diesen Informationen fast vom Stuhl kippe, stimme ich dem Foto zu. Es ist wirklich eine super Werbung, aber ich hätte trotzdem gerne zuerst mit ihm allein darüber beratschlagt. Einfach um mit ihm darüber zu sprechen, wie wir seine Ritterprinzessinnen-Show überhaupt auf meinem Instaloves-Account integrieren können.

Ich kann nicht glauben, wie schnell ich es bereue, jemals Ja gesagt zu haben.

♡ ♡ ♡

Unaufhaltsam kommt die Werbekampagne ins Rollen. Im Lauf der Woche hat Grant eine tolle Idee nach der anderen, wie wir die Neugier auf die Ritterprinzessin anstacheln können. Wir holen uns einen Eiskaffee – er knipst ein Foto und bittet mich, es mit dem Hashtag #WorkingDate zu posten. Komme ich zu einem schnellen Mittagessen bei ihm im Wohnheim vorbei, schaltet er als Erstes das Ringlicht an. Sogar den Aufzug in unserem Penthouse nutzt er für einen Insta-Moment.

»Ooh, lass uns deinen Dad taggen!« Grant schaut mit einem selbstvergessenen Lächeln von seinem Handy auf. »Denkst du, er würde das teilen? Ist er auf TikTok? Da würde er bestimmt superlustig rüberkommen.«

»Ähm …« Dafür, wie gut ich den entsetzen Ausdruck in meinem Gesicht verbergen kann, müsste ich eigentlich einen Oscar bekommen

Ich will endlich wieder ein Date mit Grant, das nicht live gestreamt wird!

Mitte Juli bestehe ich dann darauf, dass wir aufhören, ständig unser gemeinsames Projekt zu promoten, und stattdessen konkret daran arbeiten. Grants Mitbewohnerin verbringt die heiße Phase vor der Modenschau mit einem Freund im Atelier der Schule. Deshalb verwandeln wir sein Zimmer in ein provisorisches Designstudio, um den endgültigen Entwurf der Ritterprinzessin fertigzustellen. Das ist ganz praktisch, um bis spätabends zu arbeiten – und um ungestört rumzumachen.

Wir schlurfen in ungewaschenen Jogginganzügen herum – keiner von uns sieht also besonders sexy aus oder fühlt sich so. Das hilft, sich auf die Arbeit zu konzentrieren. Grant winkt mich zu seinem Schreibtisch und zeigt mir den fertigen Entwurf auf seinem Tablet.

Beim Anblick der Ritterprinzessin schießt neue Energie durch meinen Körper.

Er hat es tatsächlich geschafft, in seine ursprüngliche genderfluide Fantasiefigur die Dutzend Ideen einzubauen, die auf den Zetteln an seinen Wänden hingen, darunter auch meine.

»Du hast ihr meinen Diadem-Helm aufgesetzt!« Ich bin entzückt.

Grant strahlt von seinem Schreibtisch zu mir auf und ich drücke ihm einen Kuss auf seinen stoppeligen Zwei-Tage-Bart. »Aber es ist immer noch nicht ganz *perfekt*«, stöhnt er. »Die ganze Wish-Granted-Promo hat die Erwartungshaltung der Leute extrem angeheizt. Das ist meine Chance, herauszustechen – *unsere* Chance, meine ich –, und wir dürfen sie nicht enttäuschen. Es soll sich spektakulär anfühlen. Das hier ist einfach nur ... gut. Aber wir brauchen einen Wow-Effekt!«

Nachdenklich fahre ich mit dem Finger die Linien seines Entwurfs nach. »Von *gut* zu *wow* ...«

Wie hypnotisiert starren wir auf die Zeichnung, in der Hoffnung, dass sich die Puzzleteile zusammenfügen. Die Gestalt in dem Entwurf sieht beeindruckend aus, gleichzeitig verströmt sie auch eine gewisse Leere. Ich wünschte, Modeskizzen hätten einen Hintergrund, der sie hervortreten lässt. Etwas, das den Look erdet und ihm eine besondere Aura verleiht.

An welchem Ort hält sich die Ritterprinzessin auf? Was ist um sie herum? *Wer* ist um sie herum?

Ein Schloss? Ein Ball?

*Tänzer*innen ... In einem Schloss ...*

»Ich hab's!«, rufe ich und packe Grant am Arm. »Und wenn die Ritterprinzessin Teil von einem größeren Kunstwerk ist? Von einem Kunstwerk, das ich schon angefangen habe?« Ich raufe mir die Haare. »Ich kann nicht glauben, dass ich das sage: mein Wandbild.«

Das ist es. Auf diese Weise komme ich endlich dazu, meine Vision zu verwirklichen. Meine Kunst wird nicht länger im Dunkeln versauern!

Grant zieht überrascht die Augenbrauen hoch. »Du hast selbst mich das Wandbild noch nie sehen lassen«, meint er. »Und das hier sehen ... alle.«

»Ich weiß, ich weiß.« Ich halte mir die Ohren zu und marschiere durch das Zimmer. Damit würde ich mich kilometerweit aus meiner Komfortzone herauskatapultieren, aber das ist *die* Idee – der Push zum neuen Micah, den ich gebraucht habe. »Das verkrafte ich schon. Mein Wandbild hat einen bunt gemischten Hintergrund aus Märchenfiguren, aber keinen Mittelpunkt. Deshalb ist es noch unvollendet.«

Wie vom Blitz getroffen springt Grant auf. Er grinst. »Und mein Entwurf ist ein Mittelpunkt ohne Hintergrund. Ohne den richtigen Vibe.«

»Wenn wir die beide miteinander verbinden ...« Ich verschränke zwei Finger.

»Werden sie eins«, schließt Grant. »So wie wir.«

Mit einem begeisterten Aufschrei wirft er sich auf mich. Sein starker Körper drückt mich gegen das Fenster, umfängt mich so fest und sicher, als wäre ich ein Baby. Wir küssen uns. Ich bin froh, dass er sich nicht rasiert hat. Seine Stoppeln sind noch kratziger als in unserer ersten gemeinsamen Nacht.

Alles fühlt sich wieder richtig an. Das Universum sorgt für uns.

»Die Ritterprinzessin könnte eine lebende Statue sein!«, sagt er sprühend vor Kreativität und marschiert mit aufgeknöpftem Hemd im Zimmer auf und ab. »Das Ganze wird eine Performance, keine Laufstegshow. Zuerst zeigen wir dein Wandbild. Auf den ersten Blick werden die Leute es nur für ein Gemälde halten. Ein tolles, großes Gemälde, aber keiner weiß, dass die Ritterprinzessin lebendig mittendrin steckt. Dann ... springt sie hervor.«

»Tadaaa?«, frage ich grinsend.

»Tadaaa!«, ruft er.

Grant und ich halten uns an den Händen – unsere Verbindung

strahlt wieder. Meine Idee hat alles wiedergutgemacht und von nun an wird unsere Beziehung noch intensiver werden. Sein Entwurf wird spektakulär aussehen und ich werde meine Mappe für die Bewerbung am Art Institute zusammenstellen. Und das Beste ist, dass ich jetzt endlich gezwungen bin, mein Wandbild fertig zu malen, bis in …

Drei Wochen.

Oh. Na gut. Ich muss lediglich ein Bild in drei Wochen fertigstellen, an dem ich seit Jahren arbeite – um es dann an meiner Traum-Hochschule zu präsentieren. Sollte ich das nicht schaffen, zerstöre ich nicht nur den Traum meines Freundes, sondern meinen eigenen noch dazu.

Kein Druck also.

Kapitel 19

DER MUTMACHER

Den ganzen Weg vom Art Institute zu *Audrey's Café* verfolgt mich ein ungutes Gefühl. Ich hatte mir geschworen, nicht ins *Audrey's* zu gehen und Elliot erst mal in Ruhe zu lassen – aber ich brauche unbedingt einen Chai, und außerdem vermisse ich meinen Freund. Er macht mir Mut und das habe ich im Moment bitter nötig.

Zu Hause wartet mein Wandbild und lacht mich aus.

Du bist kein echter Künstler, Micah. Nicht so wie Grant. Du hast keine Vision, Süßer.

Elliot wird mich wieder auf den Boden zurückholen, so wie immer.

Aber als ich im Café ankomme, ist er weit und breit nicht zu sehen. Seine gut gelaunte Kollegin verrät, er sei hinten und würde Mokka-Sirup anrühren. Das könne wohl noch eine Weile dauern. Zum Glück bin ich nicht allein gekommen. Die Idee, uns im Audrey's zu treffen, kam von Hannah. Sie hat mich mit dem Versprechen hergelockt, dass ich Jackson kennenlernen würde, ihren supergeheimen Freund. Zum Glück entpuppt sich Jackson als genau die Sorte Mensch, deren Gesellschaft mir in diesem Moment guttut: ein entspannter Hetero, der mit dem ganzen Drama nichts zu tun hat und nichts über mich oder meine Arbeit weiß. Im Café sieht Jackson ein bisschen ordentlicher aus als damals im Park. Er trägt einen sorgfältig zurückgekämmten Pferdeschwanz (ich könnte wetten, dass Hannah da ihre Finger im Spiel hatte). Seine Kleider sind schlicht und schwarz, und nicht ganz so zerrissen wie neulich. Er rührt sieben Zuckerpäckchen in eine kleine Tasse Kaffee und lässt die Verpackungen einfach verstreut auf dem Tisch liegen – als müsste er an jedem Ort, wo er hinkommt, einen kleinen Müllhaufen hinterlassen.

Neben ihm sitzt Hannah mit übergeschlagenen Beinen. Sie ist nervös – sie will *unbedingt*, dass das hier gut läuft.

Sie weiß ja nicht, dass ich Jackson schon deshalb mag, weil Hannah beim Food-Festival so entspannt mit ihm war.

»Ich stehe auf Mangas«, meint Jackson und kippt seinen Kaffee runter. »Aber, na ja, das tun ja eigentlich alle. Ist also nichts Besonderes.«

Zapplig beugt Hannah sich vor. »Jackson hat lauter perfekte Zeichnungen von Naruto in seine Hefte gemalt.«

»Oh, du zeichnest?«, frage ich.

»Ein bisschen«, meint er.

»Warst du schon mal bei *Rhapsody in You*? Die haben echt die beste Auswahl an Farbstiften.«

»Nee, ich bin doch kein Künstler. Ich nehme einfach einen Kuli oder was gerade rumliegt.«

Wieder beugt Hannah sich vor, noch hibbeliger als beim letzten Mal. »Jacksons Cousin arbeitet als Kameramann auf Filmsets. Er hat gesagt, er kann Jackson vielleicht einen Job als Produktionsassistent besorgen.«

Jackson lacht verlegen. »Warum erzählst du das denn plötzlich?«

»Na ja, stimmt doch!«

»Ja, aber was hat das mit unserem Gespräch zu tun?«

»Willst du so was nicht später mal machen?«

»Nein, eigentlich nicht. Angeblich soll irgendwann mal ein *Batman* hier in der Stadt gedreht werden, und ich dachte, es wäre vielleicht cool, bei einem *Batman*-Dreh dabei zu sein, aber …« Er lacht, aber nicht über sie. Er schüttelt ihre Hand, wie um sie aufzuwecken. »Du benimmst dich heute so komisch. Was ist los, kleiner Weirdo?«

»Ich benehme mich gar nicht komisch«, murmelt Hannah, aber ihre verkrampfte Haltung löst sich ein bisschen. Sie lächeln sich an und das bringt sie wieder zur Besinnung. Sie dreht sich zu mir: »Ich war echt nervös wegen des Treffens mit dir. Ich möchte, dass du Jackson magst. Sag mir einfach, dass du ihn cool findest, dann kann ich mich entspannen.«

Ich hebe ergeben die Hände. »Ich mag Jackson *wirklich*!«

Sie schnippt mit den Fingern. »Wirklich? Oder sagst du das jetzt nur so?«

»In echt, ehrlich! Ihr zwei seid supersüß zusammen. Er ist cool. Ich würde mich freuen, wenn wir öfter was zusammen machen.«

Grinsend springt Jackson auf und sagt: »Zu viel Lob! Ich bin gleich wieder da, muss nur kurz pinkeln.«

Er küsst Hannah. »Vielen Dank für die Info«, lacht sie.

Als Jackson zur Toilette verschwindet, packe ich meine Hannah am Arm. »Er mag dich!«, verkünde ich fröhlich.

Sie schlägt die Hände vors Gesicht und flüstert: »Er hat absolut keinen Plan. Also, *überhaupt* nicht. Collegebewerbungen, Träume, Ziele, nichts. Ich glaube, er weiß noch nicht mal, auf welches College er gehen wird.«

»In dem Fall sollten wir das FBI informieren.«

Wir grinsen uns an, bis sie in ein verlegenes Kichern ausbricht. »Das ist mein Ernst. Was soll ich machen? Meine Zukunft ist schon millimetergenau geplant: Sobald mein dritter Bestseller als Taschenbuch rauskommt, kriege ich drei Kinder – zwei Mädchen, einen Jungen. Und das Ganze, bevor ich vierunddreißig bin. Wo soll er da nur reinpassen?«

Ich umarme sie ganz fest. »Keine Ahnung. Aber bis du es herausgefunden hast, genieß es einfach: Ein cooler Typ steht auf dich, dem es wichtig ist, dass es dir gut geht und du sein kannst, wie du bist.«

Ein goldener Schimmer legt sich auf Hannahs Wangen und sie seufzt sehnsüchtig. »Na gut.«

Mein Ratschlag von wegen cool bleiben und abwarten, wie sich alles entwickelt, wird gleich darauf auf die Probe gestellt, als Hannah und Jackson sich verabschieden: Elliot kommt durch die Schwingtüren des hinteren Vorratsraums. Die schweißnassen Haare kleben an seiner Stirn und er hält einen riesig großen Behälter mit Sirup in den Händen.

Bei seinem Anblick entspannt sich mein Körper sofort. Wir haben uns echt viel zu lange nicht mehr gesehen.

Ächzend stellt Elliot die Kanne auf den Tresen. Er hebt den Kopf und unsere Augen begegnen sich. Aus irgendeinem Grund ducke ich mich sofort hinter eine der Säulen, die dem Café einen Pariser Flair verleihen sollen. Weil das in der echten Welt jedoch nicht ganz so gut funktioniert wie in einem Cartoon, sehen mich alle – auch Elliot.

Jackson muss laut lachen. »Deine Freunde sind echt witzig!«

Hannah klopft mir auf die Schulter und flüstert: »Er ist immer noch der alte Elliot.« Sie winkt zum Abschied. »Wir müssen die Bahn nach Orland Park erwischen.« Bei der Erwähnung dieses weit außerhalb liegenden Vororts wirft sie mir einen prüfenden Blick zu.

Was auch immer sie dort vorhaben, es geht um Jackson. Deshalb frage ich, ohne eine Miene zu verziehen: »Wer wartet in Orland Park auf euch?«

»Nur ein paar Freunde von mir«, erklärt Jackson und streckt sich. »Sie haben ein ziemlich cooles Zombie-Rollenspiel entwickelt, und die liebreizende Hannah Bergstrom und ich werden die Testpersonen sein.«

Elliot und ich starren Hannah total perplex an. Sie verneigt sich vor uns. »Tja, Jungs«, sagt sie, »dieses Großstadtmädchen macht sich tatsächlich auf den Weg in die Vororte, um mit ein paar Hobbits die Würfel rollen zu lassen.« Jackson grinst bis über beide Ohren. Ihn stört diese Beschreibung kein bisschen. Sie küssen sich. »Wir haben alle unsere eigene Märchenreise.«

Haben meine Dating-Ratschläge etwa tatsächlich auf Hannah, die Beziehungsexpertin, abfärben können?

Nachdem Hannah und Jackson verschwunden sind, bringt Elliot den Mokka-Sirup zu seiner Kollegin hinter der Bar. Ich lehne immer noch stocksteif an der Säule, hinter der ich mich verstecken wollte.

Soll ich gehen? Will Elliot überhaupt, dass ich hier bin?

»Ich geh ein bisschen früher in die Pause, okay?«, fragt Elliot seine Kollegin, die ihm viel Spaß wünscht und den Sirup in eine Dosierflasche an der Bar kippt. Mit einer geschmeidigen Bewegung schlüpft Elliot unter dem Tresen hindurch und zieht seine Schürze aus. Er streicht seine nassen Haare zurück und lächelt. »Wie wär's mit einem Chai?« Es ist seltsam, ihn lächeln zu sehen – als hätte unsere letzte Begegnung nicht in einer totalen Katastrophe geendet. Ich nicke nur, weil mein Mund nicht in der Lage ist, irgendwelche Worte zu formen. Elliot pikt mich in den Bauch und zwingt so ein Kichern aus mir heraus. »Komm schon, *chai* nicht so schüchtern.«

Dieses alberne Wortspiel nimmt mir das Gewicht des Festival-Fiaskos von meinen Schultern.

Er ist nicht sauer auf mich! Und sein Job scheint auch nicht gefährdet zu sein. *Was* gefährdet ist, ist seine Beziehung. »Brandon und ich haben seit dem Festival kaum ein Wort gewechselt«, gesteht er und rührt in seinem großen Chai.

Die Worte bohren sich wie ein Messer in meine Brust. »Das tut mir *so* leid. Und Grant auch.«

»Ich weiß. Er hat mich angerufen, bevor du gekommen bist.«

»Ehrlich?«, frage ich. Elliot nickt. Ein weiterer Stein fällt mir vom Herzen. Es wäre so schön, wenn Grant und Elliot Freunde werden könnten.

»Du hast echt einen netten Typen erwischt.« Elliot starrt in den wirbelnden Chai, als könnte er dort ein paar geheime Antworten finden. »Ich leider nicht.«

»Ich verspreche dir, ich kann dir helfen, dass es besser –«

Elliot schaut auf, sein Blick ist düster. »Das ist nicht mehr nötig. Ich habe genug.«

Ein weiteres Messer bohrt sich in mein Herz.

Sag nicht, dass du genug von Chicago hast. Bitte sag nicht, dass du genug von Chicago hast.

»Er hat gesagt, er hätte sich für mich entschieden«, erzählt Elliot. »Aber ich sei es nicht wert, dass er wegen mir sein *Olympia-Training* vernachlässigt, nicht mal für einen Tag.« Er trinkt einen Schluck. Ich muss mein Entsetzen darüber, wie grausam Brandon sein kann, erst mal verarbeiten. »Später hat er das dann wieder zurückgenommen. Angeblich hat er es nicht so gemeint – es sei nur der Stress gewesen wegen des vielen Trainings und des peinlichen Festivalvorfalls, bla, bla, bla. Mir doch egal.«

»Aber ihr zwei wart doch vor Kurzem erst zusammen am See?«, frage ich verwirrt. »Ich habe es auf Insta gesehen. Dieses süße Foto von euch, wie ihr zusammen schwimmt!«

Elliot stößt ein hohles Lachen aus. »Micah, du bist auf den ältesten Insta-Trick überhaupt reingefallen. Poste ein altes Foto, auf dem du noch glücklich warst – dann merkt niemand, dass du … es nicht mehr bist.«

»Shit«, stöhne ich. Natürlich – die beiden wirkten fast zu glücklich auf dem Bild. Empört schüttele ich den Kopf. »Brandon liegt falsch. Du bist es wert, dass man alles für dich aufgibt.«

Elliot holt scharf Luft, als wären meine lieben Worte noch schmerzhafter als Brandons Missachtung. Er wedelt mit den Armen, als würde er einen Teller sauber wischen. »Können wir bitte von was anderem reden? Meine Beziehung liegt in Scherben und an mir klebt überall Sirup. Themawechsel bitte. Okay?«

»Okay«, sage ich und überlege, was ich sagen kann. »Ich werde übrigens bei Grants Modenschau mitmachen.«

Elliot grinst teuflisch. »Das hat Grant schon erzählt. Dein Wandbild. Wie aufregend. Und natürlich hast du sofort bereut, dass du zugestimmt hast. Hab ich recht? Jetzt bleiben dir nur ein paar Wochen, um das Bild fertig zu malen. Bestimmt hasst du dich jetzt dafür, oder?«

DIE GANZE LAST FÄLLT VON MEINEM KÖRPER AB.

Wieso versteht Elliot immer alles sofort?

»Ja!«, stöhne ich und breche theatralisch über dem Tisch zusammen. »Bitte steck mich in eine Zeitmaschine. Schick mich in die Vergangenheit und lass mich alles rückgängig machen!«

»Entspann dich. Hier, trink einen Schluck.« Er schiebt den Chai zu mir, und ich kippe den klebrig süßen Bodensatz hinunter. »Sag ehrlich, warum versauert das Wandbild schon so lange unter diesem schäbigen alten Vorhang?«

Warum kann ich mir nicht vorstellen, wie es mal aussehen soll, wie sonst bei meinen Instaloves-Zeichnungen?

Normalerweise würde ich dieser Frage ausweichen oder tausend Ausreden dafür finden. Aber Elliot und ich reden gerade so offen miteinander. Dazu ist es so entspannt im Café mit den gemütlichen Lichterketten und diesem leckeren Chai Latte. In diesem Moment habe ich keine Angst mehr, ihm die Wahrheit zu sagen.

»Es gefällt mir nicht«, gebe ich zu.

»Das ist mal eine ehrliche Antwort.« Er lacht. »Und warum?«

»Als ich die Idee skizziert habe, war ich vierzehn. Es ist kindisch. Es geht um Märchen und Liebe, aber eben so, wie ein Kind darüber denken würde.«

Elliot klappt der Mund auf. »*Wie bitte?* Du glaubst nicht mehr an Märchen? Dabei lebst du doch gerade eines.«

Ich kaue an meinen Fingernägeln und versuche, die Wahrheit in Worte zu fassen, für Elliot und für mich. »Ja, das stimmt, ich lebe ein Märchen, aber es ist trotzdem … anders. Es ist nicht nur die heile Welt, sondern manchmal auch chaotisch. Und deshalb kommt mir dieses Heile-Welt-Wandbild in meinem Zimmer wie ein Fake vor.«

Elliot tippt sich mit dem Finger an die Lippe. »Deine Instaloves-Skizzen waren Fantasien, die ihren Ursprung in der Realität hatten. Die Vorbilder waren echte Menschen, oder?«

Er tippt auf das Display und scrollt durch meine alten Instaloves-Posts – kurze Blitzlichter aus der Vergangenheit. Mein Intelligentsia-Schwarm, den ich als wunderschönen Vogelprinzen eines Himmelskönigreichs auferstehen ließ (passend zu dem Spatz-Tattoo an seinem Handgelenk). Nachdem Grant meinen Instagram-Account nun wochenlang als Werbetrommel benutzt hat, tut es gut, von Elliot zu hören, was eigentlich hinter Instaloves steckt.

Ich nehme sein Handy und scrolle durch die nächsten Posts.

Als sich unsere Hände berühren, fährt ein elektrisches Knistern durch meinen Arm.

»Sie waren echt«, sage ich. »Realität in Fantasie verwandelt.«

Elliot rückt mit seinem Stuhl näher zu mir. Sein nacktes Knie ist keine vier Zentimeter von meinem entfernt. »Und die Figuren in deinem Wandbild waren alle erfunden, oder? Niemand, den es wirklich gibt?«

»Ja?« Ich schlucke und bemühe mich, nicht darauf zu achten, wie seine Beinhaare mein Knie berühren.

Elliot springt auf. Seine Pause ist vorbei, und *ich* bekomme eine Pause davon, ihm so nah zu sein. Während er sich wieder die Schürze umbindet, sagt er: »Okay … dann. Fang mit dem Wandbild noch mal ganz neu an.«

Mein kurzes, bellendes Lachen schneidet durch die leise Klaviermusik des Cafés. »Das kann ich nicht?!«

»Wieso?«

»Ich habe nur noch ein paar Wochen Zeit!«

»Damals in der Bahn hast du nur zehn Minuten gebraucht, um Grant zu malen. Wenn du inspiriert bist, kannst du das schaffen.«

Der ganze Raum dreht sich um mich. Das ist völlig verrückt. Ich kann doch nicht einfach dieses Kunstwerk, an dem ich schon seit Jahren arbeite, zusammenknüllen und in die Ecke werfen und an zwei Wochenenden etwas völlig Neues hinzaubern.

Oder?

»Sag alle deine Termine für morgen ab«, sagt Elliot und bindet sich hinter dem Rücken eine Schleife.

Schau nicht auf seinen Hintern in diesen Shorts. Schau nicht auf – okay, ich habe hingeschaut. Verdammt. Wie schafft er es nur, dass er damit nicht alle Sirupflaschen hinter dem Tresen umstößt?

Ich atme tief durch, um mich zu beruhigen. Die ganze Woche habe ich mich wegen Grant komisch gefühlt, und Elliot ist einfach ein lieber Kerl, der mir wichtig ist und sich um mich kümmert.

»Okay, Termine sind gecancelt«, sage ich und werfe mir meinen Rucksack über die Schulter. »Was machen wir morgen?«

»Ich führe dich durch die Stadt«, erklärt Elliot und schlüpft hinter den Tresen. »Nimm dein Skizzenbuch mit. Oder besser gleich zwei. Und ganz viele Stifte. Du wirst jede Menge Inspiration finden.«

»Aber ich will nicht, dass du deinen ganzen Tag für mich opferst«, stammele ich.

»Ich muss nicht arbeiten«, sagt er. »Und ich habe einen Freund, dem ich gerade lieber aus dem Weg gehe.« Seine Augen funkeln. »Außerdem will ich aus ganz egoistischen Gründen, dass dein Wandbild gut wird.«

Ich komme ein paar Schritte näher. »Ach ja?«

Mit großer Geste breitet Elliot seine klebrigen Arme aus. »Darf ich dir die Ritterprinzessin vorstellen?«

Okay, jetzt verstehe ich die Welt nicht mehr. »WAS?«

»Als Grant sich bei mir wegen des Festivals entschuldigt hat, sagte er, sein Model hätte ihn sitzen lassen. Ich habe die richtigen Maße«, er klopft sich auf den Hintern, »es wird gut bezahlt, und er sagte, er hätte dir versprochen, sich bei mir zu revanchieren, deshalb ... bin ich euer Star. Das Ganze wird also jetzt ein flotter Dreier!«

Pass auf, was du sagst, Elliot.

Wie unglaublich, dass Grant Elliot tatsächlich einen bezahlten Job verschafft hat, bei dem er sich nicht mit irgendwelchen blöden Gästen herumschlagen muss. Vielleicht kann ihn das ja davon abhalten, die Stadt zu verlassen! Und wir können gemeinsam an dem Projekt arbeiten! Wir können alle profitieren. Niemand wird verlieren.

Ich fliege.

Kapitel 20

DIE MUSE

Am nächsten Morgen packe ich zwei Skizzenbücher und jede Menge Stifte ein. Wir suchen nach Gesichtern, die mir als Inspiration für meine Wandbildfiguren dienen. Das Bild soll schließlich ein würdiger Hintergrund für die Ritterprinzessin sein. Außerdem muss es förmlich *Wish Granted* schreien. Während die morgendlichen Bahnen auf den Hochgleisen über mir hinwegrattern, vibriert mein Pennyboard unter meinen Füßen nur so vor Energie. Es ist die gleiche Energie, die Grant und mich an jenem unvergesslichen Tag zusammengeführt hat.

In der Bahn hat alles angefangen. Das Wandbild muss ein Zug werden.

Ich halte mein Board unter den Gleisen an und tippe mit schwitzenden Fingern mein Konzept in die Notizen-App: *Auf dem Wandbild sieht man einen langen Zug, aus dem Dutzende Fantasiewesen herausschauen, die alle von den Einwohner*innen Chicagos inspiriert sind. Im Mittelpunkt steht das Gewand von Grants Ritterprinzessin, von Elliot getragen.*

Zutiefst entzückt drücke ich mein Handy an mich. Die Idee – und die Tatsache, dass ich dann mit den beiden Jungs zusammenarbeiten kann, die ich am liebsten mag – befeuert meine Kreativität für das Wandbild wie nichts zuvor. Elliot hat recht – je mehr ich den

Instaloves-Geist in mein Wandbild einbringe, desto mehr wird es sich nach »Micah« anfühlen. Ob mit Kohlestift gezeichnet oder mit einem Pinsel gemalt – das spielt keine Rolle. Die Idee ist der Motor für alles.

Wir müssen ein Königreich erschaffen.

Elliot und ich beginnen mit unserer Suche im Water-Tower-Einkaufszentrum, wo auch sonst? In einem Klamottenladen schleichen wir uns durch Reihen mit heruntergesetzter Frühlingsware – auf der Jagd nach einem Verkäufer, von dem Elliot behauptet, er hätte »den richtigen Vibe«. Als er die Klamotten an den Stangen vor uns beiseiteschiebt, damit wir hindurchspähen könne, kann ich mich nur auf Elliots Hände konzentrieren. Dafür, dass er, wie ich, eher klein ist, sind seine Finger überraschend lang und elegant. Noch überraschender sind seine perfekten Nägel – gepflegtes Nagelbett und makellos glatte Kuppen. Tausend Becher Kaffee am Tag und trotzdem kein Krümchen Schmutz unter den Nägeln. Beeindruckend.

Grinsend dreht Elliot sich zu mir. »Interessierst du dich für die?«, fragt er und streckt mir die Finger wie Katzenkrallen entgegen.

Ein nervöses Kichern entflieht mir. Ich *hasse* es, ertappt zu werden. »Ich dachte, die Gastronomie versaut einem die Nägel«, flüstere ich. »Das hat Hannah mir gesagt.«

»Aber nur, wenn du sie nicht pflegst.« Grinsend lässt Elliot in seinem Tropenmuster-Tanktop die Muskeln spielen und küsst seine Nägel. »Ich mache mir die Nägel selbst. Und dir kann ich sie gerne auch mal machen, weil ...« Er deutet spöttisch auf meine Finger, die ich nicht mal anschauen muss, um zu wissen, wie abgekaut und farbverkrustet sie sind. Tadelnd schüttelt Elliot den Kopf. »Das viele Geld und trotzdem keine manikürten Nägel. Vielleicht lieber auf die Jacht verzichten und das Geld für Nagel-Styling ausgeben?«

Lachend schnipse ich Elliot gegen die Schulter. »Du bist eingestellt. Können wir uns jetzt bitte wieder an die Arbeit machen?«

»Oh.« Lächelnd winkt er mich zu sich. »Da drüben ist der Typ, den ich meine. Verkäufer für Herrenmode; sieht aber ein bisschen so aus, als könnte er auch Kutscher oder Palastwächter sein?«

Ich stelle mich auf Zehenspitzen, um über den Kleiderständer hinweg auf unsere Beute zu spähen – ein sportlicher, autoritärer, weißer Mann in einem bunt gemusterten Anzug, der einen Kunden bedient. Lachend drehe ich mich wieder um. »Den habe ich schon mal gezeichnet.« Verwirrt fährt Elliot zu mir herum. »Das ist Instaloves-Boyfriend Nr. 71! Er hat meinem Vater einen Anzug verkauft.«

Elliot weiß sofort, von wem ich rede. »Der Wildwest-Revolverheld!«

Er erinnert sich noch an eine Zeichnung, die ich letztes Weihnachten gepostet habe? Mir fehlen die Worte. Wie schmeichelhaft, dass Elliot schon ein Instaloves-Fan war, bevor wir uns überhaupt kennengelernt haben. Und ich habe mich damals immer bei Hannah über ihren neuen Freund beschwert: *»Ach, Elliot war also mal wieder superlustig? Schön für dich!«*

Wir verlassen den Verkäufer – die Wandbildinspirationen sollen nichts mit meinen Instaloves-Bildern zu tun haben. »Schließlich gibt es noch viel mehr interessante Menschen in dieser Stadt als nur die, für die du schwärmst.« Elliot boxt mich in die Rippen, und ich drohe ihm mit der Faust.

Jedes Mal, wenn wir uns gegenseitig aufziehen, zieht sich mein Magen zusammen.

Dieses Beinahe-Geflirte ist schon ziemlich gewagt. Aber wer sagt denn, dass schwule Freunde nicht ein bisschen miteinander flirten können, ohne dass gleich eine große Sache daraus wird?

Er ist süß und trägt ein supersexy Outfit, das viel Haut zeigt. Dass ich ihn gern anschaue, beweist nur, dass mein schwules Auge noch funktioniert. Ich finde ihn süß – aber das ist nur eine Tatsache und keine Schwärmerei.

Selbst wenn wir heute keine inspirierenden Gesichter finden, ist es schön, einfach einen gechillten Tag mit Elliot zu verbringen. Ein Tag, an dem er sich nicht wegen seines schrecklichen Jobs oder Brandon ärgern muss. Und ich freue mich, mal einen Tag zu haben, an dem ich nicht an jeder Ecke stehen bleiben und einen weiteren Insta-tauglichen Moment mit Grant einfangen muss.

Zum Glück müssen wir nicht lange warten, bis Elliot erneut eine mögliche Inspirationsquelle entdeckt.

»Was ist mit ihr!« Er zeigt auf eine Frau vor einem dreistöckigen Backsteingebäude. Sie trägt ein langes, scharlachrotes Kleid mit einem passenden roten Seidentuch und steht vor einem italienischen Restaurant, wo sie Geige spielt. Die Frau unterhält die Gäste auf der Terrasse des Restaurants mit einer lebhaften Melodie – beschwingt und doch sanft.

Eine Musikantin für den Hof.

Begeistert lasse ich meine Tasche auf die schattige Bank gegenüber fallen und zeichne die Frau. Die Skizze fängt die Stimmung wunderschön ein: eine mittelalterlich gekleidete Frau mit einer Perlenkette spielt auf einer Laute für die Gäste des Königs. Nach fünf Minuten bin ich fertig.

»*So.*« Aufgeregt tippt Elliot auf mein Skizzenbuch. »Genau so!«

Das könnte tatsächlich funktionieren. Noch ein Dutzend mehr, und ich habe mein Wandbild beisammen!

Triumphierend schlinge ich die Arme um Elliot. Die nackte Haut seiner Arme ist angenehm weich, wie eine Heizdecke. Ich sollte ihn öfter umarmen; es fühlt sich schön an. Während unserer Umarmung wird mir klar, dass mir zum ersten Mal jemand beim Zeichnen zugeschaut hat. Und es war mir kein bisschen peinlich. Es ist mir nicht mal aufgefallen.

Das ist Elliots Gabe – er nimmt den Leuten jede Befangenheit.

Oder ist es vielleicht mehr als das?

Ich weiß nur, dass meine Kreativität in seiner Gegenwart wiederauferstanden ist wie ein verdammter Phönix aus der Asche!

Der Nachmittag vergeht wie im Flug. Gemeinsam überqueren Elliot und ich den Fluss, gehen in Richtung der Parks am See und entdecken dabei eine Inspiration nach der anderen. Jedes Gesicht, das ich zeichne, macht es leichter, gleich das nächste zu finden: Ein älteres Ehepaar, das die Brücke überquert, wird zur menschlichen Version von »Und wenn sie immer noch nicht gestorben sind –«. Ein Paar, das seinem kleinen Kind dabei hilft, ein heruntergefallenes Eis aufzuwischen, wird zu einer Familie von Sumpfmonstern. Eine Gruppe Skateboarder wird zu einem Trio punkiger Elfen mit Lederflügeln.

Als wir den Millennium Park erreichen, fährt eine echte Kürbiskutsche an uns vorbei. Es ist, als wäre Cinderella höchstpersönlich auf dem Weg zu ihrem Ball. Der riesige, cremefarbene Kürbis ist mit Lichterketten umwickelt und thront auf einem pferdelosen altmodischen Auto. Im Innern sitzt eine Mutter mit ihren beiden Töchtern. Sie quietschen vor Begeisterung und knipsen lauter Selfies. Alle Menschen auf der Straße starren sie an – Elliot und ich sind besonders gebannt.

»Wow.« Eifersüchtig schaue ich dem Gefährt hinterher. »Wieso habe ich die noch nie gesehen?«

»Die fahren hier überall herum«, meint Elliot. »Als wären sie nur für dich erfunden worden.«

»Aber echt!« Ich lege die Hände zusammen und drehe mich zu Elliot. »Lass uns eine mieten. Das wäre doch super für meine Zeichnungen!«

Elliot wendet den Blick ab und lacht verbittert. »Ein bisschen zu romantisch, oder nicht? Das solltest du vielleicht lieber mit Grant machen.«

Ich würde gerne genervt die Augen verdrehen, aber nicht wegen Elliot. Ich ärgere mich über mich selbst. Grant fände eine romantische Kutschfahrt in so einem Gefährt bestimmt großartig – so wie ich. Das ist genau unser Ding ... und wenn es unser erstes Date wäre – als die ganze Welt nur uns gehört hat –, würde ich sofort mit ihm einsteigen. Aber damals waren wir eben einfach nur Micah und Grant; zwei Jungs, die sich umarmen, nachdem sie dem Regen entkommen sind und sich ihre größten Ängste gestanden haben. Damals konnten wir die Kunst, die uns in der Galerie umgeben hat, einfach noch genießen, anstatt die ganze Zeit nur unserem Ehrgeiz hinterherzurennen.

Meine Kehle schmerzt bei der Erinnerung. Es fühlt sich so an, als wäre das schon eine Ewigkeit her.

Heute würde Grant diese Kutsche nur noch als großartige Publicity-Möglichkeit für Wish Granted sehen.

»Habe ich … etwas Falsches gesagt?«, fragt Elliot vorsichtig.

Ich schüttele den Kopf und reiße mich aus meinen Gedanken. »Was? Nein. Ich habe nur an diese Kürbiskutsche gedacht und wie cool es wäre, mal nachts damit zu fahren, wenn die Lichter brennen. Aber ich werde Grant fragen, klar.«

Besorgt klopft er mir auf den Arm. »Ich würde wirklich gerne damit fahren! Ich wollte dir das nicht madig machen. Es ist bestimmt total lustig, nur … Nach diesem blöden Meme hab ich einfach Schiss. Wenn deine Fans das sehen, bekommen sie nur einen falschen Eindruck.«

Ich stöhne. »Meine Fans? Mach dir um die mal keine Sorgen.« Mitfühlend lege ich Elliot die Hand auf die Schulter und spüre erneut, wie angenehm weich er sich anfühlt. Diese Berührungen gehen schon den ganzen Tag so. Ihm auf die Schulter zu klopfen, scheint mir am ungefährlichsten zu sein – wenn mich doch eigentlich der Drang überkommt, seine Hand zu halten. Oder ihn noch mal zu umarmen.

Und das hat *nichts* mit Verknalltheit zu tun. Er ist einfach jemand, den man gerne umarmt – wie einen Welpen, den man sieht und sofort streicheln will. An seiner Schulter könnte genauso gut ein Schild hängen, auf dem steht: HIER DRAUFHAUEN, WENN IHR WAS WARMES,

Weiches fühlen wollt. Außerdem fängt er immer zuerst damit an.

»Weißt du was«, meint Elliot mit einem erneuten Klaps auf meine Schulter, »wenn Grant nicht mit dir in dem Kürbis fahren will oder ihr keine Zeit dafür findet, dann suchen wir uns einen Abend aus und mieten ihn.«

Ja.

Elliot wäre auf jeden Fall der perfekte Partner für so was. Denn – wenn wir mit der Kürbiskutsche fahren, will ich Spaß haben und keinen Livestream darüber drehen. Ich kann förmlich spüren, wie der Wind durch meine Haare weht, wenn wir in einer sternenfunkelnden Sommernacht mit der Kutsche durch Chicago rumpeln.

Unser nächster Skizzen-Stopp führt uns zur Crown Fountain; ein Platz, auf dem sich zwei riesige Steinblöcke gegenüberstehen, auf deren Oberfläche digitalisierte Gesichter echter Menschen projiziert werden. Durch unsichtbare Leitungen ergießt sich Wasser in hohen Bögen aus ihren Mündern, sodass es aussieht, als würden sie sich gegenseitig anspucken. Vor allem für Kinder ist das ein magischer Ort. Kreischend rennen sie um die großen Münder herum und versuchen, den Wasserspritzern auszuweichen.

»*Gott*, wie gerne würde ich jetzt auch ein bisschen nass werden«, stöhnt Elliot und fächelt sich vor dem Brunnen Luft zu.

»Pass auf, was du sagst!«, sage ich kichernd.

Johlend rennt Elliot auf eines der Gesichter zu (die Kinder scharen sich gerade um das andere – wir wollen den Eltern ja keine Angst machen). Er jault entzückt auf, als der Wasserstrahl ihn trifft. Dann schüttelt er sich wie ein Welpe, bis seine Haare in alle Richtungen abstehen.

Schnell knipse ich ein Bild von ihm. Ich kann einfach nicht widerstehen.

Das Foto fängt die Szene mit einer fast erschreckenden Klarheit ein: Elliot, ganz allein und mit strahlendem Gesicht, während das rötliche Licht der untergehenden Sonne sich in den fallenden Wassertropfen spiegelt.

Ich bin in meine Zeichnung vertieft, als Elliot zu mir zurückgewatet kommt. »Echt erfrischend!«, ruft er. »Versuch es auch mal!«

»Alles gut. Außerdem sitze ich schon an meiner nächsten Skizze.«

»Ooh, echt? Von wem?«

Meine Hand fährt mit breiten, langen Kohlestrichen über das Papier und innerhalb weniger Minuten erscheint ein Bild. Elliot späht über meine Schulter auf die noch unfertige Zeichnung: Ein riesiges Steingesicht spuckt einen Wasserfall aus seinem Mund. Darunter tanzt ein kleiner zuckersüßer Wassergeist wie ein magischer, queerer Fisch durch das herabströmende Wasser.

Elliot kauert sich neben mich – Wange an Wange –, um sich die Zeichnung genauer anzusehen. Nachdem wir den ganzen Tag lang in der Hitze schmachten mussten, ist das Wasser, das von seinen Haaren über meinen Rücken tropft, eine angenehme Abkühlung. »Ein ganz schön kurviger Fisch«, meint er.

»Sei nicht albern«, schnaube ich und schlage auf seine Hand.

»Wieso? Sieh dir diese kleine Lady an! Bin das ich?«

Ich nickte mit brennenden Wangen. Ich will nicht, dass Elliot denkt, ich hätte seinen Körper so gezeichnet, wie er sich selbst gar nicht sieht ... oder auf eine sexualisierte Weise. Er hat nun mal Kurven ... und genau so habe ich ihn gemalt.

Es scheint Elliot allerdings nicht zu stören. Tatsächlich kann er gar nicht mehr aufhören zu grinsen.

»Ich sehe glücklich aus«, stellt er sachlich fest.

»Du hast es verdient, glücklich zu sein«, sage ich mit flacher Stimme.

Ein angenehmes Kribbeln zieht meinen Nacken hoch. Es erinnert mich an meine liebesverrückten, sehnsüchtigen Tage in den Anfangszeiten von Instaloves. Das hat nichts mit Elliot zu tun. Mir wird immer ganz kribblig und komisch zumute, wenn mir ein süßer Junge über die Schulter schaut – egal, ob auf meinem Skizzenbuch oder meinem Handy. Ist es nicht *normal*, dass man ein Kribbeln spürt, wenn jemand Niedliches dicht neben einem sitzt?

Das merkwürdige Knistern zwischen uns verschwindet, als Elliot in die Hände klatscht, damit wir wieder munter werden. Er zieht mich am Arm und trällert: »Wohin jetzt? Wohin jetzt?«

Egal, das spielt keine Rolle. Ich möchte nur, dass das hier weitergeht.

An einem grasbewachsenen Hang, der aus dem Park hinaus auf die Straße führt, kniet eine junge Schwarze Mutter in einem coolen Superheldin-Nubia-T-Shirt neben ihrem kleinen Sohn. Er flüstert ihr etwas ins Ohr. »Das ist eine gute Idee«, antwortet die Mutter. »Frag sie einfach!« Die Stimme der Mutter ist laut und aufmunternd – viel zu laut für ihren Sohn, der sich hastig umschaut, ob auch niemand das gehört hat.

Um ihn nicht zu verunsichern, drehen Elliot und ich uns schnell weg.

Die Mutter geht mit ihrem Sohn zu einer älteren weißen Frau, die einen Hotdog-Wagen betreibt. Die Verkäuferin hat weiße, lockige Großmutterhaare und trägt das rote Trikot und die Baseballkappe der Chicago Bulls. Mit einer komischen Mischung aus Begeisterung und Scham wird mir klar, dass ich sie schon mal gesehen habe: Als sie mir Andy McDermotts Hotdog verkauft hat.

Die zwei Monate, die seitdem vergangen sind, fühlen sich wie siebenhundert Leben an.

Die Verkäuferin kühlt sich mit einem kleinen Ventilator und beugt sich zu dem Jungen: »Was möchtest du auf deinen Hotdog, Kleiner? Gar nichts? Senf? Das volle Programm?

Der Junge streckt mutig die Brust heraus, als hätte er ein stundenlanges Training hinter sich, wie man mit fremden Erwachsenen spricht. »Ähm, Mrs Hotdog …?«

Die Mutter des Jungen und die Verkäuferin lächeln sich an. »Es heißt Ms Hotdog, Kleiner.« Die Verkäuferin tippt auf den Hotdog-Schriftzug am Sonnenschirm ihres Wagens. »Es gibt keinen Mister mehr. Der ist schon lange weg. Wie kann ich dir helfen?«

»Äh … ich möchte gerne mal mit so einer Cinderella-Kürbiskutsche fahren. Wo muss ich da hin?«

Elliot schlägt mir auf den Arm und flüstert: »Ein Mini-Micah!« Er knufft mir in die Schulter und ich knuffe ihn zurück. Leichtigkeit überkommt mich.

Wie mutig von diesem Jungen. Es ist nicht leicht, ein kleiner Junge zu sein und nach etwas zu fragen, das eigentlich mit Prinzessinnen assoziiert wird – auch wenn es um so was Cooles wie diese Kutschen geht.

Früher hatte ich schreckliche Angst davor, mit jemandem außerhalb meiner Familie über Märchenzeug zu sprechen. Wenn ich damals in einem Laden war und mir etwas Prinzessinnenhaftes gefiel, musste ich immer erst lange mit mir kämpfen, bis ich den Mut fand, danach zu fragen.

Nachdem die Hotdog-Verkäuferin dem Jungen den Weg zum Kürbiskutschenverleih erklärt hat, dankt er ihr und schiebt seine Mutter weiter, um sein Märchenglück zu finden. Eine leise Melancholie legt sich über mich wie ein mit Gewichten beschwerter Mantel. *Viel Glück da draußen*, wünsche ich dem Jungen stumm. *Märchen gibt es. Aber im echten Leben sind sie nie so, wie du sie dir vorstellst.*

Grant und ich sind immer noch ein Märchentraumpaar, aber nach diesem Tag mit Elliot bin ich verwirrter denn je. Müsste mein Traummann mir nicht anmerken, dass mir die viele Publicity total Angst macht? Und würde ein wahrer Märchenprinz den ganzen Tag mit einem anderen hübschen Jungen verbringen – ohne dabei an seinen Freund zu denken?

Obwohl ich deshalb ein schlechtes Gewissen habe, vermisse ich Grant in diesem Moment kein bisschen. Es tut einfach gut zu lachen. Es scheint Ewigkeiten her zu sein, dass ich so viel Spaß hatte, ohne dass die gute Stimmung gleich wieder von irgendeinem unangenehmen Moment ruiniert wird. Es fühlt sich gut an, verstanden zu werden, ohne dass ich meine Gefühle überhaupt ausdrücken muss. Und es ist schön, nicht ständig erklären zu müssen, wieso ich ein bestimmtes Foto nicht machen möchte oder warum mir der Flashmob nicht gefallen hat.

Zum ersten Mal an diesem Tag denke ich an Grant, und am liebsten würde ich sofort in einen Dornröschen-Schlaf fallen.

Bevor wir weitergehen, zeichne ich noch unsere neuesten Motive: Aus der weißhaarigen Verkäuferin im Bulls-Outfit wird eine freudestrahlende gute Fee, die Hotdogs aus der Luft herbeizaubert und sie um eine Kürbiskutsche herumfliegen lässt. Unter ihr tanzt eine Baby-Maus mit ihrer Mäusemutter.

Dank Elliot wird mein Wandbild von echter Freude erfüllt sein.

Nachdem wir wieder zurück über die Brücke gegangen sind, lockt uns ein köstlicher Duft nach Karamellpopcorn und führt uns zu einem Laden. Schon die Luft davor ist zuckersüß. Die Warteschlange zieht sich den ganzen Bürgersteig entlang, als wäre das Popcorn ein Promi, den unbedingt alle treffen möchten.

»Was für eine Touristenfalle«, murmele ich.

»Manche Sachen sind es wert, dafür in eine Falle zu gehen«, meint Elliot. Die Unbekümmertheit in seiner Stimme versetzt mir einen Stich. Obwohl seine Beziehung im Sterben liegt, wirkt er völlig unbeschwert. Ich an seiner Stelle wäre nicht mal aus dem Bett gekommen.

Sein Optimismus hält mir einen Spiegel vor. So viele fremde Menschen schreiben mir, ich hätte ihnen den Glauben an Märchen zurückgegeben. Sie ahnen ja nichts von meinen Zweifeln oder meiner Unsicherheit. Sie bekommen nicht mit, wie ich herzlos über Leute lästere, nur weil sie für das beste Popcorn, das je von Menschenhand gemacht wurde, Schlange stehen.

Wann habe ich aufgehört, der kleine Junge zu sein, der von einer Cinderella-Kürbiskutsche fasziniert ist? Mein erster Gedanke war nicht: *Wow, wie magisch*, sondern: *Oh nein, bestimmt würde mein Freund nur aus irgendwelchen blöden Publicity-Gründen mit so was fahren.*

»Gut, überredet«, sage ich. »Lust auf Popcorn?«

Überrascht dreht er sich zu mir. »Ehrlich gesagt ... ein kleiner Snack wäre nicht schlecht. Aber ich habe da eine andere Touristenfalle im Kopf, wenn das okay ist?«

»Logisch. Ich lasse mich gerne von dir ver...äh...führen.« Meine Panik über diesen Fauxpas fühlt sich an, als hätte mir ein Pferd seine Hufe in die Brust gerammt. Ständig rutscht mir so was raus wie *Okay, ciao, lieb dich* – selbst zu einer Lehrerin und einem WLAN-Techniker habe ich es schon gesagt. Ich bin das einfach gewohnt, weil ich mich so immer von Hannah verabschiede.

Wenn ich Elliot richtig einschätze, wird er sich bestimmt gleich über mich lustig machen, weil ich *verführen* gesagt habe. Normalerweise *liebt* er solche Gelegenheiten, um mich zu ärgern. Und ich auch.

Aber den ganzen Weg über macht er sich nicht darüber lustig. Vielleicht hat er es nicht gemerkt?

Selbst wenn eine riesige Bombe in Chicago explodieren sollte, würde die Pizzeria Uno das Inferno unbeschädigt überstehen. Der Laden ist eine düstere Taverne in einer umgebauten Feuerwache. Die Pizza mit dem dicken Boden ist eine Legende und stammt noch aus einer Zeit, bevor Style bei der Einrichtung von Restaurants eine Rolle gespielt hat. Dafür bietet die Pizzeria Uno wegen der kleinen Fenster jede Menge Privatsphäre, weswegen man sich super vor der Welt verstecken und mit fettigem Essen trösten kann.

»Was hast du eigentlich über mich gedacht, bevor wir uns kennengelernt haben?«, frage ich Elliot, der mir in der Nische gegenübersitzt. »Also, als ich einfach nur ein Typ war, von dem Hannah erzählt hat.«

»Ah«, sagt Elliot und trinkt fröhlich einen Schluck Pepsi. »Der tolle Micah Summers. Ich dachte, dass du bestimmt ein netter Typ bist. Weißt du, sie ist wirklich besessen von dir. Mir war klar, dass ich es bei ihr nur auf Platz zwei schaffe.«

»So ein *Quatsch*.« Ich lege uns ein weiteres Stück Pizza auf den Teller. »Sie hat den gesamten Sommer über nur von dir geredet. Elliot und seine Tiere ... wie eine kleine Disney-Prinzessin.«

Grinsend kaut Elliot an einem Zahnstocher. »Und du so: ›Wer ist dieser Idiot‹?«

»Genau.«

Elliot lacht so laut, dass sich die anderen Gäste zu uns umdrehen. »Okay, keine Angst. Du wirst immer Hannahs Hauptdarsteller bleiben. Ich bin der, der in Staffel drei dazukommt.«

Ich zeige mit meiner tomatenverschmierten Gabel auf ihn. »Hey, das sind meistens die interessantesten Figuren.«

»Ooh, ein Zuschauerliebling!« Elliot klatscht begeistert in die Hände.

»*Du* bist doch schon der Zuschauerliebling in der Wish-Granted-Show. Ehrlich – ich wünschte, ich müsste bei der Show nicht mitmachen«, gebe ich zu.

Elliot winkt meine Sorgen einfach weg. »Dein Wandbild wird großartig aussehen.«

Mein Magen schlägt einen Purzelbaum. »Das ist es nicht. Ich wünschte nur, ich hätte meinen alten Account wieder zurück. Das war immer mein Rückzugsort, wenn mir alles zu viel wurde – und jetzt ist so eine große Marketing-Sache daraus geworden.« Stille breitet sich aus, als ich mit meinem Strohhalm in meinen Eiswürfeln rühre. »Ich wünschte, ich könnte immer noch anonym Bilder posten. Seit ich das Bild von Grant und mir veröffentlicht habe, dreht sich Instaloves nur noch um ... uns, und darum, dass wir Werbung machen können ... keine Ahnung. Ich habe seit Wochen keine Zeichnung mehr gepostet. Es ist alles nur Promo.«

Elliots Gesicht bleibt ganz neutral. »Und wenn ich einfach meinen Zauberstab schwenken und dich wieder anonym machen könnte, was würdest du dann zeichnen? Noch mehr Typen, für die du schwärmst?« Er lacht.

»Nein.« Ich lache ebenfalls. »Ehrlich, das heute hat so viel Spaß gemacht … So was würde ich gerne weiter machen.« Die Worte drücken eine tiefe Wahrheit aus. Gleichzeitig fühlen sie sich ganz schlicht und klar an. Wie etwas, das ich schon immer wusste. »Menschen. Alltagsmärchen. Das ist meine Vision. Und ich möchte Instaloves als Mappe benutzen, um mich für ein Kunststudium am Art Institute zu bewerben. Ich will ganz viel ausprobieren, damit ich immer besser werde und meine Ideen auf einer großen Leinwand umsetzen kann.«

»Hast du schon mit Grant darüber gesprochen?«

Ich schlucke schwer. »Das kann warten.«

Nachdenklich kaut Elliot an seinem Strohhalm. »Als jemand, der kurz davorsteht, ein einsamer Single zu werden, rate ich dir dringend, die kleinen Sorgen auszusprechen – bevor sie zu großen Sorgen werden.«

Schweigend schauen wir uns über den Tisch hinweg an.

Ein einsamer Single. Wie furchtbar das klingt. So was wünsche ich keinem von uns. Am liebsten würde ich zu ihm rüberrutschen und ihn umarmen. *Tu es!*, brüllt mir mein Kopf zu, doch ich bleibe wie festgefroren auf meinem Platz kleben.

Elliot lächelt – fast ein bisschen traurig – und stochert ebenfalls in seinem Becher. Er schaut auf. »Ich werde Chicago vermissen. Schon diese Pizza macht mich immer so glücklich. Die Leute beschweren sich ja gerne darüber, das sei ein Auflauf und keine richtige Pizza. Ist es überhaupt wichtig, ob man Auflauf oder Pizza dazu sagt? Es enthält Tomatensoße, es enthält Käse, es ist heiß. Egal, wie man es nennt – es schmeckt jedenfalls verdammt lecker.«

Freund oder Zuschauerliebling, Elliot ist auf jeden Fall keine Nebenfigur in meinem Leben. Was auch immer er ist – er macht mich glücklich. Ich kann ihm alles sagen und er versteht mich einfach.

Ich darf ihn nicht verlieren.

Bitte, liebes Universum! Lass Elliot zur Hauptfigur in einer märchenhaften RomCom werden und sorge dafür, dass dieser aufstrebende Star so geliebt und verehrt wird, wie er es verdient – damit ich nicht länger Angst haben muss, dass er plötzlich aus meinem Leben verschwindet.

Was wird Elliot noch hier halten, jetzt, da Brandon weg ist?

Kapitel 21

DIE KLEINEN SORGEN

Der Juli ist fast zu Ende und die Modenschau wird in einer Woche stattfinden.

Wegen der drohenden Deadline sind die gemeinsamen Tage mit Grant zu kurzen Essensdates und noch kürzeren Ausflügen in sein Bett zusammengeschrumpft, bevor er sich wieder in sein Atelier verzieht. Die Arbeit an der Ritterprinzessin ist vom bloßen Entwurf zu einem fast fertigen Modell fortgeschritten. Von daher ist die Zeit, in der Grant und ich uns in seinem Zimmer verkrochen und gemeinsam überlegt und herumgesponnen haben, endgültig vorbei. Alles wurde rüber in die höhlenartige Atelierwerkstatt des Art Institute verlegt, die wir uns mit einem Dutzend weiterer Gruppen teilen. Es ist nicht romantisch – es ist nicht mal entspannt. Stattdessen sind die Leute immer gestresster, je näher der Tag der Modenschau rückt.

Schmale Augen über Nähmaschinen. Genervtes Stöhnen bei jedem Scherenschnitt.

Wenn ich bei Grant im Atelier bin, komme ich mir wie das fünfte Rad am Wagen vor – und nicht wie ein aktiv beteiligter Künstler. Das nervt. Vor allem, wenn ich daran denke, wie ich mit Elliot unterwegs war und gezeichnet habe. Da konnte ich mich frei ausleben und war nicht nur eine Randfigur, die dazu da ist, der Modenschau von meinem berühmten Insta-Account aus Aufmerksamkeit zu verschaffen.

Hey, du Dummkopf, du musst noch ein Wandbild fertig malen. LEG LOS.

Ich wünschte so sehr, ich könnte hier neben Grant daran arbeiten und wieder diesen gemeinsamen Arbeitsrausch spüren.

»Okay, ich bin dann mal weg!« Ich drücke Grant, der sich über einen Tisch beugt und verschiedene Kettenhemdstücke abmisst, einen Kuss aufs Ohr.

»Viel Glück«, meint er und schaut auf. »Oh, hey, wir haben heute noch gar kein Instaloves-Foto gemacht. Vielleicht kannst du ein Bild von der Ateliertür machen und so was posten wie: ›Nur noch eine Woche!‹ Du weißt schon? So: ›Ooh, was steckt wohl hinter dieser Tür?‹ Die Leute ein bisschen neugierig machen? Aber du kannst das mit den Überschriften viel besser als ich.«

Mein Lächeln erstarrt.

Den ganzen Tag schon wollte ich eine von meinen neuen Zeichnungen posten, mal wieder kreativ sein und das echte Leben zeigen. Um wieder langsam von den Wish-Granted-Sachen wegzukommen, aber Grant will natürlich nur wieder mehr Werbung bringen. Irgendwelche Fotos, die absolut nichts mit meiner künstlerischen Arbeit zu tun haben. Mein Insta-Feed war früher mal richtig auffällig und besonders. Jetzt besteht es nur noch aus einem Sammelsurium aus Selfies und Links für Eintrittskarten.

Wohin ist meine Vision verschwunden?

Dabei hatte ich doch mit Elliot einen entscheidenden kreativen Durchbruch – bei dem mir endlich klar geworden ist, wie meine künstlerische Vision aussieht. Nämlich Realität in Fantasie zu verwandeln. Doch dafür ist irgendwie gar kein Platz mehr. Grant ist so auf seine Modenschau fixiert, dass er den ganzen Raum für sich beansprucht. Für ihn steht eindeutig seine eigene künstlerische Arbeit an erster Stelle. Warum kämpfe ich nicht für meine?

Während ich beobachte, wie Grant vor sich hin werkelt, ohne zu ahnen, was für ein Sturm sich in mir zusammenbraut, kommen mir Elliots weise Worte wieder in den Sinn: *Ich rate dir dringend, die kleinen Sorgen auszusprechen, bevor sie zu großen Sorgen werden.*

Das war vor zwei Wochen. Und ich habe es nicht nur versäumt, Grant von den kleinen Dingen zu erzählen – ich fürchte auch, dass sie mittlerweile nicht mehr wirklich klein sind.

Doch wieder mal verlässt mich der Mut und ich poste ein Bild von mir neben einer blöden Tür.

♡ ♡ ♡

Ich verdränge sämtliche unschönen Gedanken an Grant und Wish Granted – und lasse nur eine einzige Sache in meinen Kopf, und das ist das Wandbild. Die tickende Uhr hat meine Kreativität wieder zum Leben erweckt. Nach meinem Pizza-Abend mit Elliot habe ich mein Skizzenbuch in mein Zimmer getragen und zwei Wochen lang ununterbrochen gemalt. Es hat sich angefühlt, als wäre ich nach Hause gekommen.

Das alte, unbrauchbare Wandbild liegt zusammengerollt in meinem Schrank, neben anderen Erinnerungsstücken aus meiner Kindheit. Von meiner ursprünglichen, angestaubten Idee befreit, habe ich eine Skizze nach der anderen auf die Leinwand übertragen: alle Bewohner*innen meines Königreichs befinden sich nun an Bord eines Märchenzuges – die gute Fee, die Hotdogs hervorzaubert, Maggie und Manda als Wiesengnome in passenden Outfits und Elliot als fröhlicher Wassergeist, der einen Wasserfall hinauftanzt.

Elliot hat recht: Das Fantastische aus dem Alltäglichen herauszuholen, ist wirklich eine Superkraft.

Zum Entsetzen meiner Mutter bekomme ich nachts nur noch fünf Stunden Schlaf. Jetzt, wo mein Motor endlich angelaufen ist, schaffe ich es einfach nicht, mich hinzulegen. Meine Sorge um Instaloves verschwindet. Selbst meine Malängste haben sich plötzlich gelegt. Die Pinselstriche sehen nicht mehr so schludrig aus, meine Farben fügen sich unglaublich harmonisch aneinander. Ich zögere nicht mehr bei der Auswahl der Farbtöne – ein rasiermesserscharfer Instinkt führt jetzt meine Hand. Auch wenn Malen deutlich anstrengender ist als Zeichnen (jedes Detail muss gut überlegt sein), fühle ich mich der Herausforderung gewachsen.

Mein Mallehrer vom letzten Jahr würde mich nicht wiedererkennen!

Ich muss ihm unbedingt eine Einladung für die Modenschau schicken.

Jetzt, wo nur noch ein paar wenige Feinheiten fehlen, schicke ich Updates von meinem Bild an Elliot und Grant – aber *nur,* weil sie Teil des Ritterprinzessinnen-Kreativteams sind. Ich zoome auf Elliot, den kurvigen Wassergeist, und sende der Gruppe das Foto. Ich bereue es sofort.

OMG, welche Figur bin ich?, schreibt Grant.

Oh nein.

Das Blut verlässt meinen Kopf und das ganze Zimmer dreht sich um mich.

Wie konnte es passieren, dass ich Grant nicht in das Wandbild integriert habe? Crush 100? Meinen Prinzen, meinen festen Freund?

Noch nie in meinem Leben habe ich so schnell gemalt. Keine Zeit, um groß nachzudenken oder zu zweifeln. Ich halte mich nicht mal mit einer Skizze auf. *Swisch, swisch.* Ich beginne mit Indigo und male einen großen, tanzenden Rücken an eine leere Stelle rechts vom Zug. Meine zitternden Finger öffnen neue Dosen mit Königsblau, Grau und Bronze. In knapp einer Viertelstunde wird Grant zu einem überlebensgroßen Prinzen – zu einem Biest –, der mit einem anderen Prinzen tanzt: ich, schludrig gezeichnet und mit dem Gesicht im Schatten.

Warum nur das Biest? Die Angst hatte mich so fest in ihrem Griff, dass ich keinen einzigen komplexen Gedanken mehr fassen konnte. Und plötzlich war Grants Gefühl, verflucht zu sein, meine einzige Idee, die mir zu ihm eingefallen ist.

Ich schicke den Ausschnitt mit Grant in die Gruppe, zusammen mit der Lüge, dass ich kurz weg war zum Mittagessen. Nach vier quälenden Minuten ohne Reaktion schreibt Grant: **BIEST??? Wie kannst du es wagen? Spaß, ich liebe es! Ich sehe richtig hot aus. Du bist wirklich fantastisch!**

Endlich kann ich durchatmen.

Jetzt brauche ich wirklich eine Mittagspause. Ich schlüpfe aus meinem Zimmer, um mir eine Suppe zu machen, und ziehe die Tür hinter mir zu. In den drei Minuten, die es dauert, den Teller in der Mikrowelle aufzuwärmen, haben Maggie und Mom es fast in mein Zimmer geschafft.

»Stehen bleiben!«, befehle ich und balanciere den kochend heißen Teller mit französischer Zwiebelsuppe in den Händen. »Ich habe doch abgeschlossen! Wie …?« Ein Schlüssel steckt im Schloss. Wie eine Pistolenkugel schießt mein wütender Blick zu Mom. Zu meinem sechzehnten Geburtstag hat sie mir versprochen, ich würde ein eigenes Schloss bekommen, zu dem niemand sonst einen Schlüssel hat.

Schuldbewusst murmelt sie: »Das ist immer noch *meine* Wohnung.«

»Dann schuldest du mir ein anderes Geburtstagsgeschenk.«

♡ ♡ ♡

Am nächsten Tag, einem stürmischen Sonntagnachmittag, treffen sich die Mitglieder von Team Wish-Granted zum offiziellen Umzug meines Wandbilds ins Art Institute. Grant, Elliot, Hannah und Jackson versammeln sich in der Küche und naschen von einer Platte mit

Käse und Sandwiches, die meine Mutter bei einem Feinkostladen bestellt hat. Vor meinem Zimmer begegne ich Maggie. Sie trägt einen Schlafanzug mit Cheeseburger-Muster und hat frisch gewaschene, nasse Haare. In ihren Armen windet sich Lilith wie eine pelzige Schlange. »Ich kann dich nicht runterlassen«, erklärt Maggie ihrer Katze. »Hier sind Leute, die Sachen raustragen; du würdest ihnen nur zwischen den Füßen rumlaufen.«

Lilith starrt mich erbost an, als wüsste sie genau, dass ich der Grund dafür bin. Ich kraule sie zwischen den Ohren, was mir selten gelingt – eigentlich nur dann, wenn sie bei irgendwem auf dem Arm ist. »Kommt Manda klar?«, frage ich. Maggies Freundin besetzt die Ladezone vor unserem Haus mit einem Umzugswagen, der mein Wandbild zur Kunstschule bringen soll.

Maggie blinzelt und wirft sich die nassen Haare aus der Stirn. »Alles oookay. Es stresst sie nur, einen Parkplatz frei zu halten. Sie hat Schiss, angemeckert zu werden.«

»Tut mir leid!« Ich schaue noch mal in meine Taschen, um sicherzugehen, dass ich alles Nötige dabeihabe. »Wir gehen jetzt runter!«

»Sie kommt schon klar!« Maggie zieht mich so fest an sich, dass Lilith fast zwischen uns zerdrückt wird. »Ich bin so stolz auf dich. Ich habe dich noch nie so fleißig an was arbeiten sehen«, sagt sie leise.

»Danke!«, flüstere ich. »Du darfst das Wandbild trotzdem nicht sehen.«

»Du kleine *Krabbe*!« Sie schubst mich weg und sagt mit einem letzten liebevollen Blick auf meine geschlossene Tür: »Ich freu mich trotzdem für dich.«

Wir geben uns einen Luftkuss, dann verschwinden Maggie und Lilith wieder in ihrem Zimmer. Auf dem Weg in die Küche kann ich gar nicht mehr aufhören zu grinsen. Mein Wandbild ist fertig. Es zieht hinaus in die Welt. Und alle meine Freund*innen sind hier und helfen.

Wir rollen das Wandbild wie einen Teppich zusammen und schieben es in eine versiegelte Tasche. Doch erst als die zwei stärksten Helfer, Grant und Jackson, es anheben wollen, wird uns klar, wie schwer die Leinwand ist. Zwar hat Grant vom Art Institute Geld für einen kleinen Lieferwagen bekommen, trotzdem muss das Bild erst mal nach unten befördert werden.

Weil der Penthouse-Aufzug zu klein ist, müssen wir das Wandbild erst zur Fluchttreppe tragen und dort dann nach unten schleppen – insgesamt zwanzig Stockwerke.

Der Weg aus unserer Wohnung entpuppt sich als etwas beschwerlich. Aber nicht nur wegen der schweren Leinwand, sondern vor allem wegen der fiesen Spitzen, die die Leute plötzlich auf mich abfeuern.

»Ich verspreche dir, dass ich nicht hinschaue«, meint Mom. »Oder soll ich mich in der Waschküche verstecken?«

»Oh, *plötzlich* darf ich also auch bei Team Wish-Granted mitmachen?«, fragt Hannah. »Jetzt, wo es darum geht, schwer zu schleppen?«

Der einzige Mensch, der sich aus allem raushält, ist Jackson. Er verdient sich jede Menge Punkte, weil er uns so geschickt mit dem Bild um die Ecken des Treppenhauses herumlotst. Jedes Mal, wenn er was sagt, möchte ich Hannah am liebsten zujubeln.

Die beiden sind so vertraut miteinander.

Wie sie flüstern, wenn keiner hinschaut, wie sie sich immer wieder an den Händen berühren oder am Rücken. Mit einem sauren, wehmütigen Geschmack im Mund muss ich dabei an Grant und mich denken und an unser Prolog-Date im Sandwichladen. Wie er mich dort immer wieder angefasst hat – nicht auf sexuelle Weise, sondern kleine, flüchtige Berührungen, als wären wir fremde Tiere, die einander kennenlernen.

Diese Berührungen sind in letzter Zeit sehr viel weniger geworden.

Ist das meine Schuld? Haben mich meine bitteren Gefühle wegen Instaloves unbewusst davon abgehalten?

Aus kleinen Sorgen werden große, Micah.

Auf der Fluchttreppe müssen wir uns noch achtzehn Stockwerke runterkämpfen, um zur Straße zu kommen. Der Weg wird dadurch erschwert, dass wir so unterschiedlich groß sind. Grant und Jackson sind hochgewachsen, aber Winzlinge wie Hannah, Elliot und ich können das Bild nicht mal richtig gut anheben.

Wir sehen aus wie eine Wippe.

Grinsend stößt Grant Elliot den Ellbogen in die Seite. »Jetzt könnten wir Brandon gut gebrauchen.«

Hannah neben mir erstarrt. Auf der Treppe wird es eine kurze, grässliche Sekunde lang ganz still. Ich ahne schon, was Elliot sagen wird: »Tja, leider habe ich mich am Dienstag von ihm getrennt.«

Grants Augen werden ganz groß. »Oh Gott, das tut mir leid.«

»Mir auch, Elliot!«, rufe ich von hinten.

Meine Hände sind nass vor Schweiß. Wieso erfahre ich diese Information ausgerechnet dann, wenn ich eine Million Meter von Elliot entfernt bin und ihn nicht umarmen kann? Bestimmt hat er es nicht gesagt, damit Grant und ich uns nicht schuldig fühlen – weil wir den letzten Rettungsversuch für seine Beziehung sabotiert haben.

»Vielen Dank«, sagt Elliot und bleibt am Fuß des Treppenabsatzes stehen, um Luft zu holen. »Aber ihr braucht euch keine Sorgen zu machen. Es war eine *gute* Entscheidung und sie hatte sich schon lange angekündigt. Dein Flashmob war echt süß. Jeder Mensch hätte das für ein lustiges Missverständnis gehalten. Die Tatsache, dass Brandon das nicht so sehen konnte«, er atmet tief aus, »hat mir die Augen geöffnet.«

Elliots Worte klingen nicht wirklich beruhigend. Grant und ich wechseln einen besorgten, schuldbewussten Blick.

»Von wem redet ihr eigentlich?«, fragt Jackson.

Das ganze Treppenhaus bricht in lautes, erleichtertes Lachen aus. Hannah hat mit ihm echt einen Treffer gelandet.

Die gute Laune kehrt zurück, als wir fünf mein Wandbild durch die Eingangshalle und in den Umzugswagen hieven. Manda wartet schon. »Oh mein Gott«, sagt sie und springt in einem Pommes-Schlafanzug heraus, der perfekt zum Cheeseburger-Design meiner Schwester passt. »Mindestens sieben Polizeiautos sind vorbeigefahren. Und niemand von euch ist ans Handy gegangen!«

»Tut mir echt leid!«, sage ich und klappe die Laderampe des Lieferwagens herunter. »Wir mussten mit diesem Ungetüm zwanzig Stockwerke runter. Nie wieder male ich zu Hause.«

Grant klatscht Manda ab und sagt: »Vielen Dank. Geh und gönn dir dein Beerenmüsli.«

Mit gequälter Erleichterung meint Manda: »Von mir aus gern!«

Nachdem sie geflüchtet ist, übernimmt Grant das Steuer. Die anderen wuchten mein Wandbild in den Laderaum und machen sich dann getrennt von uns auf den Weg. Endlich allein. Ich setze mich neben meinen Freund, auf den Beifahrersitz. Anstatt den Motor zu starten, dreht er sich freudestrahlend zu mir, die Handykamera schon bereit. »Hey, wie wär's mit einem Selfie, um die Leute neugierig zu machen, was für ein mysteriöses Kunstwerk wir befördern?«

Und schon knipst Grant ein Bild von mir mit einem extrem genervten Gesicht.

Aus kleinen Sorgen sind große Sorgen geworden.

Sag was, Micah!

»Ich will Instaloves zurück«, platzt es aus mir heraus. Meine Kehle ist ganz trocken vor Angst und bei Grants erstauntem Blick schlägt mein Magen einen Purzelbaum. »Ich dachte, es würde mich nicht stören, Promo für die Modenschau zu machen, aber ... Instaloves ist für meine Kunst gedacht, und ich weiß jetzt, was ich will. Außerdem hätte es wirklich anonym bleiben sollen.«

Grant starrt mich verdattert an. »Okay ...«

»Tut mir leid –«

»Dann bereust du also deine Entscheidung, öffentlich gemacht zu machen, dass ich dein Freund bin?«

Sein Tonfall ist so abrupt ins Düstere umgeschlagen, dass ich für einen kurzen Moment ganz sprachlos bin. »Nein! Aber Selfies von uns sind einfach nur persönlicher Kram. Ich will einfach … Ich will keine Werbung mehr für Wish Granted auf meiner Seite haben. Ich brauche meinen künstlerischen Raum –«

Grant fährt zusammen, als hätte ich ihm mit einem Messer ins Herz gerammt. »Dann wünschst du dir, ich wäre ein Geheimnis?«

»Das habe ich *nicht* gesagt –« Ich versuche, die richtigen Worte zu finden. Grants Hände klammern sich um das Lenkrad.

»Sag mir doch einfach, dass ich dich erdrücke, Micah. Du brauchst mir nicht mit diesen Ausreden zu kommen, du bräuchtest deinen künstlerischen Freiraum –«

»Grant, du hörst mir nicht zu. *Das* ist das Problem!« Ich kann meinen Frust nicht mehr zurückhalten. Weil er es nicht über sich bringt, mich anzuschauen, starrt Grant auf das Lenkrad des Lieferwagens. Ich atme tief ein, um mich zu beruhigen. »Ich will nicht, dass unsere Beziehung ein Geheimnis ist. Ich will …«

Aber mein Gehirn hat einen Kurzschluss. Ich habe keine Ahnung, wie ich den Satz beenden soll.

»Was?«, fragt er.

»Ich will, dass Instaloves mein eigenes Ding ist, getrennt von Wish Granted. Okay?«

Grant kneift die Augen zu, um seine Tränen zurückzuhalten. Mit einem dumpfen Gefühl in meiner Brust wird mir klar, dass er nur gehört hat: »Ich will Micah von Grant trennen.«

»Das ist meine einzige Chance«, flüstert er. »Du warst immer schon besonders. Ich nie. Du bist der einzige Grund, warum die Leute zu meiner blöden Modenschau kommen und mein blödes Kostüm anschauen.«

Da ist sie – die Wahrheit.

Die alte Wunde hinter jedem Promo-Post und jedem gestellten Selfie.

Er denkt, er ist nichts ohne mich.

Ich wische ihm die Tränen aus den Augen und streichele seine zuckersüßen Pausbäckchen. Wo ist der strahlende, selbstbewusste Junge, den ich in der Bahn getroffen habe, der schwere Büchertaschen mit Leichtigkeit getragen und mich mit seinen Grübchen umgehauen hat? Ich dachte, er wäre dieser perfekte, coole und entspannte Superstar. Wieso traut er sich nicht zu, auch alleine Erfolg zu haben?

Er hatte schon einen Platz am Art Institute ergattert, bevor ich auch nur darüber nachgedacht habe!

»Du hast etwas getan, was ich niemals hinbekommen hätte«, sage ich. »Du bist als Highschool-Schüler in dieses Programm aufgenommen worden. Du wirst sie alle umhauen. Du bist gut genug, vertrau mir.«

Grant kann nur den Kopf schütteln. Er weigert sich, mir zu glauben.

»Wir können die Modenschau weiter promoten«, sage ich. Seine roten Augen schauen mich an. »Aber wenn sie vorbei ist, kehre ich wieder zu meinen Zeichnungen zurück. Einverstanden?«

Er nimmt all seine Kraft zusammen, lächelt und nickt dann. In mir bleibt dagegen das ungute Gefühl zurück, dass ich ihm endlich mein Herz ausgeschüttet habe und keines meiner Worte bei ihm angekommen ist. Meine Sorgen wurden von seinem Kummer gefiltert, von der Paranoia, ich könnte ihn verlassen. Wie alle anderen. Und nun sitzen wir beide völlig verunsichert da.

Kapitel 22

DER KÄFIG

An der Einfahrt zum Art Institute zerreißt ein Donnern den Himmel. Dunkle Wolken hängen drohend über uns, aber die Tropfen fallen erst, als wir kurz vor dem Auditorium sind. Zwei Leute aus Grants Kurs halten uns an dem regennassen Bürgersteig hinter dem Gebäude einen Parkplatz frei.

Grant und Jackson nehmen die Leinwand, wir anderen rennen voraus, um den Hintereingang zu öffnen. Als der Regen stärker vom Himmel fällt, wird aus dem Kichern aufgeregtes Kreischen. Ich werfe mich gegen die großen Flügeltüren, damit Grant und Jackson mein Kunstwerk in das Gebäude schleppen können. Völlig durchnässt lehne ich mich hysterisch lachend an die Tür, bis ich mich umdrehe und ...

Elliot steht direkt neben mir. Hemd und Haare kleben an seinem Körper. Er ist mir so nah, dass Tropfen von seiner Nase auf meine fallen.

Er riecht süß und fruchtig ...

Er ist genauso verdutzt wie ich. Zum Glück fällt sein Blick auf das riesige Auditorium vor uns und sein »Wow« reißt uns aus unserer Trance.

Auch mir fallen bei dem Anblick fast die Augen aus dem Kopf. Ich war noch nie in diesem Saal und hatte eine kleine Schulbühne erwartet. Der Raum vor uns ist jedoch so was wie eine Mischung aus Broadway und New Yorker Fashion Week: eine Bühne, von der ein wunderschöner weißer Laufsteg wegführt, daneben erhöhte Logenbereiche für VIPs und eine riesige Zuschauertribüne. Hier passen mindestens tausend Menschen rein.

Elliot zeigt auf den endlos langen Laufsteg, der wie Glas schimmert. »Da soll ich langlaufen?«

Ich zeige auf die riesige Kulissenwand dahinter. »Jep, und dort wird mein Wandbild hängen.«

»Wir schaffen das.« Elliot wirft mir ein triumphierendes, regennasses Lächeln zu, das ich erwidere. Wir nehmen uns an den Händen. Mein Selbstvertrauen kehrt zurück.

Aber nur für einen kurzen Moment.

»Seid ihr bereit?«, ruft eine tiefe Stimme und ich zucke zusammen.

Grant steht mit ausdrucksloser Miene hinter uns. Seine gute Laune von eben, als er durch den Regen rannte, ist verflogen.

»Jep!« Schnell gehe ich von Elliot weg.

Das war ein Versehen, das war ein Versehen, das war ein Versehen.

♡ ♡ ♡

Eine halbe Stunde später brechen Hannah und Jackson auf, weil sie noch essen gehen wollen. Team Wish-Granted macht sich in dem abgedunkelten Theater an die Arbeit. Mehrere Sitzreihen über Grant und mir stecken der Bühnen-Manager, eine Maskenbildnerin, der künstlerische Leiter und der Regisseur der Modenschau die Köpfe zusammen. Der Regisseur ruft verschiedene Befehle für Beleuchtung und Technik – bis er das richtige Licht für unser Werk gefunden hat.

Märchenrosa.

Abgesehen von der Musik darf Grant kaum etwas mitbestimmen, was die Regie angeht. Aber solche Sachen überlasst man sowieso besser den Profis. Da dem Regisseur bewusst ist, dass Wish Granted schon jetzt der bekannteste Programmpunkt ist, hat er uns ganz ans Ende gelegt, damit niemand aus dem Publikum früher geht. Die anderen Auftritte – Modevorführungen, Performances und Kunstinstallationen – wurden so zusammengestellt, dass sie auf uns, das große Finale, zusteuern.

Unseren Auftritt bei der Probe endlich leibhaftig vor mir zu sehen, macht mich ganz kribbelig vor Aufregung.

Ein Märchen in unserer Welt. Kunst trifft Realität.

Zum Glück scheint Grant die versehentliche Berührung zwischen Elliot und mir wieder vergessen zu haben. Die Hektik und die produktive Energie der Probe zaubern ein wildes Grinsen auf sein Gesicht. Ich schlinge die Arme um ihn und umarme ihn ganz fest. »Es tut mir leid«, flüstere ich, ohne zu wissen, was genau ich meine. Dass ich Elliots Hand berührt habe? Dass ich so kurz vor seiner wichtigen Show meine Sorgen bei ihm abgeladen habe? Was immer es auch ist, *Tut mir leid* ist das Einzige, was mir in den Sinn kommt.

Grant legt mit einem glücklichen Seufzen seinen Kopf auf meinen. »Mir auch.«

Er meint es ernst. Und sobald die Show vorbei ist, werden auch unsere kleinen Berührungen wiederkommen.

Endlich kommt der große Moment: Elliot wird auf den Laufsteg gerufen. Er hat seine regennassen Klamotten ausgezogen und trägt jetzt eine Tanzhose und ein pastellfarbenes Tanktop – wie in einem Aerobic-Video aus den Achtzigern. Der Choreograf führt Elliot durch die Schritte, und ich staune, mit welcher Energie sich mein süßer Barista dort auf der Bühne bewegt! Dabei ist das nur die Probe und kein richtiger Auftritt. Seine geschmeidigen Bewegungen erinnern mich daran, wie anmutig er im *Audrey's* mit vier Caffè Latte gleichzeitig jongliert hat.

Grant bekommt den Mund gar nicht mehr zu, so begeistert ist er.

Keiner von uns hätte erwartet, dass unser Freund so ein Naturtalent ist!

Vergiss den Typen, der abgesagt hat. Elliot ist viel besser.

Ich bleibe im Zuschauerraum sitzen, während Grant zu Elliot und dem Choreografen auf die Bühne geht. Da das ursprüngliche Model ein professioneller Tänzer war, haben sie die Bewegungen auf ein paar einfache Schrittfolgen reduziert. Trotzdem flasht er alle. Voller Anmut und Eleganz wirft Elliot sich mit seinem ganzen Körper in die Rolle der Ritterprinzessin. Anfangs tritt sie als zerbrechliches, verängstigtes Wesen auf und am Ende stolziert sie mit der Geschmeidigkeit einer Dschungelkatze über den Laufsteg.

Sanft, aber wild, und Elliot bringt es perfekt auf den Punkt.

Ohne Brandon blüht er geradezu auf. Gehorcht seinen Instinkten, genießt den Augenblick. Wirft sich mutig in das Unbekannte. Frei und unbeschwert.

Oh mein Gott. Fix und fertig taucht die Idee in meinem Kopf auf.

»Äh, Grant?«, rufe ich aus der Dunkelheit.

Grant, Elliot und der Choreograf markieren die Stelle, an der sie stehen geblieben sind, und halten sich schützend die Hände an die Augen. »Sieht von dahinten alles gut aus?«, will Grant wissen.

Ich packe Skizzenbuch und Stift und renne den Gang zum Laufsteg hinunter. Die Bühnenlichter sind so grell, dass ich mir die Augen reiben muss, als ich bei ihnen bin. »Drei Minuten Pause!«, ruft der Choreograf und nimmt seine Wasserflasche. »Denk dran, deine Gruppe hat nur noch eine Stunde Zeit, dann ist das nächste Team dran.«

Elliot und Grant treten zu mir in einen engen Dreier-Kreis.

Die Nähe ist fast zu viel. Ein scharfes Parfüm und ein süßliches.

DREI MINUTEN, MICAH, SPUCK ES EINFACH AUS.

»Grant, du bist doch nicht so hundertprozentig zufrieden mit dem Rock, oder?«, frage ich.

Grant tritt verlegen von einem Fuß auf den anderen, seine Augen huschen zwischen uns beiden hin und her, als hätte ich ein schmutziges Geheimnis verraten. »Nein, ich finde ihn super. Die Regenbogenschleppe macht ihn perfekt.«

Beruhigend nehme ich Grants Hand. *Kleine Berührungen.* »Die Regenbogenschleppe ist wirklich wunderschön! Aber hast du nicht gesagt, du würdest das Ganze gerne noch größer und spektakulärer machen? Hättest du noch Zeit, ein bisschen was zu ändern?« Elliot blinzelt unbehaglich, und Grant wird mit jedem Atemzug röter im Gesicht. »Dein Statement mit der Ritterprinzessin ist doch, dass man sich nicht zwischen dem Ritter und der Prinzessin zu entscheiden braucht.«

»Genau ...« Endlich löst sich Grants verkrampfte Faust und er beugt sich interessiert vor.

Elliot folgt unseren Bewegungen wie bei einem Tennisspiel.

»Und wenn es diese Kategorien gar nicht gibt?«, erkläre ich. »Solche Zuschreibungen sind eine Falle. Ein Käfig.« Ich schlage mein Skizzenbuch auf einer neuen Seite auf. Während Grant und Elliot mir über die Schulteer schauen, zeichne ich einen neuen Rock: einen Vogelkäfig. »Der Rockkäfig ist die Weiterführung des Kettenhemd-Mieders. Ich weiß, das könnte ein *bisschen* Arbeit sein, aber ...«

Grant macht einen Schritt auf mich zu und packt meine Schultern, ein Lächeln im Gesicht. »Die Regenbogenschleppe verbirgt sich in dem Käfig.«

»Ja.« Mit ein paar weiteren Strichen vervollständige ich die Skizze. »Als Rock ist der Käfig geschlossen. Eine Kiste. Doch wenn er sich öffnet ...«

»Quillt die Schleppe daraus hervor?«, fügt Elliot hinzu, der nun ebenfalls von der Aufregung gepackt wird.

Grant legt die Hand an seinen Mund. Die Gedanken rasen förmlich hinter seinen Augen hin und her.

»Reicht die Zeit, um so was zu machen?«, frage ich.

»Sie muss reichen, weil das *die* Idee ist!«, sagt er. Er schlingt seine starken, sexy Arme um Elliot und mich. Keiner von uns beschwert sich.

Endlich sind wir ein kreatives Trio!

Die uns zugeteilte Stunde mit dem Choreografen ist viel zu schnell vorbei, aber wir drei sind zu gehypt, um uns große Sorgen über die Aufführung zu machen. Nachdem man uns aus dem Auditorium verscheucht hat, gehen Elliot und ich mit Grant durch den nachlassenden Regen über den Hof, wo unsere Geschichte begonnen hat. Immer noch hängt das Plakat für die Abschluss-Show am Schwarzen Brett. Wer hätte damals ahnen können, dass diese Show uns alle zusammenführt?

Als klar wird, dass Grant nun mehrere stressige Nächte vor sich hat, um den Vogelkäfig-Rock aus meinem neuen Entwurf zu bauen, beschließen wir, ihn in der Werkstatt allein zu lassen. Nur noch sechs Tage bis zur Show! Doch Grant scheint das nicht zu kümmern – er sagt kaum etwas und konzentriert sich darauf, das Material für den Käfig in Streifen zu schneiden.

Meine Idee hat einen Funken in ihm entzündet. Ich kann förmlich sehen, wie seine Kreativität auflodert und er an nichts anderes mehr denken kann. Die Inspiration kam auch jetzt im richtigen Moment. Genau wie es mit Elliots Hilfe bei meinem Wandbild geschah.

Wir sind gute Partner.

Zumindest in kreativer Hinsicht.

Nur dieses komische Gefühl in mir will einfach nicht verschwinden. Ich habe Grant etwas anvertraut, was mir große Angst macht, aber er hat alles nur auf sich bezogen. Und am Ende habe ich nur wieder eingelenkt. Doch jetzt gerade ist nicht der richtige Zeitpunkt für klassisches Micah-Gegrübel. Wir sind alle überreizt und unausgeschlafen.

»Wäre es in Ordnung, wenn du mich nach Hause begleitest, Micah?«, fragt Elliot.

Bevor ich darauf antworte, schaue ich zu Grant. Obwohl er immer noch mit den elastischen Streifen beschäftigt ist, hat er bei Elliots Worten sofort innegehalten und schaut mich an. »Für mich ist das okay«, sagt Grant und senkt die Augen wieder auf den Tisch. »Ich bin sowieso die ganze Nacht beschäftigt und habe keine Zeit.«

Da ist wieder dieser düstere Tonfall.

Elliot spielt mit seinen Fingern, als wäre es ihm plötzlich peinlich, überhaupt gefragt zu haben. »Ich wohne zwar nur ein paar Straßen weiter, aber es ist dunkel und ich trage diese komischen Jazzpants. Man weiß nie, wer sich da draußen herumtreibt und darauf aus ist, Schwule zu verprügeln.«

Aus dem Augenwinkel bewundere ich kurz den Umriss von Elliots kurzen, stämmigen (okay, kurvigen) Beinen in der engen Sporthose.

»Mach ich gern«, sage ich und küsse Grant zum Abschied. Er erwidert den Kuss deutlich kühler als sonst. Mein Herz zieht sich zusammen. Gerade erst haben wir die aufregendste kreative Erfahrung der gesamten Show miteinander erlebt und trotzdem stellt Grant sich wegen nichts total an.

Wird das immer so sein?

Bevor ich die Ateliertür zumache, schaue ich unwillkürlich ein letztes Mal zu Grant und seinen wunderschönen breiten Schultern zurück, die sich über seinen Arbeitstisch beugen.

Etwas fühlt sich anders an.

Kurz darauf laufen Elliot und ich in einträchtigem Schweigen durch eine fast menschenleere Stadt zur Pizzeria seines Vaters. Die Nacht ist warm, aber nebelig. Vertraute Wolkenkratzerumrisse ragen in den Himmel auf und verschwinden auf halbem Weg im dichten Dunst, als hätte ein Zauberer ihre Spitzen weggehext.

»Du warst heute echt ein Star«, sage ich zu ihm.

»Du brauchst mich nicht immer wegen meiner Trennung zu trösten«, stöhnt er. »Mir geht's *gut*.«

»Die Idee mit dem Vogelkäfig ist mir gekommen, als ich dich tanzen gesehen habe.«

Er sieht mich aus schmalen Augen an.

»Ehrlich. Du wurdest da in was ganz Neues und Fremdes reingeworfen und bist einfach geflogen.«

Elliot lacht in sich hinein. »Sprichst du wirklich von meiner Wenigkeit?«

»Hey.« Ich tippe ihm auf die Schulter. Er trägt immer noch sein Tanktop. Als meine Hand seine kühle, nackte Haut berührt, vergesse ich kurz, was ich sagen wollte. »Wie fühlt es sich an, einen Job zu haben, bei dem du keinen Kaffee machen musst?«

Elliot schnaubt. »Es hat sich nicht wie ein Job angefühlt. Und auch nicht wie ich.«

»Aber du warst großartig!«

»So habe ich das nicht gemeint. Es hat sich angefühlt, als ... wäre ich da oben ein ganz neuer Mensch. Ich habe so viele Café-Schichten hinter mir, dass meine Muskeln die Bewegungen schon von ganz alleine machen.« Er tut so, als würde er Milch in unsichtbare Tassen gießen und Sirup reinpumpen. »Selbst an meinen freien Tagen, wenn ich im Bett liege, machen meine Hände diese Bewegungen. Es ist echt seltsam. Und als ich dann da oben auf der Bühne stand und meinen Körper bewegt habe ... da hat er sich endlich daran erinnert, wie es ist, wenn er keinen Kaffee macht.« Er atmet tief aus. »*Endlich* konnte ich an einem neuen Ort richtig präsent sein.«

Wie schön für Elliot. Diesen Sieg hat er dringend gebraucht.

Im Fenster von Little Parisi's blinkt ein Neon-Pizzastück. Ich habe von dem Laden noch nie gehört, obwohl ich gar nicht weit weg wohne. Im Stockwerk darüber hängt der Kasten einer Klimaanlage unter einem dunklen Fenster. Ob das Elliots Zimmer ist?

»Oh, habt ihr endlich eine Klimaanlage bekommen?«, frage ich.

»Nö. Die ist kaputt.« Elliot zeigt dem Kasten den Mittelfinger.

»Der Vermieter will sie ja erst reparieren lassen, wenn das ganze Gebäude neu verkabelt ist.«

Ich bin zu erschöpft, um mehr zu sagen als »Puuuuuuh«.

Wie gewöhnlich tut Elliot das mit einem Schulterzucken ab. Durch das Fenster der Pizzeria reicht ein Mann mit einem dicken, dunklen Schnurrbart Pizzastücke auf dünnen, fettigen Papiertellern über die Theke.

»Das ist Stuart«, erklärt Elliot. »Mein Vater. Aber ich nenne ihn beim Vornamen.«

Elliot winkt durch das Fenster. Stuart, der haargenau so aussieht wie sein Sohn (nur zwanzig Jahre älter und mit Schnurrbart), winkt mit einem breiten Lächeln zurück, das seine großen Hamsterzähne zeigt.

Wie niedlich.

Doch als Stuart mich hinter der Neon-Pizza entdeckt, verschwindet sein Lächeln sofort. »Oha«, sage ich.

»Er hat einfach viel zu tun«, sagt Elliot leicht beschämt.

»Er will bestimmt nicht, dass du mit einem fremden Typen durch die Stadt ziehst.«

»Du bist nicht fremd! Ich habe ihm von dir erzählt.« Elliot meidet meinen Blick.

Und plötzlich sieht er trotz Tanktop und Trainingshose wie ein Erwachsener aus. Aufrecht, wie ein professioneller Broadway-Darsteller. Keine Schürze, in der er gebeugt und klein wirkt. Er steht gerade da. Ohne Last.

»Was hast du ihm von mir erzählt?«, frage ich. Eigentlich wollte ich nicht flüstern, aber ... jetzt ist es doch passiert.

Elliot sieht mich mit den großen, verwundbaren Augen eines gefangenen Tieres an. Ein Rehkitz.

Ich weiß nicht, wie es kommt, aber plötzlich stehen wir wieder ganz nah zusammen.

Wenn er mich küssen würde, könnte ich ihn nicht mehr aufhalten. Ich nehme seine Hand. *Kleine Berührungen.* Stuart wird von einem Kunden abgelenkt. Er sieht nicht, wie nah ich seinem Sohn bin. Gefährlich nah. Elliot beugt sich noch näher – ein Zentimeter noch und unsere Lippen werden sich treffen. Es ist nicht wie bei Grant, der sich bücken muss, um mich zu küssten. Elliot und ich sind gleich groß. Perfekt.

Um Elliot zu küssen, muss ich nicht nachdenken. Sämtliche Zellen meines Körpers schreien danach, diesem Jungen nahe zu sein. Sie fordern es von mir. Stromstöße gehen von ihnen aus, wie von einem Elektroschocker. Jeder Millimeter an mir ist hellwach und fleht mich an, ihm noch näher zu kommen.

Elliot zu küssen – das wäre in diesem Moment für mich so einfach, wie eine Skizze zu zeichnen. Wenn meine Hand schon vor meinem Verstand weiß, was sie zeichnen will.

In diesem Augenblick ist mein Verstand definitiv langsamer als meine Hände.

Meine Hände sagen: *Umarme ihn. Küsse ihn. Du willst das mehr als alles andere auf der Welt, und er auch.* Aber mein Kopf – immer einen Schritt hinterher, sagt: *CHAOS. Chaotisch! Bitte nicht! Bitte warte noch!*

Elliot sieht so stark und schön aus im Straßenlicht.

Ich würde mich so gut um ihn kümmern. Und er würde sich gut um mich kümmern.

Ich muss ihn küssen …

Das Universum zieht uns zueinander hin. Dagegen anzukämpfen wäre so, als würde man gegen die Flut kämpfen …

So soll es nicht passieren! In einem Märchen geht man nicht fremd!

»Hast du es?«, flüstert eine Stimme auf der anderen Straßenseite. »Hast du es?«

Wie aufgeschreckte Kaninchen fahren Elliot und ich herum. Aus der Dunkelheit hinter einem geparkten Auto beobachten uns zwei Jugendliche. Ihre Gesichter sind von Kapuzen verdeckt, aber eine

Sache ist mit brutaler Deutlichkeit zu erkennen: Sie zeigen mit ihren Handys auf uns.

»Losweghierrenn!«, ruft einer und sie verschwinden außer Sicht ...

Zusammen mit den Fotos von Elliot und mir.

Kapitel 23

DER AUFBRUCH DES KNAPPEN

Das Internet ist ein Kasino. Manchmal, wenn man Glück hat, gewinnt man. Und für ein paar sehr wenige Glückliche kann es vielleicht sogar Träume wahr werden lassen. Aber meistens zerstört es einen nur.

Und das gilt heute für mich – zumindest der Teil mit der Zerstörung.

Das Foto von Elliot und mir, auf dem wir kurz davor sind, uns zu küssen, ist wie ein Meteorit auf Instagram und TikTok eingeschlagen. Wie konnte ich nur so unfassbar dumm sein? Wir waren in der Öffentlichkeit unterwegs. Selbst vor Wish Granted kannte jeder in der Stadt meinen Namen und mein Gesicht. Und nach Wish Granted ist es erst richtig lukrativ geworden, jede meiner Bewegungen zu verfolgen und einen Ausrutscher zu knipsen.

Jep, das war ein Ausrutscher und er wurde geknipst.

Was habe ich mir nur dabei gedacht, mich so dicht vor Elliot zu stellen? Ich war genervt von Grant, weil er ständig nur den Klicks hinterhergerannt ist. Und als ich mich ihm offenbart habe, hat er meine Ängste einfach ignoriert. Elliot und ich haben im letzten Monat so viel tolle Zeit miteinander verbracht – mit unserer Kunst, den schönen Gesprächen, und er hat mir *zugehört*. Vielleicht würde ich mich wohler dabei fühlen, Details meiner Beziehung online zu teilen, wenn Grant etwas mehr Verständnis dafür hätte, wie unangenehm mir diese Aufmerksamkeit ist. Elliot hat sich von Anfang an die Augen zugehalten, wenn er gesehen hat, dass ich zeichne. Er hat meine Bedürfnisse immer ernst genommen. Und er versteht, dass es bei Instaloves nicht darum geht, Wish Granted groß rauszubringen, sondern anderen Menschen Mut zu machen.

Es geht darum, das Märchenhafte in der Realität zu finden. Die Leute daran zu erinnern, dass schöne Überraschungen immer möglich sind.

Das verbindet Elliot und mich.

Im elektrischen Schein der Pizzeria seines Vaters wirkte Elliot so … ich weiß nicht … ich wollte ihm einfach nahe sein. Ich habe das Gefühl, dass ich ihn küssen wollte – und er mich. Vielleicht, weil wir beide zwei einsame Seelen sind. Elliot muss nach der Pleite mit Brandon erst mal wieder auf die Füße kommen und Grant hat mich enttäuscht. Außerdem bin ich überarbeitet und übermüdet, weil ich das Wandbild fertigstellen musste. Deshalb kann ich meinen Impulsen im Moment absolut nicht trauen.

Aber weil es jetzt einen Fotobeweis für diesen einen Impuls gibt, rede ich schon seit Stunden mit Grant auf FaceTime – um ihm zu erklären, was zum Teufel ich mir dabei gedacht habe. Wir liegen beide im Bett. Ich in meinem Zimmer, er in seinem Wohnheim. Er hat knallrote Augen vom Weinen, seine Locken sind zerzaust und strubbelig, und er flüstert, damit seine schlafende Mitbewohnerin ihn nicht hört.

Er kann stundenlang flüstern. Wirklich beeindruckend.

»Wenn du mich verlassen willst, Micah«, zischt er, »dann flehe ich dich an, bis nach der Show zu warten, weil ich im Moment absolut keine Kraft mehr habe.«

»Ich will dich nicht verlassen, Grant!« Aus irgendeinem Grund flüstere ich ebenfalls, obwohl ich allein bin. Es scheint mir einfach ein Gebot der Höflichkeit zu sein.

Auf dem FaceTime-Display greift Grant sich an den Kopf, als könnte er so die beunruhigenden Gedanken darin vertreiben. »Dieser Fluch, der auf mir liegt …«

»Es gibt keinen Fluch.«

»Ach, du darfst daran glauben, dass das Universum die Menschen zusammenführt und es für jeden ein Märchen-Happy-End gibt – aber wenn ich sage, ich habe einen Fluch auf mir, dann ist das nur Einbildung?«

Ich seufze in meinen Ärmel. Allmählich geht mir die Kraft aus. Bei diesem Streit geht es schon gar nicht mehr um etwas Konkretes. Er redet nur die ganze Zeit davon, schon immer gewusst zu haben, dass der Fluch uns auseinanderbringen wird.

Vielleicht hat er recht.

Ich meine nicht den Fluch. Aber vielleicht ist es wirklich albern, mein Leben nach meinen Märchen-Maßstäben zu bewerten? Grant ist Crush 100. Meine Cinderella. Und nur zwei Monate später küsse ich fast einen anderen Jungen, und wir streiten per FaceTime über Flüche.

Was für ein märchenhaftes Happy End!

Alles, was ich weiß, ist, dass ich gerade kurz davor bin, meinen sehr realen Freund zu verlieren. Ich muss mein Märchen selbst in die Hand nehmen. »Ich *schwöre* dir, es war nicht so, wie es auf dem Foto aussieht«, erkläre ich. »Die Leute sind gelangweilt, weil wir glücklich sind. Deshalb erfinden sie irgendwelchen Mist, um es wieder spannend zu machen. Ich will Elliot nicht küssen.«

Doch die einzigen Worte, die durch meinen Kopf hallen, sind *Elliot küssen.*

Elliot küssen.

»Das ist egal«, sagt er. »Auf dem Foto sieht es so aus, als würdest du ihn küssen wollen. Und jetzt denken alle, ich bin ein Loser, der demnächst abserviert wird, und dass meine Show eine einzige riesige Enttäuschung wird.« Er zwickt sich in den Nasenrücken, um den nahenden Kopfschmerz zu vertreiben. »Dabei werden die Scouts von den Modeschulen kommen ...«

Meine Lippe fängt an zu zittern. Er tut so, als würde es ihm darum gehen, wie das Ganze auf andere wirkt und was es für seine Show bedeutet. Nicht darum, wie es tatsächlich in meinem Herzen aussieht. Und trotzdem ertrage ich es fast nicht, ihn so verzweifelt zu sehen.

Diese Show ist sein großer Traum, und ich weiß, wie schlimm es sich anfühlt, wenn die eigenen Träume zu scheitern drohen.

Ich muss das Ganze beenden, und zwar sofort. Das Internet darf nicht bestimmen, was in meinem Leben passiert und was nicht.

Nachdem wir aufgelegt haben, öffne ich Instaloves und poste einen Schnappschuss von drei kreativen Typen: Elliot, Grant und ich, wie wir lachend im Art Institute an der Ritterprinzessin arbeiten. Es ist eines meiner Lieblingsfotos – eines aus der Kategorie »Für immer aufbewahren, bis es verblichen und gelb ist und wir alt und grau«.

Und nun wird es einem wichtigen Zweck dienen.

Ich werde die Sache klarstellen.

In der Bildunterschrift mache ich reinen Tisch:

> Hey, #WishGranted-Fans! Zeit für ein paar Worte. Das sind Grant und ich bei der Arbeit an unserem großen Projekt, das wir kommenden Sonntag im @artinstitutechi enthüllen werden. Die dritte Person auf dem Foto erkennt ihr vielleicht auch. Das ist Elliot, einer meiner besten Freunde und ein wichtiger Helfer bei unserem Wish-Granted-Projekt. Er ist mit mir durch die ganze Stadt gerannt, um Grant zu finden, als ich ihn nur als Crush 100 gekannt habe. Wir sind nur gut befreundet. Das Foto, das gerade überall kursiert, zeigt nur uns beide, wie wir zusammen abhängen. Und nicht mehr. Und wer auch immer das Foto gemacht hat, will nur Ärger machen.

Ich hole tief Luft und lese noch mal durch, was ich geschrieben habe.

Das reicht noch nicht. Ich muss mich ganz klar ausdrücken. Unmissverständlich. Sonst wird Grant mir niemals glauben. Ich tippe weiter:

> Elliot ist ein wunderbarer Freund, aber ich habe keinerlei romantische Gefühle für ihn. Es ist wirklich schade, dass zwei schwule Jungs nicht befreundet sein können, ohne dass die Leute denken, da würde heimlich was laufen. Werdet erwachsen. Ciao.

Ich schließe mit einem Peacezeichen-Emoji und schicke die Nachricht in die Welt hinaus. Wenn Instaloves sich schon in eine Publicity-Maschine verwandelt hat, dann soll sie auch mal etwas Gutes bewirken.

Ich werfe mein Handy auf das Bett – ich will dieses lügende Ding nicht in meiner Nähe habe. Stattdessen ziehe ich das *Kleine Buch der ersten Male heraus* und schreibe die Wahrheit: *Das erste Mal, dass ich fast einen anderen Jungen geküsst hätte: 31.7.2022* und *Das erste Mal, dass ich meine Fans angelogen habe: 1.8.2022.*

Dann klappe ich das Buch zu und schleudere es durchs Zimmer. Es prallt gegen den Wäschekorb und ich vergrabe das Gesicht in den Händen. Wütend auf mich selbst.

Ich bin nicht überarbeitet, übermüdet oder »einfach sauer auf Grant«. Ich mag Elliot. Ich wollte Elliot an dem Abend küssen. Ich möchte ihn jetzt küssen. Und anders als bei Grant möchte ich ihn küssen wegen all der Dinge, die ich über ihn weiß. Nicht wegen eines Märchens, das ich mir zu ihm ausgedacht habe. Elliot hört mir zu, er kennt mich, bestärkt mich, und es macht einfach Spaß, mit ihm zusammen zu sein. Aber Elliot hat gerade eine schlimme Trennung hinter sich, er zieht vielleicht aus Chicago weg und mag mich vermutlich noch nicht mal auf diese Weise. Er ist so ein lieber Mensch, er gibt einfach jedem das Gefühl, gemocht zu werden, nicht nur mir.

Verdammt. Was habe ich da gerade nur getan?

Ich habe keinerlei romantische Gefühle für ihn.

Die größte Lüge meines Lebens.

♡♡♡

Als aus dem Montag Dienstag wird, Mittwoch und dann Donnerstag, wird klar, dass Elliot – wie immer – derjenige war, der als Erster verletzt wurde. Der Erste, den *ich* verletzt habe. Er hat nicht geschrieben. Er reagiert nicht auf meine Anrufe. Das habe ich verdient. Dazu kommt, dass mein Instaloves-Post nur noch mehr Öl ins Feuer geschüttet hat. Ich weiß jetzt, dass so was auch Streisand-Effekt genannt wird: Sag dem Internet, es soll eine Geschichte ignorieren, und es wird sie nur noch mehr verbreiten.

Nennt mich bitte Barbra, denn mein Post wird ÜBERALL gestreisandet.

Die gleichen Blogs, die meine Beziehung im letzten Monat so begeistert gefeiert haben, machen mich jetzt fertig. Sie stellen mich als verblendetes, privilegiertes Promisöhnchen dar, bringen Steckbriefe mit dem Titel »Wer IST dieser Elliot eigentlich?«, die ihn als mittellosen Aufsteiger hinstellen, der versucht, sich in das Summers-Imperium einzuschleichen. Was auch immer das bedeuten soll. Am schlimmsten ist, dass mein Post nicht mal Grants Ängste besänftigen konnte. Schwule Medienseiten bringen nonstop Nachrufe auf meine Beziehung:

WISH UN-GRANTED

DAS ENDE EINES MÄRCHENS: ANATOMIE EINES GESCHEITERTEN POWER-COUPLES

MICAH SUMMERS: DAS FALSCHE VORBILD

Echt schwer, Letzteres nicht persönlich zu nehmen. Scheinbar bin ich ein mieser Betrüger, der gefährliche schwule Stereotype propagiert und ein schlechtes Vorbild für für kleine, schwule Jungs ist.

Grant und ich … Er benimmt sich seit dem Post immer noch äußerst kühl mir gegenüber. *Falls* er sich überhaupt herablässt, auf meine Nachrichten zu antworten.

Zu alldem kommt, dass Elliot auch aus dem Leben der anderen verschwunden ist.

»Er antwortet mir auch nicht«, erklärt Hannah. »Schon seit gestern Morgen nicht mehr.«

In der tropisch heißen Küche der Bergstroms lümmeln Hannah, Maggie und ich auf Barhockern herum. Wir tragen nasse Badesachen und haben uns deshalb in Handtücher gewickelt. Nicht mal diese nachmittägliche Abkühlung im Pool unseres Gebäudes kann mich aufheitern. So viele besorgte Gesichter. Hannah macht sich Sorgen um Elliot, und Maggie sorgt sich um mich – oder hat sich einfach unserer düsteren Stimmung angeschlossen. Dabei sieht sie am trübseligsten von allen aus: Während Hannah und ich knallpinke Badesachen anhaben, trägt Maggie ihr schwarzes Zwanzigerjahre-Wednesday-Addams-Schwimm-Outfit. Ursprünglich sollte das nur ein Gag sein, aber dann hat sie sich doch richtig in den Badeanzug verliebt.

Oh, könnte ich doch nur ein schräges Schwimm-Outfit in Elliots Leben sein!

Schwer sich vorzustellen, wie das jemals auch nur entfernt möglich sein könnte.

Hannah liebkost Red Velvets nasse Hundeschnauze, während wir in der Kokossahnetorte ihrer Mutter herumstochern. Nicht mal der Kuchen kann das leere Gefühl in meiner Brust füllen.

Trotzdem schlinge ich die Torte stumpfsinnig in mich hinein.

Maggie trennt ein Stück Tortenboden von der Füllung ab, als wäre sie eine Serienmörderin. »Ich möchte gerne im Namen von

Elliot sprechen, der Social Media schon immer gehasst hat, genau wie ich«, erklärt sie und wickelt sich ein zweites Badetuch um die Schultern, damit ihr Badeanzug nicht tropft. »Elliot wird im Internet als derjenige beschimpft, der Wish Granted zerstört hat. Wenn ich die Kommentare lese – die mich ja gar nicht betreffen –, möchte ich mich am liebsten unter meiner Bettdecke verkriechen und den WLAN-Router aus der Wand reißen. Also gib ihm ein bisschen Zeit.«

»Ich habe die Kommentare nicht gelesen«, sage ich unglücklich und schaufele Maggies übrig gebliebene Tortencreme auf.

Maggie zieht ihre nervige *Igitt*-Miene. »Sagen wir mal so, wenn ich Elliot wäre und die Kommentare lesen würde, hätte ich auch keine Lust, deinen Anruf entgegenzunehmen.«

Ich haue mit der Gabel auf den Küchentresen und jage Red Velvet dabei einen Riesenschreck ein. »Aber das ist doch nicht meine Schuld! Ich finde das alles genauso grässlich wie Elliot!«

Wie oft muss ich denn noch erklären, dass ich einfach nur meine alte Beziehung mit Grant zurückhaben möchte, meine alte Freundschaft mit Elliot und mit den beiden neue Kunstprojekte starten will?

»Hmm.« Hannah wackelt nachdenklich mit der Gabel herum. Red Velvet windet sich in ihren Armen, um an die leckere Buttercreme zu kommen.

»Was?«, frage ich. Hannah legt die Gabel weg und zupft an ihrer Badekappe, die sich perfekt an ihren Kopf schmiegt. Sie müsste sie gar nicht zurechtrücken und will sich damit nur davor drücken, zu sagen, was sie denkt. »*Was?*«

»Sag du es ihm«, sagt Hannah zu Maggie, die verschämt den Blick gesenkt hat. »Du bist besser darin.«

»Besser worin?«, fragt Maggie. »Die Spaßbremse zu sein?«

»Streng, aber liebevoll mit ihm zu reden.« Hannah küsst den Kopf ihrer Hündin und vermeidet meinen verzweifelten Blick.

Mein Magen krampft sich zusammen. Das Letzte, was ich nach dieser grauenhaften Woche gebrauchen kann, ist liebevolle Strenge.

Aber dass vielleicht niemand hören will, was sie zu sagen hat, hat Maggie noch nie aufhalten können: »Du hast seine Gefühle verletzt, Micah. Du bist ein echter Idiot, weil du nicht gemerkt hast, dass dieser Post überhaupt gar nichts bewirken wird, außer Elliot wehzutun.«

»Aber ich wollte nicht –«, fange ich an.

»Und du hast es getan, um Grant glücklich zu machen – ein ehrenhafter, aber völlig sinnloser Beweggrund.«

Ich widerspreche nicht. Ich weiß plötzlich nicht mehr, was ich denken soll. Sie hat recht. Irgendwie.

»Natürlich will ich Grant glücklich machen«, sage ich. »Er ist mein Freund, und dieses Foto zeigt ziemlich deutlich, wie ich fast einen anderen küsse.«

»Aber Grant *kann* nicht glücklich sein, Micah«, wirft Hannah ein und klammert sich an die arme, überforderte Red Velvet. »Er hat viel zu viele eigene Probleme, mit denen er sich noch nicht auseinandergesetzt hat. Ihn interessiert nur, was das Internet über ihn denkt – und so was kann nicht gut gehen. Und obwohl du Elliots Ruf für ihn zerstört hast, ignoriert er dich immer noch.«

Plötzlich bekommt der Zuckerguss auf meiner Zunge einen bitteren Beigeschmack.

Ich brauche Wasser.

»Ich wollte doch nur klarstellen …«, sage ich schwach.

»Was klarstellen?«, fragt Maggie. »Dass Elliot dir nichts bedeutet? Stimmt das überhaupt?«

Meine Schwester durchleuchtet mich noch zu Tode mit ihrem Röntgenblick. Plötzlich fühle ich mich so bloßgestellt, als würde ich ohne Badehose dastehen.

Woher weiß sie, dass ich ihn mag? Ist das so offensichtlich? Wissen das alle? Weiß Elliot es auch, und hat er zu viel Mitleid, um mich abzuweisen?

Maggie zieht das Handtuch von ihren Schultern und tupft sich die Haare trocken. »Er hat eben erst Brandon verloren«, erklärt sie. »Und anstatt ihn einfach in Ruhe zu lassen, hast du alle deine Fans auf ihn gehetzt. Wie auch immer du für ihn empfindest, es wird ihm nur Ärger bringen.«

Streng, aber liebevoll – das volle Programm.

Ich habe Elliot in diesem furchtbaren Post getaggt. Ich habe mich zu meinem Freund bekannt, obwohl ich mir nicht mal sicher bin, ob ich ihn überhaupt noch will. Aber das spielt alles keine Rolle, weil ich bei Elliot sowieso keine Chance habe! Er ist zu nett, um mir einen Korb zu geben, und wird einfach die Stadt verlassen. Und meine Beziehung mit Grant wird allmählich verkümmern, bis ich wieder ganz am Anfang stehe und Typen zeichne, die meine Gefühle nicht erwidern. Mit wachsender Panik wird mir bewusst, dass ich vermutlich bis in alle Ewigkeit Elliot zeichnen werde. Und zwar noch lange, nachdem er sich ein neues Leben als Tierarzt in einer Kleinstadt aufgebaut hat. Mit einem Kleinstadt-Ehemann, der nicht ich bin.

Ich darf Elliot nicht verlieren.

»Und wie bringe ich das jetzt wieder in Ordnung?«, frage ich in den Raum hinein, in der Hoffnung, dass Hannah, Maggie oder das Universum mir einen einfachen Plan präsentieren, den ich sofort umsetzen kann. Ich bin so verzweifelt, dass ich sogar Ratschläge von Red Velvet annehmen würde.

Wir kauen schweigend, bis Maggie wieder das Wort ergreift. »Zuerst musst du dir eingestehen, dass es zwischen Grant und dir offenbar nicht funktioniert.«

Ich umklammere meine Hände, um nicht die Beherrschung zu verlieren. »Aber Manda und du, ihr streitet doch auch ständig!«

Obwohl ich mir selbst schon eingestanden habe, dass das mit Grant vorbei ist, fühlt es sich falsch an, es auch vor anderen auszusprechen. Mein Versagen zu offenbaren.

Seufzend wickelt sich Maggie das bunte Badetuch um den Kopf;

es ist ein krasser Gegensatz zu ihrem Wednesday-Addams-Look. Der Anblick ist so bizarr, dass es mich fast aufheitert. »Manda und ich sind schon sehr lange zusammen und wir klären unsere Streitigkeiten innerhalb einer Stunde«, sagt sie freundlich. »Wir bestrafen uns nicht tagelang. Grant und du, ihr seid gerade mal einen Monat zusammen. Nach so kurzer Zeit müsste doch alles noch total magisch sein.«

Ich habe meine Torte aufgegessen, und meine Schultern weigern sich krampfhaft, ihre hängende Haltung aufzugeben.

Hannah beugt sich über die Kücheninsel und drückt meine Hand. »Es tut mir so leid«, sagt sie. »Aber Maggie hat recht. Jackson und ich –«

»OKAY, ICH HAB'S KAPIERT!«

Ich reiße meine Hand weg und springe vom Barhocker. Red Velvet befreit sich aus Hannahs Armen und flieht in ihren sicheren Schrank. Bebend vor Zorn stehe ich vor Maggie und Hannah. Ich kann nicht länger hier herumsitzen und mich von diesen zwei Menschen mit ihren perfekten Beziehungen darüber belehren lassen, wie sehr ich als Freund versagt habe.

Zu lange habe ich darauf gewartet, etwas zu sagen, und die Worte kommen aus der dunkelsten und einsamsten Grube in meinem Herzen: »Wie schön, dass ihr so tolle Ratschläge für mich habt.« Ich wende mich an Hannah. »Und ich freue mich für deine wunderbare neue Beziehung, die so großartig ist, im Gegensatz zu meiner. Ich bin froh, dass Jackson so ein toller Typ ist. Du hast es verdient –«

»Ich *habe* es verdient!« Hannah steht ebenfalls auf. Ernst und beherrscht schaut sie mich an. »Und *du* hast es auch verdient, aber du hast dich nun mal in einen anderen verliebt, in jemanden, der besser für dich ist!«

Ich sacke auf dem Barhocker zusammen, schlaff und leer wie eine ausgetrunkene Capri-Sonne, und erlaube mir endlich, die Wahrheit zuzugeben. »*Oh Mann.* Mit Grant hatte ich das Gefühl, ich könnte richtig großartig sein. Aber mit Elliot«, ich seufze, weil dieser Traum so aussichtslos ist, »da bin ich einfach *gut*. Freundlicher. Stärker. Meine Kunst ist besser mit ihm. Wir haben einfach die gleiche Perspektive auf die Welt.« Mein Herz hämmert wild gegen meine Rippen. Ja – es wäre wunderschön, mit Elliot zusammen zu sein, aber es wird nie passieren, deshalb war dieses Geständnis völlig umsonst. »Und was soll ich jetzt tun?«

Maggie greift nach meiner Hand, und Hannah kommt mit mitleidiger Miene auf mich zu, aber ich weiche zurück. Ich renne aus Hannahs Wohnung in den Aufzug. Die blöden Spiegelwände zeigen mir das Gesicht eines Lügners, Fremdgehers und schlechten Freundes. Aus jedem Winkel.

Glücklicherweise ist zu Hause niemand, der mich mit Fragen belästigen kann, deshalb renne ich schnell in mein Zimmer. Auf meinem Bett warten zwei identische Kartons auf mich. Offenbar hat Mom die Post hochgebracht und entschieden, dass diese Pakete nicht von psychopathischen Fans stammen.

Als ich den ersten Karton aufklappe, trifft es mich wie ein Blitz.

Das Universum spielt immer noch seine Spielchen mit mir.

Der Karton ist kein Geschenk *für* mich, sondern *von* mir.

Es ist der Hochleistungsventilator, den ich für Elliot bestellt habe. Einer für mich, damit ich mein Wandbild trocknen kann, ein zweiter für Elliot, damit er die Sommer in der Stadt besser übersteht.

Es ist immer noch Sommer. Und ich kann immer noch wiedergutmachen, dass ich diesen Post über Elliot veröffentlicht habe.

Es geht nicht darum, was ich brauche. Es geht darum, was er braucht – und er braucht einen Freund.

♡ ♡ ♡

Das Uber zu *Audrey's Café* ist eine gefühlte Ewigkeit unterwegs. Jeder Atemzug wiegt eine Tonne. Oder liegt das nur an der großen, unhandlichen Kiste auf meinem Schoß?

Es ist das erste Mal, dass ich Elliot wiedersehe seit … allem.

Als ich beim *Audrey's* eintreffe, ist die Sonne hinter der Skyline verschwunden. Die warmen Lichterkettenkugeln über der Terrasse brennen bereits. Entspannte, jazzige Klaviermusik weht aus der geöffneten Tür. Doch am schönsten von allem ist der Junge, der an der Espressobar lehnt.

Elliot.

Er steht auf der Kundenseite der Bar, in Straßenkleidung, die Arbeitsschürze hängt über seinem Arm.

Zum ersten Mal seit einer Woche legt sich ein Lächeln auf mein erschöpftes Gesicht. Das Beste ist, dass er das Lächeln erwidert, als ich näher komme und ihn anstupse. Bevor er mich begrüßt, bittet Elliot seinen Kollegen, mir einen Dirty Chai zu machen. Die Nostalgie dieses Moments bricht mir fast das Herz. Als wären meine sehnlichsten Wünsche erhört worden und hätten die Zeit dahin zurückgedreht, als alles noch gut war.

»Hier, einen für unterwegs«, sagt Elliots Kollegin und reicht ihm meinen Chai.

»Danke, Ani«, murmelt Elliot und nimmt einen Schluck von seinem Kaffee.

»Ich hab gerade keine Hand frei«, sage ich und deute mit einem breiten, verschwitzten Grinsen auf den Ventilator.

»Hab ich bemerkt!« Elliot lächelt etwas verhaltener als sonst. Dann winkt er mich zu den Sesseln neben dem unbeheizten Kamin. Das ist der beste Platz! Der kleine Tisch, wo wir das Rätsel von Grants Jacke entschlüsselt haben.

Das waren leichtere Zeiten.

»Ist das der Ventilator, den du eigentlich wieder stornieren wolltest?«, fragt er.

»Ja, aber dann hab ich es total vergessen!« Vorsichtig stelle ich den Karton vor seine Füße. »Heute ist er gekommen und ich wollte ihn dir unbedingt bringen. Ich hoffe, er gefällt dir.«

»Danke.« Elliot würdigt den Ventilator keines Blickes. Er ist nicht wirklich abweisend, nur ... vorsichtig. Als wäre er eben erst aus dem OP gekommen und müsste bei jeder Bewegung auf der Hut sein, damit die Naht nicht reißt.

»Wir haben überall nach dir gesucht«, sage ich.

»Ich bin hier.« Elliot stößt ein hohles Lachen aus.

»Geht es dir gut?«, frage ich. »Das mit dem Post tut mir echt leid. Ich dachte wirklich, das würde helfen.«

Elliot blinzelt nicht. »Keine Sorge, ich bin fast nie auf Insta. Wie geht's Grant?«

»Ähm. Themawechsel.«

»Okay.« Er lacht, fast verbittert.

»Ich wollte dich was fragen, Elliot.« Endlich hellt sich sein Gesicht ein bisschen auf.

Frag ihn, Micah. Frag ihn, ob er dich an dem Abend wirklich küssen wollte.

Ich kann nicht. Nicht jetzt. Elliot braucht Unterstützung, keinen Druck. Und ich habe immer noch nicht entschieden, was ich mit Grant tun werde.

Und so räuspere ich mich und suche krampfhaft nach einem anderen Thema: »Äh, also, nach allem, was passiert ist, könnte ich es verstehen, wenn du Nein sagst, aber ... wirst du immer noch in Grants Show auftreten?«

Mit einem Schlag verfinstert sich Elliots Gesicht, als wäre ein Ballon geplatzt. Mit zwei großen Schlucken leert er seinen Kaffee. »Micah«, sagt er. »Micah, Micah. Ja, das werde ich.«

Mein ganzer Körper atmet erleichtert auf. »Super. Es war so schön, mit dir an dieser Show –«

»Ich bin noch nicht fertig«, knurrt er. Es ist wirklich ein Knurren. Ich erstarre, und er sieht mich mit harten, verletzten Augen an. »Micah, du hast deine Fans auf mich gehetzt. Und dann musste ich in einem Post lesen – also, nicht einmal von dir persönlich, sondern in einem *Post* –, was ich dir bedeute: nichts. Nein, schlimmer als nichts: Ich bin gerade gut genug, deine kleine Helfermaus zu sein. Und jetzt tauchst du mit deinem Mitleidsgeschenk hier auf – obwohl ich dir gesagt habe, dass mir das peinlich ist. Dann sagst du, dass du mich etwas Wichtiges fragen willst – dabei geht es nur um eure Show?«

Ich stehe stocksteif da, als wäre Elliot ein heranrasendes Auto. »Es – es tut mir leid.«

Er blinzelt, sein Blick ist weich. Vielleicht auch verletzt?

Ein aufgeregtes – und doch unangenehmes – Ziehen meldet sich in meiner Brust. Wollte Elliot vielleicht, dass ich ihn auf den Kuss anspreche? Ist er enttäuscht, weil ich es nicht getan habe? Könnte es sein, dass er ... will, was ich will?

Doch einen Wimpernschlag später verhärten sich seine schönen Augen wieder. Der Raum wird kalt.

»Es tut dir leid?«, fragt er und seine Stimme klingt tiefer als sonst. »Es tut dir leid, dass du deinen Fans erzählt hast, wie wenig ich dir bedeute? Es tut dir leid, dass du die Wahrheit gesagt hast?«

Mist. Es könnte sein, dass er mich auch mag.

Atemlos will ich ihn unterbrechen, aber er steht schon auf und stößt seinen Sessel mit einem lauten Rums beiseite. Ich schaue mich um. Wenn diese schreckliche Chefin da ist und sieht, wie er eine Szene macht ... »Ich habe so die Nase voll davon, der ewige Zweite für dich zu sein«, sagt Elliot und fährt sich mit der Hand durch die zerzausten Haare. »Ich bin schon bei Brandon immer nur an zweiter Stelle gekommen, und das hat mich kaputtgemacht. Und das *weißt* du.«

Ich habe sämtliche Kontrolle über meinen Körper verloren. Völlig reglos sitze ich da, wie ein ausgeschalteter Roboter.

Verdammt. Am liebsten würde ich damit herausplatzen, dass er natürlich nicht nur an zweiter Stelle für mich kommt, dass ich will, dass er die Nummer eins ist. Aber es fühlt sich falsch an, ihn zu unterbrechen, wenn er so aufgebracht ist. Mein Gehirn weigert sich, mich sprechen zu lassen.

Warum habe ich ihm nicht einfach die Wahrheit gesagt? Oder habe ich alles schon so vermasselt, dass es sowieso egal gewesen wäre?

Elliot knallt seine Schürze auf den Boden. Ich fahre zusammen. »Als wir uns fast geküsst haben, war das ein unglaublicher Moment, weil ich wusste, dass nicht nur ich das gespürt habe«, sagt er. »Ich war bereit, für immer im Geheimen für dich zu schwärmen, aber dann standest du auf einmal so dicht vor mir, und ich wusste, dass ich mir das nicht nur einbilde.«

Er legt die Hände vor sein Gesicht. Obwohl ich nichts lieber täte, nehme ich ihn nicht in den Arm.

Er mag mich. Ich mag ihn.

WARUM FINDEN WIR DAS ERST JETZT HERAUS? WARUM HASST UNS DAS UNIVERSUM?

»Ich war zu deprimiert, um aufzustehen oder mein Handy in die Hand zu nehmen«, gesteht er. »Zu deprimiert, um zu arbeiten. Ich hab mich nicht mal krankgemeldet; ich bin einfach nicht gekommen. Du hast gesagt, du hast mich angerufen? Mir geschrieben? Du weißt doch, wo ich wohne. Ich habe erst heute Morgen wieder mein Bett verlassen. Du hättest mich jederzeit finden können.«

»Tut mir leid«, flüstere ich. »Nur … bitte. Ich möchte nicht, dass du hier bei der Arbeit Ärger bekommst, deshalb …« Ich bedeute ihm mit einer Handbewegung, sich wieder zu setzen. Wenn er Ärger bekommt oder seinen Job verliert, war's das. Er wird Chicago verlassen, und dann ist es egal, ob ich die Sache zwischen uns wieder in Ordnung bringen kann. Wir haben unsere Chance verpasst.

Aber Elliot setzt sich nicht. Er lacht nur. »Hörst du mir überhaupt zu? Ich bin nicht zur Arbeit gegangen. Meine Chefin hat mich gefeuert.«

Wie von einem Stromschlag getroffen, fahre ich aus meinem Sessel hoch. »Nein! Wo ist sie? Ich werde ihr erklären, was los war.«

»Was erklären? Dass ich in den Freund eines anderen Typen verliebt bin und, und, und ...« Elliot verliert sich in seinen Gedanken und rauft sich die Haare.

»Elliot, und wenn ich nicht der ...?« *Freund eines anderen Jungen wäre. Was, wenn ich nicht der Freund eines anderen Jungen wäre?* SAG ES. »Ich wünschte, ich hätte diesen Post nie geschrieben!«

Ich will Elliots Hände nehmen, aber er weicht zurück. Das ist zehnmal schlimmer als die Zugtür, die zwischen Grant und mir zugefallen ist.

»Sag es deinen Fans«, sagt Elliot. »Sag es Grant. Aber sag es nicht mir, wenn du nicht bereit bist, danach zu handeln. Weil *das* hier«, er zeigt auf mich, »macht mich echt krank.« Elliot wirft seinen Becher in den Abfalleimer, lässt die Schürze aber auf dem Boden liegen. »Ich bin nur vorbeigekommen, um meinen letzten Gehaltsscheck abzuholen. Wir sehen uns bei der Show.«

Ich sage nichts. Alles, was aus meinem Mund kommt, würde die Sache immer nur noch schlimmer machen.

Wütend hebt Elliot den Ventilatorkarton auf. »Den nehme ich nur mit, weil ich immer noch in der Hölle wohne.« Damit verlässt er das *Audrey's* – unseren gemeinsamen Ort – zum letzten Mal.

Das war unser letzter Chai.

Er arbeitet hier nicht mehr.

Kapitel 24

DER BALL

Am Morgen der Abschluss-Show beschließt Grant, dass er nicht mehr sauer auf mich ist, und ruft mich über FaceTime an, um unseren nahenden Erfolg zu feiern – als wären keine Leben zerstört worden. Während er schon geduscht und rasiert ist, liege ich noch im Bett und kann kaum den Kopf heben. Seit zwei Tagen verkrieche ich mich schon hier. Achtundvierzig Stunden sind seit meinem Streit mit Elliot und Hannah vergangen und mein Zimmerboden ist von Lieferdienst-Geistern übersät: Pepsi-Dosen, Popcorn-Packungen, Pizzakartons, leere Chai-Becher – alles, was ich früher mit Elliot geteilt habe.

Als würde der Konsum dieser Dinge ihn wie durch Zauberhand wieder in mein Leben zurückholen.

Überall gebrauchte Papiertaschentücher. Disney-Filme in Dauerschleife.

Ich fühle nichts.

Das Kind in mir, das an Märchen glaubt – es ist weg. Ich weiß jetzt, wie verkorkst ich bin, und bin von mir selbst angewidert.

Ansonsten ist mein Zimmer leer. Sämtliche Malutensilien sind in Grants Atelier. Mein Wandbild ist ebenfalls schon zum Art Institute transportiert worden. Die Zimmerwand, an der es hing, ist nackt und kahl: wie mein Leben, wenn ihm die Kunst geraubt wird.

Ich habe mir gar nicht erst die Mühe gemacht, die Wand mit Fotos oder glücklichen Erinnerungen zu füllen.

Während ich Elliot und Grant in das Wandbild hineingemalt habe, hat sich eine Erkenntnis an mich herangeschlichen, die ich aber erst richtig verstanden habe, nachdem alles implodiert ist: Ich habe sie abgrundtief schlecht behandelt. Das habe ich bei jedem Pinselstrich gespürt. Ich habe mit ihnen gespielt wie mit Malfarben. Als wären sie Verzierungen auf dem Wandbild meines Lebens und keine echten Menschen, denen ich wehtun könnte.

Ich habe so viel Zeit mit meinen ausgedachten Crushes verbracht, dass ich gar nicht mehr wusste, was es bedeutet, mit einem echten Menschen zusammen zu sein. Es steht zu viel auf dem Spiel. Wenn man jemanden liebt, hat man auch eine Verantwortung für diesen Menschen. Man muss aufpassen, ihn nicht zu verletzen. Das habe ich zu spät begriffen.

»Raus aus den Federn und anziehen!«, trällert Grant fröhlich über FaceTime mit einem sexy nackten Oberkörper, aber ich kann den Anblick nicht genießen. Gut gelaunt wie ein Singvogel hüpft er auf seinem Bett herum. Ich wünschte so sehr, ich könnte neben ihm liegen und das Gleiche empfinden wie in unserer ersten gemeinsamen Nacht: ängstlich zwar, aber überzeugt, bei ihm sicher zu sein.

Er ist so glücklich. Doch ich bin es nicht.

»Ich ziehe mich schon an«, sage ich. »Ich habe ja noch genug Zeit.«

»Whoo!« Grant prostet mir mit seiner Kaffeetasse zu und hält seine Tasse dabei viel zu dicht am Handy. »Und du wirst bestimmt supersüß aussehen – das tust du ja immer. Übrigens haben wir gerade erfahren, dass es einen roten Teppich geben soll!«

Oh Gott. Noch mehr Insta-Momente. Genau dann, wenn ich mich wie ein Monster fühle.

»Gibt es sonst auch immer einen roten Teppich bei den Shows?«, frage ich.

»Sie machen schon manchmal ein ziemliches Tamtam mit feinen Outfits und so, aber diesmal soll es richtig krass werden, weil wir so viel Werbung gemacht haben!« Während Grant sich freut, stoße ich ein gezwungenes »Wuu-huu« aus. Er schaut mich an. »Ich weiß, wie du darüber denkst, aber wäre es für dich okay, noch ein letztes Wish-Granted-Promo-Foto auf Instaloves zu posten ... für die Show?«

Ich nicke wie betäubt. Wenigstens erinnert er sich noch an einen Teil dieser Unterhaltung. »Ja, ich – ich suche was, was ich posten kann.«

Er grinst erleichtert. Diese Grübchen. »Cool. Also ... wenn es okay ist, könntest du bitte, bitte, *bitte* deinen Dad fragen, ob er das dann teilen kann, um uns einen letzten Push zu verschaffen?«

Vor diesem Gespräch hätte ich mir nicht vorstellen können, dass mir etwas noch unangenehmer sein könnte, als weiterhin Wish-Granted-Content auf Instaloves zu posten. Aber jetzt wird mir klar, dass es tatsächlich noch was Schlimmeres gibt: meinen Dad zu bitten, das ebenfalls zu promoten.

Grant verabschiedet sich mit einem feuchten Kuss Richtung Display – ist aber schon weg, bevor ich die Energie aufbringe, ihn zu erwidern. Leblos reposte ich ein altes Instaloves-Foto – Grant und ich in der immersiven Galerie. Ich überarbeite die Bildunterschrift, um die heutige Show zu bewerben, und vergewissere mich, dass ich die richtigen Leute tagge. Ich schicke es sogar an meinen Dad, ohne weitere Erklärung.

Er wird schon wissen, was zu tun ist.

Eine Stunde später öffne ich vorsichtig meine Tür und mache mich auf die heldenhafteste Mission der letzten Tage: mehr O-Saft aufzutreiben. Sobald ich in den Flur trete, begrüßt mich lautes Gelächter aus einem anderen Zimmer. Wie ein Jäger auf Safari schleiche ich lautlos an Maggies geöffneter Tür vorbei, um nicht bemerkt zu werden.

Manda liegt auf dem Bett, den Kopf auf einem Kissen neben Maggie. Sie schauen sich die Comedy-Serie *Parks and Recreation* an und lachen an den gleichen Stellen, während Maggie mit den Haaren ihrer Freundin spielt.

Harmonisch. Friedlich. Glücklich.

Ich beobachte sie voller Neid, wie ein unglücklicher, verschmähter Gollum.

Ein Gesichtsausdruck, der vermutlich für immer auf meinem Gesicht eingegraben bleiben wird.

Ich dachte, ich wüsste alles. Bei jeder Gelegenheit habe ich mich über Maggie und Manda und ihre öden, langweiligen Netflix-Abende lustig gemacht. Aber sie sind nicht gelangweilt. Sie haben Spaß zusammen.

Ich war so gemein.

Jetzt würde ich meinen linken Lungenflügel dafür geben, nur einen langweiligen Filmabend mit Elliot zu erleben, bei dem wir lachen und ich mit seinen Haaren spiele.

Mein Herz wird schwer. Ich habe an Elliot gedacht, nicht an Grant. Mit ihm will ich zusammen sein. Aber wie soll ich mit Grant Schluss machen? Wie? Unmöglich. Ob wir Freunde bleiben könnten? Aber *wie*? Er würde sich so verraten fühlen. Dreifach verflucht.

Ich habe ihm versprochen, dass er nicht verflucht ist. Ich habe es *versprochen*. Bin ich ein Lügner? Damals habe ich es doch geglaubt. Und ich habe damals nicht anders für ihn empfunden. Wie kann es sein, dass ich einen anderen Jungen begehre und trotzdem traurig bin, wenn ich den verliere, mit dem ich zusammen bin?

Zurück in meinem Zimmer, zieht die Sonne wie im Zeitraffer über den Himmel, aber mein selbstmitleidiger Hintern bleibt trotzdem im Bett liegen. Immer wieder klopft es an meine Tür, verschiedene Leute wollen mir was zu essen bringen, Einzelheiten über die Show erfahren oder sich einfach nur vergewissern, dass ich noch lebe.

»Mir geht's gut«, sage ich, das Gesicht halb in meinem Kissen vergraben. »Ich überlege nur, was ich anziehen soll.«

Eine halbe Stunde später klopft es wieder, aber niemand meldet sich. Da geht die Tür auf und ein schlaksiger Junge kommt herein. Es ist Jackson – unglaublich, aber wahr. Er ist schon bereit für die Gala und trägt einen glänzenden schwarzen Anzug mit einer Krawatte und hat die langen Jahre zu einem Knoten hochgesteckt. Jemand (oder er selbst) hat ihm wunderschöne Smokey Eyes geschminkt.

»Sorry, dass ich so reinplatze«, meint Jackson. »Aber Hannah meinte, sie tut das ständig und es wäre okay?«

Weil ich immer noch meinen Depressions-Schlafanzug trage, ziehe ich die Decke bis zum Kinn hoch.

»Ja, alles cool.«

»Äh, ich bin geschickt worden, um dich zu holen. Und um dafür zu sorgen, dass du dich für den großen Abend heute umziehst.« Er dreht sich in seinem schicken Outfit im Kreis. »Denk dran: *Das* hier ist der Maßstab, an dem du dich messen musst.«

Ich lache keuchend – zum ersten Mal seit Jahrhunderten. Doch wie bei einer Achterbahn kommt nach einem Hoch das nächste Tief: Hannah hat ihren Freund geschickt, um mich zu holen, anstatt selbst zu kommen. »Will sie mich nicht sehen?«

Jackson macht eine Schneidebewegung an seinem Hals. »Sie wusste nicht, ob du sie sehen willst. Es ist dein großer Abend. Du hast gerade einfach zu viel um die Ohren. Da wollte sie dich nicht nerven.«

»Sie darf mich immer nerven«, sage ich und mein Herz wird ganz weit. »Kannst du ihr das bitte sagen? Dass sie die lebenslange Erlaubnis hat, mich zu nerven, mich anzutreiben und mir zu sagen, wenn ich mich wie ein Arschloch benehme?«

Jackson schiebt die Hände in die Taschen seiner Anzughose. »Gilt diese Erlaubnis auch für mich? Wenn ich fragen darf?«

»Oh. Klar.« Ich hatte nicht unbedingt erwartet, dass *alle* ihren

Senf zu meinen Lebensentscheidungen beisteuern, aber warum nicht?

Jackson zögert etwas und sagt dann: »Ich finde, du solltest ein bisschen Nachsicht mit dir selbst haben.«

Ich fahre zurück, als hätte er mich angespuckt. Nachsicht mit mir haben? Was für ein Blödsinn ...?

»Nach allem, was ich von Hannah gehört habe«, fährt er fort, »und nach dem, was ich selbst mitbekommen habe, bist du ein echt guter Freund. Schlau. Aufmerksam. Verständnisvoll. Grant ist superlustig und total kreativ. Elliot ist sowieso der liebste Mensch auf der Welt. Aber ihr drei ... weißt du, irgendwie seid ihr da in einen kleinen Autounfall verwickelt worden. Aber keiner von euch ist ein schlechter Mensch, keiner ist schuld, deshalb ... tauscht einfach eure Versicherungsinfos aus. Und fahrt weiter.«

Keiner ist ein schlechter Mensch? Keiner ist schuld? Wir haben alle Liebe verdient, aber vielleicht nicht miteinander.

Könnte es wirklich so einfach sein?

»Blöde Metapher?«, fragt er blinzelnd.

»Nein!«, protestiere ich. »Nur ... ich fühle mich schrecklich, und Elliot ist stinksauer auf mich. Und ich habe eine Riesenwut auf Grant, und gleichzeitig mag ich ihn total ...« Flehend suche ich in Jacksons Gesicht. »Ich will nur, dass es uns allen gut geht.«

Jackson nickt nur, direkt wie immer. »Dann zieh dich an, geh zu der Show und bring es in Ordnung.«

Seine Ehrlichkeit entlockt mir ein Lächeln.

Er hat recht. Was auch passiert, ich schulde es meinen beiden Jungs, heute Abend dabei zu sein.

Mit enormer Anstrengung schiebe ich die Bettdecke von mir weg. Nachdem ich zugestimmt habe, Jackson und Hannah später unten vor dem Haus zu treffen, verschwindet er wieder. Ich ziehe das Show-Outfit an, das ich schon vor Wochen ausgewählt habe: ein schwarzes Jacket mit Silberquasten an den Schultern und einem hohen, steifen Kragen, der meinen ganzen Hals bedeckt. Eine lange Silberkette schmückt meine Brust. Der Spiegel zeigt mir den Prinzen, der ich gerne wäre – aber vielleicht niemals werden kann.

Fake es einfach noch einen Abend lang vor, Micah.

Meine schmalen Anzugsschuhe klackern durch das leere Gebäude, als ich raus auf die Straße gehe. Hannah ist haargenau gleich gestylt wie Jackson. Sie sind das jazzigste Paar, das Chicago seit den wilden Zwanzigern gesehen hat. Weg ist Hannahs niedlicher Bleistiftrock. Stattdessen trägt sie ein glitzerndes schwarz-weißes Schlauchkleid, das kurz über ihren Knien in einem Glockensaum endet. Auf ihrem Kopf sitzt ein silbern eingefasstes Haargesteck, und sie hat sich ebenfalls Smokey Eyes geschminkt – nur dass ihre silbrig glitzern. Wie Sternenstaub.

»Ich bin sprachlos«, sage ich. »Du raubst mir den Atem.«

Hannah wirft mir eine Kusshand zu. »Cooler Kragen, Micah.«

Jackson verneigt sich mit großer, etwas nerdiger Geste vor mir. »Eure Hoheit.«

Bei diesem Kompliment überkommt mich der Drang, sofort wieder unter meiner Bettdecke zu verschwinden. »Bitte«, stöhne ich. »Im Moment habe ich tatsächlich das Gefühl, ungefähr so beliebt zu sein wie die königliche Familie.«

Kichernd streicht Hannah mir ein Staubkorn von den Schultern. »Dafür müsstest du schon deutlich mehr Mist bauen, Schätzchen.«

Sie sieht mir in die Augen und lächelt – bis ich ihr Lächeln erwidere. Und dann sagen wir beide genau gleichzeitig: »Es tut mir leid.«

»Du musst dich nicht entschuldigen!« Ich fasse mir an die Brust.

Sie umarmt mich. Dann geht sie einen Schritt zurück und blinzelt mir zu. »Genug von mir. Lass uns Grant zujubeln. Lass uns Elliot bewundern. Lass uns feiern, dass dein Wandbild *endlich* das Licht der Öffentlichkeit erblickt.«

Mit einem betonschweren Kopf nicke ich. Sie hat recht. Unsere drei Herzen mögen vielleicht gebrochen sein, aber dieser Abend ist trotzdem ein bedeutender, entscheidender Moment für Elliot, Grant und mich.

Das wenigstens bleibt uns.

♡ ♡ ♡

Wir düsen mit einem Uber zum Millennium Park und gehen den restlichen Weg zum Art Institute zu Fuß. Auf den Straßen um die Hochschule herrscht zu viel Rummel, um näher ranzufahren. Schleier aus rotem Sonnenuntergangslicht verschönern unseren Sommerabend-Spaziergang an der Michigan Avenue, während sich See und Park neben uns bis ins Unendliche erstrecken. Sobald Jackson ein paar Schritte vor uns geht, drehe ich mich zu Hannah. »Du siehst wunderschön aus.«

Sie nimmt meine Hand.

»Ich bin so glücklich.«

»Jackson ist echt ein cooler Typ.«

»Er ist schon ein ganz süßer Spinner.«

Schweigend gehen wir weiter. Außer dem Klick-Klack von Hannahs Absätzen und dem Plätschern der Wellen an den Kaimauern ist nichts zu hören. Sie lehnt sich an mich und das enge Gefühl in meiner Brust verfliegt allmählich ... Doch als das Art Institute hinter der nächsten Kurve auftaucht, ist es sofort dreimal so stark wieder da. Instinktiv drücke ich Hannahs Hand.

»Was ist los?«, fragt sie.

Die Wahrheit will wie ein Orkan aus mir heraus, trotzdem senke ich die Stimme zu einem aufgeregten Flüstern. »Als ich zum ersten Mal hier langgegangen bin, wollte ich Crush 100 finden und ... Elliot war bei mir. Wir haben zusammen Grant gefunden. Damals hat Elliot mich noch gemocht. Und Grant hat sich so gefreut, mich zu sehen. Diesen Blick werde ich nie wieder auf ihren Gesichtern sehen.«

»Sch, schsch, schschhh«, sagt Hannah und tätschelt mir die Wange.

»Hannah ... ich muss irgendwie einen klaren Kopf bekommen. Elliot hat mir gezeigt, dass meine Begabung darin liegt, das Märchenhafte in jedem Menschen zu sehen. Doch diese beiden Jungs sind keine Märchen, sie sind echt. Und es ist alles verdammt beschissen gelaufen.« Ich halte inne, um Luft zu holen, und Hannah unterbricht mich nicht. Sie mustert mich aufmerksam. »Ich habe es vermasselt, weil«, mir entflieht ein erschöpftes Glucksen, »ich Angst davor hatte, es könnte alles zu chaotisch werden. Ich glaube, ich muss anfangen, den Menschen zu sagen, was ich fühle, und dann einfach sehen, was passiert.«

Mit einem leisen Lachen nimmt Hannah meine Hand. »Das möchte ich gerne erleben.«

Vor dem Art Institute führt ein roter Teppich die Treppe hinauf. Grelle Lichter locken eine Reihe von Limousinen zum Palast. So viel Luxus habe ich noch nie gesehen. Das ganze Wish-Granted-Tagging hat sich ausgezahlt – was das betrifft, hatte Grant recht. Die Interviews auf dem roten Teppich beginnen und sofort werde ich von einem Meer von Menschen mit VIP-Karten mitgerissen. Zwei Angestellte des Art Institute ziehen mich aus der Menge und zischen: »Es ist schon spät. Grant will dich sehen.«

Gleich darauf werde ich durch eine reißende Publicity-Welle von Hannah und Jackson getrennt. Inmitten einer langen Reihe hoher Scheinwerfer treten Grants Professor*innen und Klassenkamerad*innen in ihren Galakleidern vor die Kameras. Weil jede Menge wichtige Designer*innen und Modeschulen im Publikum sitzen, sind alle perfekt gestylt.

Mit einem mulmigen Gefühl in meinem Bauch werde ich von einer beteiligten Person zur nächsten weitergereicht.

Wohin? Ich weiß es nicht. Irgendjemand wird mich schon dort abliefern, wo ich sein muss. Oder mich wenigstens auf der Treppe sterben lassen, zu Brei zertrampelt.

Da schwebt eine vertraute, tröstliche Stimme durch die Luft.

Da sind sie. Mein Herz wird leicht, als hätte ich kurz vor dem Ertrinken ein Rettungsboot entdeckt.

Meine Eltern.

Mom trägt einen schicken schwarzen Hosenanzug. Dad dagegen ist in seinem Maßanzug mit schwarz-weißem Blumenmuster und sichtbaren Nähten weniger schlicht unterwegs. Eine Traube von Journalisten hat sie umzingelt. »Ich bin nicht so der Kunst-Typ.« Dad lacht. »Als ich den Namen Pablo Picasso zum ersten Mal gehört habe, hab ich ihn für den Außenstürmer der Sox gehalten.«

Mom gibt ihm mit ihrer Handtasche einen Klaps. »Red nicht so dummes Zeug, Jeremy.«

Dad winkt verlegen. »Schon gut, schon gut, ich weiß, ich hab schon bessere Witze gerissen.«

Die Medienleute um sie herum brüllen vor Lachen. Sie sind begeistert, wie immer. Mom und Dad wissen genau, wie sie bei gemeinsamen Auftritten mit den Kameras spielen müssen. Sie sind ein eingespieltes Comedy-Team. Alle lieben das ... selbst ich – auch wenn ich es nur ungern zugebe. Aber an diesem Tiefpunkt meines Lebens ist es irgendwie beruhigend zu sehen, wie sie ihre Show abziehen. Genau wie früher, als ich noch klein war.

Sie sind ein echtes Power Couple – das die Medien für sich zu nutzen weiß, anstatt sich davon runterziehen zu lassen. Nicht so wie Grant und ich. Er hätte wirklich einen Freund verdient, der mit ihm vor diesen Leuten steht und Witze macht.

»Aber Spaß beiseite«, meint Dad. »Wir sind wirklich sehr, sehr stolz auf Micah. Keine Ahnung, von wem er dieses Talent hat – ich bin ein Armleuchter, sie ist eine Intelligenzbestie.«

»Hey!« Mom schlägt ihn noch mal mit ihrer Tasche, zuckt aber dann mit den Schultern und meint nur: »Stimmt.«

Die Presseleute müssen laut lachen. Und ich kann auch nicht anders, als einzustimmen.

»Aber er ist ein wunderbarer Junge«, sagt Dad. »Sehr einfühlsam … und extrem schüchtern.« Als würde er meine Anwesenheit spüren, wandert Dads Blick von den Presseleuten zu mir. »Deshalb versteckt er sich auch schon die ganze Zeit hinter euch. Micah, Mann der Stunde, komm her zu uns!«

Johlend winkt Dad mich zu ihnen. Mom applaudiert. Die Kameras richten sich auf mich.

Von hinten kommen Hände und schieben mich nach vorne.

Dad legt den Arm um mich und zieht mich an sich. »Oje. Deinetwegen muss ich hier stehen und über Kunst reden.«

Im Schatten, hinter den Mikrofonen der Medienmeute, warten Maggie und Manda in schwarzen Cocktailkleidern. Bei näherer Betrachtung sind die Kleider mit Perlen verziert, die wie goldene Champagnerbläschen aussehen. Wärme breitet sich in mir aus. Trotz des offiziellen Anlasses hat Manda es geschafft, auch dieses Outfit mit ihrem Lieblingsmotiv zu versehen. Ich winke sie zu uns, aber Maggie verschränkt die Arme vor der Brust zu einem riesigen, stummen *Nö*.

Wir Summers-Kinder haben die Publicity-Gene unserer Eltern ganz sicher nicht geerbt.

»Das ist dein erstes Live-Instaloves-Projekt, Micah«, ruft eine Stimme aus den Lichtern. »Heißt das, dass ihr beide, Grant und du, das nächste Summers-Traumpaar seid?«

»Uuuh!« Mit einem leisen Schrei klatscht Mom in die Hände. Dieser eine Klatscher zerreißt mir das Herz. Ich weiß es nicht genau, aber ich fürchte, ich bin vor den Augen der Kameras zusammengezuckt. Und alle haben es gesehen.

Ich darf Grant nicht schon wieder enttäuschen, vor allem nicht an seinem großen Abend.

»Das hängt davon ab, wie es heute Abend läuft«, sage ich mit einem frechen Augenzwinkern, das ich mir bei Dad abgeschaut habe. »Aber ich freue mich sehr, dass Sie alle endlich zu sehen bekommen, was Grant entworfen hat. Übrigens arbeiten wir bei dem Auftritt mit einem wunderbaren Model zusammen. Sein Name ist Ell–«

Ein lauter Jubel übertönt Elliots Namen.

Grant ist neben mir aufgetaucht. Weil die dunklen Reitstiefel, die sich eng an seine kräftigen Waden schmiegen, einen Absatz haben, ist er gut zehn Zentimeter größer als sonst. »Hey, Baby«, flüstert er und küsst mich auf die Stirn. Dann lächelt er, und die Blitzlichter explodieren. Mittlerweile haben die Kameras einen so engen Kreis um uns beide gebildet, dass selbst mein Vater, der König, ausgeschlossen ist.

Grant sieht atemberaubend gut aus in seinem Renaissance-Outfit. Seine breite Brust wölbt sich unter einem blauen Samtjackett mit einem Rüschenhemd darunter. Ein einzelnes blaues Band ist in seine nachtschwarzen Locken geknotet.

Ich nehme vor den Kameras die Rolle meiner Mutter ein und kupfere ihren gespielt verärgerten Tonfall ab – während Grant mühelos Frage um Frage mit Wärme und Humor pariert. Er ist wirklich ein Naturtalent.

Wie kann jemand, der so unfassbar toll ist, ernsthaft glauben, er wäre nichts ohne mich?

♡ ♡ ♡

Grant bleibt vor mir stehen, sobald wir in den unterirdischen Gängen verschwunden sind, die zu den Garderoben des Art Institute führen. Seine Maske ist ein bisschen verrutscht. Langsam scheint er Lampenfieber zu bekommen. »Alles okay mit dir?«, fragt er. »Heute Morgen sahst du ... nicht wie du selbst aus.«

Du musst lügen, Micah. Gib ihm Selbstvertrauen. Hier geht es nicht um dich. Das wäre ihm gegenüber nicht fair.

»Ich schlafe zurzeit so schlecht«, erkläre ich. »Aber sonst ist alles bestens. Die Show wird die Leute komplett von den Füßen hauen.« Ich boxe ihn gegen die Brust und schon zeigen sich wieder seine Grübchen. »Die Ritterprinzessin ist endlich angekommen.«

Grant küsst mir prinzenhaft die Hand. »Wir haben das gemeinsam geschafft.«

Zumindest wirkt es von außen betrachtet so, als wären wir ein gutes Team.

In den Umkleideräumen haben die Leute das Roter-Teppich-Selbstvertrauen von vorhin abgestreift wie eine tote Schlangenhaut. Draußen haben alle strahlend gelächelt und kluge Sätze von sich gegeben. Doch hier unten, weit weg von der Presse, werden alle von einer gewaltigen kollektiven Panik erfasst. Mit Stecknadeln zwischen den Zähnen nehmen die Design-Teams letzte Änderungen an ihren Kleidungsstücken vor. Schmerzverzerrt halten sich die Models an Metallständern fest, wenn sie von verirrten Nadeln gepikst werden.

Ein seltsames Kribbeln regt sich in meinem Bauch. Ich wünschte, ich könnte auch noch ein paar hektische letzte Verbesserungen an meinem Wandbild vornehmen – aber es hängt bereits an Ort und Stelle auf der Bühne. Zur gleichen Zeit strömen nicht nur meine besten Freund*innen und meine Familie, sondern auch die wichtigsten Modeleute der Welt in den Saal.

Du kannst die Mission jetzt nicht mehr abbrechen, Micah.

In unserer Garderobe thront das Gewand der Ritterprinzessin elegant auf einer Schneiderpuppe. Daneben hängen drei Schminkspiegel. Vor dem letzten sitzt Elliot und wartet ganz allein. Er lächelt.

Endlich kann ich wieder atmen.

Er nimmt zwei Audrey's-Becher von einem Tablett und reicht sie uns: »Iced Americano für Grant. Zimt-Chai für Micah.«

Ich kann gar nicht mehr aufhören zu strahlen. »Elliot …«

Gerade noch rechtzeitig kann ich mich daran hindern zu sagen: *Du bist gekommen!* Elliot ist ja vor allem deshalb sauer auf mich, weil ich ihm zugetraut habe, er könnte kneifen oder uns im Stich lassen. Dabei würde er das nie tun. Es sind die anderen, die ihn im Stich lassen.

Aber als Elliot mit gesenktem Blick an mir vorbeigeht, verfliegt mein Lächeln sofort wieder. Ich schaue zu Grant, der mich beobachtet. Sein Gesicht ist gekränkt.

Mein Magen zieht sich zusammen.

Grant hat alles gesehen: meine aufrichtige Freude, Elliot zu sehen, Elliots Distanziertheit und wie mein Lächeln daraufhin wieder verschwunden ist. Natürlich hat er eins und eins zusammengezählt.

»Was steht an, Boss?«, fragt Elliot.

»Ähm … jemand sollte dich schminken.« Grant kommt wieder zu sich und schaut sich suchend um.

»Oh, ja. Kris ist direkt hinter dir!«, sagt Elliot und zeigt mit dem Finger auf ein Mädchen mit grünen Haaren. Mit einem entschuldigenden Murmeln kommt sie auf uns zu. Sie hält ebenfalls einen Audrey's-Becher in der Hand. »Was ist? Soll ich dich ein bisschen hübsch machen, Elliot?«, fragt sie. »Noch hübscher?« Kichernd ziehen die beiden sich zu den Spiegeln zurück und lassen Grant und mich als zwei traurige Häufchen Elend in der Tür stehen.

Das Schweigen zwischen Grant und mir wird immer unerträglicher. Die Zeit steht still. In meinem Kopf spielen sich die Szenen meines Sommers mit Elliot ab. Seite für Seite, wie in einem Buch:

Elliot, wie er im Brunnen tanzt, als seine Beziehung zerbrach.

Elliot, wie er mit wunderschönen, eleganten Schritten über den Laufsteg schreitet. Furchtlos und frei.

Elliot war so frei auf dieser Bühne, weil er etwas getan hat, das ich nicht geschafft habe: eine Beziehung zu beenden, die weder ihm noch Brandon gutgetan hat.

Wenn ich mich von Grant trenne, wartet hinterher auf uns beide die Freiheit. Außerdem tue ich seinen angespannten Nerven keinen Gefallen, wenn ich mich seltsam benehme und das Ganze künstlich in die Länge ziehe.

Ich zupfte an Grants Samtjacke und frage: »Hey, du. Sollen wir reden?«

Grant starrt mit leerer Miene auf die Ritterprinzessin, dann flüstert er: »Okay.«

Am Ende des Garderobengangs führt eine Treppe hinter die Bühne. Dort wandern Grant und ich durch ein Gewirr aus Seilen und Flaschenzügen wie zwei Verurteilte. Ein paar wenige Bühnenhelfer*innen rennen herum, sonst sind wir allein. Grant, der in seinem prinzlichen Gewand so wunderschön aussieht, umfasst mein Gesicht mit seinen starken, anmutigen Händen und drückt mir einen Kuss auf den Mund. Mein Körper erstarrt und meine erschrockenen Lippen können den Kuss nicht erwidern.

Die Berührung ist quälend kurz.

»Wow«, sagt er. »Ich weiß, dass ich dein erster Freund bin, Micah, aber … hast du schon mal jemanden geküsst, der nicht mehr verliebt in dich ist?«

Eine Träne rinnt mir über die Wange. Ich kann das nicht. Das ist schlimmer als jeder Horrorfilm.

»Nein«, flüstere ich.

»Es fühlt sich so leer und hohl an wie sonst nichts auf der Welt.« Seine tiefe Stimme klingt wie zugeschnürt. »Ich kann es nicht empfehlen.«

Mit einem tiefen, mutigen Atemzug sage ich: »Wir müssen uns trennen.«

Obwohl wir beide geahnt haben, dass das passieren wird, schaut Grant mich an, als hätte ich ihm einen Pflock durch die Brust gerammt.

Mich verlässt der Mut. Ich will nicht, dass er denkt, er hätte mir nie etwas bedeutet. Ich stelle mich auf die Zehenspitzen, umklammere sein Gesicht und küsse ihn.

Er hat recht.

Es ist wirklich ein schreckliches, leeres Gefühl.

»Es tut mir leid«, sage ich. »Es tut mir so, so leid. Können wir bitte Freunde bleiben?«

»Nein.«

Ich zucke zusammen, als hätte er mich mit einer Nadel gestochen. Egal, was war, und auch wenn unsere Beziehung zerbricht – ich liebe Grant immer noch. Das war keine Fantasie, das war echt.

»Aber ich will, dass wir uns wiedersehen«, sage ich. »Dich kennenzulernen, mit dir kreativ zu sein, mich in dich zu verlieben – das hat mich verändert. Ich möchte miterleben, wie du als Künstler Erfolg hast. Ich glaube an dich und –«

»Micah.« Die Rüschen an Grants Brust heben sich mit seinen tiefen, lauten Atemzügen. »Hör auf, an mir festzuhalten. Ich war nie dein Prinz.«

»Warst du doch!«, beharre ich und wedele hilflos mit den Armen. Wie kann ich ihn nur überzeugen.

»War ich nicht. Du warst nur meiner.« Ein gequältes Stöhnen entfährt mir. Grant seufzt und geht durch das Labyrinth der Seile davon, bis nur noch sein Umriss in der Dunkelheit zu sehen ist.

»Bitte –«, rufe ich ihm hinterher und Grants Schatten bleibt stehen.

»Micah«, sagt er, »bitte lass mich zuerst in die Garderobe zurückgehen. Wir müssen den Auftritt noch hinter uns bringen.«

Ich fühle mich so nackt hier hinter der Bühne.

Keine Hannah. Kein Freund. Kein Elliot. Keine Kunst. Kein Skizzenbuch. Keine Geräusche. Nur das leise Murmeln der Leute, die in den Saal strömen und darauf warten, dass ich ihnen mein Kunstwerk zeige.

Was hat sich das Universum nur dabei gedacht, Grant und mir

so ein romantisches Kennenlernen zu schenken – nur um das Ganze dann in den Gängen des Art Institute in einem Trümmerhaufen enden zu lassen?

Mein Kragen erwürgt mich fast. Ich kann nicht atmen.

Ich öffne das oberste Häkchen und hole tief Luft.

Bitte, flehe ich das Universum an. *Bitte sorg dafür, dass Grant damit klarkommt. Lass ihn bald jemand finden. Jemand, der ihn wirklich liebt. Ich will nicht, dass er allein bleibt.*

Ich stoße einen erstickten Atemzug aus und endlich hören meine Hände auf zu zittern. Mittlerweile müssen mindestens drei Minuten vergangen sein. Zeit für die Show.

Einen qualvollen Schritt nach dem anderen kehre ich zu den Lebenden im Garderobenflur zurück. Jede Person, an der ich backstage vorbeigehe, trinkt aus einem Audrey's-Becher. Auf jedem steht der Name in schiefen Buchstaben geschrieben – es ist Elliots Schrift.

Er hat allen hier einen Kaffee mitgebracht.

Ich kann nicht begreifen, wie lieb er ist.

Jedes Mal, wenn er mir einen Chai mitgebracht hat, dachte ich, er würde das nur für mich tun. Dabei ist es so viel mehr als das. Es zeigt, wie Elliot ist: Er kümmert sich um andere Menschen.

Und um Tierheimhunde.

Und um Möchtegern-Prinzen auf der Suche nach ihrer Kreativität.

Durch die Tür zur Garderobe beobachte ich, wie Elliots Gesicht geschminkt wird. Eine leise Hoffnung regt sich in mir – wie ein Grashalm, der sich durch den Raureif bohrt. Ich habe Angst. Ich bin erschöpft. Ich fühle mich wie zurückgelassener Müll. Doch Elliots Anblick lässt alle diese schrecklichen Gefühle einfach verschwinden.

Ich wäre der glücklichste Prinz im Universum, wenn er mich nur anschauen würde.

♡ ♡ ♡

Keine Stunde später sitze ich wieder mit Grant in der Dunkelheit – auch wenn unsere gemeinsame Zukunft nun nicht mehr im Dunkeln liegt. Wir sitzen zusammen auf VIP-Stühlen neben dem Laufsteg, die eigentlich für die Modedesigner*innen und die wichtigsten Scouts reserviert sind. Die Plätze wurden uns zugeteilt, aber wir würden ohnehin nicht getrennt sitzen wollen. Heute Abend geht es nicht darum, was mit Wish Granted passiert. Es geht um den kreativen Triumph von ihm, Elliot und mir.

Die angespannte Stimmung zwischen uns ist verschwunden. Alles zwischen uns ist verschwunden.

Hier und jetzt sitzt er so dicht neben mir wie vermutlich nie wieder in meinem Leben. Die Erkenntnis lässt fast meinen Kopf zerspringen. Warum habe ich das nicht schon früher getan? Dann hätten wir Zeit gehabt, alles zu verarbeiten und über die Trennung hinwegzukommen.

In Gedanken transportiere ich mich in mein Zimmer zurück, suche das *Kleine Buch der ersten Male* und schreibe: *Erste Trennung: 6.8.2022* hinein.

Endlich erlischt das Licht im Zuschauerraum. Was für ein Segen. Das Durcheinander in meinem Kopf beruhigt sich endlich.

Bis Wish Granted als Finale die Show beendet, sehen wir einen atemberaubenden, kreativen Auftritt nach dem anderen. Mutige Entwürfe, ein geniales Zusammenspiel von Musik und Licht und hinreißende Models. Alle jubeln und schreien. Grant feiert jeden Auftritt im Stehen und mit lautem Beifall – und ich tue es ihm nach.

In diesen flüchtigen Momenten vergessen wir unsere gescheiterte Beziehung und lassen uns von dem magischen Fieber mitreißen. Die kreative Energie, die im Raum schwebt, ist einfach magisch.

Ich spüre, wie ein aufgeregtes Kribbeln durch meinen Körper strömt.

Ich will mehr. Ich will auch Teil dieser Welt sein.

Endlich sind wir an der Reihe. Die Lichter gehen aus. Die Luft im Saal knistert. Dann schwebt ein heiteres Klavierstück durch den Raum, wie prasselnder Regen an einem Fenster.

Grant neben mir erstarrt und ich beiße mir vor Vorfreude auf die Lippe.

In der Dunkelheit schnalzt eine Peitsche und eine Fahne entrollt sich. Ein weiches rosafarbenes Licht erhellt die Bühne und das gesamte Publikum seufzt leise auf. Mein Wandbild zieht sich über die hintere Bühnenwand. Zu sehen ist der Zug, an Bord ein wimmelndes, lebendiges Märchenreich: Feen, Prinzen, Prinzessinnen, Könige, Königinnen, Narren, Drachen, Meerjungfrauen und Mäuse. Die Stadt, die unser Zuhause ist – neu erfunden als ein Ort, in dem Magie möglich ist.

Die Bühnenlichter lassen mein Wandbild so plastisch hervortreten, wie ich es mir nicht hätte träumen lassen.

Reglos steht Elliot in der Mitte der Bühne direkt an der Leinwand, als Teil des Gemäldes. Sein Gesicht ist wie eine grazile Vogelkönigin geschminkt, mit reliefartigen Federn in Rot und Blau, umrahmt von einer geflügelten schwarzen Zorro-Maske.

Eine Göttin aus einer anderen Welt.

Grant hat mit seiner Nähmaschine regelrecht gezaubert – der Reifrock sieht aus, als würde er zwei Tonnen wiegen, aber Grant hat dafür gesorgt, dass er federleicht ist, damit Elliot sich so geschmeidig wie möglich bewegen kann.

Grant ist ein wirklich talentierter Künstler. Selbst wenn ich ihn nicht kennen würde, wäre dieser Entwurf für mich der beste der gesamten Show.

Das Klavierstück wechselt, Streicher setzen ein, es klingt wie in einem Pariser Bistro. Grants Musikauswahl ist perfekt. Sobald sich die Musik ändert, tritt die Ritterprinzessin aus dem Wandbild hervor. Als das Gemälde zum Leben erwacht, applaudiert das Publikum entzückt. Vorsichtig huscht Elliot über den Laufsteg, wie ein zartes Tier, das eine neue Welt entdeckt.

Wir haben es geschafft!

Grants Entwurf. Mein Bild. Elliots Performance. Ein perfektes, harmonisches Zusammenspiel.

Nur ein Gedanke presst sich schwer auf mein Herz. Ohne meine übertriebene Angst, die Leute könnten meine Arbeit nicht mögen, hätte ich die ganze Zeit schon so tolle Kunst machen können. Ich habe gekniffen. Elliot hat mir Mut gemacht und mir dabei geholfen, aufzublühen.

Zuzusehen, wie er schwanengleich über die Bühne gleitet, ist eine fast außerirdische Erfahrung: Da tanzt jemand, den ich in- und auswendig zu kennen glaubte, dabei habe ich gerade mal an der Oberfläche gekratzt. In Elliot gibt es noch ganze Welten zu erkunden.

Bitte. Bitte mach, dass meine Geschichte mit Elliot nicht vorbei ist.

Das zarte Tier auf der Bühne hat seine Vorsicht abgelegt. Er wird schneller, rennt zum Ende des Laufstegs und dreht sich dabei. Dreht sich erneut. Und noch einmal. Bei jeder Drehung zeigt sich ein weiterer bunter Riss, bis sich die Regenbogenschleppe aus dem Reifrockkäfig befreit. Die wogende Stoffbahn öffnet sich in der Luft und wirbelt um Elliot herum. Er sieht aus wie eine Zauberin, die über das Licht selbst gebietet.

Im Zuschauerraum explodiert ein Blitzlichtgewitter.

Elliot hat es geschafft. Er ist ein Star.

Ich liebe ihn.

Nicht, weil ich ihn auf der Bühne gesehen habe. Ich liebe ihn schon lange. Seit unsere Suche damals begann. Allein seine Anwesenheit bringt das Beste in mir hervor. Seine Wärme nimmt mir die Sorgen, von denen ich sowieso viel zu viele habe. Das Gleiche will ich auch für ihn tun. Ich darf keine Angst mehr haben. Dann könnten wir wunderbar zusammen sein.

Elliot nimmt eine letzte Pose ein und die Lichter gehen aus. Das Publikum brüllt.

Noch bevor die Scheinwerfer langsam wieder hochgedimmt werden, sind die Leute auf den VIP-Plätzen und im Auditorium bereits aufgestanden und applaudieren. Hunderte – Tausende – Menschen klatschen wie verrückt. Grant klatscht höflich mit. Dabei bemerkt er nicht, was ich sehe: Alle schauen auf ihn.

Nicht auf uns, nicht auf mich – auf Grant. Grant Rossi, den Designer der Ritterprinzessin.

»Das ist für dich!« Ich schüttele seinen Arm – diesen wunderschönen Arm, den ich nie wieder festhalten werde, aber aus dem besten Grund der Welt. Er erschrickt bei meiner Berührung. Nicht wütend – verwirrt. Unsere Blicke treffen sich, vermutlich zum letzten Mal. Ich nicke. »Das ist für *dich!*«

Sein Gesicht erstrahlt wie ein Sonnenaufgang. »Für *mich?*« Verwundert dreht er sich zum Publikum.

Leute in Abendkleidern und maßgeschneiderten Anzügen feiern ihn mit Applaus und Pfiffen, rufen *»Bravo!«* und *»Gut gemacht!«*.

»Steh auf und genieß es«, flüstere ich und stupse ihn in die Seite. Grant springt auf und die Jubelrufe werden lauter. Er kann nicht mal lächeln, weil er so vieles auf einmal aufnehmen muss. Er ist gut genug. Er war immer gut genug.

Aber da draußen ist noch jemand, der daran erinnert werden muss, wie toll er ist. Ich muss Elliot finden. Jetzt.

Ich haste zu der Treppe, die hinter die Bühne führt, fliege durch die Reihen, remple gegen die Knie der Menschen im Publikum. Ich will keine mehr Zeit verschwenden. Kein Herumgedruckse mehr, keine Kameras oder irgendwelchen Wish-Granted-Blödsinn. Ich brauche ihn einfach.

Kurz bevor ich die Treppe erreiche, gehen die Saallichter an. Für eine Sekunde sehe ich Elliot, wie er hinter den wallenden Backstage-Vorhang huscht. Mit zusammengeraffter Schleppe eilt er die Treppe zu den Garderoben hinunter.

»Tolle Arbeit, Micah!«, ruft eine Stimme aus dem Gang. Ich sause einfach daran vorbei. Als Nächstes springt mir eine Gruppe stylischer Menschen in den Weg. Ich kenne sie nicht, aber sie lächeln und wollen mir gratulieren. Noch mehr Fremde drängen sich um sie und versperren mir den Durchgang zu Elliot.

Sie bombardieren mich mit Fragen und Lob. Ich murmele »Danke, danke«, aber sie reden immer weiter auf mich ein. Ich schiebe mich vorwärts, und endlich teilt sich die menschliche Wand – gerade weit genug, um mich durchzulassen. Ich sprinte hinter der Bühne entlang. Winde mich durch das Labyrinth aus Seilen, in dem sich meine erste Beziehung für immer verloren hat, und stürme die Treppe zum Garderobenbereich hinunter.

»Elliot!«, schreie ich und platze in unsere Umkleide, wo Kris gerade die Schnalle an ihrem Schminkkoffer zuklappt. Knallrot und keuchend stehe ich vor ihr. Elliot ist nicht da, und die Ritterprinzessin hängt gefährlich schief auf der Kleiderpuppe.

Erstaunt sagt Kris: »Tut mir leid. Er ist schon gegangen.«

Kapitel 25

DIE SUCHE NACH DEM KNAPPEN

Auf den Stufen des Art Institute klingt der Applaus, mit dem die Leute noch die Show bejubeln, kilometerweit entfernt. Die Stadt ist dunkel und leer. Autos brausen auf der Michigan Avenue an mir vorbei. Von Elliot ist weit und breit nichts zu sehen.

Mein Magen schrumpft schmerzhaft zusammen, und meine panische Aufregung entzieht meinen Gliedern alle Kraft. Nervös wähle ich seine Nummer. Mailbox. *Bitte ruf mich an, Elliot.*

Stattdessen schreibe ich ihm: **Elliot, bist du noch da?**

Ich muss wirklich mit dir reden. Es tut mir alles so leid.

Ich habe mit Grant Schluss gemacht.

Jede Nachricht versucht verzweifelt, gesendet zu werden, und wird dann doch grün. Nicht empfangen. Was für eine gefürchtete Farbe: Das Unerreichbar-Grün. Als ob meine Nachrichten es schaffen könnten, wenn ich mich ein bisschen mehr anstrengen würde. Wenn sie nur besser wären. Inhaltsvoller, aufregender, reuevoller. Hätte ich mir mehr Mühe gegeben, dann würde sich ihre Farbe auch in das verheißungsvolle iMessage-Blau verwandeln. Die Farbe der Verbundenheit.

Denn dieses Grün ist kein Ampelgrün, es bedeutet nicht *Los gehts.*

Meine letzte Verbindung zu Elliot wurde getrennt.

Wahrscheinlich ist sein Handyakku leer. *Nein, Elliot wäre nie so unvorbereitet.*

Oder er ist in einer Gegend mit schlechtem Empfang. *Nein, er ist in der gleichen Gegend wie ich, und ich habe alle Balken.*

Er hat sein Handy ausgeschaltet. Ja, das muss es sein! *Er will, dass ich ihn in Ruhe lasse.*

In Ruhe.

Er will, dass ich ihn in Ruhe lasse. Wie besessen kreist dieser Gedanke in meinem Kopf. Sein gekränktes Gesicht im *Audrey's* taucht vor mir auf. Er wollte von mir hören, dass ich ihn liebe. Er wolle es hören – aber erst, wenn ich bereit wäre, mich wirklich auf ihn einzulassen und alles mit Grant zu klären.

Keine Angst mehr. Keine Zweifel.

Es wird Zeit, Elliot zu sagen, was ich für ihn empfinde. Alles andere muss er entscheiden.

Mein Körper schwankt vor Übelkeit, als wäre er seekrank. Meine Geschichte mit Elliot hat nicht wie ein Märchen begonnen, und trotzdem ist unsere Geschichte zu einem geworden. Ich bin der Prinz, der erkennt, wem sein Herz wirklich gehört, nur … zu spät. In den Märchen von der verloren geglaubten wahren Liebe gibt es immer diesen einen entscheidenden Moment: kurz bevor sich der Prinz auf eine letzte, tollkühne Suche begibt, um seine Liebe zu finden. Dieser Moment ist genau jetzt.

Du hast dein ganzes Leben lang dafür trainiert, Micah. Geh und hol ihn dir.

In meinen engen Lederschuhen eile ich durch die Straßen Downtowns und bleibe erst stehen, als ein Neon-Pizzastück vor mir aufleuchtet. Die Tür ins *Little Parisi's* wird von einem Ziegelstein offen gehalten. Vermutlich, um mit dem Duft nach geschmolzenem Käse Kundschaft anzulocken. Oder – wahrscheinlicher noch – damit eine kühle Brise hinweinweht. Über der Tür hängt eine Klimaanlage, daran hängt ein Pappschild mit der Aufschrift AUSSER BETRIEB.

Das Haus ohne Klimaanlage. Kein Zweifel, das ist Elliots Zuhause.

Die Luft im Innern des länglichen Imbissraums ist so schwül, dass ich beim Reinkommen instinktiv schützend die Hände vors Gesicht lege. Elliots Vater Stuart, mit seinem *Bob's Burgers*-Schnurrbart, reicht schwitzend Pappteller mit Pizzastücken über die Theke. Eine Gruppe schweißnasser Kund*innen flieht aus dem Laden, sobald sie ihr Essen in den Händen halten.

Selbst ganz verschwitzt vom Rennen, ziehe ich mein Jackett aus und knöpfe meinen Kragen auf. Vor mir in der Schlange stehen ein Vater und sein winziger jammernder Sohn. Der Vater versucht sich erfolglos Luft zuzufächeln und gibt seine Bestellung auf.

Stuart blinzelt sich den Schweiß aus den Augen und versucht die Bestellung aufzunehmen, aber es fällt ihm sichtlich schwer, sich zu konzentrieren. Immer wieder schaut er zu mir herüber.

Bei seinem Gesichtsausdruck zieht sich mein Magen zusammen.

Als wüsste er, warum ich hier bin ... und er hat keine guten Nachrichten für mich.

Als der Mann und sein Kind mit der Pizza gegangen sind, seufzt Elliots Vater tief. Er kramt in einer Eistruhe zu seinen Füßen, in der ein paar letzte Eisbrocken in einem Meer aus geschmolzenem Wasser treiben, und zieht eine tropfende Limoflasche heraus. »Mr Summers, wenn Sie keine Pizza bestellen möchten – ist es in Ordnung, wenn ich mich kurz mit meiner Limo hinsetze?«

»Natürlich, machen Sie nur«, sage ich.

Er setzt sich an einen der Tische und leert sein Getränk in aller Ruhe. Schluck um Schluck. Dann zeigt er grimmig auf den Stuhl ihm gegenüber. Ich bin so schlau und gehorche, ohne etwas zu sagen. »Du bist sicher nicht wegen meiner Pizza hier. Dafür siehst du zu fein aus.«

»Mr Tremaine, ich –«

»Wie wär's, wenn du mich ausreden lässt? Ich habe ein paar Dinge zu sagen.«

Sein erschöpfter Blick lässt mich verstummen. Kein Widerspruch oder Protest kommt über meine Lippen. Stattdessen rauschen die Schuldgefühle zischend und brutzelnd wie Bacon durch meinen Kopf. Zu viele freundliche Gesichter – Elliot, Grant, Stuart – haben mich heute Abend verletzt, enttäuscht und unglücklich angesehen. Ein dunkler Spiegel dessen, was ich ihnen angetan habe.

»Elliot redet viel von dir«, sagt Stuart. »Weißt du das? Er war lange Zeit sehr unglücklich ... dann hat er dich getroffen und hat mit dir diese Abenteuer erlebt. Auf einmal war es, als hätte ich meinen Sohn wieder.« Tränen glänzen in seinen Augen. Er beißt sich auf die Unterlippe.

»Ich liebe ihn«, platzt es aus mir heraus.

Stuarts Gesicht hellt sich auf. »Hast du Elliot das gesagt?«

»Ich, äh ... hab es erst heute Abend richtig kapiert.«

Stuarts ganzer Körper sackt in sich zusammen. »Ich konnte leider nicht zu seinem Auftritt kommen. Wie war er?«

In meinem Kopf breitet sich Elliots Schleppe wie goldenes Licht aus. »Er war toll, ein echter Star!«

Er lächelt schwach. »Dann bist du also auf der Suche nach ihm?«

Ich nicke. »Ich muss ihn finden. Ich muss ihm sagen, was ich für ihn empfinde. Wissen Sie, wo er ist?«

Wir atmen beide schwer unter dem drückenden Mantel dieser quälenden Hitze. Kein Wunder, dass Elliot das nicht mehr ertragen kann. Stuart und ich schauen uns in die Augen, ohne zu blinzeln. Elliots Abwesenheit ist in jedem Molekül dieses Gebäudes zu spüren. Sein Dad und ich lieben ihn beide, das sehe ich, doch dieser geschlagene Ausdruck auf Stuarts Gesicht macht mir Angst.

»Elliot braucht eine Veränderung«, gibt er schließlich zu. »Er liebt Tiere – und Tiere tun ihm gut. Deshalb wird er für sein letztes

Schuljahr zurück zu meiner Schwester nach River Valley ziehen. Sie hat dort einen Hof mit Pferden und Schafen. Da hat er sich immer wohlgefühlt.«

In meinem Körper ist kein einziger Tropfen Wasser mehr. Meine trockenen Lippen könnten wie Staub davongeweht werden.

Elliot – ist weg.

»Wann?«, quieke ich.

»Der Zug fährt heute Abend um Mitternacht vom Bahnhof La-Salle ab. Er wollte noch lange genug bleiben, um eure Aufführung mitzumachen.« Stuart kann mir nicht mehr in die Augen sehen. »Vor ein paar Minuten ist er los. Wir haben uns schon verabschiedet.«

Mitternacht. Heute Abend. In knapp einer Stunde.

Wenn die Uhr zwölf schlägt, ist der Zauber vorbei.

Ich muss mich zusammenreißen. Diese letzte Suche ist noch nicht vorbei. Wenn überhaupt, ist das Ganze nur ein weiterer glücklicher Beweis dafür, dass Elliot und ich ein wahr gewordenes Märchen erleben. Ich werde ihn vor Mitternacht finden.

Und er wird bleiben.

»Wo liegt River Valley?«, frage ich.

»Sehr weit entfernt«, sagt Stuart und wischt sich mit einer Handvoll Servietten den Schweiß von der Stirn. Eine Gruppe Jungs kommt laut lachend in den Laden, einer von ihnen dribbelt einen Basketball. Sobald sie die Schwelle übertreten haben, rufen sie: »WAAAAAAH! Ist das heiß!«

Stuart begrüßt sie mit einem versteinerten »Guten Abend, die Herren« und zieht sich wieder hinter die Theke zurück.

Als die Basketballer sich beratschlagen, welche Pizzen sie bestellen möchten, kann ich buchstäblich spüren, wie mir die Sekunden zwischen den Fingern zerrinnen. Ich habe noch Zeit bis Mitternacht. Aber wird Elliot mich überhaupt sehen wollen? Kann ich ihn überreden, dass er bleibt?

Ich muss es versuchen.

Nur Mut, Micah!

Ich will den Laden schon verlassen, da schnippt der letzte der Jungs in der Reihe mit den Fingern, als wäre ihm was Wichtiges eingefallen. »Hey – der Prinz von Chicago!« Seine Freunde drehen sich um und zeigen begeistert auf mich. »Wahnsinn«, ruft ein anderer. »Und der König ist auch da!«

Ich hebe den Kopf und bekomme fast einen Herzinfarkt.

Vor dem *Little Parisi's* steht eine schwarze Stretch-Limo am Straßenrand. Am Wagen lehnt mein Dad. Immer noch in seinem schicken Maßanzug, aber mit aufgeknöpftem Kragen. Neben ihm stehen meine Mutter, Maggie, Manda, Hannah und Jackson. Sie alle haben auf mich gewartet.

Ich explodiere fast vor Liebe.

»Micah, du bist davongerannt, bevor wir dir gratulieren konnten«, meint Dad lächelnd. »Ich wollte dich schon wegen deiner schlechten Manieren tadeln – aber Maggie und Hannah haben uns erzählt, dass du gerade andere Sorgen hast. Sie hatten so eine Ahnung, dass du hier auftauchen würdest.«

Meine Mission, Elliot zu finden, hat soeben ein ganzes Team an Knappen gefunden.

Kapitel 26

DER RAT DES KÖNIGS

Durch den Wagen dröhnt eine von Dads Playlists, mit Songs von *Smashing Pumpkins* und *Earth, Wind and Fire*. Discolichter erhellen den geräumigen Innenraum, in dem sich meine ganze Familie mit Manda, Hannah und Jackson zusammendrängt. Alle Menschen, die mir auf dieser Welt etwas bedeuten, sind da.

Fast alle.

Grant ist mit seinem gebrochenen Herzen immer noch im Art Institute. Hoffentlich lenkt es ihn ab, wenn er dort für sein wundervolles Kleid von den Leuten gefeiert wird. Elliot befindet sich vermutlich schon am Bahnhof LaSalle und ist kurz davor, mich für immer zu verlassen. Aber vielleicht muss es nicht so weit kommen. Wenn wir ihn vorher finden und ich ihm meine Gefühle offenbare, habe ich hoffentlich noch eine Chance bei ihm.

Bevor ich auch nur zu einem Wort ansetze, wird mir klar, dass ich gar nichts zu sagen brauche. Die anderen wissen, dass es mir nicht gut geht und wie wenig Zeit mir noch bleibt. Meine Mom wechselt besorgte Blicke mit Maggie und Hannah: Sie ahnen, dass etwas Schlimmes passiert sein muss. Schließlich wollten sie eigentlich heute Abend meinen Wandbild-Erfolg mit mir feiern. Doch das könnte mir gerade nicht egaler sein.

»Was ist los?«, fragt Mom und tätschelt meine Hände.

Alle Augen im Wagen sind auf mich gerichtet. Panisch versuche ich zu atmen.

»Hast du mit Grant Schluss gemacht?«, fragt Maggie. Ich habe gerade noch die Kraft zu nicken. Meine Eltern stöhnen traurig auf, aber Maggie greift nach Mandas Hand, und beide lächeln mich wie stolze Mütter an. »Gut für dich.«

Ich will ihr danken – aber dann würde ich wahrscheinlich anfangen zu weinen, und das darf ich nicht. Heute steht noch so viel mehr auf dem Spiel. Ich muss mich zusammenreißen.

Jackson legt den Arm um Hannah. Meine beste Freundin hat bisher geschwiegen. Ihr Gesicht ist zutiefst besorgt. Wir schauen uns über die parallel stehenden Sitzbänke hinweg an. Pinkfarbene Discolichter wirbeln über unsere ernsten Mienen.

Sie weiß es.

»Wann hat Elliot dir gesagt, dass er weggeht?«, frage ich sie. Schweigen legt sich über den Wagen.

»Nach der Aufführung«, sagt sie und zerfetzt dabei angespannt eine Serviette. »In einer Mail. Sie war ziemlich lang. Er muss es so getimt haben, dass sie gesendet wird, sobald die Modenschau vorbei ist.«

»Wenn es zu spät ist, um ihn aufzuhalten.«

Sie nickt und Jackson drückt sie fester an sich. Ich schließe die Augen und versuche, mich zu beruhigen.

Er will nicht, dass man ihn aufhält.

Ich habe nicht mal eine Abschiedsmail bekommen. Vermutlich gibt es nichts, was er mir noch sagen will.

TROTZDEM, MICAH. DU MUSST IHN FINDEN UND ES IHM SAGEN.

Eine große, liebevolle Hand legt sich auf meinen Nacken. Ich öffne die Augen und sehe Dad. Sein Gesicht ist besorgt, aber konzentriert. Er beugt sich näher zu mir herunter und schaut mir mit einer

Energie in die Augen, die ihm bereits zwei olympische Medaillen eingebracht hat. »Was ist los, Junge?«, sagt er. »Erzähl es uns.«

Als hätte ich endlich die Erlaubnis dazu bekommen, sprudelt alles aus mir heraus: »Ich war mit dem falschen Jungen zusammen, und der richtige – das ist Elliot – wird Chicago heute Abend für immer verlassen. Ich muss ihn finden. Wir haben noch eine Stunde.«

Ohne den anderen die Chance zu geben, mich zu unterbrechen, gebe ich ihnen eine kurze Zusammenfassung dieses höllischen Abends: wie ich mit Grant Schluss gemacht habe, meine wahren Gefühle für Elliot, wie ich alles vermasselt habe und Elliots bevorstehender Abschied aus unserem Leben. Ich spreche so schnell, dass sich keine Gefühle in meine Stimme schleichen können – bis ich fertig bin. Dann aber purzeln die Worte tonnenschwer aus meinem Mund: »Ich habe den Menschen, den ich liebe, verletzt, indem ich ihn glauben ließ, nichts für ihn zu empfinden. Und wenn er jetzt geht, werde ich das nie wiedergutmachen können.«

Das ist die Wahrheit, der ich den ganzen Abend aus dem Weg gegangen bin.

Diese schreckliche Aussicht, Elliot heute für immer zu verlieren, ihm nicht sagen können, wie ich wirklich für ihn empfinde. Wenn das passiert, werden wir niemals zusammen sein können.

Dad sagt kein Wort. Aber nicht, weil er erschöpft ist wie Elliots Vater. Oder besorgt wie Mom.

Er ist ganz ruhig. Denkt nach.

»Zuerst komm mal her«, sagt Dad. Die Ledersitze quietschen, als er sich vorbeugt und mich ganz fest in den Arm nimmt. Mom legt ebenfalls die Arme um uns. Dann Hannah. Bald umfangen mich sechs Armpaare in der schönsten Umarmung der Welt. Dad löst sich als Erstes wieder, dann die anderen. Alle lehnen sich zurück und nur Hannah ist noch übrig und drückt mich ein letztes Mal. Sie hat das fast so sehr gebraucht wie ich. Dad streicht über meine nassen Wangen und sagt: »Ich werde jetzt etwas tun, das ihr alle hasst, und die ganze Sache auf den Sport übertragen, aber bitte hört mir einfach zu, okay?«

Alle nicken gebannt.

»Okay«, stimme ich zu.

Dad sieht mich eindringlich an und sagt: »Manche Momente im Leben sind wie ein Spiel, und so einen Moment erlebst du gerade. Auf dem Eis – im Spiel – musst du alles andere, was in deinem Leben gerade passiert, ausblenden. Da gibt es nur dich. Die Uhr. Und das Spiel. Du bist im Spiel.«

»Okay ...«

»Direkt vor dem besten Spiel meines Lebens ist deine Großmutter gestorben. Damals habe ich mich entschieden, trotzdem aufs Eis zu gehen, denn ich wusste, dass ich sie dort noch nicht verloren hatte. Sobald ich den Schläger in die Hand nahm, war ich an einem völlig anderen Ort. Dort wusste ich nicht einmal, dass ich eine Mutter hatte. Kannst du mir folgen?«

»Ja.« Die Welt um mich herum wird plötzlich ganz scharf. Dads Worte wirken wie Magie auf mich. Ich bin im Spiel. Obwohl der Rest meiner Familie dicht neben uns sitzt, gibt es nur ihn und mich.

»Elliot zu finden, ist dein Spiel, und du hast eine Stunde Zeit dafür«, sagt Dad. »Ich habe immer nur dann einen Fehler auf dem Eis gemacht, wenn ich in Hektik war. Wenn ich nicht ruhig geatmet habe. Wenn ich nicht konzentriert war. Du musst ihn vor Mitternacht finden. Und nicht nur das – du musst dich wieder mit ihm versöhnen.« Dad hält inne und atmet schnell und ruhig ein, als würde er einen Schluck Luft trinken. Ich tue es ihm nach. Durch die kurzen, tiefen Atemzüge wird mein Kopf wieder klar. »Du hast keine Zeit für Fehler. Also atme. Und konzentriere dich auf dein Ziel.«

Elliots Lachen zieht durch meinen Kopf.

Hoffnung regt sich in meinem Herzen.

Ich kann das schaffen. Keine Angst, keine Angst, keine Angst.

»Also, dieser Elliot …« Dad lehnt sich in seinem Sitz zurück. »Dann glaubst du also, er ist der Richtige?«

Ich räuspere mich. »Wenn er mich noch will … dann ist er der Richtige.«

Hannah grinst mich mit feuchten Augen an.

Dad lacht. »Und du hast dich über mich lustig gemacht, als ich Elliot für deinen Freund gehalten habe. Dabei zeigt das nur, dass ich alles immer sofort checke.«

Maggie und ich stöhnen auf, aber Dad klatscht zufrieden in die Hände, weil er mal wieder recht behalten hat. »Also, ich habe diese Party-Limousine eigentlich für die ganze Familie gemietet … aber die Party kann noch nicht losgehen, weil die Familie noch nicht vollständig ist.«

Die Familie ist noch nicht vollständig.

Elliot. Er gehört genauso zu meiner Familie wie Hannah oder die anderen.

Zumindest wünsche ich mir das mehr als alles andere.

»Micah, das hier ist dein Spiel.« Dad schlägt mir auf das Knie. »Was sollen wir tun?«

Eine Flamme flackert in mir auf. Mein Energiespeicher füllt sich bis zum Rand.

Ich bin im Spiel.

Ich muss etwas unternehmen. Und es muss eine Bedeutung für Elliot haben.

Elliot, der durch den sprudelnden Brunnen tanzt wie ein magischer Wassergeist.

Etwas Persönliches. Etwas, das für uns beide steht. Und das ich in weniger als einer Stunde organisieren kann.

»Ein Mini-Micah!«, flüstert Elliot und lacht dabei über den kleinen Jungen im Millennium Park.

Ich weiß, was ich tun muss!

»Micah?«, fragt Dad und reißt mich aus meinen Gedanken. »Sollen wir zum Bahnhof fahren? Wie können wir dir helfen?«

Bis über beide Ohren strahlend sage ich: »Es gibt nur einen Menschen, der mir helfen kann.«

Kapitel 27

DAS KÖNIGREICH HILFT

Der Park. Ich stehe wieder am Anfang. An dem Ort, wo ich mich nicht getraut habe, Andy McDermott nach einem Date zu fragen. Als ich das Universum das erste Mal gebeten habe, mir bei der Suche nach Crush 100 zu helfen. Eine Minute später hat Hannah mir geschrieben, dass ich ins *Audrey's* kommen soll. Sie sagte, Elliot würde einen Chai für mich machen, um mich aufzuheitern. »*Dann bist du also doch ein Märchenprinz*«, sagte er da zu mir. Das erste von so vielen Malen, die Elliot dafür sorgte, dass der Mut die Angst aus meinem Körper verjagt.

Und jetzt stehe ich hier vor dem Millennium Park und schaue der einzigen Person in die Augen, die mir helfen kann, Elliot zurückzuerobern: der Hotdog-Verkäuferin.

»Wie hättest du deinen Hotdog gerne, Junge?«, fragt die Frau mit den grauen Locken unter der Bulls-Kappe. Hoffentlich wird die gute Fee aus meinem Wandbild auch im echten Leben meine gute Fee sein. Neben ihr steht ein Mann um die dreißig. Er hat die Arme verschränkt, trägt die gleiche Bulls-Kappe wie sie und mustert mich misstrauisch. Ich habe ihn noch nie hier am Stand gesehen. Vielleicht soll er auf die Verkäuferin aufpassen, weil der Park um diese Uhrzeit stockdunkel und menschenleer ist – abgesehen von ein paar wenigen Menschen, die zur Hochbahn wollen.

»Sie hat gefragt, was du haben willst, Freundchen«, knurrt der Mann.

Mein Rücken erstarrt bei seinem unfreundlichen Tonfall. Es stimmt, ich habe die Frau zu lange angestarrt. Ich habe nur absolut keine Ahnung, wie ich meine merkwürdige Frage formulieren soll.

Die Verkäuferin blitzt den Mann aus schmalen Augen missbilligend an. »Kümmere dich nicht um meinen Sohn. Ich habe ihn aus Sicherheitsgründen gebeten zu kommen – nicht, damit er mir die Kundschaft verscheucht!« Sie mustern sich böse, dann wendet sich die Verkäuferin wieder freundlich mir zu. »Du bist aber schick angezogen. Gehört die Stretch-Limo zu dir?«

Hinter mir wartet meine Familie in dem geparkten Wagen. Zusammen mit Stuart, der dazugestoßen ist, um uns zu begleiten. Er hat seinen Laden extra eine Stunde eher zugemacht.

Ich schaue auf die Uhr. Es ist elf Minuten nach elf.

Wünsch dir was, Micah.

»Tut mir leid, ich habe keine Zeit für einen Hotdog«, sage ich.

»Dann verzieh dich«, sagt der Mann und seine Miene wird noch mürrischer. »Und nimm deinen Partybus gleich mit.«

Wieder wirft die Verkäuferin ihrem Sohn einen finsteren Blick zu. Ich trete näher. »Ich brauche Ihre Hilfe. Vor ein paar Wochen habe ich mitbekommen, wie Sie einem kleinen Jungen erklärt haben, wo man diese Kürbiskutschen mieten kann, die hier rumfahren. Ich habe jetzt nicht die Zeit, Ihnen alles zu erklären, aber ich muss jetzt sofort einen dieser Kürbiswagen mieten. Es ist wirklich *extrem wichtig*.« Die Verkäuferin und ihr Sohn schweigen beide. »Bitte! Jemand, der mir sehr wichtig ist, wird heute Abend um Mitternacht die Stadt verlassen. Diese Kürbiskutschen haben uns beiden in einer sehr schwierigen Zeit geholfen. Wenn ich eine mieten kann und ihn vor Mitternacht damit abhole … bleibt er vielleicht hier.«

Mein Herz schlägt wild.

Mit einem letzten Seufzer füge ich noch hinzu: »Er ist meine große Liebe.«

Der verdutzte Blick der Verkäuferin wird weich, ein rosiger Schimmer legt sich auf ihre Wangen. »Ich würde dir ja gerne helfen, Schätzchen ... aber die Leute, die diese Kutschen betreiben, haben schon Feierabend gemacht.« Fast bekomme ich einen tödlichen Herzanfall, weil mein Plan sich schon im Vorfeld zerschlägt. Doch im letzten Moment klopft die Verkäuferin suchend über ihren Anorak. »Außer ...« Ein dicker Schlüsselbund taucht aus ihrer Jacke auf. Mir stockt der Atem. Mit einem teuflischen Kichern wendet sie sich an ihren Sohn. »Du bewachst den Wagen.«

»Ma, nein«, sagt er und reißt ihr den Schlüsselbund aus der Hand.

»Damian!« Sie und ihr Sohn zischen sich schnelle griechische Worte zu, und die Frau versucht, den Schlüsselbund wieder an sich zu reißen. Doch ihr Sohn ist zu groß für sie, und sie dreht sich mit einem flehenden Blick zu mir. »Ein paar von uns hier im Park haben Zweitschlüssel von den anderen, für den Notfall. Wir helfen uns hier gegenseitig.« Wütend greift sie wieder nach den Schlüsseln. »Und ich wollte schon immer mal mit diesem Kürbis fahren!«

»Du kennst den Jungen doch nicht mal!«

Ich knirsche mit den Zähnen. Die Kutsche ist so nah, so in *Reichweite*, aber wegen dieser ganzen Streiterei läuft mir die Zeit davon. Es dauert noch eine quälend lange Minute, bis es der Verkäuferin schließlich gelingt, ihrem Sohn den Schlüsselbund aus der Hand zu schlagen. Mit einem Klirren landet er auf dem Bürgersteig.

Ich drücke die Hände an meine Brust und werde fast ohnmächtig vor Erleichterung, als die Verkäuferin sich die Schlüssel schnappt. Sie lässt ihren Sohn mit dem Imbisswagen zurück und führt mich zur letzten Etappe meiner letzten und wichtigsten Suche.

Höchste Zeit, dass ich diese zauberhafte gute Fee nach ihrem Namen frage.

»Margaret Kastellanos!«, sagt sie, schaltet die Alarmanlage aus und schiebt das Tor zum Kutschenhaus auf. Das Kutschenhaus ist eine kleine Scheune hinter dem Park. Sie wurde in eine Lagerhalle umgebaut, nachdem die echten Pferdekutschen im Park endlich abgeschafft wurden. Mit einem lauten Knacken gehen die Deckenlampen an und erhellen den Kürbis, der mitten in dem Raum steht. Die Kutsche besteht aus einem Stangengestell in Kürbisform, das mit Stoff verkleidet und von Lichtern umwickelt ist. Die Lampen sind noch nicht eingeschaltet, als würde die Kürbiskutsche hier schlafen, seit Elliot und ich sie damals im Park gesehen haben. Sie hat nur darauf gewartet, dass ich endlich auftauche.

Margaret schwingt sich, ohne zu zögern, auf den Fahrersitz und fummelt an den Schaltern herum. Meine Finger schließen sich um das kühle Metallgestänge. Bevor ich mich hinaufschwinge, halte ich inne und frage: »Sind Sie sicher, dass wir sie nehmen dürfen?«

»Ich habe der Besitzerin schon eine Nachricht geschrieben!« Der Motor der Kutsche erwacht stotternd zum Leben. »Oh, die war vielleicht *neidisch*, als sie gehört hat, wem ich behilflich bin. Am liebsten wäre sie in ihrem Nachthemd hierhergerast gekommen, damit sie dich selbst fahren kann. Aber dafür ist keine Zeit, hab ich gesagt.« Margaret kichert hämisch und legt den letzten Schalter um. Mit einem Schlag erwachen die tausend Blinklichter, die den Kürbis umgeben, zum Leben. Mit ihrem weißen, strahlenden Licht erhellen sie die Halle. Sie lehnt sich zurück. »Einsteigen! Die Uhr läuft!«

Ich schaue auf mein Handy und eine glühende Stricknadel bohrt sich in mein Herz. Es ist 23.29 Uhr.

Ich springe auf den Rücksitz und Margaret tritt aufs Gas.

Wir brausen mit der Geschwindigkeit eines getunten Gokarts los. Zwar sind wir deutlich langsamer als ein Auto, aber der Wind peitscht so durch das offene Verdeck, dass es sich wie Fliegen anfühlt. Ohne abzubremsen, fahren wir an dem Hotdog-Wagen und der Limousine vorbei. Alle sind ausgestiegen, sie winken und jubeln uns laut zu. Hannah johlt am lautesten und hüpft neben meiner Mom und meinem Dad auf und ab. Kreischend vor Freude hält sie den Moment mit ihrem Handy fest.

Eine Sekunde später sind sie hinter uns und Margaret reiht sich in den abendlichen Verkehr auf der Michigan Avenue ein. Es ist schwierig, mit den Autos mitzuhalten, aber Margaret nimmt nicht eine Sekunde den Fuß vom Gas. Auf beiden Seiten fahren Autos an uns vorbei. Ein paar hupen wütend, aber die meisten Leute winken fröhlich aus ihren Fenstern. Sie können nicht wissen, warum wir so schnell in einem Kürbis durch die Stadt rasen, aber was auch immer die Leute denken mögen – an diesem Abend sind wir ein strahlendes Leuchtfeuer des Märchenglücks.

Ich kämpfe gegen den Drang, die Augen zu schließen. Meine Aufregung und meine Angst treffen zu einem epischen Kampf in meinem Magen aufeinander.

23.36 Uhr. Elliots Zug steht bestimmt schon am Gleis. Aber wir können es noch schaffen.

Ich schreibe Elliot ein letztes Mal: **Bitte geh nicht. Ich bin auf dem Weg zum Bahnhof.**

Eine verzweifelte Hoffnung … aber diesmal hat es sich gelohnt. Die Nachricht wird blau. Gesendet.

Sein Handy ist wieder online! Ich beiße mir auf die Lippe. Keine Antwortpünktchen, aber immerhin bekommt er meine Nachrichten.

Hinter den Bäumen spucken die digitalen Gesichter der Crown Fountains ihren Wasserstrahl in die Nacht. Ich beuge mich vor und halte mich an den Käfigstreben des Kürbisses fest, um nicht hinauszufallen. Ich möchte Elliot wieder in diesem Brunnen tanzen sehen. Und nächstes Mal werde ich mit ihm tanzen. Das hätte ich schon beim letzten Mal tun sollen. Ich hatte Angst. Immer habe ich Angst.

Bitte, bitte, *bitte* mach, dass ich ihn ein letztes Mal sehe.

Links von uns zieht das Art Institute vorbei. Die Lichter sind gedimmt und auf der Straße davor tummelt sich kein Medienzirkus mehr. Ein Putztrupp macht sich gerade daran, den roten Teppich aufzurollen. Meine Brust schmerzt. Es kommt mir vor, als würden sie die zerstörten Überreste von Wish Granted wegfegen.

Irgendwann, wenn ich selbst dort studiere und *meine* Arbeiten ausstelle – wird der Gedanke an das Art Institute nicht mehr so schmerzen. Auch wenn ich Grant und unsere wunderschöne, kreative Zeit niemals vergessen werde.

Von der Michigan Avenue biegt Margaret scharf auf die LaSalle Street ab. Elliots Zug fährt in einundzwanzig Minuten. Bilder fluten mein Gehirn und drohen mich zu ertränken. Erinnerungen an die vielen perfekten Tage mit ihm: Dockside Shirley, Chai, Pizza, Popcorn. *»Was für eine Touristenfalle«*, habe ich damals gelästert. *»Manche Dinge sind es wert, dafür in eine Falle zu gehen«*, hat er geantwortet.

Da hätte ich es ihm sagen müssen. Da hätte ich ihn noch aufhalten können.

Keine Angst mehr.

»Angst ist eine Falle«, hat Elliot auf unserer ersten gemeinsamen Suche zu mir gesagt. Ich hatte Angst davor, Grant zu begegnen. Davor, was ich ihm sagen sollte. Davor, was er von mir denkt und ob es überhaupt funktionieren würde. Stumm wiederhole ich Elliots weise Worte, falls mich gleich wieder diese Ängste überfallen.

Ich schaue auf die Karte. Wir sind nur noch ein paar Häuserblocks vom Bahnhof entfernt. Vielleicht sehen wir ihn sogar auf der Straße.

Mein Herz droht jeden Moment in meiner Brust zu explodieren. Doch meine neu gewonnene übernatürliche Willenskraft zwingt es, sich zu benehmen, bis ich Elliot gefunden habe.

In der Ferne taucht das Bahnhofsgebäude auf. Noch achtzehn Minuten. Es ist so weit.

Ich glaube daran.

Kapitel 28

GLOCKENSCHLAG UM MITTERNACHT

23.44 Uhr. Ich bin nicht zu spät.

Noch bevor die Kutsche stehen bleibt, springe ich schon auf die Straße. Meine Füße landen unsanft auf dem Boden, der Aufprall fährt mir durch den ganzen Rücken – doch mich kann nichts aufhalten. »Danke, Margaret!«, rufe ich und rapple mich auf. »Ich muss ihn finden, aber ich bin gleich wieder da!«

»Ich warte hier!«, brüllt sie. »LOS! LOS!«

Durch die rötlich braunen Marmorsäle der Bahnhofshalle hallt das ferne Klappern einsamer Schritte. Wenn man so spät am Abend einen Zug nimmt, stehen die Chancen gut, dass man alleine einsteigt.

Wie Elliot.

Auch wenn du jetzt allein hier sitzt, Elliot – ich verspreche dir, dass du keine einzige einsame Nacht mehr erleben musst. Keiner von uns!

Tagsüber herrscht in diesen Gängen ein geschäftiges Gedränge. Dann strömen Flutwellen von Menschen in das Gebäude, um einen Zug zu erwischen – oder eilen heraus, um rechtzeitig bei der Arbeit zu sein. Direkt neben dem Bahnhof liegt die Börse von Chicago, deshalb hängt in den Zügen immer dieser spießige Muff von *altem Geld* und Wichtigtuerei.

Aber jetzt herrscht Ruhe.

Ich höre Schritte, sehe aber kaum jemanden.

Niemand, außer mir, beeilt sich.

Meine Lunge fühlt sich an, als wäre sie mit einer Käsereibe bearbeitet worden. Keuchend halte ich an, um nach Elliot Ausschau zu halten. Mit einem lauten Quietschen rutscht mein Schuh über den Boden der Eingangshalle. Ein schlaksiger Hausmeister schaut von einem Wischeimer auf. Ich senke den Blick. Meine Sohle hat einen dunklen Streifen auf seinem frisch geschrubbten Boden hinterlassen.

»Entschuldigung«, keuche ich atemlos und mache einen Bogen um ihn.

Ich bin hier!!!!, schreibe ich Elliot. Wieder wird die Nachricht blau, ohne dass eine Antwort kommt.

Aber ich lasse keine negativen Gedanken an mich heran.

Elliot ist hier, in diesem Gebäude.

Ich sprinte zum Ende der Halle und halte auf den Bahnsteig zu. Durch schmerzhafte Atemzüge erholt sich meine Lunge nur schleppend. Ich zwinge mich, langsamer zu rennen, obwohl mein Gehirn drängt: LOS, LOS, LOS, JETZT, JETZT, JETZT.

Die Bahnsteige sind am vorderen Ende überdacht, der Rest liegt im Freien. Aus Lautsprechern über mir weht eine geisterhaft ferne Retromusik. Alannah Myles' Song *Black Velvet* schwebt träumerisch mit dem warmen Nachtwind davon. Der perfekte Soundtrack für diese Nacht. Reihen von silbernen Waggons warten wie schussbereite Kugeln darauf, Elliot für immer von hier wegzubefördern. Die Uhr über der Abfahrtsanzeige zeigt 23.48 Uhr. Nur eine Handvoll Passagiere stehen herum. Niemand davon ist Elliot.

Jeden Moment erwarte ich, dass sich einer von ihnen umdreht und ich in das Gesicht meines süßen Barista-Tänzers schaue. Doch jedes Mal werde ich enttäuscht und fühlt es sich an, als würde Donkey Kong mein Herz zerquetschen.

Schnaufend renne ich den Zug entlang. Die ersten paar Türen sind leer. Keine Zugbegleiter*innen und nur wenige Passagiere. Um besser sehen zu können, drücke ich mein Gesicht gegen die Waggonfenster – zum Teufel mit den Bakterien. Ich sehe Menschen, die sich in ihre Sitze gekuschelt haben und schlafen. Nach allem, was ich durch die Spiegelung meines eigenen Gesichts erkennen kann, ist er nicht dabei. So finde ich ihn nie. Ich brauche Hilfe.

An der hintersten Tür sehe ich einen älteren Mann in einer braunen Weste. Sein rechter Fuß steht im Zug, der andere auf dem Gleis, dabei hält er sich am Türgriff fest und wippt mit seinem Körper hin und her. Ein schrecklich gelangweilter Schaffner, der nichts zu tun hat.

Perfekt!

»Haben Sie alle Passagiere gesehen, die in diesen Zug eingestiegen sind?«, frage ich und öffne die Fotos auf meinem Handy.

»Hmmmm?«, fragt der Schaffner und erwacht aus seinem schläfrigen Dämmer.

Aufgeregt zeige ich ihm das Foto von Elliot, auf dem er durch das sprudelnde Wasser der Crown Fountain rennt. »Dieser Junge hier hat ein Ticket für diesen Zug gekauft. Haben Sie ihn gesehen? Ist er hier?«

Ich warte mit angehaltenem Atem, während der Mann genauer hinschaut. Er schüttelt mit einem leisen Lachen den Kopf. »In diesem Zug sitzt keiner, der so jung ist. Tut mir leid.«

Ich weiß nicht, ob ich verzweifelt oder erleichtert sein soll, dass er Elliot nicht gesehen hat.

Aber das ist sein Zug. Wo könnte er sonst sein?

»Danke für Ihre Hilfe«, sage ich zu dem Schaffner.

»Danke für Ihre Hilfe«, sage ich wieder und wieder, zu jedem neuen Schaffner, den ich frage. Immer panischer renne ich erst von Tür zu Tür und dann noch zu den anderen Zügen. Niemand hat Elliot gesehen.

Er ist nicht hier.

Noch acht Minuten. Vielleicht verspätet er sich.

Aber Elliot kommt absolut nie zu spät. Er hat mich noch nie warten lassen.

Ich beschließe, diesen Fakt zu ignorieren. Immerhin hat er einen Umzug vor sich. Da kann es auch Pannen geben. Und dann verspätet man sich eben. Oder man hat was vergessen.

So wie ich. Ich bin auch vergessen worden.

Ich warte auf ihn. Ich setze mich auf eine Bank, atme tief durch, checke zum hundertsten Mal mein Handy und warte. Mit Elliot im *Audrey's* zu sitzen – das ist alles, was ich mir gerade wünsche. Ich würde alles dafür geben, noch mal an diesem kleinen Tisch im Café zu sitzen. Damals, als Elliot mich noch für den tollsten Menschen der Welt gehalten hat.

Aber so wird es nie wieder sein. Wie konnte ich mir diesen Traum nur entwischen lassen? Ich hatte doch schon alles, was ich je wollte.

23.58 Uhr.

Niemand ist mehr auf das Gleis gekommen.

Auf meinem Handy ist keine Nachricht von Elliot.

Ich beiße mir so hart auf die Unterlippe, dass sie fast zu bluten beginnt. Noch ein letzter Versuch. Während ich noch gleichzeitig versuche, mich nach Elliot umzuschauen, tippe ich mit zitterndem Daumen:

Elliot, ich bin am Bahnhof und schaue gleich deinem Zug hinterher. Ich wünschte so sehr, du würdest nicht darin sitzen. Aber wenn du da drin bist, wünsche ich dir mehr als alles andere, dass du dein Happy End findest. Selbst wenn es nicht mit mir ist. Du wirst der beste Tierarzt der Welt, auch wenn ich das nicht miterleben darf.

Ich hole tief und quälend Luft und schließe meine Nachricht:

Eine kalte Welt braucht Träume. Und niemand braucht Träume mehr als du.

23:59 Uhr.

Ich schicke die Nachricht ab.

Mit einem letzten Aufruf an die Passagiere fährt der Zug aus dem Bahnhof.

Kapitel 29

DAS ENDE

Mitternacht ist vergangen. Und damit auch all meine Hoffnungen und Träume. Ich habe den Glauben an die Magie und – am wichtigsten – in mich aufgegeben.

Präg dir das gut ein, Micah. Du hättest Elliot nicht verlieren müssen, aber es ist passiert. Du hast ihn für immer verloren, weil du eine ängstliche, scheue Maus bist. Du hast dich deinen Drachen zu spät gestellt. Wenn du dich mit Märchen wirklich gut auskennen würdest, wüsstest du, dass ein Zauber nur für eine begrenzte Zeit wirkt. Der Glockenschlag markiert das Ende.

Dann verwandelt sich die Kutsche wieder in einen Kürbis.

Das letzte Rosenblatt ist verwelkt, das Biest ist verloren.

Die Sonne geht unter, bevor Arielle ihren Kuss bekommt.

Ich bin zu spät gekommen. Und jetzt wird auf ewig der Fluch der Einsamkeit auf mir liegen.

Nur noch ein Zug steht im Bahnhof, sonst nur Gleise und ein paar vereinzelte Bahnmitarbeiter*innen. Überall Leere. Elliot muss einen früheren Zug genommen haben, oder es hat niemand bemerkt, dass er eingestiegen ist. Vielleicht ist er auch irgendwo in der Stadt unterwegs und einfach zu genervt von mir, um zu antworten. Auch wenn mich diese Möglichkeit am meisten quält, scheint sie die wahrscheinlichste zu sein.

»Micah?«, fragt eine tröstende Stimme. Margaret steht vor mir, die Bulls-Kappe schief auf ihren kleinen grauen Locken. Mit einem freundlichen Lächeln im Gesicht berührt sie mich an der Schulter. »Der Zug ist abgefahren. Was machst du hier noch ganz allein?«

»Ich …« Worte ersticken in meiner Kehle. Bei der nächsten Silbe kommen mir die Tränen. »Ich kann nicht aufstehen.«

»Du kannst nicht?«

»Ich kann mich nicht bewegen.« Ich schüttele den Kopf. Meine Beine scheinen aus Beton zu sein. Sie wollen sich nicht rühren. Wenn ich aufstehe, werde ich den Bahnhof verlassen müssen. Und dann werde ich allen sagen müssen, dass ich versagt habe.

»Klar kannst du aufstehen«, drängt Margaret.

Ich schüttele noch heftiger den Kopf. »Ich kann nicht von der Bank aufstehen.«

»Keine Tränen.« Sie zieht mich in eine Umarmung, die nach White Diamonds riecht, dem Parfüm von Liz Taylor. Das Lieblingsparfüm meiner Großmutter. Als sie mir den Rücken tätschelt, breche ich noch mehr zusammen. »Nicht weinen. Komm, wir stehen zusammen auf.«

Zu stehen ist schrecklich, aber irgendwie schaffe ich es. Mit Margaret scheint es wenigstens zu einem Prozent möglich zu sein. Ihre liebevolle, aber strenge Zuversicht bringt mich dazu, sofort alles zu tun, was sie sagt. In diesem Moment der Verlorenheit fühlt sich das unendlich tröstlich an. Mit der guten Fee an meiner Seite trotte ich zurück durch die Bahnhofshalle.

»Es war wirklich nett von Ihnen, dass Sie mir geholfen haben«, sage ich und räuspere mich.

»Ach, vergiss es!« Sie wedelt abwehrend mit der Hand und ihre Finger mit den blutroten Nägeln fächern eine weitere Parfümwolke in meine Richtung. Als wir die Rolltreppe hinunterfahren, leuchtet mir das Licht der Kürbiskutsche von der Straße entgegen.

Oh Gott. Was wird das für eine jämmerliche Rückfahrt werden.

Hab acht, Chicago! Siehe her, es ist der traurige Junge in seiner funkelnden Kutsche!

Die Rolltreppe spuckt uns auf die Straße aus. Die Limousine meiner Familie parkt am Eingang und alle stehen wartend davor. Ein Sandsack liegt schwer auf meinem Herzen. Gleich werde ich ihnen sagen müssen, dass Elliot weg ist. Aber als ich mich zu der Kürbiskutsche umdrehe, wird mir klar, dass ich gar nichts sagen muss.

Elliot ist da.

Der Junge, nach dem ich so verzweifelt gesucht habe, ist hier. Mit einem Fuß auf den Trittstufen der Kutsche steht er in weißen Leinenturnschuhen und passendem Hemd da und wartet auf mich. Elliot, so strahlend wie die Sonne, umringt von den blinkenden Lichtern der Kutsche. Der Anblick ist so perfekt, so romantisch – dass ich panische Angst bekomme, hier vor allen Leuten loszuflennen und diesen Moment zu ruinieren.

»Elliot«, hauche ich leise. Die Luft strömt so schnell zurück in meine Lungen, dass mir der Atem stockt. Ich bekomme fast noch schwerer Luft als in dem Moment, in dem ich dachte, ich hätte ihn verloren.

Ganz vorsichtig, als wäre die Straße aus Glas, gehe ich auf Elliot zu. Meine Finger schlingen sich um seine – sein Blick verharrt auf meinem Gesicht. Im Schein der Kutschenlichter blitzt ein nasser Schimmer in seinen Augen auf. Er ist genauso emotional wie ich.

»Es tut mir leid«, sage ich.

»Ich weiß«, sagt Elliot. Er lächelt nicht, aber er wirkt auch nicht wütend.

»Ich habe mich von Grant getrennt.«

»Ich weiß.«

Seine Stimme ist neutral. Panik ergreift mein Herz, als würde es von feindlichen Kriegern überrannt.

Wie geht es ihm? Freut er sich, mich zu sehen? Ich werde es erst erfahren, wenn ich über den Abgrund gesprungen bin. Und dieses Mal muss ich vorangehen.

Er ist nicht hier, um sich Entschuldigungen anzuhören oder über meine Trennung zu sprechen. Was immer ihn dazu gebracht hat, aus diesem Zug wieder auszusteigen – er ist nur aus einem einzigen Grund hier: um von einem Märchenprinzen im Sturm erobert zu werden.

»Ich hatte zu viel Angst, um das hier zu tun«, sage ich und streiche mit dem Daumen liebkosend über seine Handfläche. Er rührt sich nicht. Stattdessen beobachtet er mich genau, als wäre er nicht ganz überzeugt davon, dass ich die Wahrheit sage. Aber ich werde ihm beweisen, dass es so ist. »Bevor ich dich kennengelernt habe, habe ich neunundneunzig Jungen gezeichnet und nie den richtigen gefunden. Ich habe mir so sehr vom Universum gewünscht, dass es mir endlich Crush 100 schickt. Denjenigen, von dem ich wusste, dass ich mich in ihn verlieben würde. Ich dachte erst, das wäre Grant, aber ich habe mich geirrt. Als ich diesen Wunsch vor drei Monaten ausgesprochen habe, bin ich kurz darauf einem Jungen begegnet ... und das warst du! Du bist Crush 100.«

Elliot kaut an seiner Unterlippe. Krampfhaft versucht er, sich keine Regung anmerken zu lassen. Vielleicht um seine Wut im Zaum zu halten, vielleicht um zu sehen, was ich noch zu sagen habe. Doch seine glänzenden Augen, die wie Sternenstaub im Licht der Kutsche schimmern, verraten mir alles.

Sag es, Micah. Endlich.

»Der Junge mit den perfekten Händen«, sage ich und drücke seine Hand an meine prinzlichen Lippen. Ein winziger Seufzer entfährt ihm. »Ich liebe dich, Elliot. Mit jeder Sekunde, die wir gemeinsam verbracht haben, habe ich mich mehr in dich verliebt. Deshalb, falls es nicht schon zu spät ist: Würdest du bitte hierbleiben und mit mir zusammen sein?«

Seine Lippen zittern, er ist sprachlos. Ein paar Schritte entfernt steht Margaret und beobachtet uns gespannt. Dicht neben ihr wartet Hannah, unsere gemeinsame beste Freundin. Sie hat die Hände vor den Mund geschlagen. Alle anderen stehen zum Glück ein bisschen weiter entfernt.

Mit angehaltenem Atem schaue ich Elliot an.

Langsam breitet sich ein Lächeln auf seinem Gesicht aus. »Ich liebe dich auch«, sagt er.

Die Luft strömt wieder in meine Lungen und ich kann endlich wieder atmen. Diesmal ist es mein Herz, das stehen bleibt. Er liebt mich! Er fühlt das Gleiche wie ich!

Elliot fährt sich durch seine zuckersüßen verwuschelten Haare. Sie werden niemals ordentlich aussehen, auch wenn er sich noch so bemüht. »Als ich letztes Jahr nach Chicago gezogen bin«, sagt er, »hätte ich nicht gedacht, dass ich mich verliebe. Ich war überzeugt, dass mir so was auf keinen Fall passiert. Niemals. Dann fing ich an, diesem coolen Kunst-Account auf Instagram zu folgen. Auf dem ging es um Märchen und darum, dass man die wahre Liebe finden kann – auch wenn es sich sehr weit weg anfühlt.« Er lächelt. »Dann habe ich den Künstler dahinter kennengelernt. Und du hast mir einen so turbulenten Sommer geschenkt. Die Stunden mit dir waren der Himmel – und gleichzeitig auch die Hölle.« Er lacht, aber mein Lachen ist noch *viel* lauter. »Selbst als meine Gefühle für Brandon verschwunden sind, fühlte ich mich glücklich und sicher … deinetwegen.«

»Ich auch!«, rufe ich und zittere fast vor Aufregung. »Mir geht es genauso!«

»Eine Sache noch«, sagt er und sein Gesicht wird ernst. »Ich liebe dich, *aber* … du musst was für mich tun.«

»Alles, was du willst.«

»Und das ist nicht verhandelbar.«

»Ich würde aus einem Flugzeug springen und deinen Namen schreien. Ich würde dir den Mond vom Himmel holen –«

Grinsend legt Elliot mir einen seiner perfekt manikürten Finger auf die Lippen, um mich zum Schweigen zu bringen. »Ich werde mich niemals in Instaloves einmischen, aber du musst deinen Fans sagen, dass sie mich *in Ruhe* lassen sollen.«

»Versprochen«, sage ich hinter seinem Finger und unterdrücke ein erleichtertes Lachen.

Er nimmt die Hand weg, seine Augen werden schmal. »Sag ihnen, dass du dich geirrt hast.«

Ich hebe die Hand zu einem feierlichen Schwur. »Und wie ich mich geirrt habe.«

Er kommt näher, bis er nur noch fünf Zentimeter von mir entfernt ist. Sein Mund öffnet sich leicht und meiner auch. »Sag ihnen, dass du mich liebst.«

Leiser als ein Flüstern sage ich: »Ich liebe dich.«

Und ohne weitere Vorwarnung küsse ich Elliot endlich. Das Licht der Kutsche umhüllt uns. Ich kann nichts sehen, nichts fühlen, außer Elliots Nähe. Er schmeckt nach heißem Chai und warmer Hafermilch. Aus der Dunkelheit, jenseits der hellen Lichter, applaudieren und jubeln die anderen zusammen mit meiner guten Fee.

Das Königreich jubiliert.

Ich bin nicht zu spät gekommen. Und ich habe es verdient, geliebt zu werden, schon immer.

Elliot legt seine Stirn an meine und wir schauen uns einen langen Augenblick in die Augen. Unsere große Suche ist vollendet. »Wieso?«, frage ich. »Wieso bist du aus dem Zug gestiegen? Wegen meiner Nachrichten?«

»Na ja«, meint er und kaut wieder an seiner Lippe. Zu gerne würde ich ihn noch mal küssen, aber meine Neugier bringt mich fast um. »Ich saß schon im Zug. Und ich hatte mir geschworen, das Handy nicht anzumachen, aber dann bin ich unruhig geworden. Ich habe deine Nachrichten gelesen, aber ich war immer noch wütend. Tut mir leid.«

»*Mir* tut es leid!«

»Aber dann hat mir Hannah dieses Video geschickt.«

Elliot zieht sein Handy hervor und zeigt mir ein unscharfes Video. Ich erkenne sofort, dass es das Video von Hannah ist, das sie aufgenommen hat, als Margaret und ich in der Kürbiskutsche die Michigan Avenue hinunterrasen. Als wir außer Sicht sind, schwenkt Hannah die Kamera auf den Limousinen-Suchtrupp, dann filmt sie sich selbst. Sie beugt sich so nah vor Linse, dass ihre geschminkten Augen den ganzen Bildschirm ausfüllen. Dann flüstert sie: »Wir kommen alle zu dir! *Bitte.* Steig aus diesem Zug, Liebling!«

Das Video endet.

Ich schaue auf. Hannah hat sich an uns herangeschlichen. Sie drückt ihre Handtasche an die Brust und mustert uns vorsichtig, als wäre sie sich nicht sicher, ob sie sich zu uns gesellen darf. »Na ja«, meint sie schulterzuckend, »das hier war einfach zu wichtig, um es dir allein zu überlassen, Micah.«

Ohne noch mehr Zeit zu verschwenden, ziehen Elliot und ich Hannah in die dankbarste Umarmung unseres Lebens. Hannah wischt sich eine Träne weg und mit ihr auch die Hälfte ihres Make-ups. Dann hüpft sie zu Jackson zurück, der mit Maggie und Manda neben dem Auto steht.

Elliot streicht mir die schweißverklebten Haare aus der Stirn. Nach dieser Berührung – und der Vertrautheit, die darin liegt – habe ich mich so lange gesehnt, dass es nun fast unerträglich ist. Ich bin überfordert und überglücklich zugleich.

»Und was ist mit deinem Tiermedizinstudium?«, frage ich vorsichtig, weil ich noch nicht ganz überzeugt bin, dass er tatsächlich in der Stadt bleibt. Ich kann nicht glauben, dass mir etwas so Wunderbares passiert, ohne dass irgendein Haken daran wäre.

Elliot lacht leise. »Tja, als ich mein Handy wieder angeschaltet habe, hatte ich eine interessante Mail von Grant in meinem Postfach.«

Die Welt um mich herum erstarrt. Oh Gott, *nein.* »Was wollte er?«

»Er hat mir eine Mail weitergeleitet ... von jemandem, der mir einen Job angeboten hat. Dieser Modedesigner, Geoff Soundso ... ich musste mich so beeilen, um noch aus dem Zug zu kommen, dass ich die Mail nicht richtig lesen konnte. Jedenfalls hat er Grants Show gesehen und möchte mich als Gesicht seiner Kampagne haben. Es heißt so was wie ›Fashion for the People‹. Keine Ahnung, ich muss es mir noch mal anschauen – aber die Bezahlung ist gut. Viel besser als im *Audrey's* und die Arbeitszeiten auch. Damit kann ich mein letztes Schuljahr hier in Chicago machen und gleichzeitig für die Uni sparen.«

Elliot als Model! Das hat er *mehr* als verdient! Ich freue mich, dass Grant sich so für ihn eingesetzt hat. Wo immer er jetzt ist – ich hoffe, er fühlt sich wie ein König.

Ich packe Elliot an den Schultern, plötzlich von so viel Energie erfüllt, dass ich uns beide in den Himmel heben könnte, und rufe laut: »Das ist toll!«

Als ich seine überraschend piksigen Wangen umfasse, lehnt er sich gegen meine Hände und sieht mich an. »In meinem Leben ist echt viel Chaos«, sagt er ernst. »Ich arbeite viel. Ich bin oft sehr emotional. Ich bin nicht dieser nette, fehlerlose Mensch, den du dir vielleicht erhoffst.«

»Ich will Elliot«, sage ich. »Und alles, was dazugehört.«

Er lächelt und sein Blick huscht zu der leuchtenden Kutsche. »Du hast den Kürbis für mich besorgt.«

»Ich habe dir doch versprochen, dass wir damit fahren, wenn ...«

»... du dich entschieden hast, mich nicht länger unglücklich zu machen?«, unterbricht mich Elliot.

»Ich wollte eigentlich sagen: ›Wenn ich zur Vernunft gekommen bin und dich nach einem Date frage‹, aber ja, so ungefähr.«

Er küsst mich, und mein Kopf blubbert, als wäre er voller Champagnerblasen. Wieder nehme ich seine Hand. »Elliot, wirst du mir die Ehre erweisen, mit mir in dieser Kürbiskutsche eine Siegesrunde zu drehen, um unsere magische Suche zu beenden?«

Nun ist er es, der meine Hand an seine Lippen zieht. Ein Prinz und sein Prinz.

»Unsere Suche ist noch nicht beendet«, meint er. »Sie fängt gerade erst an.«

Ich fliege. *Sie fängt gerade erst an.*

Ich schwinge mich auf den Rücksitz der Kürbiskutsche und strecke die Hand nach Elliot aus. Er übergibt seinen Rollkoffer an Hannah und Maggie, dann eilt er herbei, um meine Einladung anzunehmen. Zu zweit und eng aneinandergeschmiegt funkelt die Kutsche noch heller, als ich es in Erinnerung hatte. Margaret springt auf den Fahrersitz. Unter dem lauten Jubel unserer liebsten Menschen erwacht das goldene Gefährt zum Leben und biegt auf die Straße ein. Wie zwei Cinderellas winken wir aus dem hell erleuchteten Rückfenster und schauen zu, wie sie auf der dunklen Straße hinter uns verschwinden.

»Ich liebe dieses Gefährt!«, ruft Margaret von vorne. »Und jetzt machen wir erst mal eine Stadtrundfahrt! Es muss erst wieder in einer Stunde in der Garage stehen!«

Das entspricht nicht ganz der Mitternachtsfrist im Märchen. Schließlich müsste sich *Schlag zwölf die Kutsche wieder in einen Kürbis verwandeln* – aber das hier ist ja auch ein schwules Märchen, deshalb ist es nur logisch, dass wir ein bisschen Verspätung haben.

Dieses Mal schreiben wir unser eigenes Märchen. Unsere eigene magische Geschichte.

Ich habe meinen Prinzen, und er hat mich.

EPILOG

Instaloves wird sich verändern. Ab sofort wird es sich hier nicht mehr nur um mich und meine Liebesgeschichten drehen. Bei der Arbeit an dem Wandbild für Grants Show ist mir klar geworden, wie sehr ich die unterschiedlichen Menschen liebe, die dieses wunderschöne Königreich von Chicago bevölkern. In Märchen geht es nicht immer nur um Liebe, in ihnen geht es auch darum, die Fantasie im alltäglichen Leben zu entdecken.

Das ist meine Kunst. Meine Mission. Meine Suche.

Anstatt romantische Märchen-Dates zu zeichnen, werde ich die magischen kleinen Momente beschreiben, die das Fundament unserer Beziehungen und unseres Lebens bilden.

Was ist deine Liebesgeschichte? Was liebst du am meisten an dieser Stadt? Oder an dir? Diese Geschichten möchte ich erzählen. Schickt mir eure kleinen Momente, die ihr auf Instaloves sehen möchtet, und vielleicht werde ich im nächsten Jahr eine Zeichnung von dir veröffentlichen. (Ich werde mich sehr bemühen, jeden Wunsch zu erfüllen.) Aber bis dahin zeige ich euch noch ein paar »Und wenn sie nicht gestorben sind«-Momente aus meinem Leben.

Stürmische Begrüßung dreier Welpen in der Tierklinik.

Dank ihres Freunds Jackson ist meine beste Freundin Hannah offiziell zum Real-Life-Gaming-Fan geworden.

Elliot bekommt einen Sneak-Peek auf mein nächstes Projekt für das Art Institute (im Tausch gegen einen Chai).

Merry Christmas! Maggie ist jetzt offiziell verlobt. Wie kitschig. (Spaß! Liebe euch, Schwesterherz und Schwägerin in spe.)

Ein Märchen-Happy-End, das niemals endet.

Danksagung

Über Micah und seine Boyfriends zu schreiben, war eine echte Herausforderung. In dieser Geschichte geht es um Freude und Glück, und ich schrieb sie während einer sehr turbulenten Zeit in meinem Leben und in der Welt. Es war das erste Jahr mit COVID. Dann kamen die Wahl von Joe Biden und die Stürmung des Capitols hinzu. Ich hatte meinen Job verloren, und einen neuen zu finden, erwies sich als nahezu unmöglich. Und zu allem Übel mussten mein Mann und ich feststellen, dass wir in unserer Wohnung unglücklich waren und (wieder einmal) umziehen mussten. Es gab Zeiten, in denen es sich wie eine Lüge anfühlte, Micahs und Elliots Freude zu Papier zu bringen. Über Grant zu schreiben, war da schon einfacher – oft hatte ich das Gefühl, dass ich ebenfalls versuchte, mich aus einem bösen Fluch herauszulächeln.

Aber dann geschah etwas ganz Wunderbares.

Micah hat mich gerettet. Seine positive Art trotzte den rauen Winden des Lebens, und das entfachte auch neue Hoffnung in mir.

Eine kalte Welt braucht Träume!

Es zeigte sich, dass es genau richtig war, seine Geschichte in einer Zeit wie dieser zu schreiben. Und dafür muss ich mich bei einigen Leuten bedanken. Meine Lektorin Kelsey Murphy wusste immer, wie es gelingt, den richtigen Ton zu treffen – und sie begriff sofort, worauf ich mit dieser Mischung aus John Hughes und *Die fabelhafte Welt der Amélie* hinauswollte. James Akinaka und das gesamte Team von Penguin Teen haben mich von Anfang an als meine Cheerleader unterstützt! Das coole Buchcover, das an ein Low-Fi-

Album erinnert, verdanken wir der Designerin Kaitlin Yang und der Künstlerin Anne Pomel. Sie haben auch das gesamte Buch gestaltet und damit InstalovesInChicago zum Leben erweckt! Danke an Kate Brauning und Lynn Weingarten von Dovetail für diese wunderbaren Charaktere – und dafür, dass sie mich ausgewählt haben, über sie zu schreiben. Danke auch an Chelsea Eberly, die für Micah den bestmöglichen Verlag gefunden hat! Und ich danke Eric Smith, der dafür gesorgt hat, dass ich diesen wichtigen Anruf entgegengenommen habe und du mich davon überzeugt hast, dass ich eine RomCom schreiben kann. Und ein großer Dank auch an Michael Bourret für sein messerscharfes Auge.

Danke an meine Familie, die – obwohl ich einige Stunden entfernt von Chicago aufwuchs – häufig mit mir in die Stadt fuhr, um meine Liebe zu Kunst, Theater, Kultur und Kulinarik zu unterstützen. Ein schwuler Junge muss sich ab und zu großstädtisch schick fühlen, sonst geht er ein. Euer kleiner Gefallen hat mir in schlechten Zeiten sehr geholfen! Bonus-Fun-Fact: Meine Eltern haben sich im Art Institute verlobt, und als es darum ging, einen Schauplatz für Micahs romantische Abenteuer zu finden, musste ich nicht lange überlegen.

Mittlerweile wohne ich schon eine ganze Weile nicht mehr in der Nähe von Chicago. Für meinen großen Liebesbrief an die Stadt brauchte ich deshalb Unterstützung, um für Micah die richtige Umgebung zu finden. Dazu wandte ich mich an alte Freunde wie Paul Anderson und neue Freunde wie Simeon Tsanev.

Ein Schriftstellerleben kann zeitweise etwas einsam sein. Zum Glück habe ich ein paar sehr gute Freund*innen, die ebenfalls schreiben und mich während der Arbeit an Micah emotional und kreativ unterstützt haben. Ryan La Sala, Robby Weber, Robbie Couch, Sophie Gonzales, Phil Stamper, Caleb Roehrig, Kosoko Jackson, Kevin Savoie, Damian Alexander, Tom Ryan, Alex London, Lev Rosen und Julian Winters waren alle enorm hilfreich (besonders Julian, der netterweise seine Klage gegen mich fallen ließ, als ich den Namen von Micah Winters in Summers änderte). Vor allem zwei befreundete Schriftsteller hielten meine kreative Flamme am Brennen, als sie zu erlöschen drohte: David Nino, der entscheidend mithalf, Elliot zu dem perfekten Star zu machen, der er heute ist – und der immer meine Anrufe entgegennahm (ob er wollte oder nicht). Und Terry Benton-Walker, mein Zwilling, der mir bei gefühlt allem half. Sogar dem Leben an sich. Ich schulde ihm wirklich eine Jacht für alles, was er für mich getan hat.

Zu guter Letzt ist da noch mein Mann Michael – mein Gefährte in allen Lebenslagen und die Inspiration für viele von Micahs Momenten mit Elliot. Die Szene, in der Elliot sich auf Anhieb mit Micahs zickiger Familienkatze anfreundet? Das war Michael. Er hat wie Elliot die Gabe, dass die Menschen sich in seiner Gegenwart wohlfühlen, und die musste er auch immer wieder einsetzen, während ich dieses Buch schrieb. Danke, dass du mich wieder einmal sicher durch ein weiteres Buch begleitet hast. Bitte mehr davon!